Schnee auf N.J.

Criminalroman

éditions trèves

Schnee auf N.J.

CIP-Kurztitelaufnahme der Deutschen Bibliothek

Pikser, Jeremy:
Schnee auf N.J.: Criminalroman / Jeremy Pikser.
(Übers. aus d. Amerikan. von Hans-Joachim Kann u.
Frankie-Sue Kann). -
Trier: éditions trèves, 1985
(trèves & crime)
Einheitssacht.: Junk on the hill (dt.)
ISBN 3-88081-171-7

Auflage: 4 - 3 - 2
Jahr: 87 - 86

Cover: é.t.
Übersetzung: HANS-JOACHIM und FRANKIE SUE KANN

Für Luise

Jeremy Pisker lebt heute in New York direkt gegenüber der George Washington-Brücke. Geboren und aufgewachsen ist er in Washington, D.C. Nachdem er sich in den 60er Jahren gegen den Krieg in Vietnam engagierte und in den 70er Jahren Geschichte unterrichtete, arbeitete er als politikwissenschaftlicher Berater für die Fernsehserie *Bill Brand* und den Film *Reds*. 1981 produzierte das Ensemble Theatre in New York sein Drama *Faces*.
Schnee über N.J. ist sein erster Roman.

Eine Anmerkung zur deutschen Ausgabe

Der Autor hat eine Anzahl von jiddischen Wörtern und Ausdrücken gebraucht, bei denen er davon ausgeht, daß sie vom Deutschen oder aber zumindest vom Kontext her verständlich sind.

1. Melody Gold

Joe Posner faltete seine Ausgabe des *Bergen Record* zusammen und warf sie auf die Schreibtischecke. Er nahm einen Schluck seines inzwischen kalt gewordenen Kaffees und verzog das Gesicht mit einem Ausdruck übertriebener Unzufriedenheit. Die späte Nachmittagssonne hatte diese den ganzen Winter lang erwartete Wärme, und er lehnte sich dankbar in sie zurück. Seine Füße plazierte er auf den Schreibtisch, ließ eine Hand an der Seite herunterhängen und knetete langsam mit der anderen seinen frühzeitig kahl werdenden Kopf.

Das Geschäft war flau.

Ein Cowboydarsteller war Präsident; ein machthungriger General war Außenminister; die Knickerbockers konnten die guten Mannschaften nicht schlagen; und das Geschäft war flau.

Joe Posner fragte sich nach dem Grund. Wenn es mit der Wirtschaft schlecht steht, dann soll das angeblich gut für das Scheidungsgeschäft sein. Und ob es ihm nun gefiel oder nicht, Joe Posner war nun mal im Scheidungsgeschäft. Seine ganzen Einmetersiebzig, einhundertfünfundvierzig Pfund. Er hatte nicht gerade erwartet, für Scheidungsfälle zu arbeiten, als er seine Stelle beim Zoll aufgegeben und sich um die Lizenz für die Arbeit als Privatdetektiv beworben hatte. Die Detektive im Fernsehen gaben sich niemals mit Scheidungssachen ab. Aber die arbeiteten ja schließlich auch nicht in den Vorstädten.

Das erste halbe Jahr war für Joe Posner schwierig gewesen: eine vermißte Person, die er nicht hatte finden können, zwei Unfallzeugen, die er gefunden hatte, ein halbes Dutzend Aufträge für das Gericht. Dann hatte er ein Stück Pizza auf den stellvertretenden Staatsanwalt fallen lassen, die Aufträge für das Gericht hatten aufgehört, und Joe Posner hatte angefangen, Scheidungsfälle zu bearbeiten. Die nächsten sechs Monate waren besser gewesen. Nicht gerade großartig, aber normalerweise hatte er die Miete rechtzeitig bezahlen können. Bis vergangenen Monat. In der letzten Zeit war selbst das Scheidungsgeschäft zurückgegangen. Die wirtschaftliche Lage, so hatte er sich das ausgedacht, mußte so schlecht sein, daß die Leute sich zwar öfter scheiden ließen, aber dadurch sparten, daß sie das Schnüffeln selbst übernahmen. Falls das stimmte, würde das einen neuen Trend im amerikanischen Lebensstil der Vorstädte bedeuten. Was wiederum allerorts eine Katastrophe für um ihre Existenz kämpfende Detektive wäre.

Vielleicht würde er Sid, den Cousin seines Vaters, anrufen und um

mehr Mitarbeit bei der Ausarbeitung des Indexes zur Bibliographie der Tibet-Forschung (Sids Steuerabschreibungsprojekt) bitten müssen. Schon der Gedanke daran ließ ihn erzittern.
Posner hatte schon fast die Nase voll von soviel abschreckender Wirklichkeit und stand kurz davor, seinen kleinen Bürofernseher herauszuholen, um sich irgendeine melodramatische Krankenhausserie aus dem Nachmittagsprogramm auszusuchen, als er von dem ungewohnten Geräusch seiner Türklingel aufgeschreckt wurde. Ein Kunde? Wahrscheinlich irgendein Vertreter. Trotzdem drückte er auf den Türöffner.
Nach einem ungewöhnlich leichten und schnellen Getrappel von Schritten zeigte sich ein junges Mädchen zwischen den verblichenen grünen Vorhängen am Ende der Treppe. Posner schätzte sie auf sechzehn. Vielleicht ein Jahr mehr oder weniger. Ihr Haar war eine überreiche Fülle von reinem Schwarz, das frei bis fast zu ihrer Taille herunterfiel. Ihr Gesicht war nicht besonders hübsch, hatte aber die glatte Bräune, die im April nur reiche Leute haben können. Sie war klein, ungefähr ein Meter dreiundfünfzig, und wenn ihr Körper nicht frühreif entwickelt war, so war er jedenfalls so angezogen, als ob das der Fall wäre. Sie trug eine grüne Strumpfhose, einen teuren roten Gürtel mit Türkis und einer Goldschnalle sowie einen engen Jeansrock, der hoch genug geschlitzt war, um Joe Posner mehr von einem sechzehn Jahre alten Oberschenkel zu zeigen, als er verdauen konnte. Sie stand im Türrahmen, den Kopf zurückgelehnt, die sonnengebräunten Arme locker an ihrer Seite. Sie war es gewohnt, mit ihrem Aussehen Punkte zu sammeln.
„Nun sagen Sie mir mal nicht, daß sie sich scheiden lassen wollen", sagte Posner, ohne aufzustehen.
„Seien Sie doch nicht so dumm." Ihre Stimme hatte eine unangenehme, fast weinerliche Schärfe, von der Posner glaubte, daß das Mädchen sich ihrer gar nicht bewußt war. „Kann ich mich hinsetzen?"
„Wenn ich zuschauen darf – ich meine, bitte. Was kann ich denn für Sie tun, Miss ..."
„Gold." Sie setzte sich und schlug die Beine dabei übereinander. Entweder hatte sie seinen Scherz nicht verstanden, oder sie wußte, was er meinte, und zog mit. „Nennen Sie mich Melody." Sie schaute ihn kokett an, nachdem sie ihren Kopf dafür gesenkt hatte. „Jemand hat mir etwas gestohlen, und ich möchte gerne, daß Sie es für mich zurückkriegen."
„Verstehe. O.k. Melody ... Normalerweise arbeite ich ja nicht für Minderjährige ... Darf ich mal fragen, wie Sie gerade darauf kommen, sich an mich zu wenden?"

„Meine Freundin Dessie Levine hat mir gesagt, Sie hätten ihre Mutter überwacht, als ihre Eltern sich getrennt haben, und sie hat gesagt, Sie wären ein scharfer Typ." Sie starrte ausdruckslos in seine grünen Augen, und ihre Stille zeigte, daß sie mit diesem Urteil durchaus einverstanden war.
„Ich gebe Ihnen für den Anfang 1.000 Dollar und 200 Dollar pro Tag ab morgen." Sie schaute sich in seinem weniger als spartanisch eingerichteten Büro um. „Es sieht ja so aus, als könnten Sie's gebrauchen."
Dagegen konnte man nicht argumentieren, und das zog auch all den anderen Überlegungen den Boden unter den Füßen weg, die die Unterhaltung schon gleich zu Beginn beendet hätten. „Na ja, falls ich Ihren Fall übernehme, dann muß ich etwas mehr über ihn erfahren." Das Mädchen rollte mit den Augen und deutete seine Frotzeleien als elementare Dummheit. „Was zum Beispiel ist gestohlen worden, wann, und warum bitten Sie denn nicht Ihre Eltern, wegen der Sache zur Polizei zu gehen?"
Sie schloß die Augen und schüttelte den Kopf wie eine Fünfjährige, welche ihrer Puppe gegenüber eine Mutter spielt, die am Ende ihrer Geduld angekommen ist. „Sie sehen wirklich gut aus. Aber sind Sie vielleicht ein bißchen doof? Ich hoffe, das übersteigt Ihre Fähigkeiten doch nicht."
Joe Posner verdaute diesen Schlag einfach.
„O.k. Erstens: Das, was gestohlen worden ist, war ein kleines antikes Kästchen mit Amethyst und Bernstein", begann sie ihre Vorlesung. „Zweitens: Gestohlen wurde es Freitagabend. Drittens: Mein Vater ist im Ausland, meine Mutter ist ein blödes Schwein und will immer ihre Nase in alles stecken. Und außerdem mag ich keine Polypen. Übrigens, ich werde demjenigen, der es hat, eine ganze Menge zahlen, um es zurückzubekommen."
„Klar." Posner sah keinen anderen Weg, diese Szene durchzuspielen, als scheinbar mitzumachen. Die Erinnerung an seine eigene Schulzeit würde ihm hier offenbar nicht weiterhelfen können. „Haben Sie schon am Freitag gemerkt, daß das Kästchen verschwunden war?"
„Freitag abend hatte ich eine Party. Es war der letzte Abend vor den Osterferien. Die ganze Schule war da. Jeder der Anwesenden hätte in mein Zimmer gehen und es stehlen können. Es war in der untersten Schublade meines Toilettentischs." Sie hielt an, um etwas zusätzliche Überzeugungskraft zu sammeln. „Nun hören Sie mal zu. Ich will wirklich auf keinen Fall, daß meine Eltern davon erfahren, verstanden? Mein Vater hat mir das als ein wirklich besonderes Geschenk gegeben, kapiert? Ein Geheimnis. Meine Mutter weiß nichts davon."

Bei dem Wort „Mutter“ versteifte sie sich sichtlich. So, wie wenn ein Prediger der Moralischen Mehrheit das Wort „Abtreibungsspezialist“ ausspricht. Während sie sprach, strich sie mit den Fingern ihrer rechten Hand langsam die glatte, vollkommene Haut ihres linken Armes auf und ab.

„Auf welche Schule gehen Sie denn, Melody?“ Joe Posner holte etwas zum Schreiben und begann, sich Notizen zu machen. Nicht so sehr, weil er sich entschlossen hatte, den Fall zu übernehmen, sondern weil er etwas Konkretes tun wollte.

„Aufs Human Learning Space.“

„Wie bitte? Lernraum für Menschen?“

„Das ist so 'ne alternative Schule da in der Ramapo Street, wo früher das jüdische Gemeindezentrum war.“

„Ach ja. Bin schon dran vorbei gekommen. So 'ne Hippieschule, nicht war?“

Melody Gold versuchte kaum, den Spott in ihrem Lächeln zu verbergen. „Ey, echt schnallo, Alter!“

Posner steckte auch das ein. Er war schon ein Muster an Selbstbeherrschung. Wirklich. Alles, was er sich gestattete, war ein kurzes Nachdenken darüber, wie respektlos dieses Früchtchen war. „Was meinen Sie denn, könnte ich tun, was Sie selbst nicht hinkriegen? Ich meine, Sie kennen diese Schüler, und wenn Sie in der Schule einen Zettel anschlagen, der für die Rückgabe des Kästchens einen Riesen anbietet, ohne daß Fragen gestellt werden, meinen Sie nicht, daß Sie's dann zurückbekommen?“ Während er sprach, versuchte Posner sich fest einzuprägen, sich das nächste Mal selbst einen Tritt dafür zu geben, daß er hier eigenhändig mehrere Monatsmieten aus dem Fenster hinauswarf.

„Muß ich Ihnen denn alles sagen? Erstens, wie ich Ihnen schon gesagt habe, sind jetzt Ferien. Und ich kann einfach nicht zwei Wochen lang warten. Zweitens bin ich in ein paar Tagen nicht mehr in der Stadt, so daß ich einfach gar nicht die Zeit habe, mit jedem einzelnen zu sprechen, wie ich das gerne möchte. Und ich will, daß das Ding gefunden worden ist, wenn ich zurückkomme, oder die ganze Sache ist abgeblasen – außer den 1.000 Dollar Vorschuß natürlich. Drittens ...“

„Moment mal. Ich glaube, ich verstehe.“ Heiliger Bimbam, dachte Posner. Das Mädchen macht vielleicht gerne Listen!

„Drittens könnte die Sache ziemlich gefährlich werden. Haben sie eine Pistole?“

„Eine Pistole? Ähmm. Eigentlich nein. Ich ...“

„Dann besorgen Sie sich eine. Ich hab' eine.“

„Wirklich?"
„In diesen Zeiten? Sie können's mir schon glauben. Viertens könnten mich eine ganze Menge Leute anlügen, die vor Ihnen vielleicht Angst hätten ..."
Das schien jedenfalls unwahrscheinlich. „Moment bitte, Melody. Was meinen Sie damit, daß die Sache gefährlich werden könnte?"
„Mein Gott! Also, ich muß jetzt los. Ich komm zu meiner andren Verabredung zu spät. Morgen erklär ich mehr davon."
„Nur noch eins. Können Sie mir eine Liste der Schüler bei der Party zusammenstellen?"
„Klar, ich bring Ihnen 'ne Schülerliste. Wie ich schon gesagt habe, es war fast jeder da. Ich bring Ihnen auch 'ne Liste der Lehrer."
„Eine Liste der Lehrer?"
„Klar. Die Lehrer kommen zu allen Parties. Jedenfalls zu all den guten. Und meine sind exzellent. Sie sollten wirklich auch mal zu einer kommen." Sie erhob sich vom Stuhl, fischte einen Umschlag aus ihrer Tasche heraus, ließ ihn auf den Tisch fallen und wandte sich zur Tür.
„Da ist Ihr Riese."
„Moment mal, Melody. Ich glaube, ich werde Ihre Unterschrift auf einem Vertrag brauchen, bevor ich irgendwelches Geld annehme. Und haben Sie was dagegen, wenn ich Sie frage, wie Sie an soviel Geld rankommen?" Sie blieb in dem Flur, der zur Treppe führte, stehen und sah ihn über die Schulter an. „Ja, ich hab was dagegen, Joe, und einen Vertrag unterzeichne ich morgen. Ich bin eine sehr verträgliche Person." Sie blickte Joe Posner vielsagend an, um sicherzustellen, daß er das Wortspiel verstanden hatte. „Bis dahin behalten Sie mal das Geld. Ich fühl mich einfach besser, wenn ich weiß, daß Sie den Fall bearbeiten. Bis dann." Sie sprang die Stufen genauso leichtfüßig hinunter, wie sie sie heraufgekommen war, und stieß mit einem Knall durch die Eingangstür.
Joe Posner ließ den Umschlag in seine Schreibtischschublade fallen und verschloß sie. Er wußte, daß ein Vertrag, der von einer Minderjährigen unterzeichnet war, ungültig war. Er wußte, daß Melody Gold nach nichts als Schwierigkeiten aussah und klang. Er wußte, daß ihre Geschichte so wenig aufging wie die Steuererklärung eines Senators. Er wußte das alles. Genauso wie er wußte, daß er sich nicht vor einen Bus legen durfte. Genauso wie er wußte, daß er einen Tausender gut gebrauchen konnte.
Er mußte es sich noch überlegen.
Durch sein Bürofenster sah er, wie Melody Gold in einen schwarzglänzenden Pontiac Firebird Trans Am sprang und, ohne eine Se-

kunde zu zögern, in den Verkehrsfluß eintauchte. Vorbei an dem Porsche-Audi-Händler, vorbei an der fensterlosen Schuhfabrik mit ihrem Direktverkauf, vorbei an Woolworth, über eine rote Ampel und dann aus seinem Blickfeld.
Er würde es sich schon noch überlegen müssen.

2. Parkstraße

Um zehn Uhr abends wußte Joe Posner, daß er sich entschließen mußte. Die Chicken Too Good-Grillbude würde nur noch eine halbe Stunde offen sein. Es würde Zeit, Energie, zwei Liter Benzin und neunzig Cent kosten, um in eines ihrer saftigen, gepfefferten Hühnerbrüstchen hineinzubeißen. Und vielleicht vierhundert Kalorien. Eigentlich überflüssig. Er war gar nicht richtig hungrig. Die Spaghetti mit Tomaten – ohne Öl –, die er drei Stunden zuvor gekocht hatte, hatten ihm den Magen gefüllt. Er war nervös. Und im Fernsehen gab es noch nicht mal etwas, worüber er sich hätte lustig machen können. Er wollte etwas zum Essen haben. Sein Küchenschrank, das wußte er, enthielt nichts außer einer Dose La Seur Feinste Erbsen und einer ziemlich großen Familie von Wanzen. Was für eine Art Leben war denn das? Er lehnte sich auf dem gebraucht gekauften Sessel, der einer der drei Einrichtungsgegenstände in seinem Wohnzimmer war, nach vorne und legte sein Gesicht in seine Hände. Ich sollte doch zurück in die Stadt ziehen, dachte er. Das ist ja verrückt. Ein Stockwerk über einer Familie von Erweckten Christen in irgendeiner nichtssagenden Straße nirgendwo zwischen zwei nichtssagenden Städten. Zwei Jahre sind genug. Er hatte gedacht, daß frische Luft und die Ruhe die Sache wert sein würden. Das war eine Fehleinschätzung gewesen. Aber würde er als Detektiv in New York leben können? Konnte er denn, so mußte er sich fragen, als Detektiv in

New Jersey leben? Er stand plötzlich auf, zog seine alte Lederjacke an und ging zur Treppe, die zu seinem separaten Eingang führte. Chicken Too Good. Das einzige Kulturzentrum von Wert in der Gegend.

Die Wärme des Nachmittags war ganz verschwunden, und die Abendluft hatte seinen alternden Dodge Dart abgekühlt. Zweimal sprang er nicht an, bevor Posner ihn auf die Straße bringen konnte. Als er den Anlasser betätigte und die Maschine auf Touren laufen ließ, versuchte Joe Posner, sich Gedanken über Melody Gold und ihre tausend Dollar zu machen. Er fuhr durch Straßen mit alten, dicken Bäumen. Hinter den Bäumen standen alte, schwere Häuser. Große, endlose Holzhäuser, in denen mittelreiche Leute lebten. Die reicheren Leute lebten in noch größeren Häusern weiter oben auf dem Hügel. Häuser, die von noch mehr größeren Bäumen, schwereren Bäumen umgeben waren. Er konnte das Geld schon gebrauchen. Die Arbeit würde mindestens sechszehnhundert wert sein. Aber konnte er denn sechzehnhundert Dollar von einem Teenager dafür nehmen, daß er einen ungezogenen Spielgefährten aufspürte? Und ganz tief unten oder vielleicht gar nicht mal so tief unten machte er sich Gedanken, wie sehr sein zölibatäres Leben in der letzten Zeit seine Haltung gegenüber dieser allzu jungen Miss Gold beeinflußte. Natürlich, er konnte sich vormachen, daß es schlimmere Abirrungen in der Welt gab als einen unausgefüllten dreißigjährigen Mann, der eine einfache Affäre mit einem frühreifen und willigen sechzehnjährigen weiblichen Wesen hatte. Aber, so dachte Joe Posner, ein guter Detektiv haßt es, sich etwas vorzumachen. Ein guter Detektiv handelt mit Fakten. Ein guter Detektiv.

Die brutale Wahrheit war, daß die Aufgabe, einem Teenager zu helfen, einen unartigen Spielgefährten zu finden, auf alle Fälle näher an einen richtigen Fall herankam als alles andere, was Joe Posner in seinen achtzehn Monaten als Privatdetektiv bisher geschafft hatte.

Vor ihm rechts pulsten die Bäume mit einem roten Schimmer. Als er um die Kurve kam, sah Posner einen Krankenwagen und eine Traube von Polizeiautos neben dem Holzzaun geparkt, der die Lichtung im Stadtpark abgrenzte. Geparkt waren sie in diesen schiefen Winkeln, von denen er wußte, daß Polizisten sie gerne einnahmen, um eine dynamische Reaktion auf Notfälle anzudeuten. Mehrere hochtechnisierte rote Lichter blinkten wie wild und verstärkten das Gefühl der Höllenaufruhr. Joe Posner ließ seinen Dodge langsam auf die Straßenseite hinter eines der Polizeiautos ausrollen und stieg aus, wobei er die Tür offenließ.

Er schritt bewußt, aber zurückhaltend über den weichen, fast schlam-

migen Boden auf den Krankenwagen zu. Zwei Krankenpfleger schoben eine Bahre in das Autoinnere. „Was ist denn ..." Joe Posner hielt mitten im Satz inne, als er zuerst das schwarze Haar, dann das junge Gesicht von Melody Gold auf der Bahre erkannte. Mit wachsendem Unbehagen suchte er unter den versammelten Polizisten nach einem vertrauten Gesicht, fand eins und ging schnell zu diesem hinüber.
„Webster. Wie geht's? Was ist los?"
„Posner." Er sprach es mit einem kurzen „o" aus, in der Art und Weise, die Posner haßte. „Was machst du denn hier?" Sergeant Doug Webster war einer der drei städtischen Polizisten, die Joe Posner mit Namen kannte. Für einen Polizisten war er immer ein ziemlich patenter Kerl gewesen, außer, daß er ein beschissener Antisemit war. Nicht, daß er jemals irgend etwas Besonderes getan hätte, was Posner zu dieser Annahme veranlaßt hätte. Einfach nur so Kleinigkeiten. Wie z.B. seinen Namen falsch auszusprechen. Natürlich war die Uniform, die alle städtischen Polizisten trugen – schwarzes Hemd und der Ledergurt quer über der Brust – nicht dazu angetan, dieses Gefühl zu beschwichtigen. Auch nicht Websters collegestudentblondes Haar und sein glattes rosafarbenes Gesicht.
„Zufällig vorbeigekommen. Was ist denn los?"
„Ne schöne Nacht, was?"
„Ja, was ist denn los?"
„Nicht viel. Die Yankeemannschaft sieht in diesem Jahr ja ganz gut aus, was?"
„Willst du mir endlich mal sagen, was zum Teufel hier los ist, Webster?" Joe Posner hatte Mühe, sich zusammenzureißen.
„Überdosis Drogen. Was ist denn mit dir los?"
„Pillen?"
„Heroin."
„Heroin?" Das schien gar nicht zu passen. „Wie geht's ihr denn?"
„Gar nicht mehr. Das hier ist ein hundertprozentig totes kleines Mädchen."
Posners Hals zuckte einmal heftig. Das Blut sank ihm aus dem Gesicht. Seine Knie zitterten. Es schien alles so unsinnig.
„Woher weißt du, daß es Heroin war?" hörte er sich selbst fragen.
„Nadel noch im Arm."
„Wie hat man sie denn gefunden?"
„Anruf, anonym. Weibliche Stimme."
„Himmelsakra, Webster. Jetzt red mal in ganzen Sätzen. Wann hast du denn den Anruf erhalten?"
„Vor ungefähr fünfundzwanzig Minuten. Hat uns mitgeteilt, wo wir

sie hier auf der Bank da drüben finden. Verrückt, was – 'n weißer Teenager und Heroin."

„Laß mich mal gucken, Webster?"

„Wozu denn das, verdammt noch mal?"

„Ich will einfach nur mal schnell gucken."

„Bist du vielleicht scharf auf tote Teenager oder so was?" kicherte Webster. Dann, als es ihm schien, daß er etwas wirklich Lustiges gesagt habe, lachte er ein bißchen lauter.

Durch reine Willensanstrengung schaffte Joe Posner ein Lächeln.

„Nur mal schnell gucken, Webster."

„Unmöglich."

„Warum nicht?"

„Du hast keine Genehmigung. Deshalb."

„Genehmigung? Scheiß drauf, Webster. Jetzt laß mich doch mal gucken."

„Unmöglich."

„Scheiß Grund."

„Unmöglich." Das war ein prima Spiel für Sergeant Doug Webster – genau die hirnlose Jugendmannschaftsfröhlichkeit, die er so liebte. Fußball und Löwenbräu, Gruppenwichsen und Judenhatz.

„Scheiß drauf", erwiderte Posner verdrießlich.

Websters Augen leuchteten auf, als er die Gelegenheit sah, ihr Wortgefecht mit seinem Topbonmot abzuschließen: „Leck's auf, Drecksack."

Posner hatte genug gehabt und ging zu seinem Dodge zurück, ohne zu versuchen, Webster noch zu übertreffen. Als er an dem Krankenwagen vorbeiging, schaute er noch einmal zurück, sah, wie Webster in die andere Richtung blickte, und wandte sich an den Krankenpfleger, der wie ein Hydrant neben der Tür des Krankenwagens stand.

„Webster hat mir gesagt, ich soll mal reingucken."

Der Krankenpfleger bewegte seine Augen fast so weit, daß er Posner hätte anblicken können, aber offensichtlich wollte er sich nicht überanstrengen. Posner kletterte in den Wagen und fragte sich, warum er sich denn überhaupt mit Webster abgegeben hatte.

Joe Posner saß da und schaute auf die weiße Leiche von Melody Gold. Die Sonnenbräune war jetzt eine säuerliche Grünschattierung, und auf der rechten Seite ihres Kinns sah man einen deutlichen roten Bluterguß. Posner war merkwürdig unberührt, wie er so neben ihr saß. Es war einfach zu schrecklich, zu unmöglich, um es zu verstehen. Er schaute sich ihren linken Arm an. Der sah nicht mehr so vollkommen aus. Ein häßlicher Einstich, größer, so dachte Posner, als es für eine Hohlnadel eigentlich nötig war. Die durch den Bluterguß

entstandene Verfärbung drum herum stach von ihrer bleichen, blutlosen Haut ab. Neben dem großen Einstich gab es einen anderen, kleineren. Der Gürtel, den Posner am Nachmittag gesehen hatte, fehlte.
Er kletterte aus dem Krankenwagen und schwankte zu Webster zurück. „Webster, warum denn zwei Löcher?"
„He?"
„Sie hat zwei Löcher im Arm."
„Ich dachte, ich hätte dir gesagt, du sollst dich verpissen und davon wegbleiben."
„Ich hatt's vergessen."
Sergeant Webster hielt das nicht für so lustig. „Ich sollte dich eigentlich festnehmen, du Arschloch."
„ ‚Totes Mädchen ohne Erlaubnis angeguckt!' Ich könnte zwanzig Jahre bis lebenslänglich dafür kriegen."
„Man könnte dir dafür deine scheiß Lizenz entziehen, *Smuck*."
„Smuck?" wunderte sich Posner. Ein junges Mädchen, das möglicherweise meine Kundin war, ist tot, und ich muß hier mit einem Postermodell für die SS, der ‚Smuck' zu mir sagt, Spielchen treiben. „Webster, sie hat zwei Löcher im Arm und einen Bluterguß auf dem Kinn. Wieso denn?"
„Jetzt hör mal gut zu, Posner", brachte er seine falsche Aussprache leise heraus, als versuche er, geduldig zu sein. „Ich kann gar nichts dafür. Ich hab hier nicht das Kommando. Ich arbeite nur hier. Mich interessiert's noch nicht mal, ob sie zwei Arschlöcher hat. Verstanden? So, und jetzt spiel mal deinen kleinen Bundeskriminalbeamten woanders und verdüs dich aus meiner Optik, ich bin beschäftigt."
Joe Posner machte sich nicht die Mühe, Sergeant Webster für seine Hilfe zu danken. Die zuckenden roten Lichter gingen ihm auf die Nerven. Er wollte weinen oder sich übergeben. Er wußte nicht genau, was.
Als er wieder an seinem Auto anlangte, saß er ein paar Minuten da mit dem Kopf auf dem Steuerrad, bevor er den Motor anließ. Auf dem Weg nach Hause rannten seine Gedanken durch die ganze Weltgeschichte und versuchten, ein Versteck zu finden. Aber sie schafften es nicht. Sie stolperten dauernd über irgendwelche Dinge. Dinge wie zum Beispiel Melody Golds vollendete Arme. Arme, von denen er sich nicht vorstellen konnte, daß Melody ihnen Einstiche beigebracht hätte. Arme, die mit Sicherheit nicht regelmäßig Einstiche erlebt hatten. Und dann war da noch das blutunterlaufene Kinn, das sie in seinem Büro nicht gehabt hatte. Und der Gürtel, den sie gehabt hatte. Er dachte nach über die tausend Dollar in seinem Schreib-

tisch und über den großen Fall, den er jetzt nicht mehr haben würde. Und die Liebschaft, die er jetzt auch nicht mehr haben würde. Und er schämte sich, über diese Dinge nachzudenken. Er wollte nicht glauben, daß sie tot war, und er glaubte nicht, daß sie an einer Überdosis gestorben war, und er versuchte, diese beiden Dinge zu trennen.

Als er die Treppe zu seiner Wohnung hinaufstieg, fügte er sich in den Gedanken, daß er in dieser Nacht das Ganze nicht würde durchdenken können. Jedenfalls nicht in dem Zustand, in dem er jetzt war. Für den Augenblick gab es nichts anderes, als Bewußtlosigkeit zu suchen. Und zwar schnell. Er holte zwei Seconal-Schlaftabletten aus dem Bad und einen großen Schluck Scotch aus der Küche. Er schüttete das Gift seine Kehle hinunter, ging in sein Schlafzimmer, ließ seine Kleider auf den Boden fallen, legte sich mit dem Gesicht nach unten ins Bett und wartete auf den Morgen.

3. Der Morgen danach

Das Schild an der Ramapo Street lautete „Human Learning Space". Elegante Buchstaben in einem dunklen Grau auf einem hellgrauen Hintergrund. Es stand vor einem flachen gelben Backsteinhaus der fünfziger Jahre, das früher einmal das jüdische Gemeindezentrum gewesen war. Der Parkplatz lag vor dem Gebäude, und zu seiner Linken stand eine Garage für drei Wagen, die mit psychedelischen Zeichnungen in hellen Farben überdeckt war. Eine chemische Reinigung und ein Smokingverleih befanden sich auf der anderen Seite der Straße und sahen aus, als ob jemand sie vorübergehend dort abgeladen habe und vergessen hatte, sie wieder mitzunehmen.

Joe Posners Dodge gesellte sich zu einem weißen VW-Käfer und einem orangefarbenen Datsun auf dem ansonsten leeren Parkplatz. Die Schlaftabletten und der Scotch hatten ihn fast bis zehn Uhr schlafen

lassen, und sein Kopf fühlte sich immer noch ein bißchen an wie Zement. Er stieg aus dem Auto und stand eine Sekunde lang da mit geschlossenen Augen und ließ den warmen Sonnenschein des späten Morgens in sich eindringen. Die Helligkeit brannte ihm durch die Augenlider, aber sie fühlte sich lindernd an. Die weiche Luft roch süß nach jungen Dingen im Wachstum, und Posner saugte genug davon ein, um die entferntesten Winkel seiner Lungen damit zu kitzeln, bevor er die Treppe hinaufging. Ohne sich die Zeichnungen, Fotos und flüchtig gekritzelten Ankündigungen anzuschauen, die kreuz und quer an den Wänden des Ganges angeklebt waren, folgte er dem Geruch von Kaffee und dem einzigen offiziell aussehenden Schild, das zum Büro wies. Die Korridore hallten wider von der Leere einer Schule in der Ferienzeit.
Die Bürotür stand offen, und er sah eine rundliche, nette junge Frau, das Haar in einem Knoten, die ihre IBM-Selectric verfluchte, während sie beide Hände an den Seiten ihres Kopfes hochhielt und die langen in Kirschfarbe angemalten Fingernägel weit auseinander streckte. In dem Moment, da sie Posner erblickte, war ihre Wut vorbei, und ein breites, warmes Lächeln ließ ihr Gesicht aufleuchten.
„Oh, hallo. Wie geht es dir?"
Posner war in keiner Weise auf die offenkundig ehrliche Anteilnahme ihrer Frage vorbereitet gewesen. „Ähm, o.k., danke!" Er fragte sich, ob er sie von irgendwoher kenne.
„Ich heiße Norma, wie heißt du denn?" Posner hatte allmählich das Gefühl, als ob er durch Zufall auf irgendeinen abgelegenen Stamm gestoßen war, dessen Sitten und Rituale noch nicht von zivilisierter Berechnung befleckt waren.
„Joe Posner."
„Guten Tag, Joe."
„Guten Tag. Ich ... ähmm ..."
„Kann ich dir helfen?"
„Ich hatte gehofft, daß du mir die Adresse von Melody Golds Familie geben könntest."
„Oh je!" verzog sie ihr Gesicht vor Enttäuschung. „Ich glaube nicht, daß ich das tun darf. Um was handelt es sich denn?"
„Na ja, Melody hat mir was gegeben, und ich muß es ihrer Familie so schnell wie möglich zurückbringen, und weil es im Telefonbuch so viele Golds gibt ..."
„Ich möchte dir ja gerne helfen, Joe, aber ich muß erst mal von Les die Erlaubnis dazu bekommen."
„Les?"
„Dem Direktor. Aber im Moment ist er nicht hier."

„Ach so.“ Er konnte einfach nicht glauben, daß es keinen Weg an ihr vorbei gab.
„Möchtest du's denn hierlassen? Daß ich es Melody zukommen lassen kann?“
Posners Magen verkrampfte sich zu einem Knoten. „Melody ist tot, Norma.“ Er hielt an, um sie die Tragweite der Nachricht ganz fassen zu lassen. „Du verstehst also, daß es sehr wichtig ist.“
Normas Gesicht wurde bleich, und ihre breiten Augen wurden noch breiter. „Oh mein Gott, wovon sprichst du denn da?“
„Sie ist gestern nacht gestorben. Ich weiß, es ist schrecklich.“
„Oh mein GOTT! Oh mein GOTT!“ Sie hielt sich die Hand über den Mund und saß ganz still.
„Kann ich also bitte“, drängte Posner nach, „die Adresse haben?“
„Wie?“
„Ein Unfall. Die Einzelheiten kenn' ich nicht.“
„Oh mein GOTT!“
„Ich weiß schon, wie du dich fühlst. Kann ich die Adresse haben?“
„Oh mein Gott!“ Norma starrte ins Leere.
„Norma!“
„Ja?“
„Kann ich bitte die Adresse haben?“
Sie war wieder ganz da, einsatzbereit. „Hör mal zu, Joe. Ich versuche lieber, Les zu Hause anzurufen. Er möchte ja sowieso die Sache mit Melody erfahren.“ Sie streckte die Hand nach dem Telefon aus und begann, Zahlen einzutippen.
„Danke, Norma.“ Nur so aus Prinzip versuchte er, die Nummer mitzukriegen, aber Normas Tastenanschlag hatte die Höchstgeschwindigkeit eines Champions. Während sie den Rufzeichen zuhörte, murmelte sie verschiedene Zusammensetzungen von „Oh mein Gott“ und „Ich kann's einfach nicht glauben“, legte dann den Telefonhörer wieder auf und schüttelte den Kopf. „Er ist nicht zuhause, Joe. Und ich kann niemandem solch eine Information rausgeben. Tut mir leid.“
Posner rieb sich Augen und Schläfe. „Vielleicht ist er gerade auf dem Weg hierher?“
„Keine Ahnung, vielleicht. Willst du dich denn setzen? Gieß dir doch etwas Kaffee ein.“ Sie schauderte und schüttelte den Kopf. „Ich muß wieder an die Arbeit.“ Sie hielt ihr Gesicht in den Händen, während sich Posner gierig etwas Kaffee von der Mr. Coffee-Maschine in eine Styroportasse goß und etwas künstliches Milchpulver dazuschüttete. Es schmeckte gräßlich, aber der Kaffee war fast heiß. Er ließ sich in einen Stuhl fallen, um zu warten, beobachtete Norma, wie sie

noch ein paarmal den Kopf schüttelte, etwas wiederholte, das wie „Jeder macht sich seine eigene Wirklichkeit“ klang, und dann wieder zu tippen begann.
Joe Posner verkroch sich noch tiefer in seinen Stuhl, trank einen weiteren Schluck und dachte über das Ganze noch einmal nach. Er *wollte* eigentlich das Geld nicht zurückbringen, aber er wußte, daß er es mußte. Es waren nicht unbedingt moralische Überlegungen. Er hatte Angst, daß ihm irgend etwas Schlimmes passieren würde, wenn er es behielte. Daß er Schwierigkeiten haben könnte. Er wußte nicht, wo das Geld her war. Er hatte keinen Vertrag. Bei Licht besehen war das Sicherste und Beste, was er machen konnte, das Geld schnell auszugeben. Es war fast völlig sicher, daß sich seine Spuren verlieren würden. Er hatte durch den Umschlag hindurch gespürt, daß es Bargeld war. Aber bei diesen Dingen folgte er nie nur seinem Verstand. So wie damals, als er sein Auto auf die Adresse seiner Tante in Maryland angemeldet hatte, um 70 Dollar bei der Versicherungsprämie zu sparen: ständige *spilchis*, bis er die Sache umgemeldet hatte. Und dies hier: ein toter Teenager, Drogen, tausend Dollar. Er mußte das Geld loswerden. Auf diese Weise würde er sauber bleiben. Seine Geschichte stimmte. Er hatte das Geld direkt vor Büroschluß am Abend zuvor erhalten – er brachte es als allererstes am nächsten Morgen zurück. Sie konnten sogar die Scheine auf seine Fingerabdrücke hin untersuchen. Er hatte ja den Umschlag gar nicht geöffnet. Sauber.
Das Hacken von Normas Selectric half seinem Kopf auch nicht. Dann hörte er durch den Lärm hindurch ein leises Donnern, das aus dem Korridor kam. Es kam immer näher, Norma bemerkte es offenbar gar nicht, bis ein kleiner Junge, vielleicht acht Jahre alt, auf einem Skateboard in das Büro kurvte, eine ganze Drehung auf dem rückwärtigen Rad vollführte, das Brett mit seinem Zeh in die Luft warf und es nur einen halben Meter von Normas Kopf entfernt auffing. Ein großer goldbrauner Jagdhund trippelte hinter ihm her.
Ohne von ihrem Tippen aufzuschauen, begann Norma einen Singsang: „Mit dem Skateboard wird im Korridor nicht gefahren, David.“
Da er sah, daß er von Norma keinen Beifall bekommen würde, wandte sich der Junge Posner zu und lächelte über seine eigene Leistung. Sein braunes Haar war stark lockig und hing bis auf seine Schultern. Seine Nase war voller Sommersprossen und sah so aus, als ob sie soviel wiege wie der Rest des Körpers. Er trug Jeans und ein himmelblaues T-Shirt, auf dem „69 – versuch's mal, es wird dir Spaß machen“ stand. Posner lächelte zurück.
„Norma, ich brauche Allysons Telefonnummer.“
Norma tippte weiter. „Ich bin beschäftigt, David.“

„Nun mach schon, ich *brauch* sie."
Norma sah ihn schließlich an und raffte soviel Zorn zusammen, wie Posner ihr zutraute, und das war nicht gerade viel. Ohne hinzuschauen, griff sie nach dem schwarzen Brett hinter sich, holte eine gelbe vervielfältigte Liste herunter und gab sie dem Jungen. „Bring sie mir zurück, wenn du fertig bist", sagte sie mit hingebungsvoller Ernsthaftigkeit und tippte weiter. David stieg wieder auf das Skateboard und rollte in den Korridor zurück.
„Kein Skateboardfahren im Korridor", rief Norma hinter ihm her.
„Los komm, Trog", war seine einzige Antwort.
Posner ergriff blitzschnell die Initiative. „Hast du was dagegen, wenn ich die Toilette benutze, Norma?" fragte er.
„Natürlich nicht, Joe", lächelte Norma in ihre Tasten hinein. „Gleich rechts aus dem Büro raus und dann links."
„Danke!" Er glitt in die Halle und fragte sich, wie Norma wohl beim CIA bestehen würde. Er holte den Jungen und seinen Hund am Münzfernsprecher ein. Der Hund steckte seine Schnauze sofort zwischen Posners Beine und begann zu schnüffeln. „He, David, kann ich mal für einen Moment auf die Liste gucken?"
„Wer sind Sie denn?" quiekte er in einem Ton, der nach Verdacht klang und für einen so kleinen Jungen ziemlich schneidig war.
„Joe Posner."
„Oh, dann ist's in Ordnung." Ein Name schien schon auszureichen. „Lassen Sie mich nur erst mal wählen." Er stellte sich auf seine Zehen, um das 10-Cent-Stück einzuwerfen, und wählte die Nummer nach der Liste. Dann knallte er den Hörer in die Gabel. „Scheiß Besetztzeichen. Hier."
Posner überflog sie, dann fragte er, ohne einen Grund dafür angeben zu können „Kann ich das behalten? Du kannst dir Allysons Nummer für später aufschreiben."
„Ich muß sie doch Norma zurückbringen."
„Sag schon, was willst du denn dafür?"
„Ham Sie'n Joint?"
„Wie wär's mit nem Dollar?"
„Wie stehts mit fünf?"
„Auf keinen Fall."
„Was soll ich denn Norma erzählen?"
„Sag ihr, daß der Hund die Liste gefressen hat." Posner zuckte mit den Schultern und zog einen Ein-Dollar-Schein aus seiner Tasche.
Die Augen des Jungen verengten sich, als er das Ganze ernsthaft in Betracht zog. „Das ist ja ausgezeichnet, ganz ausgezeichnet." Er schnappte sich den Dollar und rollte auf den Ausgang zu. „Behalten

Sie nur Allysons Nummer, ich ruf sie von zu Hause an."
Auf seinem Weg zurück ins Büro lachte Joe Posner vergnügt vor sich hin und schob die Liste in seine Gesäßtasche. Er steckte seinen Kopf durch den Türrahmen. „So, Norma, ich muß jetzt gehen. Trotz allem vielen Dank."
„O.k., Joe. Ich kann das mit Melody immer noch nicht glauben. Tut mir leid, daß ich dir nicht helfen konnte. Versuchs noch mal heut nachmittag. Tschüß."
Posner ging zum Ausgang zurück, aber etwas, das wie ein Schluchzen klang, ließ ihn auf halbem Wege anhalten.

4. Nasse Sandalen

Das Geräusch kam aus einer offenen Tür zu seiner Rechten. Er folgte ihm durch die Türfüllung und fand vor sich eine hochgewachsene dünne Frau, die sich mit dem Rücken zu ihm über die offene Schublade eines Aktenschrankes beugte. Stumpfes braunes Haar lag verwirrt und verknotet wie tagealte Spaghetti über ihrer Schulter und ihrem Rücken. Neben ihr, auf einem der vier langen Tische, die in dem Raum umherstanden, befand sich eine Pappschachtel, fast bist oben hin voll mit Papieren und Akten. Er hatte recht gehabt mit dem Schluchzen.
Posner sah sich im Zimmer um. Eine kleine Wandtafel auf der entfernten Wand schien mehrere Generationen von Aufschriften zu tragen, einer über der anderen. In einer Ecke sah er „lieben = sich kümmern". Auf einem anderen Teil der Tafel las er „Bist du ein Cadillac oder ein Volkswagen?". In der Mitte der Wandtafel, genau auf einer ausgewischten Fläche, waren die Namen „Kierkegaard" und „Brautigan" gekritzelt. Verdunkelungsvorhänge waren gegen die Frühlingssonne heruntergelassen, und das Licht in dem Zimmer war ein kränkliches Blau, das von einer Neonlampe an der Decke kam. Joe Posner

schloß die Tür hinter sich und hoffte, daß das Geräusch die Aufmerksamkeit der Frau erregen würde. Das tat es auch. Sie sprang auf wie ein Hirsch bei einem Gewehrschuß und drehte sich zu ihm um, wobei sie ihre Hände hinter den Rücken hielt. Ihr Gesicht war jung, knochig und bleich. Sie trug eine langweilige weiße Bluse mit einem Rundkragen und einer runden Brosche. Die Bluse hätte einen steifen Eindruck machen können, wenn sie jemals gebügelt worden wäre. Ein nicht dazu passender Jeansrock fiel formlos bis fast zu ihren Knöcheln hinunter, wo die oberen Enden ihrer weißen Sportsocken fast die unteren Enden ihrer wattierten langen Unterhose trafen. An ihren Füßen trug sie ein Paare teure Gummijagdstiefel.
„Wer sind Sie denn?" fragte sie, wobei sie immer noch ihre Tränen schluckte.
„Joe Posner."
Die Antwort verblüffte sie. Blutunterlaufen war die einzige Farbe in ihren Augen, und so wie sie Posner anstarrten, sahen sie so leer aus wie ein Kino am Montagmorgen.
„Ist das der Vorname oder der Nachname?" Es war die flache, nasale Stimme von jemandem, der alles wörtlich nimmt.
„Was?"
„Joeposner."
„Nein. Joe ist mein Vorname, Posner mein Nachname."
„Aber Sie haben's gesagt wie einen einzigen Namen." Jetzt zeigte sie Anzeichen von Verärgerung, so als ob sie sich getäuscht fühle.
„Ja", entschuldigte er sich. „Ich sag's halt gerne so."
„Oh, ich heiße Alice." Sie kam näher zu ihm.
„Alice was?" Die Frage schien sie ein bißchen zu verletzen.
„Les sagt, daß Nachnamen eigentlich mehr etwas über unsere Eltern aussagen als über uns."
„Les wer denn?" fragte Posner mit ganz ernstem Gesicht.
„Les Coniff." Alice zog die Stirn in Falten, dann fügte sie hinzu „Cabot."
„Les Coniff Cabot?"
„Nein, Les Coniff – Alice Cabot."
„Ach so. Unterrichten Sie hier?"
Sie nickte ein paarmal und wollte nicht mehr sprechen, als notwendig war.
„Was unterrichten Sie denn?"
Sie holte tief Luft und atmete ihre Antwort aus.
„Philosophie."
„Wirklich?" Posner war überrascht. „Gibt es denn an so einer kleinen Schule eine so große Nachfrage für einen Philosophielehrer?"

Alice Cabot ließ ihren Kopf vor Scham sinken. „Im College habe ich Philosophie studiert. In diesem Semester habe ich nur einen Philosophiekurs unterrichtet: ‚Die philosophischen Wurzeln von Richard Brautigan.‘ Ich unterrichte auch den Vertrautsein-Workshop und mexikanische Küche. Beziehungsweise hab ich das unterrichtet. Ich unterrichte hier nicht mehr." Sie zeigte auf die Pappschachtel. „Ich packe!" Dieses letztere Geständnis ließ ihre Tränen wieder laufen, als sei sie eine Sprinkleranlage. Sie sprang auf Joe Posner zu und wickelte ihre Arme eng um ihn. „Bitte, halten Sie mich einfach eine Minute fest." Sie drehte Posner und sich um, drückte ihn zurück in den Aktenschrank, und schloß diesen mit seinem Rücken. Sie roch leicht nach nassen Sandalen und altem Schweiß. Posner blieb regungslos, während er die unerklärliche, aber unleugbare Reibung ihres Schoßes gegen sein Bein spürte.
Wie versprochen ließ sie ihn nach einer Minute wieder los. Das Schluchzen hatte schon fünfzehn Sekunden vorher aufgehört. Irgendwo, vielleicht in dem Vertrautsein-Workshop, so überlegte sich Posner, hatte sie gelernt, ihre Hysterie abzuschätzen. „Vielen Dank", sagte Alice mit geschlossenen Augen. „Ich hoffe, es war nicht zu schrecklich für Sie."
„Ähmm, nein, es war, ähmm, schön. Keine Ursache." Joe Posner suchte in seinen Taschen nach einem Taschentuch, obwohl er wußte, daß er keins dabei hatte. Er besaß nicht mal eins. Alice Cabot zog eins aus einem Rucksack heraus, der auf dem Boden lag. Posner konnte erkennen, daß das Taschentuch oft benutzt und nur selten gewaschen worden war. Während sie ihre Augen mit dem grauen Tuch wischte und dann ihre Nase damit putzte, bemerkte Posner, daß die Brosche auf ihrem Kragen teuer aussah. „Das ist eine wunderschöne Brosche."
„Vielen Dank!"
„Ist es ein antikes Stück?"
„Ja."
Er ging – mit einiger Vorsicht – auf sie zu, um näher hinzuschauen.
„Was sind denn das für Steine?"
„Amethyst und Bernstein." Sie wischte sich immer noch die Augen.
„Ach wirklich? Es ist herrlich. Darf ich fragen, wo Sie das herhaben?"
Über dem Taschentuch weiteten sich Alice Cabots Augen. „Es war ein Geschenk."
„Sicherlich von einem Bewunderer."
Alice überhörte den Kommentar und fuhr fort, Ablagen in ihre Pappschachtel zu packen.

„Ich meine einfach, es sieht teuer aus, dann, hab ich gedacht, muß es von irgend jemand besonderem sein. Ich wollte nicht zu persönlich werden."

Alice versuchte zu lächeln und ihn nicht anzufahren, aber bei beidem hatte sie nur halben Erfolg. „Na ja, persönlich war's schon, meine ich."

„Tut mir leid." Posner versuchte so zu klingen, als ob er es auch wirklich so meine, aber viel besser gelang es ihm auch nicht.

„Ist schon gut. Aber was machen Sie überhaupt hier? Suchen Sie jemanden?"

„Na ja, das ist eine ziemlich lange Geschichte. Ich hatte versucht, Melody Golds Adresse zu bekommen." Alices Gesicht sah aus wie das eines alten Boxers, der sich vom Sport zurückgezogen hat, aber zu beweisen versucht, daß er immer noch einen Schlag in die Magengrube aushalten kann. „Sie wollte, daß ich ihr dabei helfe, ein verschwundenes Kästchen zu finden."

„Ach wirklich?" Bleiche Lider flackerten auf ihren leeren Augen. „Das ist ja interessant. Würden Sie mich bitte jetzt entschuldigen?" Sie neigte ihren Kopf zur Seite und sagte durch die Zähne eines leicht angewiderten Lächelns, „Ich muß jetzt meinen Stuhlgang haben. Es war nett, mit Ihnen zu sprechen." Sie bewegte sich zur Tür wie ein Zombie mit einem Kater. Sie schien Joe Posners „Ich werde hier auf Sie warten" gar nicht zu hören.

Joe Posner wußte, daß er seine Nase in etwas hineinsteckte, wo sie gar nicht hingehörte, aber der Zufall mit der Brosche war doch einfach verdammt noch mal zu interessant, als daß man das vorübergehen lassen konnte. Und Alices Reaktion war auch ungefähr so koscher gewesen wie eingemachter Schinken. Falls sie wußte, daß Melody tot war, dann gab sie vor, nichts davon zu wissen, und falls sie es nicht wußte, dann versteckte sie etwas anderes.

Er schaute sich ein bißchen im Zimmer um. Er öffnete den Ordner, der auf dem Haufen zuoberst lag, und schaute sich einen Stapel von vervielfältigten Blättern an, die die Überschrift „Abschlußklausur Moderne Philosophie, Hausarbeit" trugen. Er vermutete, daß die Prüfungsarbeit von einem früheren Semester stammte. Sie lautete:

Beantworte irgendeine der folgenden sieben Fragen. Schreibe zuMINDEST fünf (5) Minuten.

1. Meine hauptsächliche Wirklichkeit ist:
2. Ich fürchte mich/fürchte mich nicht vor dem Sterben, weil:
3. Meine hauptsächlichen Gefühle im Bezug auf Menschen sind:
4. Ich ziehe die Phänomenologie dem Positivismus vor (oder

umgekehrt), weil:

5. Für mich besteht die Wichtigkeit der außerkörperlichen Erlebnisse in:
6. Was meinte John mit „Ich bin das Walroß" wirklich? Bring Einzelheiten.
7. Was, meinst Du, ist wichtiger – Eltern oder Haltungen? Warum?

Die Arbeiten müssen am Donnerstag abgeliefert werden. WIR SEHEN UNS BEI DER ABSCHLUSSFEIER WIEDER !!

Posner schaute sich noch ein bißchen mehr um, aber er fand nicht viel. Einfach aus Neugierde heraus dachte er, es könnte ganz interessant sein, in ein Klassenbuch zu schauen und zu sehen, ob Melody in irgendeiner von Alices Klassen gewesen sei und wie sie abgeschnitten habe, aber er fand kein Klassenbuch. Nach fünfzehn Minuten dachte sich Posner, daß Alice ja doch wohl Zeit genug für ihren Stuhlgang, wie sie es so geschraubt ausgedrückt hatte, nach Schenectady und zurück gehabt haben sollte. Er schlurfte den Korridor hinunter zu der Tür, auf der „Toilette" stand, und drückte die Klinke runter. Sie war verschlossen.

„*Occupado*", sang Alice ein bißchen nervös.

„Alice? Ist alles in Ordnung?" Keine Antwort.

„Alice, hier ist Joe."

„Ich weiß."

„Alles in Ordnung?"

„Ja. Kann ich bitte ein bißchen alleine gelassen werden?"

„Werden Sie bald rauskommen?"

„Ich glaube nicht. Ich glaube schon, Sie sollten weggehen."

„Ja. O.k., klar. Tut mir leid, daß ich sie belästigt habe." Was immer Alice Cabot auch wußte, würde er nicht gerade dadurch herausfinden, daß er auf einer Toilettentür herumhämmerte. Und ob es nun interessant war oder nicht, es war doch nichts, was ihn anging. Nicht wirklich jedenfalls. „Na ja, ich glaub, ich geh dann, Alice. Nett, Sie kennengelernt zu haben."

„Und umgekehrt", sagte sie durch die Tür. „Tschüß."

„Tschüß." Er ging langsam auf die Ausgangstür zu, bis er zu einem schwarzen Brett kam, das mit zwei Dutzend Fotos, Größe zwanzig mal fünfundzwanzig Zentimeter, bedeckt war und vor denen er anhielt, um sie sich anzuschauen.

Es schienen Fotos von einem Campingausflug zu sein: Lagerfeuer, Schwimmen, gesteppte Eiderdaunenwesten und Flanellhemden, Gitarrespielen, Kämpfe im Wasser, Kochen. Posner war beeindruckt von der Qualität der Fotos und dem Geist der Fröhlichkeit und der

Zusammengehörigkeit, die sie eingefangen hatten. Dann, ziemlich weit unten, ließ ihn ein Foto erstarren.
Es war Melody Gold, offenbar überrascht und lächelnd. Lächelnd wie eine Sechzehnjährige: mit all ihrem jungen, weitgeöffneten Herzen, das sie in seinem Büro versteckt hatte, lächelnd hinter einer gespaltenen Lippe, lächelnd hinter einem geschlossenen blauen Auge. Lächelnd hinter einem geschwollenen Kiefer. Es mußte geschmerzt haben, mit einem solchen Gesicht zu lächeln, dachte Posner. Es mußte sie fürchterlich geschmerzt haben.

5. Gold Antiquitäten

Das Haus war durchaus normal. Jedenfalls für die Nachbarschaft: groß, viereckig, aus rosa Backsteinen mit weißen Holzteilen und einem Dach aus Zedernschindeln, die einigermaßen halbherzig den Eindruck eines Hexenhäuschens zu schaffen versuchten. Es hätte angeberisch sein können. Es schien aber gar nicht zu wissen, was es vorgeben wollte.
Die Tür wurde von einer dünnen schwarzen Frau mittleren Alters mit gelangweilten gelben Augen geöffnet. Auf Posners Bitte, Mr. oder Mrs. Gold zu sprechen, reagierte sie nicht, außer daß sie von der Tür wegging und mit ihrer Hand unbestimmt in die Richtung des Wohnzimmers winkte.
Posner ging durch das schwarzweiß gekachelte Foyer mit seinen Rokokostatuen und Piedestalen. Das Wohnzimmer war überfüllt mit teuer aussehenden Antiquitäten, die überhaupt nicht zusammen paßten. Es war noch nicht mal mit schlechtem Geschmack eingerichtet, sondern offenbar ganz ohne einen identifizierbaren Geschmack. Es war das, was seine Mutter *ungepatschke* genannt hätte. An einer Seite des Zimmers stand eine Tür offen, und Posner konnte die zigarettenrauchige Stimme einer Frau hören. Er ließ sich vorsichtig in

einen Stuhl nieder, der aussah wie ein französischer Louis irgendwas und versuchte, nicht wegzuhören.

„Jetzt erzähl mir mal nicht, daß ich nicht diese kleinen Wiener Würstchen bei einem Leichenschmaus haben kann. Wessen Begräbnis ist das denn? Was willst du? Ich soll irgend so einen Bisquitkuchen nehmen? Meinst du denn, wir sind hier so fanatische orthodoxe Juden? Ich will jedenfalls diese kleinen Wiener Würstchen. Ja, Moment mal." Tasten klickten. „Mutter. Ja, Liebste. Ich bin wieder da. Bitte, Mutter. Jetzt hör doch mal auf, so hysterisch zu sein. Nein, wir *wissen* nicht, wie. Komm *bitte* nicht hierher. Um Gottes Willen, Mutter. Ich werde hier schon ganz wahnsinnig. Bitte. Nein! Ist er nicht. Kapstadt. Wo denn sonst? Später. Er kommt heute nachmittag mit der Maschine der Gesellschaft. Ist er denn jemals da, wenn ich ihn brauche? Ja, wunderbar, wunderbar. Du bist süß. Grüß Daddy. Halt dich tapfer." Weitere Tasten klickten. „George, tut mir leid, daß ich dich warten lassen mußte, Liebling. Es ist ein richtiges Irrenhaus hier, ja. Nur vier? Ich dachte, es seien vier *Chipp*endalestücke und *fünf* von den Kredenzas. Ja, was zum Teufel? O.k. Was auch immer, Liebling. Ich hatte dir schon gesagt, daß ich heute keine Geschäfte machen will. Ich kann's nicht. Wirklich. Ja. Kümmer du dich drum. Ich lieb dich. Halt dich tapfer!"

Weitere Tasten klickten, und Posner schaltete. Gold. Gold Antiquitäten. Im Winter hatte es da ein paar Einbrüche in ein Warenlager gegeben, das den Gold Antiquitäten gehört hatte. Eine bedeutende Import- und Großhandelsfirma. Er hatte in der Zeitung darüber gelesen. Das hier mußten die Leute sein.

Mrs. Gold ackerte weiter. „Oskar, hör mal zu. Mach, was du willst. Aber gib mir nichts von diesem langweiligen europäischen Zeug. O.k., Liebling? Danke!" Sie knallte den Hörer in die Gabel und stieß ein „Heiliger Bimbam!" aus, bevor sie in einem glänzenden rosa und türkisfarbenen Kaftan in das Wohnzimmer rollte. Es war nicht schwer zu sehen, daß sie Melodys Mutter war. Die Arme – von der Sonne zu Leder gebrannt und jeder mit einem halben Dutzend Armreifen klimpernd – waren genauso vom Körper abgespreizt, wie Melody ihre abgespreizt hatte. Nur enger anliegend mit mehr Mühe, aber weniger Absicht. Den Kopf hielt sie genauso schräg zurück, das kohlrabenschwarze Haar war nach hinten zu Bockshörnern versteift. Zuerst sah sie Joe Posner nicht, und als sie ihn dann sah, ging sie auf ihn los. „Wer sind Sie denn? Sie sehen aus wie einer der Lehrer. Ganz schön unverschämt, daß einer von dem Pack hier aufkreuzt."

„Nein, Mrs. Gold", antwortete Posner ganz kühl. „Ich bin kein Lehrer. Mein Name ist Joe Posner."

„Oh", ließ sie sich in einen viktorianisch aussehenden Sessel fallen. „Ich hoffe, daß Sie nicht geschäftlich hier sind", seufzte sie traurig. „Wir beklagen hier einen schrecklichen Verlust."
„Ja, Mrs. Gold, ich weiß. Wenn ich das erklären könnte ..." Posner nahm den Umschlag aus der Jackettasche.
Phyllis Gold stützte ihre Stirn in die Hand. „Also, was gibt's?"
„Ich bin Privatdetektiv ..."
Mrs. Gold hob den Kopf gerade soviel, daß sie herschauen konnte. „Sie machen wohl 'n Witz?"
„Nein, Mrs. Gold. Ich bin Privatdetektiv. Melody hat gestern versucht, mir einen Auftrag zu geben."
Mrs. Gold hob die Augenbrauen in Verwunderung, und ihre Augen öffneten sich weit, so daß es nach Sorge aussah.
„Sie hat mir einiges Geld dagelassen – gegen meinen Willen –, und ich dachte, ich sollte es Ihnen sofort zurückbringen. Was da passiert ist, tut mir sehr leid."
Mrs. Gold starrte ihn verständnislos an. Ihr Gesicht war leicht eingeölt, trug aber ansonsten kein Makeup. Eine wohlgeformte, geradlinige Nase und große grüne Augen deuteten an, daß das Gesicht einmal anziehend gewesen war. Aber zuviel Sonnenbräune, zuviel gekünsteltes Lächeln und zuviel Kummer hatten ein Aussehen von Aushöhlung und moralischer Erschöpfung zurückgelassen. Posner vermutete, daß sie noch nicht einmal fünfundvierzig war. Sie sah nicht nur älter aus, sondern auch rasch verblühend. Sie erwiderte seinen festen Blick ein paar Augenlidzucken lang, dann sagte sie: „Warum würde denn Melody einen Privatdetektiv anstellen?"
„Ich fürchte, daß ich mich nicht darüber auslassen kann." Posner zwang sich, den stetigen Blick der Frau auszuhalten.
„Oh, ich verstehe. Sie können sich also nicht darüber auslassen." Sie glättete den hellen Kaftan über den Knien mit Fingern, die vor Spannung straff waren. „Ich bin mir nicht so ganz sicher, daß ich verstehe, was Sie sagen wollen, Mr. ... Wie sagten Sie noch, war Ihr Name?"
„Posner. Joe Posner. Also wirklich, alles, was ich wollte ..."
„Lassen Sie mich mal zu Ende sprechen", lächelte sie verärgert. „Also, ich weiß nicht, was Sie vorhaben oder für was Sie uns halten. Aber lassen Sie mich Ihnen mal eine Sache klarmachen. Ich bin nicht jemand, der im Elend der Vergangenheit rumkriecht." Sie wandte plötzlich ihren Kopf ab und biß sich in die Oberlippe. „Melodys Tod gehört der Vergangenheit an. Nichts kann sie zurückholen. Nichts." Sie wandte ihr Gesicht wieder Posner zu. Ihre Augen waren trocken. „Wir wollen nicht, daß irgend jemand Dinge aufrührt oder herum-

schnüffelt oder in Sachen herumstochert."
Joe Posner sah es nicht gerne, wenn man ihn einen Herumstocherer, einen Schnüffler oder Aufrührer nannte. Eigentlich hatte ihn seine Familie ja immer für einen guten Esser gehalten, und was noch wichtiger war, er fragte sich, warum seine Weigerung, ihr zu antworten, diese krankhafte Szene ausgelöst hatte. „Bitte glauben Sie mir, Mrs. Gold, an so etwas bin ich überhaupt nicht interessiert. Ich bin einfach hierher gekommen, um das Geld zurückzubringen." Er hielt ihr den Umschlag hin.
Nachdem sie den Umschlag ein paar Sekunden voller Mißtrauen angeschaut hatte, nahm sie ihn vorsichtig an, als ob sie sich vielleicht anders besinnen und ihn fallen lassen wollte. Dann öffnete sie ihn, schaute hinein und schoß Posner, der sich gerade überlegte, mit welchem Satz er Lebewohl sagen könnte, einen Blick zu.
„Was für ein Spiel spielen Sie da, Mr. Posner?" lächelte sie spröde.
„Gar keins. Glauben Sie mir. Ja, ich sollte jetzt wirklich gehen ..."
„Warum legen Sie nicht einfach Ihre Karten auf den Tisch? O.k.?"
„Ich *habe* gar keine Karten. Alles, was ich will, ist ..."
Phyllis Gold seufzte laut. „Mr. Posner, Mr. Posner." Ihre Augen schlossen sich, die Stimme war leise. „Melody bedeutete mir alles. Mein Kronjuwel, das Geld auf meinem Konto ..."
Die Metaphern sagten mehr aus, als Mrs. Gold bewußt war, aber sie waren immer noch schrecklich. Posner konnte das nicht länger aushalten. „Mrs. Gold, warum sagen Sie mir nicht einfach, was ich Ihnen sagen soll?"
Sie lächelte wieder so demutsvoll süß und beständig wie eine Granitnarzisse. „Ich möchte, daß Sie mir sagen, warum Sie hier sind. Warum Melody Ihnen einen Auftrag gegeben hat und ... was Sie im Hinterkopf haben."
„Jetzt hören Sie mal gut zu, Mrs. Gold. Ich habe keine gezinkten Karten, ich habe keinen Plan in der Tasche. Ich hab noch nicht mal 'nen Stadtplan. Ich bin hierher gekommen, um das Geld zurückzubringen. Um Ihnen aber die Wahrheit zu sagen, ich möchte ganz gern mal wissen, warum jeder so fürchterlich dahinter her ist, daß ich nichts über Ihre Tochter herausbekomme."
„Vielleicht weil das Sie zum Teufel überhaupt nichts angeht. Haben Sie jemals daran gedacht?"
„Alle halbe Minute, alle halbe Minute, Mrs. Gold. Jetzt, falls ich darf, möchte ich gerne gehen." Joe Posner stand langsam auf.
„Habe ich Ihre Versicherung, daß Sie sich aus unseren Privatsachen heraushalten werden?" Die Frage war untheatralisch direkt, geschäftsmäßig. Für einen Augenblick sah Joe Posner, wie Mrs. Golds

Gesicht sich in das von Melody verwandelte. Geschlagen, aber noch grinsend. „Meine Mutter ist ein blödes Schwein und will immer ihre Nase in alles stecken ..." Er fand keine Worte und wandte sich zur Tür. Mrs. Gold rief ihm nach „Spielen Sie doch Detektiv mit der Tochter von jemand anderem, Sie Scheißkerl. Warten Sie nur, bis mein Mann zurückkommt ..." Posner knallte die schwere Tür hinter sich zu.

6. Geschäft

Joe Posner schritt in seinem Büro auf und ab, setzte sich, stand auf und setzte sich wieder. Er drehte die Familienserie „Ryan's Hope" an und schaltete sie wieder aus. Wenn einen irgend etwas interessierte, so schien es jedenfalls, wenn man irgend etwas wirklich tun wollte, wenn etwas das *richtige* zu sein schien, dann gab es niemanden, der einen dafür bezahlte. Man wurde dafür bezahlt, langweilige Sachen, öde Sachen, nutzlose Sachen zu machen. An diesem kleinen humanistischen College, an dem er gewesen war, hatte ihm das niemand beigebracht. Das hatte er ganz alleine rausgekriegt. Später. Er rief das Human Learning Space an.

„Hallo, Space."

„Guten Tag, Norma. Hier ist Joe Posner. Ist Les schon da?"

„Nee, Joe, tut mir leid. Willst du mir deine Telefonnummer dalassen?"

„O.k. Klar. Hier ist sie: 769 - 5850. Kannst du mir die private Telefonnummer von Les geben, damit ich es da versuchen kann?"

„Tut mir leid, Joe", – wieder diese aufrichtige Enttäuschung –, „das kann ich nicht. Aber ich paß schon auf, daß er die Nachricht bekommt."

„O.k. Ich such mir die Nummer schon selbst raus."

„Sie steht nicht im Telefonbuch, Joe."

„Oh ... Na ja. O.k., Norma. Bitte ihn doch, daß er mich anruft."
„Mach ich, Joe. So, tschüß."
Joe Posner klopfte mit dem Fuß, nagte am Ende eines Füllhalters und schaute ärgerlich aus seinem Fenster auf den leeren Parkplatz des Spirituosenladens und die Spitze des grünen Abfallhaufens dahinter. Er schnappte sich wieder das Telefon und wählte. Die Vermittlung der Polizei antwortete, und er ließ sich mit Webster verbinden.
„Webster, hallo. Hier ist Joe Posner."
„Posner." Er sprach es wie immer falsch aus. „Ich könnt ja immer noch schwer sauer sein. Aber Schwamm drüber."
„Danke! Sag mal, was sind denn die letzten Neuigkeiten bezüglich des Mädchens?"
„Immer noch tot."
„Sehr lustig. Ist das Blut untersucht worden?"
„Klar. Keine Überraschungen. Einfach 'n bißchen zuviel Junk. Jemand, der 'n bißchen größer is, hätt einfach lange gepennt."
„Was war denn mit dem zweiten Einstich und der blutunterlaufenen Stelle an ihrem Kinn?"
„Was is'n los, Posner? Willste Stunk machen?"
„Du kennst mich doch besser."
„Ich weiß gar nichts. Ich bin Polizist, klar?"
„Ich bin einfach nur neugierig. Hat sich denn da noch keiner drüber gewundert?"
„Na ja, das wird dich interessieren, Sherlock. Ich hab den Leichenbeschauer sogar selbst gefragt."
„Ach ja, und was hat er gesagt?"
„Er sagte: ‚na und'. Das hat er gesagt. Zufrieden?"
„Was zum Teufel heißt denn ‚na und'?"
„Das heißt, daß es eine ganze Menge Sachen hätten sein können. Er vermutet, daß sie's sich mit den Einstichen ein paarmal überlegt hat. Sie hatte keine Narben, sie hat's also nicht regelmäßig gespritzt. *Aber* es hätten auch noch ne ganze Menge andere Dinge sein können."
„War da irgendwas, womit sie sich den Arm hätte verbinden können?"
„Man braucht den Arm nicht zu verbinden. Das macht es nur leichter, eine Vene zu finden, und das Zeug wirkt schneller."
„Webster. Sie trug ..."
„So, jetzt hör mal her, Posner. Ich bin beschäftigt. Wir sind alle beschäftigt. Es tut mir leid, wenn das Mädchen eine gute Bekannte von dir oder sonstwas war, aber die Sache ist vorbei. Der Fall ist abgeschlossen, wie es heißt. Das einzige, was ungewöhnlich ist, ist halt,

daß sie 'ne Weiße ist und daß sie reich ist. Den Niggerjungs passiert das jeden Tag. Wir finden das nicht komisch, die Mutter findet's nicht komisch. Es ist nicht komisch. O.k.?"
„Ich find's aber komisch."
„Du natürlich. Bist ja selber komisch."
„Und wie steht's mit dem blauen Fleck an ihrem Kinn?"
„Die Mutter hat das erklärt. Als sie zu uns kam, um die Leiche zu identifizieren. Es scheint, daß das Mädchen sich das Kinn am Rand vom Schwimmbecken aufgeschlagen hat."
„Webster, wir haben 'nen scheiß kalten April, verdammt noch mal."
„Was ist denn los, armer Junge? Noch nie was von geheizten Schwimmbädern gehört? Mensch, was soll denn das Ganze?"
„Sie wollte mir einen Auftrag geben, gestern. Sie hat mir gesagt, ich soll mir eine Pistole besorgen."
„Was?"
„Melody Gold. Sie ist in mein Büro gekommen, hat mir tausend Piepen gegeben, hat mir gesagt, ich soll mir eine Pistole besorgen, und ist dann abgehau'n, bevor ich meinen Mund wieder aufmachen konnte. Ich hab grad der Mutter das Geld zurückgegeben. Ungeöffnet."
„Der erste April war vor zwei Wochen, Posner."
„Das stimmt aber, Webster."
„Ach, leck mich. Was wollte sie denn von dir?"
„Irgend jemand hat ihr 'n antikes Kästchen geklaut. Ich weiß, es paßt nicht alles so zusammen, aber das hat sie jedenfalls gesagt. Auch daß ihre Eltern nichts davon rauskriegen sollten."
„Und sie hat dir gesagt, du sollst dir 'ne Pistole besorgen?"
„Ich hab das auch für komisch gehalten. Und ich will dir da noch was andres sagen: Sie hat einen Gürtel getragen, den sie im Krankenwagen nicht anhatte, aber da hatte sie diesen blauen Fleck. Das war nach vier Uhr. Meinst du immer noch, daß da nichts Komisches dran wär?"
„Mein Vorgesetzter sagt mir, was ich denken soll. Ich werde ihm das berichten müssen. Vielleicht wird er mit dir sprechen wollen."
„Das hab ich auch befürchtet."
Mit einer unerwarteten Kostprobe von Schauspielerei nahm der Polizist eine monotone Jack Webb-Stimme an. „Wenn Sie unschuldig sind, meine Dame, brauchen Sie sich vor nichts zu fürchten."
„Ist ja prima, Webster. Ich hab mir immer schon gedacht, daß Polizisten sich diese Serie angucken. Sag mir, was dir dein Vorgesetzter sagt, sobald du's hörst. O.k.?"
„Klar. Bis dann, Arschloch."

„Bis dann, Süßer." Posner ließ den Hörer auf die Gabel fallen. Er schüttelte den Kopf und erinnerte sich an die Regel: Unterschätz nie die Dummheit, Lüsternheit, Brutalität oder Faulheit der Polizei. Melody hatte also ihr Kinn am Rande des Schwimmbeckens aufgeschlagen. Und die Russen hatten ihren Gürtel gestohlen. Und vor allem war gar nichts komisch. Die sollten mal fünf Minuten mit Alice Cabot sprechen.

Er schaute auf die Liste der Schüler, die er von dem Jungen in der Schule gekauft hatte, und fand Dessie Levine. „557 Homestead Ave, Teaneck. Eltern: Harold (212-977-8830) und Ethel (568-4408)." Harold und Ethel. Harold hatte gedacht, Ethel würde ihn betrügen. Oder hatte es jedenfalls gehofft. Weil er dachte, es könnte ihm bei der Festsetzung der Alimente helfen. Posner hatte sie eine Woche lang beschattet und hatte Harold dann gesagt, er sei wohl verrückt. Liebhaber – so viel Glück könnte sie gar nicht haben. Während er die Nummer wählte, fragte sich Posner, wie denn Dessie, die ältere Tochter, gewußt hatte, daß er an dem Fall arbeitete, und er zuckte bei dem Gedanken zusammen, daß er sich verraten hatte, ohne es zu merken.

„Hallo", es war die Stimme eines kleinen Mädchens, vielleicht sieben oder acht Jahre alt.

„Hallo, ist Dessie da?"

„Nee. Sie ist oben in Kinnehonka."

„Kinnehonka? Was ist denn das?"

„Es ist ein Lager, Doofie. In Harriman. Sie macht ÜPF."

Posner sah keine andere Wahl, als sich weiteren Beschimpfungen auszusetzen. „ÜPF?"

„Ach, irgend so 'ne Schulsache. Sie und Mama sind beide dort. Sie sind heute morgen weggefahren."

„Spricht da Rosalind?"

„Ja. Wer sind Sie denn?"

„Ich bin Joe Posner."

„Oh, Sie sind der Kerl, der uns beschattet hat."

„Ähmm, ja." Posner duckte sich. „So ähnlich."

„Was wolln Sie denn von Dessie?"

„Ich wollte ihr ein paar Fragen über Melody Gold stellen."

„Aber Melody ist doch tot", sagte sie direkt.

„Ich weiß. Deshalb ..."

„Ich weiß es, weil Pam Concannon es mir gesagt hat. Dessie weiß es noch nicht mal. Melody war letzte Nacht auch hier."

„Ach, *wirklich*?"

„Ja. Sie ist fast zum Abendessen dageblieben. Aber dann hat Mama

sie rausgeschmissen."
„Wann ist sie denn angekommen, Rosalind? Erinnerst du dich?"
„Ja. Es war während ‚Uncle Floyd'. Sie hat einfach ihre Schnauze nicht gehalten, die dumme Kuh!"
„Und weißt du, wann sie wieder weg ist?"
„Wir wollten gerade abendessen. Carol Burnett lief gerade. Es war ein fürchterliches Durcheinander. Mama ist wütend geworden, Dessie ist wütend geworden, und dann sind Dessie und Melody abgehauen. Mama wollte Dessie beinahe nicht zur ÜPF lassen."
„Sind Dessie und Melody zusammen weg?"
„Ja."
„Weißt du, wo sie hin sind?"
„Nee."
„Wann ist Dessie denn nach Hause gekommen?"
„Keine Ahnung. Nach ‚Happy Days' mußte ich ins Bett. Und da war sie noch nicht zurück."
„Worüber ging denn der Streit?"
„Weiß ich nicht. Mama und Melody hassen sich. Sie liegen sich immer in der Wolle."
„Hör mal zu, Rosalind, wann sollen die denn von Kinnehonka zurückkommen?"
„In zwei Tagen. Meine Tante Effie wohnt bis dahin bei mir."
„Das ist ja prima. Vielen Dank. Es war nett, mit dir zu sprechen, Rosalind."
„O.k.", sagte sie und legte auf.
Joe Posner preßte den Mund mit der Hand zusammen und verdrehte ihn, bis es ihm fast weh tat. Harriman State Park lag eine Stunde und einen Vierteltank Benzin weit weg – in den Bergen. Er schaute nach rückwärts aus dem Fenster auf das Zentrum von Bergentown, diese zweistöckige Oase von Backsteinen und Zement in einer Wüste von wiedererweckter Natur, und erinnerte sich noch einmal daran, daß es ihn eigentlich gar nichts anging. Dann stellte er den Anrufbeantworter an, schnappte sich seine Jacke und rannte los.

7. Überlebenspraxis für Fortgeschrittene

Die Palisades Parkway war praktisch leer, und Joe Posner beschleunigte den Dodge über den Warnungspunkt bei neunzig Stundenkilometern hinaus und fuhr einhundert. Die erste halbe Stunde Landschaft war ziemlich eintönig. Obwohl alles grün war, hatte die Helligkeit der Nachmittagssonne all die unterschiedlichen Schattierungen in einen einzigen uninteressanten gräulichen Ton verflacht. Nachdem er aber mal in die Berge gekommen war, gaben die roten Zweige der Bäume, die noch die Knospenansätze trugen, den Hügeln einen glimmernden, fast rosigen Schein. Aus Bergentown mal rauszufahren, war doch schon eine gute Idee gewesen.

Das Radio im Dodge hatte schon seit vier oder fünf Monaten nicht mehr funktioniert, und so sang Posner sich ein paar Ellington-Melodien vor, bis er acht Takte von „In a Sentimental Mood“ weit gekommen war, wo er dann immer die Melodie wieder verlor. Danach schaute er sich einfach nur noch die Landschaft an.

Er nahm die Ausfahrt Richtung Seven Lakes Parkway und folgte ihr im Bogen zu einem Verteilerkreis, wo er einen Parkaufseher erblickte, der in einem haltenden Polizeiwagen saß. Er fuhr neben ihn heran. „Entschuldigung“, rief er. „Können Sie mir sagen, wo Kinnehonka ist?“

Der Polizist, der sich seinen Schoß oder irgend etwas darauf angeschaut hatte, fuhr hoch und drehte seinen Kopf ruckartig zu Posner hinüber. Sein Gesicht war von Brandwunden schrecklich entstellt, und mit seiner spiegelnden Sonnenbrille, seinem cowboyhaften Rangerhut und seinem stark gestutzten Lippenbart war er ebenso häßlich wie furchteinflößend.

„Junge, Kinnehonka ist nur für Gruppencamping offen.“

Die Art und Weise, wie er sprach, schien darauf abgerichtet zu sein, ganz klar zu machen, daß jede unerlaubte Benutzung von Kinnehonka schwere Strafen nach sich ziehen würde.

„Ja, ich such nach jemandem in einer Schulgruppe, die da campt.“

Der Polizist starrte ihn ein paar Sekunden lang ausdruckslos an und grinste dann. „Fahr mal rüber auf die Straßenseite, Junge“, und stieg aus seinem Auto.

Heiliger Strohsack, jammerte Posner zu sich selbst. Er kann mich doch nicht festnehmen dafür, daß ich ihn nach dem Weg gefragt habe, oder? Er fuhr rüber und stieg aus seinem Dodge, wobei er das

Schicksal verfluchte und sich schwor, niemals wieder einen Polizisten nach irgend etwas zu fragen. Egal was.
Als er zu dem Polizeiauto kam, bemerkte er mit Erleichterung, daß der Polizist auf der Motorhaube eine Karte des Naturparks ausgebreitet hatte.
„Sie stehen hier", deutete der Polizist auf einen Punkt auf der Karte. „Fahren Sie jetzt hier runter, bis zu diesem Kreisel, dreiviertel rum, dann die zweite Abfahrt nach links. K 42. Das ist sie."
„Vielen Dank!" Posner wollte schon zu seinem Dodge zurück, aber der Polizist war noch nicht fertig. Joe Posner mußte noch dafür bezahlen, daß er geholfen bekommen hatte.
„Moment mal, Junge. Meinen Sie, daß das besonders gut war, was Sie da gerade gemacht haben?"
„Was ich gerade gemacht habe?"
„Daß Sie Ihr Fahrzeug da genau in der Mitte einer Durchgangsstraße geparkt haben."
„Ach Gott, tut mir leid. Ich hab kein anderes Auto gesehen ..."
„Sollte Ihnen ja eigentlich einen Bußgeldbescheid geben", sagte der Polizist und machte eine Pause, um den sadistischen Effekt auszuarbeiten. Es war offensichtlich, hatte aber Erfolg. „Aber diesmal laß ich Sie noch laufen. Nächstesmal, wenn Sie 'n Weg wissen wolln, dann halten Sie am Rand."
„Mach ich, mach ich. Sehr nett von Ihnen. Werd ich nicht wieder tun." Es waren Gelegenheiten wie diese, die Joe Posner eine ganze Menge Sympathie für Polizistenmörder fühlen ließ. Er folgte den Hinweisen des Polizisten und fand sich bald auf einer unbefestigten Straße wieder, die dem Auto die Achsen durchbog. Nach einem halben Kilometer kam er an eine Lichtung, wo er einen Kleinbus fand, auf dem „Human Learning Space" stand, und er parkte daneben. „Überlebenspra*ks*is für Fortgeschr*it*ene" stand auf einem Pappstück, das von innen her gegen die Windschutzscheibe geklemmt war. Während er zu Fuß die Straße weiter verfolgte, begeisterte er sich an den leuchtenden Grün- und Gelbtönen des dichten Waldes. Zu seiner Rechten höher von dem Hügel herunter hörte er das Rauschen von Zweigen und Blättern. Das Geräusch wurde lauter. Irgend etwas oder irgend jemand mußte da den Hügel in seine Richtung hinunterrennen. Das Geräusch wurde immer noch lauter, bis ein Junge und ein Hund durch die Bäume auf die Straße brachen. Der Hund war ein Irischer Setter, groß, aber nicht alt. Seine Ohren und seine Zunge flogen um seinen Kopf, während er auf den Pfad sprang. Der Junge trug Jeans, aber kein Hemd, und er rannte von der Hüfte aus nach vorne gebeugt, während seine Arme zum Boden runterhingen. Sein

schulterlanges blondes Haar flog genau so herum wie die Hundeohren, und seine Zunge hing auch heraus. Alles in allem sahen sie mehr wie Brüder aus und nicht so sehr wie Herr und Hund.
Posner rief sie an, und beide hielten, drehten sich um und lächelten, ohne einen Laut zu geben. Der Junge hatte mitten in der Stirn eine Schnittwunde, die stark blutete, aber das schien ihn nicht zu stören. Auf seinem Gesicht und seinen Schultern deutete ein halbes Dutzend Wunden, die so groß waren, daß sie sogar von Posners Entfernung aus zu sehen waren, an, daß er an solche Verwundungen gewöhnt war.
„Bist du vom Space?" fragte Posner.
Der Hund und der Junge schauten einander an. „Ja", sagte der Junge schließlich. „Da sind wir her."
„Ich suche Dessie Levine."
„Jake wird Ihnen schon dabei helfen." Der Junge begann wieder zu laufen, aber der Hund blieb noch stehen.
„Moment!" rief Posner. „Wie finde ich denn Jake?"
Der Junge hielt an und drehte sich um. „Ach ja, gehen Sie einfach die Straße weiter, bis Sie ein blaues Zelt sehen. Das gehört Jake."
„Danke!"
Der Junge und der Hund rannten schon wieder. Posner betrachtete sich ja nicht gerade als ein Experte in Überlebenstechniken, aber solch eine Beschäftigung schien ihm der Sache ja nun doch nicht gerade förderlich.
Ein paar Meter weiter konnte Joe Posner schon Musik hören. Es waren die Rolling Stones, die eine neue Nummer sangen, die Posner zwar schon gehört hatte, aber noch nicht kannte. Noch ein paar Meter weiter, und Jakes blaues „Zelt" kam in Sicht. Die Musik hämmerte aus dem Zeltinneren. Das Zelt war eine Kuppelkonstruktion, ungefähr drei Meter breit und einmeterfünfzig hoch, aus blauem Nylon, das über gebogene Stangen gespannt war. Ein Eingang, ein Vorbau in Bogenform, blickte auf eine überwältigende Ansicht des breiten stillen Kinnehonka-Sees hinaus.
Als er nahe an Jakes blaues Iglu herangekommen war, klang die Musik sehr laut. Da er einsah, daß es zwecklos war, auf Nylon anzuklopfen, rief Posner ein „Hallo".
„Ja, herein", war die Antwort. Posner bückte sich, und während er durch die Öffnung watschelte, traf ihn der starke Geruch von Kakao. Innen drin rieb sich ein junger Mann, ungefähr fünfundzwanzig, der einen vollkommen proportionierten, aufregend muskelbepackten Körper besaß, Kakaobutter auf seine ebenmäßige goldene Bräunung. Er lag ausgestreckt auf einem Schaumstoffboden, der mit indiani-

schen Decken ausgelegt war, und er trug nichts als goldene Shorts und dazu passende Rennschuhe. Sein Haar war in dünne Zöpfchen geflochten, die bis zu seinen Schultern fielen. Auf dem Boden neben ihm standen ein riesiges Sony-Tonbandgerät, eine Flasche Bordeaux mit einem teuren Etikett und ein geschliffenes Bleikristallglas, das halb mit Rotwein gefüllt war. Das war ja wohl der richtige Überlebensspezialist.

„Jake?" fragte Posner.

Jake war überrascht und stützte sich halb auf. „Ja, wer sind Sie denn?"

„Ich heiße Joe Posner. Ich suche Dessie Levine."

„Wofür denn?" Er schien eher nervös als grob.

„Ich will einfach mit ihr sprechen."

„Sind Sie 'n Polyp?"

„Wer, ich? Um Himmels Willen, nein!"

„Und wie soll ich das glauben? Sie könnten 'n Zivilbulle sein."

„Ich bin aber keiner. Versprech ich."

„Na ja." Er versuchte, sich zu einer Haltung der Verantwortlichkeit zusammenzureißen. „Ich bin mir nicht ganz so sicher, wie das mit meinem Wohlbefinden gegenüber dieser Sache steht ..."

Aus der Nähe des Sees erscholl ein Ruf. Es klang so, als ob irgend jemand nach Jake rief. Jake hörte nicht hin. „Wie ...", Posner unterbrach ihn. „Ich glaube, jemand ruft Sie da."

Jake konzentrierte seine Augen, bis sie fast schielten. „Ich weiß. Woher kennen Sie denn Dessie? Warum wollen Sie mit ihr sprechen?"

Das Rufen kam näher, und Posner meinte, er könne eine Spur von Dringlichkeit darin entdecken. „Jake! Jake!" Posner steckte seinen Kopf durch die Öffnung des Zeltes und sah, wie Ethel Levine vom See aus den Abhang hochkeuchte. Sie trug einen Jeanshosenanzug über ihrem schlaffen, aber keineswegs dicken Körper. Während sie rannte und rief, winkte sie mit den Armen über ihrem Kopf und steckte sie gelegentlich zur Seite, um im Gleichgewicht zu bleiben.

„Jake! Kann ich mal mit dir sprechen?" Ihre Stimme hatte etwas von einem Singsang an sich, war aber nicht direkt weinerlich. Posner schaute zurück auf Jake. Jake bewegte sich nicht. Die Frau ging auf Hände und Knie runter, um durch die Öffnung zu kriechen, und Posner verkroch sich weiter rückwärtig in das Zelt, um ihr Platz zu machen. „Hallo", sagte sie zu Posner, ohne ihn wiederzuerkennen. Sie versuchte, herzlich zu sein, aber sie war entweder zu verschüchtert oder einfach nicht interessiert genug, um sich vorzustellen. Ihr Mund war vollippig und hätte zwanzig Jahre früher vielleicht sexy

gewesen sein können. Jetzt hingen ihre Lippen lose von ihrem aufgeschwemmten Gesicht und den gelben Zähnen. Tiefe Ringe der Sorge und Enttäuschung lagen unter ihren ängstlichen Augen. Sie hob den Kopf aus ihrer hundeähnlichen Position, um Jake anzuschauen.
„Jake, ich möchte gerne wissen, ob du für ’ne Minute mit Desdemona sprechen könntest.“
„Wenn sie mit mir sprechen will, dann kann sie doch hierher kommen.“
„Na ja ..., du weißt, wie wenig ich sie unterbrechen will, wenn sie Spaß hat. Ihre Abenteuerlust trägt ja soviel zu dem bei, was sie wirklich ist ...“ Jake hörte nicht zu. Mit den Fingern seiner rechten Hand rieb er liebevoll Kakaobutter auf die linke Seite seines Brustkorbs. „Es ist nur einfach so, daß ich wirklich glaube, daß in dieser besonderen Situation sie in eine Lage geraten ist, die ihr vielleicht etwas über den Kopf gewachsen ist. Ich glaube, daß es unsere Verantwortlichkeit als Erwachsene gebietet, in dieser Situation einzuschreiten.“ Jake hörte überhaupt nicht zu. „Sie ist auf einen Baum geklettert und ... na ja, du weißt, daß sie schon vorher auf Bäume geklettert ist. Aber dieser hier scheint mir besonders gefährlich und ... Natürlich hört sie nicht auf mich und ... Sie war mit Jeannie und Davida auf der Insel.“ Aus einem Augenwinkel blickte sie auf Posner, als ob „Insel“ ein Codewort gewesen sei, das Jake kenne. „Und diese Parkwächter waren vorher schon mal hier, und es könnte uns die Campingerlaubnis kosten, und das wäre den anderen gegenüber nicht fair. Außerdem, Jake, glaube ich, hat sie ... was genommen.“ Nach einer ängstlichen Pause fügte sie hinzu: „Der Baum ist da unten bei der Holzkonstruktion.“
Jake rollte sich wollüstig auf seinen Rücken und atmete tief ein. „O.k., Ethel.“ In einer durchgehenden Bewegung hockte er sich hin, sprang aus der Öffnung und begann zu laufen. Posner watschelte raus, um ihn zu beobachten. Jake rannte mühelos mit riesigen geschmeidigen Schritten, und seine geflochtenen Zöpfchen flogen ihm um die Schultern. Ethel folgte ihm, hielt dann aber. Sie schaute Posner an und zuckte mit den Schultern. „Ich ... ich ...“ Sie schüttelte ihren Kopf, wehrte sich gegen die Tränen, die in ihren Augen aufwallten, zündete sich eine Kent an und nahm einen so tiefen Zug, daß er fast ein Viertel der Zigarette verbrauchte. Posner machte sich daran, Jake zu folgen.
Etwa einhundert Meter um den See herum, neben dem Unterbau eines Holzzeltes, stand Jake am Fuße eines Baumes und schaute nach oben. Unten am Fuße des Baumes räkelten sich zwei Mädchen und ein Junge herum. Die Mädchen waren nackt, der Junge trug abge-

schnittene Blue Jeans. Ihre Augen waren so rot und glasig wie Cocktailkirschen. Sie sprachen nicht. Dessie saß auf einem Zweig und war – außer den Löwenzahnblüten und Blättern, die in ihr zerfranseltes dunkles Haar gesteckt waren – ebenfalls nackt und ließ ihre Beine um einen Ast baumeln, der etwa fünf bis sechs Meter hoch war. Joe Posner wußte nicht, wohin mit seinen Augen. Jake, dem die Nacktheit nichts weiter anzutun schien, sprach auf Dessie leise, aber mit dem gleichen nervösen Unterton ein, den er Posner gegenüber gebraucht hatte.

„Na los, Dessie, das hier ist doch doof. Ich weiß doch, daß du runter kannst."

„Kannnnnn ich aber nicht, Jake", blieb sie hartnäckig, um dann in eine plumpe Parodie ihrer selbst zu verfallen. „Hab zuviel Happypillen, Mann." Dann begann sie zu kichern.

„Wenn du jetzt nicht runterkommst, dann kletter ich hoch und brech dir deinen scheiß Arm." Jakes Stimme wich nicht von ihrer leicht nervösen Monotonie ab.

„Oho", belustigte sie sich über ihn. „Ein großer starker Machomann." Und sie bewegte den Kopf hin und her. „Heh, Davida, Jake ist Mr. Supermacho."

Niemand von den Jugendlichen auf dem Boden bewegte auch nur einen Muskel.

„Jetzt hör mal her, Dessie – Ethel ist deswegen hinter mir her. Das ist nicht fair von dir, mir gegenüber."

Dessie kicherte weiter.

„Ich geb dir 'n Joint von meinen Thaisticks ab, wenn du runterkommst."

„Ach, *wirklich*?" Jetzt war sie interessiert. „Echt stark", sagte sie in ihrer parodierenden Stimme und stand von dem Ast auf. Posner legte sich die Hand über die Augen, schaute aber durch die Finger. Dann rannte Dessie unter ziemlichen Schwankungen, aber ohne zu zögern, den Ast entlang und rutschte den Stamm runter, hob ihre Hände wie ein Turner, der einen Überschlag zustande bringt, und rief: „Tadamm", während ihre Knie nachgaben und sie kichernd zu Boden sank. Jake war nicht belustigt. Die Jugendlichen auf dem Boden merkten gar nichts. Posner wußte überhaupt nicht, was er denken sollte.

Jake packte Dessies Arm und riß sie wieder auf die Füße. „Deinetwegen mußte ich aus der Konzentration raus, in die ich mich gerade versenkt hatte, Dessie. Und du lachst noch? Was soll denn das? Was zeigt denn das von deiner Einstellung mir gegenüber?"

Dessie war von seinem scharfen Tadel gedemütigt. „Hau ab, Jake",

sagte sie in einem verletzten und abwehrenden Ton und begann, von ihm wegzugehen. „Wo ist mein Joint?"
„Klar", konterte Jake sarkastisch. „Alles, was dich interessiert, ist das, was du rauskriegst, nicht das, was reinkommt. All der Kummer, den es gegeben hat, der da drinsteckt ... drin gewesen ist. Zum Beispiel Ethel."
„Scheiß Ethel. Ich hab ihr doch gesagt, sie soll nicht herkommen. Sie folgt mir wie 'ne Wanze oder so was."
Die Unterhaltung verwunderte Posner. Die Primitivität, die der Überlebenspraxis für Fortgeschrittene bei der Ausrüstung zu fehlen schien, wurde mehr als wettgemacht in der Sprache. Das hier war richtiges Steinzeitvokabular.
Jake drehte Dessie den Rücken zu und begann, zu seinem Zelt zurückzugehen. „Ich geb dir den Joint später", rief er über seine Schulter zurück.
„Drecksau!" rief Dessie schuldbewußt zurück, während sie von dem Baum und den Jugendlichen drum herum wegging.
Posner schritt langsam zu ihr hinüber. Der unebene Waldboden und seine Unsicherheit angesichts ihrer Nacktheit ließen es eine holprige Reise werden. „Hallo", sagte er, so normal wie möglich. Er schaute ihr direkt in die Augen, um den Rest zu übersehen. Sie waren groß und braun und sehr glasig und waren von dunklen Ringen gezeichnet.
„Hallo", schmollte sie.
„Kann ich dich eine Minute sprechen?"
„Ich brauch nicht noch so 'ne Bevormundung."
„Ich hab sowas selbst nicht gerne."
„Wirklich?" fragte sie voller Wärme, während sie verzweifelt nach einem Verbündeten suchte.
„Um Gottes Willen, nein", versicherte Posner ihr. „Was ist denn so anziehend daran, auf einen Baum zu klettern?"
„*Wirk*lich". Sie ruderte mit ihrem Arm durch die Luft, ihre Augen gerieten durcheinander, und sie fiel wieder zu Boden und landete diesmal in einer sitzenden Stellung mit gekreuzten Beinen. „Oh je", sagte sie, ein bißchen über ihre Schwindeligkeit enttäuscht.
Joe Posner kniete auf den Blättern nieder und brachte sein Gesicht so nah heran, wie immer seine Zurückhaltung es erlaubte. „Hör mal zu, Dessie ..."
Dessie verengte ihre umwölkten Augen zu Schlitzen. „Moment mal, ich kenn Sie doch. Sie sind doch Joe Posner. Das Holzauge." Dann öffnete sie ihre Augen ganz weit und rollte sie umher à la Jerry Mahoney.

„Ja. Hör mal ...“
Dessie legte eine Hand mit ausgebreiteten Fingern zwischen ihre Brüste und reckte den Hals. „Wissen Sie, daß ich Melody von Ihnen erzählt hab?“
„Ja. Tausend Dank“, grunzte Posner.
„Wie kommen Sie eigentlich *hier*her?“
Joe Posner wußte, daß er Dessie noch nicht die Nachricht von Melodys Tod eröffnen konnte; zumindest nicht jetzt in ihrem Zustand. „Weißt du, warum Melody zu mir gekommen ist?“
„Vollkommen. Ich bin, na ja, ihre beste Freundin. Sie erzählt mir alles. Das war doch wegen diesem Kästchen. Stimmt's? *Ich* weiß schon, wer's geklaut hat“, legte sie die Stirn schmollend in Falten.
„*Wirklich*? Wer denn?“
„Tony.“
„Tony?“
„Tony Bagliano, ihr sogenannter Freund. Mister Kotz-o-rama. Ich hab ihr auch gesagt, was ich weiß.“
„Wenn du das erzählt hast, warum ist sie dann zu mir gekommen?“
„Woher soll *ich* denn das wissen?“ Sie warf die Arme hoch, streckte die Beine auseinander, fiel auf ihren Rücken und grub ihren Hintern in die Laubschicht.
„Moment mal, Dessie, woher weißt du denn, daß Tony es geklaut hat?“
„Ich hab ihn gesehen, das Aas.“
„Wann hast du das denn Melody erzählt?“
„Am nächsten Tag, als sie mir gesagt hat, daß es verschwunden war.“
„Warum hast du denn bis dann gewartet?“
„Heh?“
„Warum hast du bis dann gewartet?“
Dessie schloß langsam die Augen und lächelte, während sie Blätter und Erde auf ihren Bauch häufelte. „Ich komm da nicht ganz mit.“
„Wenn du gesehen hast, daß er's gestohlen hat, warum bist du dann nicht gleich zu ihr?“ bohrte Posner weiter.
Dessie gefiel das nicht. „Ach, halt's Maul.“
Posner entlastete seine Knie und Schienbeine und setzte sich in die Blätter. „Dessie ... ich möchte da ein paar Sachen wissen. Wirst du mir helfen?“
„Was *wollen* Sie denn?“ wimmerte sie.
„Zuerst mal erzähl mir was über Melody und Drogen.“
„Was meinen Sie denn?“
„Zum Beispiel, was nimmt sie denn?“
„Heh, hör'n Sie doch auf. Fragen Sie doch Melody.“

„Wie ist es mit Heroin?"
„Heroin? Mein Gott, jetzt stellen Sie sich doch nicht doof. Keiner nimmt Heroin."
„Keiner, den du kennst."
„Nee. Wir haben doch viel zuviel Hochachtung vor unserem Körper."
„Tut mir leid, das hätte ich wissen müssen. Noch was: Rosalind hat mir gesagt, du und Melody seien gestern abend zusammen weggegangen. Wo seid ihr denn hin?"
„Rosalind, meine scheiß Schwester, diese kleine Riesenaas, ich bringe sie um." Sie schlug mit geballten Fäusten auf den Boden. „Ich hasse es, wenn sie über mich spricht."
„Wo seid ihr hin?"
„Nix Besonderes. Sie hat mich einfach rüber zu Salts mitgenommen."
„Was ist denn das?"
„Was ist was?"
„Salts."
„Dawn Salts Haus. Ich wollte einfach dort bleiben. Melody wollte Tony für ein Weilchen besuchen. Jetzt sagen Sie mal, warum fragen Sie mich denn das ganze Zeug? Warum fragen Sie denn nicht Melody?" Sie drehte sich auf ihren Bauch und lag mit ihrem Gesicht nach unten. Posner überhörte die Frage, und Dessie war schon viel zu weit entfernt, um das zu merken.
„Hat sie also Tony in seinem Haus besucht?"
„Nee, vielleicht bei Les."
„Im Haus von Les?"
„Ja."
„Warum denn dort?"
„*Keine* Ahnung. Ich hab doch nicht den sechsten Sinn."
„Wo lebt er denn, Dessie?"
„Wer?"
„Les!"
„Ah ja, bei Cresskill."
„Kennst du die Adresse oder Telefonnummer?"
„Nee. Ich weiß, wo's ist, aber ich kann mich nicht an Adressen erinnern."
„Haben sich Melody und Tony da schon früher getroffen?"
Dessies Gesicht wurde eine Sekunde lang ruhig. „*Ich* jedenfalls weiß nicht, ob sie dahin gegangen sind. Ich weiß, daß sie nachher nach Fort Lee ist. Sie wollte, daß ich sie in dem Restaurant in Fort Lee um zehn Uhr dreißig treffe. Ich hatte, na ja, so'n Riesenkampf mit Ethel deswegen. Würg. Diese gottverdammte Ethel! Ich hab ihr

gesagt, sie soll nicht hierher kommen. Aber nein, nein, nein. Nur weil sie so 'n blöden Französischkurs unterrichtet, meint sie, sie kann zur ÜPF kommen. Wirklich, sie versucht, alles, was ich so mache, völlig zu ruinieren."

„Was wollte sie denn in Fort Lee?" bohrte Posner weiter.

„Wann?"

„Gestern nacht."

„Ethel war gestern nacht nicht in Fort Lee."

„Nein, *Me*lody. Was hat denn Melody in Fort Lee gemacht?"

„*Ich* jedenfalls hab keine Ahnung. Sie hat gesagt, sie hätte diese wichtige Verabredung, aber ich glaub, sie hat mir da nur was vorgelogen. Sie hat dauernd was von so 'nem ‚tollen Kerl' erzählt. Ich mein, sie hat da so 'nen Rummel drum gemacht, ich hab das nur so für, na ja, Theater gehalten. Aber, na ja, sie wollte mir gar nicht erzählen, was sie denn nun wirklich macht. Sie hat einfach, na ja, gesagt: ‚Wichtige Verabredung!' ‚Toller Kerl!' Hat mich einfach angekotzt."

„Hast du Melody hinterher noch getroffen?"

„*Nee*. Hab ich Ihnen doch schon *gesagt*. Ethel hat mich nicht gelassen. Sie wollte mich von der ÜPF ausschließen, falls ich gehn würde."

„Du hast also mit Melody nicht mehr gesprochen, seit Melody dich bei den Salts rausgelassen hat?"

„Nee."

„Dessie." Posner legte soviel Honig in seine Stimme wie nur möglich. „In der Schule hab ich ein Bild von Melody gesehen, wo sie ganz zerschunden war. Wer hat denn das gemacht?"

Dessies rote Augen schauten trocken unter schweren Lidern hervor. „Fragen Sie doch Melody. Sie hat mir gesagt, sie wär die Treppe runtergefallen, aber ich glaub, Tony hat's gemacht. Ich hab gesehen, wie er sie geschlagen hat. Werden Sie mich ins Zelt tragen?"

Posner mußte lächeln. „Versuch's doch mal mit Gehen. Ich muß gleich los. Ich will jetzt nur noch mal wiederholen: Soweit du weißt, wollte Meloldy nicht nach Hause, und zwar von der Zeit, wo sie zu deinem Haus kam, bis zehn Uhr dreißig, als sie nach deinen Angaben eine wichtige Verabredung mit einem tollen Kerl hinter sich haben würde. Und nachdem Melody dich zu den Salts gebracht hatte, wollte sie Tony sehen. Vielleicht bei Les." Als er seine Zusammenfassung beendet hatte, bemerkte er, daß Dessie ihm gar nicht zugehört hatte. Sie rollte sich auf den Rücken."

„Keiner will mich mehr tragen."

„Ja", stimmte Posner ihr bei. „Ich weiß, was du meinst." Und er ging zu seinem Dodge rüber.

8. Al B. Lopes

Als Joe Posner die Abfahrt nach Bergentown erreicht hatte, war Palisades Parkway voller Pendler, die in die andere Richtung fuhren, und er mußte über sein Glück lächeln, daß er nicht einer von ihnen war. Ein paar Sekunden später, als er hinter zehn Autos vor einer roten Ampel anhalten mußte, durchzuckte es ihn, daß die Ausfahrt ihn in genau die gleiche Art von Kolonne bringen würde. Irgend etwas mußte er daraus lernen, aber Posner wollte nicht nachdenken. Als er endlich zu seinem Büro zurückkam, wurde es schon langsam dunkel.

Sein Anrufbeantworter blinkte, und er spulte ihn zurück, in der Hoffnung, er würde etwas von Les, Webster oder vielleicht sogar von einem Kunden hören, der ihn für irgend eine Sache bezahlen würde. Es war aber keiner von denen. Es war Al B. Lopes, der ***unbesondere*** Privatdetektiv.

„Posna, ruf mich im Büro an, aber dalli. Falls du's vergessen hast, die Nummer ist 568-2331."

Posner stöhnte fast. Falls es irgend etwas gab, was schlimmer war, als nicht die gewünschten Anrufe zu erhalten, dann war es ein Anruf von Al B. Lopes. Er wählte die Nummer.

„Lopes Privatdetektei. Al B. Lopes am Apparat."

„Lopes. Posner."

„Posna, ich muß mit dir sprechen."

„Na und, was hält dich davon ab?"

„Jetzt mach keine Witze. Ich hab was, wo du hinterher bist. Vielleicht genau das, was du brauchst."

„Du meinst, ein halbdurchgebratenes Riesensteak mit Madeirawein und Sardellensoße."

„Was für'n Scheiß redst du denn da? Das hier ist 'ne wichtige Sache."

„Dann sag mir doch schon, was es ist."

„Nicht über's Telefon. Kannst du mich aufsuchen?"

„Lopes, ist dir das etwa ernst?"

„Du wirst das haben wollen, Posna, glaub mir."

„O.k., wo denn?"

„Fort Lee. Treff mich in dem Restaurant, die dritte Sitzecke rechts. Nee, das ist nichts. Irgend jemand könnte schon drin sitzen. Ich sag dir was. Ich werde einen Trenchcoat anhaben mit einer roten Nelke, so daß du mich erkennst. Verstanden?"

„Lopes“, Posner war von seiner eigenen Geduld gerührt. „Ich *kenn* dich aber doch. Vielleicht sollten wir uns stattdessen auf die Zeit verständigen.
„Das wollt ich gerade sagen, Schlauberger. So, jetzt haben wir 5 Uhr 15. Wir wär's mit 6 Uhr?“
„O.k. Bis später.“
„Posna ...“
„Ja?“
„Behalt das für deine Augen, o.k.?“
„Du meinst, für meine Ohren, oder?“
„Was?“
„Ist ja egal. Bis um 6.“
„Ja.“
Posner legte den Hörer auf und rieb sich die Augen. Im blauen Licht der Dämmerung fühlte sich sein Büro sehr leer und überstundenmüde an. Er rief noch einmal das Human Learning Space an und hoffte, daß er Norma antreffen würde.
„Hallo, Space.“
„Norma, hallo. Hier ist wieder Joe Posner.“
„Oh, Joe Posner. Joe Posner. Hallo, Joe. Hallo.“
„Hallo.“ Posner rieb sich die Augen noch ein bißchen länger. „Ich vermute, daß Les den ganzen Tag noch nicht aufgetaucht ist, oder?“
„Les, nein. Ich meine, er war zwar hier, aber jetzt ist er wieder weg. Er ist nicht hier. Ich hab ihm von dir berichtet, und er wird dich sicherlich anrufen. Du mußt einfach Geduld haben. O.k.?“
„Meinst du, er wird mich heute nacht noch anrufen?“
„Ob ich meine, daß er dich heute nacht noch anrufen würde? Hmm, nein, nein, möchte ich bezweifeln. Eher ... ja, er hat gesagt, daß er nicht zuhause sein würde, daß er was vorhat, die ganze Nacht.“
„O.k., Norma, großartig. Vielen Dank! Bis dann.“
„Bis dann, Joe.“
Joe Posner legte den Hörer langsam auf. Sein Büro war jetzt fast vollständig dunkel, aber er knipste das Licht nicht an. Er entschloß sich, bis zum Morgen damit zu warten, Tony Bagliano zu erreichen, und er griff nach seinem Bürofernseher, besann sich dann aber eines besseren. Er spulte den Anrufbeantworter wieder zurück und begab sich rüber zum Human Learning Space, um zu sehen, ob er vielleicht Les Coniff finden könnte. Wenn Norma sich derartig durchsichtig gab, dann sollte er das eigentlich ausnutzen. Dieser Kerl von Les war vielleicht gar nicht so leicht festzunageln.
Die Straßen von Bergentown waren jetzt voller Autos von Pendlern, die nach Hause fuhren, und er brauchte fast fünfzehn Minuten, um

die zwei Kilometer bis zur Schule zu schaffen. Während er zwei Blocks von der Schule entfernt vor einer roten Ampel hielt, sah er ein altes cremefarbenes Mercedes-Cabriolet aus dem Parkplatz des Space rausrasen und nach Norden fahren. Als die Ampel grün wurde, war es schon nicht mehr zu sehen. Als Posner auf den Parkplatz kam, sah er, daß auch Normas Auto verschwunden war, also fuhr er an der nächsten Ecke nach links in Richtung auf den Weg nach Fort Lee.

Trotz des Verkehrs war er schon um viertel vor sechs im Restaurant. Um es Al B. Lopes so leicht wie möglich zu machen, setzte sich Posner in die dritte Sitzecke rechts gegenüber der Tür und schlug eine Speisekarte auf. Das Fort Lee Diner war nicht gerade ein großartiges Restaurant, aber ein gutes, und die Speisekarte brach Joe Posners Herz. Obwohl er den ganzen Tag nichts gegessen hatte, hatte er für die Fahrt nach Kinnehonka Benzin für mindestens 10 Dollar zum Fenster rausgeworfen, und selbst das Cornedbeefhaschee mit verlorenem Ei kostete drei Dollar fünfundneunzig plus Steuern plus Trinkgeld. Er würde eine Tasse Kaffee bestellen und auf dem Weg nach Hause ein paar Eier und etwas Käse für ein Omelett einkaufen. Die Idee verleitete ihn nicht gerade zu einem Ausbruch von Enthusiasmus. Das Restaurant roch, als ob alle anderen gerade Haschee äßen, aber Posner sagte sich, er müsse einfach hart bleiben.

Um fünf vor sechs sah Posner, wie Al B. Lopes den gläsernen Windfang des Restaurants betrat, in seinen Trenchcoat griff, eine Packung Larks herausholte, sich eine anzündete, nach allen Richtungen Umschau hielt und hereinkam. In seinem Mantelaufschlag steckte eine weiße Nelke.

Er ging bis an Posners Tisch heran, ohne Posner selbst anzuschauen, und quetschte seinen rundlichen Körper hinter den Tisch. Er war ungefähr fünfundvierzig, hatte aber ein glattes fettes Babygesicht mit dem daunengleichen Oberlippenbart eines Teenagers. Sein fettiges Haar sah aus, als sei es mit einer stumpfen Metallsäge geschnitten worden.

„Tag, Lopes. Was ist denn mit der roten Nelke passiert?"

Lopes hatte ihn immer noch nicht angeschaut. So als ob er vorgäbe, daß sie gar nicht am gleichen Tisch säßen. „Sie hatten keine mehr."

„Da kann ich ja von Glück sagen, daß ich dich erkannt habe."

Endlich schaute Lopes ihn an, und es war ein ganz schön wütender Blick. „Willst du's wissen oder nicht?"

„Was ist es denn?"

Lopes zog tief an seiner Lark und atmete den Rauch in einem breiten Strom durch Nase und Lippen aus. „Wie ich hörte, arbeitest du

in einem Fall, der sich auf ein junges Mädchen bezieht, das gestern in Davis Park abgekratzt ist."
„Wo hast du denn das gehört?"
„Ich darf meiner Quelle nicht offenbaren."
„O.k. Du hast was Falsches gehört. Im Moment arbeite ich an keinem Fall. Aber wenn ich es täte?"
„Wenn du das tätest, ... dann hätt ich was für dich."
„Und ich soll dich also dafür bezahlen? Denn wenn das so ist, dann können wir die Sache sofort vergessen."
„Nee, das ist umsonst." Lopes streckte die Hand aus, packte eine vorübergehende Kellnerin am Handgelenk, und sie drehte sich ganz erstaunt zu ihm hin.
„Hör mal zu, Süße, bring mir zwei Pizzaburger, eine große Ladung Zwiebelringe und ein großes Diätpepsi. O.k.?"
„O.k., o.k.", antwortete sie. „Behalten sie einfach Ihre Hände bei sich, o.k.?"
Lopes glaubte, daß an ihrer Antwort irgendwas lustig sei, er blickte Posner an und zog eine breite Grimasse, wobei er ihm zwei- oder dreimal zuzwinkerte, bis beide hören konnten, wie die Kellnerin in Bühnenlautstärke flüsterte „Großes fettes Arschloch."
„Umsonst, was?" Posner konnte den Gedanken an Lopes' zwei Pizzaburger nicht aushalten. „Wer bezahlt dich denn?"
„Seh ich denn wie ein Kerl aus, der die Identität seines Kunden preisgeben würde?" Lopes grinste, holte sich eine Zigarette raus und grub etwas Ohrenschmalz aus seinem Ohr.
„Genau so."
„Ach, du bist doch ein scheiß Witzbold heut abend, Posna. Willst du die Sache haben oder nicht?"
„Nun mach mal schnell und sag's mir, bevor wir beide in Pension gehen."
Lopes legte seine Arme auf den Tisch und lehnte sich vornüber. „Sei heut nacht in dem Lan-more-Restaurant in Edgewater genau zwischen zwölf Uhr dreißig und viertel vor eins, und jemand wird dir das geben, wonach du suchst. Verstanden? Und sei pünktlich. Das ist das Allerwichtigste."
„Was für ein Restaurant ist denn nach Mitternacht noch offen, Lopes?"
„Es wird schon offen sein, Freundchen." Lopes saugte an etwas, was ihm zwischen den Zähnen steckengeblieben war. „Du mußt einfach rechtzeitig da sein."
„Lan-more, was? Das ist doch da an der Hauptstraße. Am Hafen."
„Genau." Er drückte seine Zigarette aus.

„Und woran erkenne ich diese Person?"
„Er wird dich schon kennen, mehr weiß ich auch nicht. Das ist alles, was ich habe."
„Danke, Lopes. Fall ich wirklich an der Sache arbeiten würde, dann wäre ich vielleicht interessiert." Posner stand auf. Er wollte über alle Berge sein, bevor Lopes' Essen kam. „Da jemand dich für die Sache bezahlt, kannst du meinen Kaffee auf deine Rechnung nehmen. O.k.?"
„Heh, Moment mal ..."
„Wiedersehen, Lopes." Posner eilte zum Parkplatz und steuerte mit grimmiger Entschlossenheit auf sein Omelett zu.

9. Knapp davongekommen

Joe Posner schleppte sich die Stufen zu seiner Wohnung hoch, ließ seine große Tüte mit Lebensmitteln auf den Bartisch in der kleinen Küche fallen, zog die Abendausgabe des *Record* aus der Tüte und drehte den Fernseher an. Warner Wolf machte sich ganz verrückt, weil die Knickerbockers schon in der ersten Runde der Ausscheidungsspiele rausgeflogen waren. Posner ließ seine Zeitung auf den Fußboden fallen, dann legte er sich davor, mit seinem Magen auf die übergroße Badematte, die er als Teppich benutzte. Er stützte sein Kinn auf seine Handrücken und begann zu lesen. Noch mehr Militärberater in El Salvador. Er war froh, daß er zu alt war, um eingezogen zu werden. Es sei denn, natürlich, sie würden das Alter anheben. Ohne große Überraschung bemerkte er, daß Melodys Tod in der Zeitung nicht erwähnt war, und er vermutete, daß Mrs. Gold darüber glücklich war. Er wußte nicht, ob es reiner Zufall war oder nicht, aber er fand einen Artikel über Heroin in den Oberschulen der Gegend. „Epidemieartig" nannten sie es. Die Jugendlichen nehmen Heroin, wenn sie glauben, daß sie keine Zukunft haben. Das glaubte Joe Posner auch. Warner Wolf glaubte, daß Kingman fünfunddreißig

Home-run-Schläge in dieser Saison schaffen könnte. Während Joe Posner auf seiner Zeitung einschlief, konnte er gerade noch Warners besessenes Kichern hören „Bumm! Nichts mehr dran zu machen! Der Ball ist schon über den Zaun!"
Als das Läuten des Telefons ihn aufweckte, fand Posner seine Nase in einem kleinen See von Speichel auf der Zeitung. Er sprang auf seine Füße und tastete sich zum Telefon vor, immer noch mehr schlafend als wachend. Er wischte sich seine nasse Wange mit dem Ärmel ab.
„Ja, hallo?"
„Joeposner?"
„Alice?"
„Ja. Woher wußten Sie denn, daß ich es war?" Sie klang erstaunt.
„Ist nicht wichtig. Was ist denn los?" Er schwankte vor schläfriger, gereizter Verstörtheit, während Warner Wolf immer noch haargenau die gleichen Idiotien herausschrie, die er schon gehört hatte, bevor er eingeschlafen war. Er schaute auf seine Uhr und merkte, daß er von dem 6.45 Uhr-Warner bis zu der Ausgabe von 11.20 Uhr geschlafen hatte. Fast fünf Stunden. Er mußte Depressionen haben, dachte er, oder vielleicht war er nicht ans Arbeiten gewöhnt. Egal was, Alice rief ihn jedenfalls reichlich spät an.
„Ich muß mit Ihnen sprechen und zwar jetzt. Können Sie zu mir rüberkommen?"
„Klar." Sein Herz schlug schneller. Sie war also bereit auszupacken. Er versuchte krampfhaft, einen klaren Kopf zu bekommen. „Ich bin gleich da." Er legte den Hörer auf und schnappte sich seine Jacke. Das Telefon läutete erneut. „Ja, hallo?"
„Kennen Sie denn meine Adresse?"
„Ach Himmel, nein. Wie ist sie?" Sie gab ihm eine Adresse in Fort Lee, und er rannte runter zu seinem Dodge.
Auf seinem Weg zu ihr versuchte er sich, so gut es eben ging, an ihr merkwürdiges Zusammentreffen am Nachmittag zu erinnern. Diese Amethyst- und Bernsteinbrosche und die Fotografie waren zwei Sachen, über die er sicher mit ihr sprechen wollte. Aber wie sollte er vorgehen? Sie würde offensichtlich sehr schnell eingeschüchtert sein. Aber würde sie mit der Sprache herausrücken oder sich in ihre Schale zurückziehen, wenn er sie erschreckte? Nein, trösten war der Schlüssel. Sympathie, Verständnis, Geduld. Dann überkam es ihn, daß sie inzwischen wahrscheinlich von Melodys Tod gehört hatte, wenn sie es nicht schon vorher gewußt hatte. Vielleicht hatte das bei ihr etwas in Bewegung gesetzt. Dann überkam ihn noch etwas: Dieser scheiß Hinweis von Lopes!

Er hatte das ganz vergessen. Was sollte er tun? Posner überlegte sich, daß er doch lieber hinfahren sollte. Edgewater lag nur kurz hinter Fort Lee. Er konnte 45 Minuten bei Alice verbringen und es immer noch bis 12.30 Uhr schaffen. Die Sache stank ja wie eine Fischfabrik im August, aber was hatte er denn zu verlieren? Lopes war ein schlüpfriger Kerl, aber harmlos. Es war nicht wahrscheinlich, daß er in irgend etwas Schwerwiegendes verwickelt war. Dann sah Posner Melody. Lebendig, die gebräunten Beine gekreuzt. „Besorgen Sie sich eine Pistole. Die Sache könnte ziemlich gefährlich werden." Er ließ in Gedanken die Leute nochmal Revue passieren, von denen er wußte, daß sie an dem Fall interessiert waren: die Mutter, vielleicht der Direktor, Norma, Alice. Das war's auch schon: zumindest nach seinem bisherigen Wissensstand. Er wußte ja nicht, wem Melody von der Sache erzählt hatte. Dessie wußte das, aber die steckte im Wald. Damit beschäftigt zu überleben. Scheiß drauf. Er würde es überprüfen.

Alices Haus war eines von einem halben Dutzend oder so, die auf einer Länge von fünf Blocks noch standen, alle anderen waren abgerissen. Hier würde ein weiteres riesiges Mietshaus entstehen, dachte sich Posner. Das Haus war sehr klein, fast ein Bungalow mit billigen Schindeln an der Seite und sehr reparaturbedürftig. Läden hingen von den Scharnieren. Das halbe Drahtgeflecht der Außentür hing lose runter. Der Beton der Eingangsstufen war schon stark zerbröckelt. Was einmal ein kleiner Rasen gewesen war, war jetzt einfach Erde. Licht schien durch indianische Decken, die quer über die Fenster gehängt waren. Der weiße VW, den er auf dem Parkplatz der Schule gesehen hatte, parkte vor dem Haus. Daneben stand ein ziemlich mitgenommener Saab mit einem Nummernschild von New Hampshire.

Posner ging leise den Weg und die Treppenstufen zur Eingangstür hoch. Stimmen, die aus dem Inneren des Hauses kamen, klangen nach Streit. Eine der Stimmen gehörte Alice Cabot. Die andere klang wie die einer Frau, aber der tiefe Alt hätte auch einem jungen oder einem hellstimmigen Mann gehören können. Der Knopf der Türklingel war herausgerissen. Posner mußte an der verklemmten Tür rütteln, um sie öffnen zu können. Als das Rütteln an der Tür begann, hörten die Stimmen urplötzlich auf. Joe Posner klopfte, erhielt aber keine Antwort. Er klopfte noch einmal kräftig.

„Hallo." Alice Cabots Stimme klang kalt.

„Alice, Joe ist hier."

„Joe." Dann kam eine Pause. „Joe, es tut mir leid, daß ich Sie hier rüber gebeten habe, es ist etwas dazwischen gekommen. Können Sie morgen ganz früh wieder vorbeikommen?"

„Machen Sie die Tür auf, Alice. Wir brauchen nur 'ne Minute zu reden."
„Nein, Joe, das ist nicht möglich. Kommen Sie morgen früh zurück. Neun Uhr."
Posner konnte nicht glauben, daß sein großer Durchbruch ihm auf diese Weise und auch so schnell in den Fingern zerrinnen sollte. Er rechnete sich aus, daß er nur eine Chance haben würde, wenn er die Sache ganz gelassen anging. „Was immer Sie auch sagen, also bis morgen."
„Gute Nacht, Joe, tut mir leid."
„Alice, haben Sie Les' Adresse oder Telefonnummer?"
Alice antwortete nicht sofort. „Nein, keine Ahnung, tut mir leid. Tut mir sehr leid. Alles tut mir leid."
„Machen Sie sich keine Gedanken. Gute Nacht bis morgen." Stoisch zu sein war das, was Joe Posner beim Detektivspielen am meisten liebte. Und clever zu sein. Er blieb, nachdem die Drahtgittertür geschlossen war, in Lauerstellung auf der Treppe und wartete darauf, daß die Stimmen wieder anfangen würden. Aber nichts geschah. Er konnte sich denken, daß sie darauf warteten, das Aufheulen seines Motors zu hören und er entschloß sich, daß es sinnlos war, sie warten zu lassen.
Jetzt mußte er noch mindestens eine halbe Stunde totschlagen. Das Fort Lee Diner war nur zwei Blocks entfernt. Ihm kam wieder das Cornedbeefhaschee mit verlorenem Ei in den Sinn: sämig und salzig und appetitlich serviert mit Toast von dem weichesten, viereckigsten weißesten Brot. Er hatte das Abendessen verschlafen. Jetzt war er am verhungern. Es würde ihn immer noch fast fünf Dollar kosten, aber was zum Teufel. Er würde ja überhaupt erst nach eins nach Hause kommen. Er sprang in seinen Dodge und fuhr als glücklicher Mann zum Restaurant. Er strahlte immer noch vor Vorfreude, als er den Dodge im Parkplatz hinter sich ließ, aber als er schon halb die Treppe raufgegangen war, hielt er an.
Warum nicht wirklich clever sein, dachte er sich, warum es nicht nochmal versuchen? Er legte die zwei Blocks zu Alice Cabots Haus in einem schnellen Trott zurück. Posner fühlte sich erregt und überraschend beweglich, während seine guten Turnschuhe ihn mühelos über den Asphalt trugen. Zu seiner Linken reichten die Lichter der George Washington-Brücke in den Nachthimmel. Dämpfe von dem Brückenverkehr und der schwachsalzige Geruch des Hudson bei Flut wechselten sich in seinen Nüstern ab.
Als er zu dem Bürgersteig vor dem Haus gekommen war, schnappte er nach Luft. Der Saab und der VW standen immer noch geparkt.

Die Lichter waren gelöscht. Er wartete, bis sein Atem wieder normal ging, bevor er näher trat. Dann ging er mit langsamen und leichten Schritten wieder zur Eingangstür. Er konnte überhaupt nichts hören. Posner kroch langsam und geräuschlos um das Haus herum. Er hielt neben einem rückwärtigen Fenster. Es war ein bißchen offen, aber der Vorhang war vorgezogen. Er konnte ein leises Schnarchen hören. Das war aber schnell. Vom Streit bis zum Schlafen weniger als fünfzehn Minuten. Er ging wieder zurück zu dem Saab und schaute hinein. Er konnte nichts sehen.

Joe Posner ging zum Restaurant zurück und ließ seine Gedanken spielen. Das Haus war zu klein, um mehr als nur ein Schlafzimmer zu besitzen, aber wahrscheinlich gab es irgendwo eine Couch. Er hätte gerne eine genauere Vorstellung vom Alter und Geschlecht der zweiten Stimme gehabt. Natürlich war es möglich, daß Alice jetzt alleine war. Wer immer zu diesem Saab gehörte, hätte das Haus zu Fuß verlassen können oder hätte von jemand anderem mitgenommen worden sein können. Vielleicht hatte die andere Person auch gar nichts mit dem Saab zu tun. Das war aber nicht wahrscheinlich. Er wollte wetten, daß beide noch drin waren. Er erinnerte sich an Alices Schoß gegen sein Bein, und er vermutete, daß beide zusammen waren. Morgen um 9 Uhr würde er es wissen. Vielleicht. Die nächsten zwanzig Minuten jedenfalls würde Joe Posner sich auf Cornedbeefhaschee konzentrieren. Mit verlorenem Ei.

Die Straße bergab von Fort Lee nach Edgewater war dunkel und seit den ersten Etatkürzungen der 70er Jahre voller Schlaglöcher. Joe Posner fuhr nicht gerne so schnell bergab, wie er es jetzt tat, aber er war sowieso schon spät dran. Es hatte sich als zwecklos erwiesen, das Essen in dem Restaurant herunterzuschlingen, denn er hatte acht Minuten auf die Rechnung warten müssen. Jetzt war es schon zwölf Uhr fünfundvierzig.

Auf halber Strecke bergab begannen die Häuser so wie Alice Cabots Haus auszusehen. Keiner, so schien es, wollte Edgewater abreißen und große Mietwohnungen hier errichten. Jedenfalls vorläufig noch nicht. Wenn der Abfall, der in den leeren Grundstücken herumrostete – Warmwassertanks, große Sanitär- und Heizungsrohre, Kupplungen, Turbinenteile – nicht so nach Schwerindustrie ausgesehen hätte, dann hätten es die Appalachen sein können. Ungestrichene Verandas, die sich durchbogen, Texacoschilder, die vom Regen ausgebleicht waren, feine Maschendrähte, aus den Rahmen herausgerissen und mit Ruß verstopft, hochgewachsenes Gras aus Ritzen überall da, wo es Beton gab. Sonst überall Schlamm.

Am Fuße des Hügels, gerade hinter dem Punkt, wo die Straße wieder flach wurde, schmiegte sich eine kleine Kolonie von Stadthäusern mit schokoladenbraunen Backsteinen an das Flußufer. Die Häuser waren neu und sahen so aus, als ob sie auch noch für das nächste halbe Jahr neu aussehen würden. Zu seiner Rechten, unter der Palisades, war das Stadtzentrum von Edgewater, das nicht unbedingt sehr viel anders aussah als das Stadtzentrum von Bergentown, nur kleiner, deprimierter und verkommener. Wenn Posner seinen Hals reckte, dann konnte er eine ganze Flotte von Fort Lee-Hochhäusern entlang der Palisades über sich sehen. Es war wie ein Zeitsprung von dreißig Jahren auf dem Weg von unten nach oben, aber Posner wußte, daß es in Wirklichkeit nur ein Immobiliensprung, ein Geldsprung, ein Klassensprung war.

Ein paar Blocks weiter standen zwei Polizeiwagen Schnauze an Schnauze gegeneinander geparkt mit blinkenden blauen Lichtern – die Polizei in Edgewater hatte Blaulicht. Es schien, daß Posner eine Gewohnheit entwickelte, mitternächtlichen Polizeimanövern über den Weg zu laufen, und es war eine Gewohnheit, die er nicht gerade mochte. Eine Menge hatte sich angesammelt. Posner fuhr langsamer, um zu schauen, und sah für einen Moment das alte grüne und weiße Coca Cola-Schild des Restaurants, wo sie angehalten hatten: Lanmore. Er parkte vor einem Parkverbotszeichen und rannte hinüber. Ein Krankenwagen raste um die Ecke und gackerte elektronische Signale.

Posner kannte keinen von den Polizisten in Edgewater, aber nachdem er sich daran erinnert hatte, wieviel es ihm geholfen hatte, daß er Webster kannte, entschloß er sich zu versuchen, die Sache selbst herauszufinden. Er quetschte sich durch die Menge bis zur ersten Reihe – es waren zumeist Teenager, die Bierdosen in der Hand hielten und drauflos schwatzten, teils ausgelassen, teils neugierig. Vorn angekommen, drückte sich Posner neben eine kleine drahtige alte Frau, die mit einer roten Jagdjacke und einer Regenhaube aus Plastik bekleidet war, und lenkte die Aufmerksamkeit des Polizisten, der die Menschenmenge zurückhielt, auf sich.

„Was ist denn hier los?“ fragte Posner den Polizisten. Drei Krankenpfleger beeilten sich, in das Restaurant zu kommen.

Der Polizist war groß und trug eine gespiegelte Sonnenbrille – ein schlechtes Zeichen, so dachte Posner, um ein Uhr morgens. „Sache der Polizei“, grunzte der Polizist.

„Ich hab hier vor fünf Minuten jemanden treffen sollen. Kann ich rauskriegen, ob alles mit ihm in Ordnung ist?“

Das Gesicht des Polizisten blieb gefroren. „Wenn er drin war, dann

ist nix mit ihm in Ordnung – dann ist er tot."
Posners Herz begann, wie irr zu schlagen. „Was soll das heißen?" Der Polizist beachtete ihn nicht mehr. Die alte Frau hatte sich während Posners Wortwechsel mit dem Polizisten zu ihm gestellt und nickte mit dem Kopf, das warzenbedeckte Kinn nach vorne geschoben, als ob sie etwas zu sagen habe. „Wissen Sie, was er damit sagen will?"
Sie lächelte und nickte mit dem Kopf. „Ham se alle umgelegt." Ihr Lächeln verbreiterte sich zu einer schadenfrohen Erregung. „Warn hinter Santangelino her, ham se aber alle umgelegt. Jeden einzelnen in dem ganzen gottverdammten Lokal. Weißde, ich war schon vor'n Bullen hier. Doll! Was für 'n Treffer! Keine Zeugen. Jedenfalls keine, die noch leben. Was für 'n Treffer!"
Posner schaute sich nach allen Richtungen um, öffnete den Reißverschluß seines Anoraks, kratzte sich am Kopf, zupfte sich an der Nase. „Sie haben jeden einzelnen in dem Lokal umgebracht?"
Sie lachte. „Sogar de Wanzen."
Das Cornedbeefhaschee in Posners Magen verwandelte sich in Lava. „Wer war das denn? Wer ist Santangelino?"
Die alte Frau sah ihn aus einem Augenwinkel an und schüttelte den Kopf. „Has wohl nich viel Ahnung? Santangelino war der Chef von der Familie hier in der Gegend. ‚Sie', mein ich, warn wohl die Forlinos. Man hat's ja kommen sehn, aber was für 'n Treffer!"
„Santangelino ist 'n Drogenboß?" Posner konnte sich nicht denken, warum sie das wissen sollte, außer daß sie alles andere auch wußte.
„Nee, illegale Lotterie. Ich verwette meine Wohlfahrt drauf, daß Drogen nicht im Spiel warn. Nee. Nee, nee. Illegale Lotterie."
„Wer war denn sonst noch da drin?"
„Nur der Kerl an der Theke, sein Bruder und Santangelinos Leibwache. Ham nich mal ihre Schießeisen aus den Taschen gekriegt", lachte sie. „Ich sag dir was, Meister, das war 'ne dolle Sache, 'ne dolle Sache."

10. Verbindungen

Am zweiten Morgen nach Melodys Tod fiel ein kalter Regen. Joe Posner stand an seinem Schlafzimmerfenster und sah zu, wie der Regen die erst kürzlich aufgetaute Erde rund um sein Haus mit Wasser übersättigte. Das Fenster war alt und schloß nicht dicht, und der starke, eisige Luftzug von dort sagte ihm, daß für diesen Tag der Winter zurückgekehrt war. Er hatte die Nacht größtenteils schlaflos zugebracht. Zwei große Gläser Scotch hatten die Dutzende von angsterfüllten Träume, von denen er jetzt noch geschüttelt war und die er aber nicht mehr in Erinnerung bringen konnte, nicht fernhalten können. Er fand eine Khakihose, die fast sauber und nicht allzu zerknittert war, und ein frisch gewaschenes Wollhemd, von dem er gehofft hatte, daß er es bis zum nächsten Herbst nicht mehr brauchen würde. Eine Spur Sodbrennen war noch von dem Haschee zurückgeblieben, so daß er sich entschloß, ohne Kaffee zu Alice Cabot rüberzugehen.
Joe Posner ging vorsichtig die Stufen hinunter. Er öffnete die Tür einen Spalt und schaute auf die Straße, bevor er hinausging. Als er unter der Motorhaube seines Dodge nach einer Bombe Ausschau hielt, war er sich nicht sicher, ob er sich melodramatisch gab, weil er nachschaute, oder ob er überaus leichtsinnig war, weil er nicht das nächste Flugzeug zu einem anderen Kontinent nahm.

Die Straßen von Fort Lee waren verstopft mit Pendlern, die nach Manhattan fahren wollten und versuchten, die noch viel schlimmer verstopften Hauptstraßen zur Brücke hin zu vermeiden. Dampf stieg von Posners Motorhaube auf, während er in einer langen Schlange stand, sieben oder acht Autos entfernt von der Ampel. Kleine Neonlichter, Farbflecken in der dunklen Morgennässe leuchteten von kleinen Geschäften herüber: Schreibwaren, Backwaren, Sportartikel, Bettwäsche mit kleinen Fehlern. Sperrholzplatten verschlossen den Rest. Zeichen der Zeit. Aufgeregtes Adrenalin raste durch Posners Arterien und ritt sattellos auf den Blutkörperchen. Alle zwanzig Sekunden etwa schaute er in seinen Rückspiegel und hielt Ausschau nach schwarzen Limousinen voller Gangster. Aber er sah keine. Er schaute auf seine Uhr. Sogar bei dem vielen Verkehr würde er es bis neun Uhr schaffen.

Es war fünf vor, als er vor Alice Cabots Haus parkte. Der Saab und der Volkswagen waren beide verschwunden. Das machte ihn noch nervöser, und er rannte den Bürgersteig hoch und hämmerte an die Tür.

Alle zwei oder drei Sekunden fiel ein dicker Tropfen kalten Wassers vom Dach und traf ihn am Kopf, was ihn zusammenzucken ließ. Er hämmerte noch einmal an die Tür. Diesmal noch fester. Er drehte an dem Türknopf. Die Tür war offen.

Auf dem Boden lagen zwei nackte einzelne Matratzen in der Form eines L, wie zwei Sofas. Auf der anderen Seite des Zimmers stand ein leeres Bücherregal, etwa siebzig Zentimenter hoch, das sich stark zur Seite neigte. Ein Haufen alter Ausgaben der *New York Times* lag obendrauf. Ein paar Ausgaben waren ringsum auf dem Boden zerstreut. Ansonsten war der Raum leer. Die indianischen Decken, die die Fenster bedeckt hatten, waren verschwunden. Posner ging ins Schlafzimmer und war sich ziemlich sicher darüber, was er dort finden würde. Er fand es auch. Nämlich nichts. Noch eine Matratze. Das hier war eine Doppelmatratze, aber genauso dünn, genauso verkommen, genauso nackt wie die zwei im Wohnzimmer. Keine Kleider, kein Wäscheschrank. Nichts im Badezimmer. Er fand einen billigen Bridgetisch in der Küche, auf dem ein Stapel fettiger Töpfe und Pfannen stand. Sie waren alt und waren schon nicht gut gewesen, als sie noch neu waren. Er vermutete, daß sie aufeinandergestellt worden waren, um mitgenommen zu werden, und daß man sie dann nicht für wert gehalten hatte. In dem ganzen Haus war nichts mehr von Wert, das jemand noch abholen würde.

Er rannte durch den Regen und zog sich in den Fahrersitz seines Dodge. Er ließ den Motor laufen, um die Heizung in Gang zu bringen, saß da und dachte nach. Mit einem Male wurde alles so angsteinflößend. Er entschloß sich, es noch einmal bei der Schule zu versuchen und auf dem Weg eine Zeitung zu kaufen.

Der Schreibwarenladen hatte einen Stapel von Stadtausgaben der *Post* neben der Kasse. Auf der ersten Seite stand das vorhersehbare „Maffiamassaker in NJ!“ mit weißen Buchstaben auf schwarzem Hintergrund. Er warf seinen Vierteldollar auf den Ladentisch und holte sich eine Zeitung. Der junge Mann mit dicker Brille, der neben der Kasse stand, lächelte. „Lokalnachricht – verkauft sich wie warme Semmeln.“

„Großartig“, grunzte Posner. Daß er es so in der Zeitung – sogar in einer Zeitung von Rupert Murdoch – sah, ließ ihm das Ganze noch wirklicher erscheinen, und er wünschte sich sofort, daß er gar nicht hingeschaut hätte. Die *Post*-Fassung kam der Fassung dieser guten Samariterin von Edgewater, die Posner an der Stätte des Verbrechens getroffen hatte, ziemlich nahe. Santangelino, illegale Lotterien, Forlinos. Die Polizei mutmaßt noch. Alle Leichen identifiziert. Außer der, die hier vor dem Zeitungsladen steht, dachte Posner.

Die Telefonzelle stand hinten. Ziemlich weit vom Fenster, aber auch genauso weit von der Tür. Posner ging langsam hin und horchte rückwärts nach plötzlichen Geräuschen. Während er die Nummer wählte, behielt er die Straßenseite im Auge.
„Lopes Privatdetektei. Al B. Lopes am Apparat."
„Lopes, hier ist dein alter Freund Joe Posner."
„Hallo, Posna. Ist gestern nacht alles gut gelaufen?"
„Na ja, ich möchte, so schnell es dir paßt, dieses spezielle Thema mal mit dir durchsprechen."
„Wo ist da der Witz, Posna?"
„Genau das möchte ich auch wissen. Und wer zum Teufel denkt denn, daß die ganze Sache lustig ist?"
„Ich hab nicht die geringste Ahnung, wovon du da sprichst."
„Sag mir einfach nur, wann wir uns heute treffen können, und wenn du überzeugend bist, dann werde ich dir vielleicht doch nicht deine scheiß Beine brechen."
„Was ist denn los? Ist denn gestern nacht niemand nicht gekommen?"
„Bist du in fünfzehn Minuten noch im Büro?"
„Nee. Ich bin unterwegs zum Gericht. Bin da mindestens bis Mittag."
„Scheiße. Triff mich um zwei Uhr. Selber Ort wie gestern. O.k.?"
„Ist nicht gut. Mußt deine Gewohnheiten immer ändern. Du mußt in dem Beruf noch 'ne ganze Menge lernen, Posna. Triff mich an dem Süßwarenladen in der Loon Avenue südlich von Tenafly. Kennst du den?"
„Was immer du auch sagst, Superman, aber sei ja da."
„Ich werd da sein. Nur nicht so hastig."
„Besorg dir mal die Stadtausgabe von der *Post* und überleg dir mal, ob du so ruhig wärst, wenn du an der Stelle gewesen wärst. Bis zwei." Posner knallte den Hörer runter und zog den Reißverschluß seiner Jacke hoch. Nur ruhig Blut, schauderte er. Was für eine tolle Idee. Sich dauernd bewegen und ducken schien doch günstiger zu sein.
Der Verkehr von der Brücke weg war nicht übermäßig, und Joe Posner rollte schon um neun Uhr dreißig in den Parkplatz des Human Learning Space. Keines der drei Autos, die er am Tag zuvor gesehen hatte, stand dort. Neben der mit psychedelischen Farben angemalten Garage stand jedoch ein riesiger schmutziger weißer Oldsmobile, Baujahr 66. Posner parkte seinen Dodge auf der anderen Seite neben dem Eingang zur Schule und stieg aus in den Regen. Ein Fenster im zweiten Stock der Garage stand offen, und Saxophonmusik strömte

heraus. Es war „Lush Life", eine von Posners Lieblingsmelodien, und es kam nicht von einer Platte. Die Musik fühlte sich an wie heiße Suppe nach einem Schneesturm. Wenn jemand „Lush Life" auf einem Saxophon um zehn Uhr an einem kalten Frühlingsmorgen spielen konnte, war die Welt wohl doch nicht so schlecht.

Auf der einen Seite der Garage fand Posner eine offene Tür und dahinter eine Treppe. Es roch nach Sägemehl. Er nahm mit jedem Schritt zwei Stufen, weil er hoffte, noch oben ankommen zu können, bevor die Musik aufhörte. Am Ende der Treppe fand sich Posner in einem roh gebauten, aber überraschend gut ausgestatteten Aufnahmestudio. Poster von Charlie Parker, Elvis Jones und Jimi Hendrix hingen an der Wand. Papierbecher und Papiertüten von MacDonalds und Chicken Too Good lagen zu Hauf in allen Ecken und um die Stühle herum. Am Ende des Zimmers stand ein großer ausgezehrter Mann, der mit dem Gesicht zur Ecke stand und ein Tenorsaxophon blies. Sein blondes Haar war sehr lang und gerade und zu einem Pferdeschwanz zusammengebunden. Es hing unter einer braunweißen südamerikanischen Strickmütze heraus. Peruanisch, wie Posner vermutete. Er spielte gut (vor allem, dachte Posner, wenn man bedachte, daß er ein Weißer war) – so 'n bißchen hauchig wie Ben Webster und ein bißchen drahtig wie Archie Shepp. Der Saxophonist begann gerade mit der Themenauflösung, als Posner ankam, und der Detektiv, der von all dem Adrenalin, das seine Angst ihm hinterlassen hatte, ermutigt war, der auch schon ein bißchen mehr als ein wenig verzweifelt nach einer Art – irgendeiner Art – von Seelenverwandtschaft Ausschau hielt, sang in seinem halbfrechen Johnny Hartmann-Stil mit. „*Das Leben ist wieder/ einsam, und erst letztes Jahr/ schien alles so ...*" Er konnte sich nie an dieses eine Wort erinnern. Der Saxophonist drehte sich um, weitäugig, und lächelte und spielte weiter. Posner sang weiter.

„Na ja, das Leben ist schrecklich.
Dadum. Ein Trog
Voller Herzen könnte mich nur langweilen.
Eine Woche lang in Paris wird die Bitterkeit schon schwächen.
Ich bemüh mich nur noch, trotzdem zu lächeln.
Ich werd Dich vergessen.
Wirklich. Während du unterdessen
Immer noch in meinen Gedanken brennst.
Romanzen sind Brei. Ersticken den, der sich abmühen will.
Ich werd mein Leben prächtig und frei in einer kleinen Bar verbringen.
Und da werd ich dann sein, werd mit all den anderen verfaulen,

Deren Leben auch einsam siiiiind."
Der Saxophonist lachte und klatschte. „Sehr schön, sehr schön."
„Du warst auch sehr schön", antwortete Posner. „Du kannst wirklich spielen."
„Na, vielen Dank, Mann. Ich versuch jedenfalls mein Bestes, weißt du."
„Wie heißt du?"
„Hawk, Mann, ich freu mich, dich kennenzulernen." Er streckte die Hand aus und packte Posners Hand zu einem Soul-Händeschütteln. „Wie heißt du denn?"
„Joe."
„Hat mir Spaß gemacht, mit dir zu blasen, Joe."
„Unterrichtest du hier an der Schule Musik?"
„Klar, Mann. Das ist meine Geschichte. Was ist denn deine?"
„Ich suche Alice Cabot. Hast du sie hier gesehen?"
„Nee, Mann. Jedenfalls nicht in der letzten Zeit. Hab aber gehört, sie dampft von hier ab. Was willst du denn von ihr?"
„Ich bin ihr Bruder." Posner wollte nicht unbedingt lügen, aber er hatte zuletzt nicht allzuviel Erfolg mit der Wahrheit gehabt. Die schien ein Luxusartikel zu sein, und Posner fühlte sich an dem Morgen ziemlich arm. Wirklich arm. „Ich hab bei ihr zu Hause reingeschaut, aber sie war nicht da."
„Ihr Bruder, was?" Hawk schien über den Mangel an Familienähnlichkeit eher amüsiert zu sein als argwöhnisch. „Freut mich, dich zu treffen, Mann. Tut mir leid, daß ich dir nicht helfen kann. Sie war heut noch nicht hier. Soviel kann ich dir jedenfalls sagen. Bin der einzige hier. Blues am Morgen. Bin hergekommen, um zu üben." Die Augenlider sanken in Bescheidenheit über seine grauen Augen.
„Sag mal, Alice hat sich da am Telefon 'n bißchen komisch benommen wegen der Sache, weshalb sie weggeht. Sie kann so sein, so 'n bißchen ausweichend, weißt du?" Hawk antwortete nicht. „Ich meine, die ganze Sache bedrückt sie, und ich möchte ihr ja gerne helfen, aber ich könnte ihr besser helfen, wenn ich wüßte, was los ist. Weißt du was darüber, Hawk?"
„Na ja, weißt du, Mann, ich weiß es eigentlich nicht. Ich weiß nur, daß es ziemlich plötzlich kam. Vor ungefähr drei oder vier Wochen hat sie uns bei 'ner Konferenz damit überrascht. Zu den Osterferien dampft sie ab, sagt sie. Mehr weiß ich nicht. Es gibt 'ne ganze Menge Tratsch hier, aber ich versuch mich rauszuhalten. Du weißt ja, was ich meine." Er ließ lange Finger an seiner dünnen bleichen knöchernen Nase entlanggleiten. Seine Zähne waren ein bißchen krumm.
„Was für 'ne Art Tratsch?"

„Na ja, wie ich schon gesagt habe, ich versuch mich da rauszuhalten."
„Ich hab von dieser Schülerin gehört, die an einer Überdosis gestorben ist. Wie war noch ihr Name, Melody?"
„Ja, Mann, das war wirklich schlimm." Hawk beugte sich vor und begann, an dem Futteral seines Saxophons herumzufingern. Es war neu – obwohl das Saxophon selbst alt und verbeult war –, und die Schließen und Scharniere sahen wie echtes Messing aus.
„Wie war sie denn so?"
Hawk antwortete schnell, automatisch. „Sie war ehrgeizig, Mann."
„Ehrgeizig? Wie?"
„Einfach ehrgeizig, Mann." Er schaute nicht vom Futteral weg.
„Na ja, was hat sie denn so gemacht, daß du so was sagst?"
„Keine Ahnung, Mann. Ich kann es nicht anders erklären." Eine Spur Nervosität war in seiner Stimme zu entdecken.
„Alice hat mir gesagt, daß vor ein paar Tagen da in dem Haus von dem Mädchen so 'ne große Party gewesen ist." Hawk gab keinen Kommentar. „Warst du auch da?"
„Jeder war doch da, Mann."
„Ist irgendwas in der Nacht da passiert?"
„Passiert? Versteh dich nicht, Mann. Was meinst du mit ‚passiert'?" Hawk wurde ärgerlich, und Posner dachte, daß er als Alice Cabots Bruder zuviele Fragen über Melody Gold stellte. Er wollte etwas zu dem Kästchen fragen, aber er sah keine Möglichkeit, die Sache zur Sprache zu bringen. Er würde warten müssen. „Ich weiß auch nicht. Alice schien so durcheinander, als ich Samstag morgen mit ihr gesprochen hab ... Ich hab gedacht, vielleicht wär was bei der Party passiert." Hawk hatte immer noch keinen Kommentar anzubieten. „Na ja. Vielen Dank für die Musik. Ich muß jetzt Alice finden. Bis später, Hawk."
„Später, Joe."
„Sag mal, spielst du jemals Programme?"
„Klar."
„Wie ist denn dein Familienname? Ich würd's gerne wissen, wenn du angekündigt wirst."
„Brennan, Hawk Brennan." Er lächelte wieder.
„Prima. Nett, dich getroffen zu haben."
„Ganz meinerseits, Mann."
„Sag mal. Meinst du, daß Les bald da sein wird?"
„Keine Ahnung, Kumpel."
„Hast du zufälligerweise seine Nummer?"
„Nicht bei mir. Norma wird bald hier sein. Sie wird sie dir geben."

„Prima. Danke, Mann! Bis später!"
„Später."
Mit Hawk zusammen zu sein, hatte ihm Sicherheit gegeben – eine relative Sicherheit jedenfalls –, und als Posner ihn verließ, spürte er, wie die Kälte von draußen durch das dunkle Treppenhaus und seine Knochen fuhr. Er wünschte sich, daß er den Parkplatz sehen könnte, bevor er die Treppe runter und zur Tür hinausging, aber das war unmöglich. Er stand ein paar Sekunden lang auf dem oberen Treppenabsatz, bis er einsah, daß er irgendwann früher oder später doch gehen mußte. Dann holte er tief Luft, begann „A Foggy Day in London Town" zu dudeln und beförderte sich selbst wieder nach draußen.
Er sah keinen Todesschützen, er sah keine schwarze Limousine. Was er sah, war, daß der orangefarbene Datsun angekommen war, von dem er vermutete, daß er Norma gehörte. Es war der am wenigsten bedrohliche Wagen, den er jemals gesehen hatte. Das Licht im Büro war an, und Posner ging auf den Eingang zu. Gerade als er die Stufen erreicht hatte, sah er einen hochgewachsenen, schlanken schwarzen Jungen, etwa siebzehn, der zum Parkplatz ging. Er trug eine weinrote Hose, dazu passend eine Jacke und eine „Big Apple"-Mütze in der gleichen Farbe sowie schwarze Turnschuhe. Er ging rasch mit federndem Gang gradlinig auf die Garage zu. Am Tag zuvor, als Posner sich die Fotos angeschaut hatte, hatte er nur drei schwarze Schüler bemerkt. Nur einer von ihnen war ein Junge gewesen. Und alle trugen sie diesen Lager-Look. Dieser Junge hier war jedenfalls jemand anders.
Joe Posner war hin und her gerissen zwischen seiner Neugierde bezüglich des Jungen und seinem Wunsch, Norma zu erreichen, bevor Les ankam. Er entschloß sich, ein Risiko einzugehen und zu hoffen, daß Les spät kommen würde, und sobald der Junge in dem Gebäude war, lief er über den Parkplatz zurück. Er drückte die Tür vorsichtig auf und schlüpfte hinein und stand am unteren Treppenabsatz. Er hörte Hawks Stimme vom oberen Stockwerk. Der Musiker versuchte, leise zu sprechen, aber seine Stimme war von Posners Horchposten aus deutlich zu hören.
„Ham se dir ins Gehirn geschissen? Ich sollte dir dafür in den Arsch treten, Mann."
„Heh, Mann, tut mir leid. Hab's dir ja schon gesagt. Aber mein Abnehmer ist krank. Er hat nicht bis heut abend warten können."
„Ich hab jetzt nix da."
„Kannst du denn nix besorgen? Nur 'n bißchen. Er braucht es."
„Schon gut. Fünfundvierzig Minuten. Davis Park. Wart auf mich."
„Oh Mann, du bist wunderbar, Mann."

„Jetzt verpiß dich, verdammt nochmal. Und wenn du jemals *wieder* hierher kommst, bist du für mich erledigt. Verstanden?"
„Ich schwör's, Mann."
„Und wenn du bis Donnerstag den Haydn nicht fehlerfrei kannst, tret ich dir in 'n Hintern."
Posner eilte geduckt durch die Tür und rannte zu seinem Dodge zurück. Er legte sich flach auf den Sitz und ließ die Tür auf, um das Geräusch des Zuschlagens zu vermeiden. Nach ein oder zwei Minuten hörte er das Aufheulen des Motors von einem alten V-8 beim Start, und er wußte, daß es Hawks Oldsmobile war. Posner richtete sich auf, während das Auto den Parkplatz verließ und Richtung Süden fuhr. Endlich mal machte der Dodge beim Anspringen keinen Bockmist und war schon auf der Straße, während der Oldsmobile noch in Sichtweite war. Posners Hände zitterten am Steuerrad. Der Regen hatte aufgehört, aber die nassen Straßen spiegelten immer noch die roten Lichter der Autos der Fahrer, die hier morgens zum Einkaufen oder zu ihren Geschäften fuhren. Posner folgte dem Olds durch die einzige Einkaufsstraße in Leonia. Dann zwei Häuserblocks jenseits der zentralen Kreuzung bei Broad und Fort Lee Road fuhr er nach links in eine der besser aussehenden Seitenstraßen der Wohngegend dort. Die Häuser, alle vor dem Krieg gebaut, aber keines älter als fünfzig Jahre, saßen auf einem Hügel, der von der Straße aus steil anstieg. In langen Bändern verbanden Stufen die Häuser mit dem Bürgersteig. Es waren große, behaglich aussehende Holz- und Stuckhäuser, aber nicht reichaussehend wie diese ungelenke Gold-Festung oder die selbstbewußteren Holzhäuser aus dem 19. Jahrhundert, die über die ganze Gegend verstreut waren.
Zwei Häuserblocks weiter bog der Oldsmobile wieder ab und hielt vor dem dritten Haus in dieser Straße an. Es war etwas größer als die übrigen und mit dunklen, grünen Balken in einem Pseudo-Tudor-Stil gebaut. Efeu wuchs drei Viertel der Außenfront des dreistöckigen Gebäudes hoch. Posner fuhr seinen Dodge auf die Seite, bevor er um die Ecke lugte und beobachtete, wie Hawk Brennan aus seinem Olds kletterte und die lange Treppe zu dem Haus hinaufstieg. Die Tür öffnete sich, und ein Mann mit grauem Haar und einem dicken grauen Schnurrbart öffnete die Tür. Er war in eine Khakihose und einen rostfarbenen Pullover mit hochgeschlossenem Kragen gekleidet. Er war zu weit weg, als daß Posner sehr viel mehr hätte erkennen können. Als sich die Tür hinter Brennan geschlossen hatte, fuhr Posner um die Ecke herum und las das Schild mit der Hausnummer an der Tür, während er vorbeifuhr. 347. 347 Woodmont Lane. An der nächsten Ecke drehte er, parkte in die Richtung, aus der er

gekommen war, und wartete darauf, daß Hawk wieder herauskommen würde.
Es dauerte nur fünf Minuten. Hawk sprang die Stufen hinunter, schlüpfte hinter das Steuerrad seines Olds und fuhr los. Joe Posner folgte ihm zurück zur Schule. Er parkte den Dodge auf der anderen Straßenseite gegenüber dem Parkplatz der Schule und beobachtete, wie der schlanke blonde Mann die Stufen zu seinem Studio hinaufsprang. Ein paar Minuten später rannte Hawk zu dem Olds zurück und ließ den Motor wieder anspringen. Posner duckte sich hinter sein Amaturenbrett. Er fragte sich, wie lange er es schaffen würde, nicht entdeckt zu werden. Wenn Hawk das tat, was Posner von ihm annahm, dann war er außerordentlich unvorsichtig. Drogenhandel schien doch etwas zu sein, vor dem Lehrer sich eigentlich hüten würden. Und wenn sie es nicht lassen konnten, so dachte er, dann sollten sie doch besser aufpassen. Posner gab dem Musiklehrer einen großen Vorsprung, weil er eine ungefähre Vorstellung davon hatte, wo dieser hinfuhr, und er wollte ihm nicht zu offensichtlich folgen. Die Schwierigkeit würde darin bestehen, nahe genug an ihn heranzukommen, sobald sie im Park angekommen waren, ohne daß der Musiklehrer ihn bemerken würde.
Mehrere Straßen einer Wohngegend verliefen im rechten Winkel zu der Straße, an der Davis Park lag. Joe Posner bog in die Straße ein, die am nächsten zum Park lag, und fand eine leere Einfahrt neben einem terrassenförmigen Haus, das vier Häuser von der Ecke entfernt stand. Er ließ seinen Dodge dort stehen und rannte in Richtung Park. Er war so angespannt, wie er in der Nacht zuvor locker gewesen war. Vor dem Lan-more-Zwischenfall. Er war wirklich verkrampft. Nach ungefähr dreißig Metern mußte er zu einem raschen Gehen verlangsamen. Er kam zu spät. Der Olds fuhr gerade schon wieder auf die Straße. Ein ähnlich verbeulter Pontiac Bonneville fuhr in die entgegengesetzte Richtung. Bevor er sich hinter einem freistehenden Briefkasten versteckte, um nicht von Brennan gesehen zu werden, sah Posner kurz ein Weinrot auf dem Fahrersitz des Bonneville. Hawk Brennans Oldsmobile beschleunigte an dem Briefkasten vorbei und um die Ecke. Joe Posner stand auf. Er hatte die Übergabe nicht gesehen, aber er hatte doch kaum Zweifel daran, was da vor sich ging. Hawk Brennan war mindestens ein Bazillus in der „Heroinepidemie, welche die Jugend in dieser Gegend verheerte." Posner hatte natürlich keinen Beweis, nur ein Bruchstück einer Unterhaltung, die vielleicht etwas vollkommen anderes bedeuten *könnte*, und ein Treffen in einem Park, das zu kurz war, als daß es etwas anderes als irgendeine Übergabe hätte gewesen sein können. Wenn er nur ein

bißchen mehr über Brennan herauskriegen könnte, dann würde er ihn zwingen können, über Melody Gold zu sprechen. Und er war sicher, daß Brennan etwas zu erzählen hatte. Mit einem geschickten Bluff könnte er ihn vielleicht sofort zum Reden bringen, aber das würde bedeuten, daß er seine Karten verraten mußte. Er würde das Ganze eine Weile ruhen lassen. Vielleicht lange genug, um herauszukriegen, was, falls überhaupt, die Forlinos mit der Sache zu tun hatten.
Dann war da noch die Frage wegen der Polizei. Posner hatte in seiner Jugend zu viele Packungen Marihuana verkauft, um kleine Fische wie Brennan auffliegen zu lassen. Selbst wenn es sich um Heroin handelte. Heroin weiterverkaufen an Jugendliche, das gefiel ihm nicht, überhaupt nicht. Aber er wollte auch nicht jemanden auffliegen lassen wegen eines kleinen Drogenhandels. Es war einer der Gründe gewesen, weshalb er seine Stelle beim Zoll aufgegeben hatte. Wer immer aber in 347 Woodmont Lane wohnte, mochte zu einer anderen Geschichte gehören.

11. Manöver

Als Joe Posner in das Human Learning Space zurückkam, war der orangefarbene Datsun immer noch das einzige Auto auf dem Parkplatz. Als er zum Schulbüro ging, stoppte er kurz an dem Münzfernsprecher im Flur an und schrieb sich dessen Nummer auf. Er fand Norma in der gleichen Stellung wie am Tag zuvor.
„Hallo, Joe, was machst *du* denn hier?“
„Ich konnte einfach nicht wegbleiben. Was tippst du denn da, Norma?“
„Ungefähr 'ne Million Seiten Bewertungen.“ Sie winkte mit ihren langen roten Fingernägeln in Richtung eines großen Stapels handgeschriebener Seiten.
„Bewertungen?“

„Wir geben keine Noten. Die Lehrer schreiben stattdessen das nieder, was sie von jedem Schüler halten."
„Ach, wirklich. Klingt wie 'ne gute Idee. Macht dir aber wohl doch ziemlich viel Arbeit."
„Mir macht's nichts aus. Einige davon sind ziemlich interessant, mußt du wissen."
„Kann ich mir vorstellen. Was für 'ne Art Bewertung hat denn Melody Gold bekommen?"
Normas Gesicht wurde trotzig. „Nee, nee, darüber mußt du mit Les sprechen."
Soweit also zu seinem Vorhaben, Norma zu bearbeiten. „Er ist wohl nicht da, oder?"
„Nee. Ich glaub auch nicht, daß er heute kommt."
„Ich wollte eigentlich zu Alice Cabot. Weißt du, wo ich sie finden könnte?" Posner überflog das schwarze Brett hinter ihr und fand die „Lehreradressenliste".
„Joe, du scheinst mir ein sehr netter Kerl zu sein, aber diese Melody Gold-Sache könnte für die Schule ziemlich schlecht sein." Ihre feuchten braunen Augen hätten einem Hundefänger das Herz erweichen können.
„Ich will ja gar nichts unternehmen, was der Schule schaden könnte. Ich will einfach mit Alice Cabot sprechen."
„Man weiß ja nie, Joe. Alles, was man sagt, egal wie wenig es mit dem Fall zu tun hat, könnte sehr wichtig sein." Sie sprach, als zitiere sie aus einem Katechismus. Sie war gut eingewiesen worden. „Die Sache ist einfach zu brenzlig. Ich glaube sowieso, ich sollte mich gar nicht mit dir unterhalten. Das beste wäre, wenn du mit Les sprichst."
„Prima. Wie kann ich ihn denn finden?"
„Ich kann diese Information wirklich nicht rausgeben."
Posner konnte sehen, wie sehr es sie schmerzte, wieder Nein sagen zu müssen.
„Kann ich mal 'n Moment dein Telefon benutzen?" Er deutete mit dem Kopf auf einen zweiten Telefonanschluß auf einem Tisch in einer entfernten Ecke des Büros.
„Klar, nur zu."
„Danke!" Er setzte sich an den Tisch, öffnete das Telefonbuch des Landkreises Bergen, gab vor, die Nummer, nach der er suchte, gefunden zu haben, und wählte die Nummer des Münzfernsprechers im Korridor. Das Läuten echote durch den Korridor.
„Ach, verdammt noch mal!" Norma hörte mit dem Tippen auf. „Entschuldige mich, Joe, ich muß da ran."

Als sie das Büro verließ, legte Posner den Hörer auf den Tisch, glitt hinter Normas Schreibtisch und schnappte sich die vervielfältigte Adressenliste. Er faltete sie zweimal, ohne sie sich anzuschauen, und steckte sie in seine Gesäßtasche. Dann ließ er seine Finger durch die Ablagen in dem Ordner laufen, bis er zu der kam, die mit „Melody Gold“ gekennzeichnet war. Er stopfte die ganze Ablage unter seine Jacke und zog den Reißverschluß hoch.
Auf seinem Weg nach draußen begegnete er Norma. „Kannst du dir sowas vorstellen? Da wir niemand dran.“
„Ach wirklich?“
„Das macht mich wirklich wütend.“
„Ich kann's dir nachfühlen. Ich muß jetzt los, Norma.“
„Mach's gut, Joe.“
Für ein paar Sekunden zögerte Joe Posner an der Schultür. Es hatte wieder zu regnen begonnen. Er zog seine Jacke hoch und seinen Kopf hinein und rannte die Stufen zu seinem Auto hinunter. Er ließ sich hinter das Lenkrad fallen, schüttelte sich und verfluchte die kalte Nässe. Trotzdem freute er sich über seinen kleinen Coup. Er zog die Ablage heraus und legte sie neben sich auf den Sitz und steuerte den Dodge aus dem Parkplatz hinaus. Als er ein paar Blocks von Norma entfernt war, hielt er unter einer riesigen Ulme mit frisch gewachsenen Blättern, um sich seine Beute anzuschauen.
Melodys Ablage enthielt Zeugniskopien von der örtlichen Grundschule und von zwei privaten Grundschulen, von drei privaten Eingangsstufen von Oberschulen und von Bergen Valley High, der örtlichen Oberschule, die sie, wie die Aufzeichnungen andeuteten, im ersten Semester des letzten Jahres besucht bzw. eben nicht besucht hatte. Ihre Noten waren in der Grundschule anfangs zumeist Einser und Zweier gewesen, und dann vom vierten Schuljahr an ständig schlechter geworden. Nach dem achten Schuljahr hatte sie es nirgendwo lange genug ausgehalten, um überhaupt Noten zu bekommen.
Die Bemerkungen der Lehrer in jedem Schuljahr und in jeder Schule waren unterschiedliche Mischungen von „unerziehbar“, „übernervös“, „selbstsüchtig“, „zerstörerisch“, „unehrlich“ und „unglücklich“ mit ein paar Einsprengseln von „im Grunde genommen begabt“, „überdurchschnittliche Anlagen“ und „könnte in einer anderen Umgebung besser abschneiden“.
Ihre Akte für das Human Learning Space deckte anderthalb Jahre ab. Ihre ersten „Einschätzungen“ waren deutlich ermutigender als alles andere, was sie seit dem dritten Schuljahr gehabt hatte. Eine von Alice Cabot in einem Kurs namens „Tod“ vermerkte: „Während Du

mehr als nur sechsmal zu dem Kurs hättest kommen sollen, warst Du doch wirklich sehr engagiert. Deine Erinnerung daran, wie Deine Großmutter gestorben ist, war wirklich großartig, und wir haben alle sehr viel Freude daran gehabt. Ich freue mich wirklich", fuhr sie fort, „Dich besser kennenzulernen und auch noch in anderen Kursen zu sehen." Eine andere Einschätzung aus diesem Semester für einen Kurs, der in der Abteilung Geschichte lief und „Die frühen Beatles" genannt war, war von einem gewissen Geoffrey ‚Elvis' Smucker geschrieben worden. Er lobte Melody dafür, daß es „Spaß gemacht habe", sie in dem Kurs zu haben, und erwähnte besonders ihre „Augen und ihr superduftes Haar", obwohl er sie dafür rügte, „daß Du ein bißchen zuviel mit Dessie geschwätzt hast, während wir Liedtexte besprachen." Auch Elvis freute sich darauf, sie in weiteren Kursen wiederzufinden.

Eine der Bewertungen aus dem ersten Halbjahr fiel Posner auf, weil sie im Gegensatz zu den anderen, die (wahrscheinlich von Norma, wie er vermutete) getippt waren, in einer großzügigen blumigen künstlerischen Handschrift geschrieben war, die ihm merkwürdig bekannt vorkam. Auch die Sprache klang vertraut. Sie war für einen Kurs „Atelier", und unter denen, die er sich angeschaut hatte, enthielt sie das geringste Lob: „Deine herkuleischen Anstrengungen, allem, was auch nur im geringsten nach Arbeit, Verantwortung oder Achtung anderer aussah, auszuweichen, zu entkommen und Dich überhaupt allem zu entziehen, läßt Dich zwar in dieser Hinsicht ganz auf der allgemeinen Wellenlänge des Kurses erscheinen, bedeutet für mich jedoch ein bedauernswertes Verschleudern menschlicher Möglichkeiten. Es wäre schön gewesen, wenn etwas von dieser ungeheuren Energie für produktivere Ziele hätte benutzt werden können." Die Unterschrift am Ende des Blattes zeigte Joe Posner, warum ihm das Ganze bekannt vorgekommen war: Alan Apfelbaum. Apfelbaum war ein Künstler, der in demselben Apartmentblock in Washington Heigths wohnte, wo auch Ellen, Posners letzte ernsthafte Freundin, gelebt hatte. Die beiden waren gut befreundete Nachbarn gewesen, und Posner hatte mehrere Abende in Alans geräumigem Apartment mit Blick auf den Fluß verbracht, hatte deutschen Branntwein getrunken und sich seine unwahrscheinlichen und umwerfenden und bombastischen Reden angehört. Posner erinnerte sich dunkel, daß Alan eine Teilzeitarbeit an irgendeiner Schule in Jersey gehabt hatte. Er hatte ihn seit zwei Jahren nicht gesehen, seit Ellen nach Boston und er nach Jersey umgezogen waren, aber er war sich ziemlich sicher, daß Allen sich noch an ihn erinnern würde. Er suchte auf der Liste des Lehrerkollegiums nach einer Telefonnummer, aber die von Apfelbaum war nicht drauf. Posner hoffte, daß die Auskunft ihm da helfen würden.

Jetzt, nachdem er einen so vielversprechenden Hinweis gefunden hatte, blätterte Posner ein wenig lebhafter durch die Akte. Melodys Herbstsemester in jenem Jahr hatte unterschiedliche Kritiken erhalten. Alice lobte sie in „Mexikanische Küche": „Selbst wenn Du beim Aufräumen ein bißchen hilfsbereiter hättest sein können, und obwohl Du zu oft gefehlt hast, habe ich *ungeheuer* viel Spaß gehabt, Dich wirklich kennenzulernen. Für mich war es ein bereicherndes Erlebnis, und Dein großartiger Sinn für Humor und Deine Energie haben den Kurs für uns alle zu einem Erlebnis gemacht. In Liebe, Alice."

Die Mathematiklehrerin jedoch, eine gewisse Mary Ann Scapelli, hatte sich geweigert, ihr für Algebra I Wertungspunkte zu geben. „Der Kurs hatte beschlossen, daß dreimaliges unentschuldigtes Fehlen null Punkte bedeuten würde. Du warst siebenmal oder 19,4 Prozent der Zeit nicht da. Neben dieser Tatsache verblaßt alles andere wie Dein Mangel an Konzentration, Aufmerksamkeit und Mitarbeit." Aber in drei Kursen bekam sie Punkte. In Englisch, in Psychologie und in Menschenkunde für ihre Teilnahme an der Arbeitsgemeinschaft „Vertraulichkeit für Fortgeschrittene", die von niemand anderem als Les Coniff selbst unterrichtet worden war. „Du bist schön, Du weißt, daß Du schön bist. Ich hätte ein noch besseres Gefühl bezüglich Deiner Teilnahme an dieser Arbeitsgemeinschaft gehabt, wenn wir Dich hätten dazu bringen können, mehr mit den anderen zu teilen. Die Arbeit, die wir privat geleistet haben, war wichtig und wunderbar, aber das nächste Mal hätte ich doch gerne, daß Du Dich mehr dazu zwingst, offener zu sein. Das Material über Deine Mutter ist wichtig, und die Sitzungen, die Du mit Marjorie-Lynn machst, sind so großartig, aber wir wissen, daß die anderen Probleme immer noch existieren. Das nächste Mal wird sicher großartig sein. In Liebe, Les."

Wie unser Präsident, dachte Posner: Ein großer Überbrückungskünstler.

Er wünschte sich, er hätte die Akten von allen Schülern gehabt. Das las sich wirklich großartig. Aber er wollte ja telefonieren. Er blätterte durch eine Sammlung von Briefen, die nicht wichtig zu sein schienen. Einer, von einer gewissen Marjorie-Lynn Feldman-Goldberg, einer Psychiaterin in Teaneck, war an Les Coniff gerichtet. Er war kurz und kam sofort zur Sache.

Lieber Les,

hab Sie nicht am Telefon erreichen können. Melodys Mutter macht mir Schwierigkeiten wegen der Bezahlung der Sitzungen. Können Sie von Ihrer Seite her ein bißchen Druck auf sie ausüben? Danke!

Herzlichst

Marjorie-Lynn

Na, wenn das nicht ein vielversprechender Hinweis war, dachte Posner. Es geht doch nichts über einen verstimmten Seelendoktor, um an Familiengeheimnisse heranzukommen.

Posner ließ den Dodge anspringen und fuhr zu einem kleinen Restaurant am Rande des Geschäftszentrums, um einige Anrufe zu machen. Als er schon fast da war, bemerkte er, daß er aufgehört hatte, in seinem Rückspiegel nach möglichen Mördern Ausschau zu halten, aber er war sich nicht ganz sicher, ob das nun ein gutes oder schlechtes Zeichen war. Das Human Learning Space schien von dem Lanmore-Restaurant soweit entfernt zu sein wie das kalifornische Disneyland vom Bowery in New York, und er wußte zum Teufel nicht, was nun die Verbindung dazwischen sein sollte. Außer daß, wenn es eine gab, es Melody Gold sein mußte.

Nachdem er das Restaurant betreten hatte, blieb er erst einmal bei der Tür stehen und versuchte, die feuchte Kühle abzuschütteln. Er drehte sich um und sah eine außerordentlich dicke Frau, etwa fünfzig, die ihn von hinter der Theke anschaute, ein breites, aber gefühlloses Grinsen über ihr Gesicht geschmiert. Kleine schwarze Augen, unbeweglich wie gefrorene Brombeeren, schauten unter gebleichten Ponyfransen hervor. „Was kann ich Ihnen bringen?"

„Vielen Dank, ich wollte nur den Münzfernsprecher benutzen." Posner nickte in Richtung des Telefons an der Tür.

„Tut mir leid." Posner spürte, daß das ihr Lieblingswort war. „Kein Anruf ohne eine Bestellung."

„Wie bitte?" Posner war verblüfft.

„Keine Anrufe ohne eine Bestellung." Sie unterstrich jedes Wort mit sinnlichem Vergnügen.

„Dann trink ich eine Tasse Kaffee."

„Wollen Sie die an der Theke oder am Tisch?"

„An der Theke." Posner hatte nicht erwartet, daß ein Anruf so komplizierte Verhandlungen nötig machen würde.

„An der Theke ist das Minimum ein Dollar."

Posner schaute sich im Restaurant um. Es gab nur einen Kunden, der über einem Teller Suppe zu meditieren schien. „Minimum an der *Theke*? Wie wär's denn, wenn ich den Kaffee am Tisch habe?"

„Da ist das Minimum zwei Dollar fünfundsiebzig."

Er blickte ihr tief in die Augen, um zu sehen, ob sie einen Witz mache. „Soll das heißen, daß es mich einen Dollar zehn kosten wird, nur um von hier aus einen Anruf zu machen?"

„Werden Sie nicht frech, Mister. Der Anruf kostet nur zehn Cent. Das *Minimum* ist ein Dollar."

„Wie wär's denn, wenn ich Ihnen fünfzig Cent gebe und gar nichts bestelle, nur Ihr Telefon benutze?"

Das Angebot überraschte sie. „Ich werd meinen Mann fragen." Sie manövrierte ihre breite Last durch die Küchentür. Posner begann sich zu fragen, ob er träume. An der Wand hinter der Theke hing ein großes Korkbrett. „Der Nilpferdclub" stand in großen Buchstaben darüber. Eine Liste von ungefähr zwanzig Namen war links von oben nach unten geschrieben, senkrechte Striche unterteilten das Schaubild in Wochen, so daß für jede Woche rechts vom Namen ein kleines Kästchen stand. In jedem Kästchen stand eine Zahl mit einem Plus- oder Minuszeichen. Ein anderes kleines Schild hing neben dem Ganzen. „Wir gratulieren dem Nilpferdclub! Die Nilpferde haben im März 102 Pfund abgenommen. Nur weiter so!"

Ein dicker Mann mit einer Schürze kam aus der Küche. Er war nicht so breit wie seine Frau, dafür war aber sein Bauch umso dicker. „Machen Sie meiner Frau Schwierigkeiten, Freundchen?"

„Jetzt hören Sie mal zu, Mister. Ich will nur einen Anruf machen, und ich will gar nichts essen. Das ist doch normalerweise kein Verbrechen."

„O.k., Schlaumeier. Machen Sie Ihren Anruf und haun Sie ja hier ab. Und kommen Sie auch ja nicht hier hin zurück. Wir mögen hier keine Typen wie Sie."

Posner unterdrückte das Verlangen, darauf zu antworten. Schließlich war es ja sein oberstes Ziel gewesen, diesen Anruf zu machen und wieder rauszugehen. Und was das Nichtwiederzurückkommen betraf, so stimmten sie hierin vollkommen überein. Er hätte gerne gewußt, was für ein Typ der Mann war, aber er wischte diesen Gedanken beiseite.

Er wählte die Nummer der Auskunft in New York und erhielt Apfelbaums Telefonnummer. Sie hatte den gleichen Anfang wie die Telefonnummer damals von Ellen, so daß Posner vermutete, daß Apfelbaum immer noch im gleichen Appartement wohnte. Als das Fräulein vom Amt ihm sagte, daß der Anruf über den Hudson hinweg ein Dollar zehn kosten würde, verzog Posner angesichts dieser Ironie das Gesicht, geriet dann aber in Panik bei dem Gedanken daran, daß er an der Theke vielleicht Wechselgeld erbitten müßte. Er spürte eine fast religiöse Dankbarkeit, als er in seiner Tasche anderthalb Dollar in Kleingeld fand.

„Hallo." Alan Apfelbaums Stimme hatte einen wohlbekannten europäischen Einschlag.

„Alan, hier ist Joe Posner, Ellens Freund."
„Joe! Schön, wieder von Ihnen zu hören. Wie ist's Ihnen denn ergangen?"
„Danke, mir geht's gut. Hören Sie mal, Alan. Ähm, ich würde ganz gerne wissen, ob Sie etwas Zeit für eine kleine Unterredung hätten?"
„Klar. Kommen Sie doch jetzt rüber, wenn Sie das möchten. Worum geht's denn?"
„Darauf möchte ich hier am Telefon nicht eingehen. Unterrichten Sie hier in Jersey an einer Schule?"
„Hab ich, mein guter Freund, hab ich. Sie meinen das Juman Learning Space?" Er sprach es in der sarkastischen Imitation eines Brooklyner Akzentes aus. „Letzten Juni hab ich aufgehört. Drei Jahre waren mehr als genug. Warum wollen Sie das denn wissen? Und was meinen Sie mit hier in Jersey? Rufen Sie denn aus Jersey an?"
„Ja. Ich werde Ihnen darüber mehr erzählen, wenn ich bei Ihnen bin."
„Kommen Sie jetzt?"
„Na ja, ich wollte versuchen, diesen Coniff da zu erreichen ..." Apfelbaum stöhnte am anderen Ende der Leitung. „Hören Sie, Alan. Wenn ich Sie nicht sofort zurückrufe, dann bin ich in zwanzig Minuten da. O.k.?"
„Gut. Ich mach was zu essen."
„Ach nee, machen Sie sich nicht die Mühe." Beim Gedanken an ein Essen bei Apfelbaum begann Posner das Wasser im Munde zusammenzulaufen. Alan war ein hervorragender Koch, und Posner wußte, daß seine höfliche Ablehnung überstimmt werden würde.
„Macht gar keine Mühe, ich hab noch etwas Suppe von gestern."
„Klingt prima. Bis gleich, Alan." Posner zog den Hörerhaken runter und wählte Coniffs Telefonnummer aus der Liste der Lehrer, erhielt aber keine Antwort. Aus der Gesäßtasche nahm er die Schülerliste und fand die Telefonnummer von Tony Bagliano. Dann sah er darunter etwas auf der Liste, das ihn seine Augenbrauen eine ganz schöne Strecke über die kahlwerdende Stirn hochziehen ließ: „Blittstein, Larry. 347 Woodmont Lane, Leonia". Posner hatte von ihm gehört. Er war ein kleiner Impresario in der alternativen Kulturszene und innerhalb der kleinen Kulturschicht des Landkreises Bergen ziemlich gut bekannt. Das graue Haar und der buschige Schnauzer paßten dazu. Aber hatte Hawk nun Blittstein senior oder junior besucht?
Posner wählte Tony Baglianos Telefonnummer. Eine Frau antwortete.
„Könnte ich bitte mit Tony sprechen?" fragte Posner.
„Hätten Sie gerne Big Tony oder Little Tony?"

„Wahrscheinlich den Little Tony."
„Der ist nicht zu Hause. Wer ruft denn da bitte an?"
„Ich bin der Freund eines Freundes. Erwarten Sie ihn später wieder zu Hause?"
„Nicht unbedingt." Sie klang beunruhigt und ein bißchen verärgert.
„Können Sie mir Ihren Namen sagen?"
„Er würde sich sowieso nicht dran erinnern. Kann ich ihn irgendwo erreichen?"
„Nicht daß ich wüßte. Wer sind Sie denn? Hat er Schwierigkeiten?"
„Nein, nein. Trotz allem vielen Dank!" Posner hängte auf. Dann rief er Marjorie-Lynn Feldman-Goldberg über die Nummer auf ihrem Brief in der Ablage an.
„Hallo?" Ihre Stimme war flach, aber zärtlich hauchig.
„Hallo? Spricht da Marjorie-Lynn Feldman-Goldberg?" fragte Posner mit einer möglichst traurigen und blutleeren Stimme.
„Marjorie-Lynn Feldman. Wir haben uns scheiden lassen."
„Ach, tut mir leid."
„Ganz unnötig. Wir haben uns beide dadurch nur viel stärker selbstverwirklicht."
„Ach, dann ist es ja gut."
„Vielen Dank! Mit wem sprech ich denn?"
„Ich heiße Billy Strayhorn, und ich hatte gehofft, ich könnte irgendwann demnächst bei Ihnen wegen eines ... eines ... Gesprächs vorbeikommen."
„Ich glaube schon, daß das möglich sein könnte. Wie sind Sie denn an meinen Namen drangekommen, Billy?"
„Ethel Levine hat ihn mir empfohlen."
„Ethel Levine?"
„Ihre Tochter geht auf das Human Learning Space. Ich glaube, sie kennt Sie von dorther."
„Ah, jetzt versteh ich. O.k. Wie wär's denn heute abend um neun? Heut hab ich meine Spätschicht."
„Das würde mir passen. Haben Sie besten Dank!"
„Haben Sie meine Adresse?"
„38 Kappachung Road?"
„Genau. Bis dann, Billy."
„Vielen Dank! Wiederhören."
Posner warf den Hörer wieder auf den Haken. Es sah jetzt alles schon viel besser aus.

12. Kultur

Der Stoßverkehr in die Innenstadt war schon lange vorbei, und innerhalb von fünfzehn Minuten fuhr Joe Posner die Abfahrtrampe von der George Washington-Brücke nach Washington Heights hinunter. Trotz des bedeckten Himmels war die Luft klar. Manhattan war majestätisch in seinem schiefergrauen Profil gegen den hellen Horizont. Der Auslauf der Rampe brachte ihn direkt gegenüber den riesigen Columbia Presbyterian Hospital-Komplex und den urtümlichen Basaltfelsen, die als sein Untergrund dienten. Ihre massive Kompaktheit ließ keinen Zweifel daran, daß er ein Land von ganz anderen Dimensionen betrat als das, was er gerade verlassen hatte. Das hier ist New York, hieß es. Das hier ist Gewicht.

Apfelbaums Gebäude lag nur ein paar Straßenblocks südlich von der Brückenabfahrt. Posner parkte seinen Dodge in eine Lücke zwischen zweireihig geparkten Autos auf der einhundertsechzigsten Straße. Der Block von Beton und Ziegelsteinen schmerzte wie eine blutunterlaufene Stelle angesichts des kalten Windes, der vom Fluß kam. Zerbrochenes Glas und Hundescheiße rahmten die Ränder der zerborstenen Bürgersteige.

Während Posner über den Hudson nach Edgewater blickte, sah er im Geist immer wieder Bilder von dem Lan-more-Restaurant, und ihm fiel wieder ein, warum er den ganzen Morgen so erregt gewesen war. So wie wenn eine Frau einen verläßt, dachte er, und man fühlt sich dauernd bedrückt, und so etwa alle halbe Stunde erinnert man sich daran, warum man sich so bedrückt fühlt. Das macht es dann noch schlimmer. Ist aber gut, sich darüber klar zu werden, dachte Joe Posner, während er in Ellens altes Gebäude hineinging.

Nelson Velez, der puertorikanische Hausmeister des Gebäudes, stand an der Tür, die die innere Vorhalle von der äußeren trennte. Er schaute auf ein Zylinderschloß in seiner Hand und auf ein leeres Loch in der Tür, als ob sie von einem anderen Planeten heruntergefallen seien. Joe Posner schaute sich wehmütig in der Vorhalle um. Marmorplatten aus einer wohlhabenderen Vergangenheit waren noch an den Wänden verblieben. An der Decke war ein komplizierter Fries unter den Schichten von billiger Farbe kaum noch sichtbar.

„He, Nelson, erinnern Sie sich an mich?“ Posners Frage klang ganz von Herzen. Der Hausmeister hob seine Augenbrauen hoch und neigte den Kopf zur anderen Seite.

„Sie von der Unibicajun-Kirche?"
„Nein, ich bin Joe. Erinnern Sie sich noch daran? Ich hab früher Ellen Silber in Nummer 53 besucht."
Nelson rollte seine Augen, während er in seinem Gedächtnis nachkramte.
„53?"
„Ja."
„Ah ja. Ich jetzt weiß. Sie nicht mehr leben hier."
„Ich weiß. Wie geht's Frau Velez?"
„Sie gut. Ja, klar." Velez freute sich offensichtlich über den Enthusiasmus seiner eigenen Antworten. „Wen Sie jetzt sehen wollen?"
„Alan Apfelbaum."
Für einen Moment war das Gesicht des Hausmeisters wie leer, dann füllte es sich wieder mit einem Gedanken. „In 55?"
Apfelbaum hatte dort schon mehr als drei Jahre gewohnt.
„Genau."
„Ohhhhh. O.k."
Nelson trat beiseite, und Posner zwängte sich durch die offene Tür in die innere Vorhalle. „Vielen Dank, Nelson! Bis später."
„O.k."
Als sich die Tür zu Nummer 55 öffnete, traf Posner das dunkle, süße Aroma von Kreuzkümmel und schönen Erinnerungen. Alan Apfelbaums rundes rotwangiges Gesicht, sein roter stoppeliger Bart und das trockene braunzahnige Lächeln waren noch unverändert.
„Mr. Posner. Ein langerwartetes Vergnügen. Kommen Sie doch bitte rein", summte er in einem leisen Bariton und bewegte seine Hand in einer drolligen europäischen Verbeugung. Apfelbaum hatte übertrieben gute Manieren, zeigte sie aber in einer hintergründigen, selbstkarikierenden Weise, die Posner sehr gerne mochte.
„Vielen Dank, Alan. Sie sind schon ein Anblick für wunde Augen."
„Na, na." Apfelbaum führte ihn in den geräumigen lichterfüllten Wohnraum. Der blickte auf den Hudson und überblickte eine breite Fläche von grauem Wasser, grauem Himmel und braunen blattlosen Palisaden, die irgendwie einen Kontrast zu der Heruntergekommenheit der Umgebung darstellten, aber sie gleichzeitig auch spiegelte. Mit einem plötzlichen Stich des Bedauerns erinnerte sich Joe Posner an sommerliche Sonnenuntergänge vor Ellens Appartement. Die bittersüßen Harmonien von Thelonius Monk, die aus Apfelbaums Plattenspieler herüberklangen, halfen auch nicht gerade.
Die Wände waren mit großen Leinwänden bedeckt, auf denen sich Blumen, Frauen, Früchte und schwere Maschinen wollüstig in lebenskräftigen Farben und Verwinklungen mischten. Posner hatte Alans

Gemälde immer gemocht, aber ein einziger Blick auf seine neueren Werke zeigte ihm, daß die wütende und etwas ätzende Qualität seiner früheren Gemälde einer fröhlicheren und optimistischeren Stimmung Platz gemacht hatten. Joe Posner hielt das für ein ermutigendes Orakel für die 80er Jahre, aber dann, so sagte er sich, hielt er dauernd Ausschau nach ermutigenden Orakeln für die 80er Jahre.

Apfelbaum hob eine Flasche deutschen Branntweins vom Kaffeetisch hoch. „Wenn ich mich recht erinnere, hatten Sie immer eine besondere Schwäche für dieses Gebräu. Hab ich recht?" Er lachte über sich selbst und seine parodierte Gestelztheit.

Posner mußte lächeln. Wie zum Teufel hatte Apfelbaum sich denn daran erinnert? „Ham Sie nicht immer recht?"

„Im Gegenteil. Setzen Sie sich, bitte."

„Wie geht's Nadia und der Kleinen?" Posner sank in eine alte Couch. Sie war schon ein bißchen fadenscheinig, aber mit einem wunderschönen Blumenmuster und überhaupt nicht schäbig. Das perfekte Möbelstück für die sorgfältig kultivierte Atmosphäre einer verarmten Vornehmheit, die überall in der Wohnung zu spüren war.

„Nadia ist wie immer großartig. Sie bringt mich mit ihrer Großartigkeit sogar um. Die Kleine ist gar nicht mehr so klein und ist so schön, daß es wehtut, sie anzuschaun. Ja, das Gespenst des Inzests verfolgt mich täglich. Und wie geht's Ihnen? Leben Sie noch in Manhattan?" Er goß zuerst Branntwein und dann Soda in jedes Glas, wobei er jede Abmessung mit einem gekonnten Schlenker der Flasche vollendete. Dann zog er seinen französischen Overall hoch und setzte sich in seinen Sessel Posner gegenüber.

„Nein, ich lebe jetzt in Jersey."

„Quelle horreur!" intonierte er mit einem absichtlich breiten amerikanischen Akzent. „Immer noch beim Zoll?"

Posner schaute angespannt auf seine Schnürsenkel. „Nein, ich bin jetzt Detektiv."

Apfelbaum stutzte. Etliches Interesse und eine Andeutung von Bewunderung glitzerten in seinen Augen. „Wirklich?"

„Wirklich."

„Das ist ja phantastisch."

„Nee, ist ganz großer Mist. Ich glaube, ich muß mich bald nach was anderem umsehen. Sind lauter scheiß Scheidungen."

Apfelbaum legte seine Hände über die Augen. „Ach, jetzt verstehe ich. In den Gedärmen der vorstädtischen Verworfenheit."

„Ja, so was Ähnliches." Er schlürfte lang an dem Branntwein und Soda und schüttelte sich vor seinem staubigen reichen Aroma.

„Und wie, wenn ich fragen darf, sind Sie in der Vorsehung des

Schöpfers zu einem solchen Scheideweg gelangt, mein Pilger?"
Posner massierte seine Augäpfel mit dem Daumen und Zeigefinger einer Hand. „Ich bin vor zwei Jahren nach Jersey gezogen ..." Er schaute durch die halbgeschlossenen Lider nach Apfelbaum, um zu sehen, ob das Datum eine Reaktion bewirken würde. Wenn es das tat, zeigte Apfelbaum es jedenfalls nicht. Posner hatte das erhofft und war gleichzeitig enttäuscht. „Sechs Monate später in einem Zustand schwerer Depression, als mit mir kein Staat mehr zu machen war ..."
„Gleich zu gleich gesellt sich gern, mein Freund", unterbrach Apfelbaum.
„Wie bitte?"
„New Jersey. Damit ist auch kein Staat zu machen. Tut mir leid. Erzählen Sie weiter. Ich bin unverbesserlich. Ich weiß schon."
Posner lächelte. „Deshalb ... Ich meinte, ich brauchte Abwechslung. Ich war schon fünfeinhalb Jahre beim Zoll gewesen. Ich konnte es nicht länger aushalten."
„Wissen Sie", unterbrach ihn Apfelbaum erneut, „ich hab nie gewußt, wie Sie zum Zoll gekommen sind, falls das nicht zu sehr vom Thema abweicht."
„Das ist einfach", erklärte Posner trocken. „Als ich vom College kam, hatte ich keine Arbeitsstelle. Ich machte also die Eignungsprüfung für den öffentlichen Dienst; man hat mir eine Stelle beim Zoll angeboten; es schien leichter als Taxifahren und weniger langweilig als ein Weiterstudieren an der Uni. Und fünf Jahre lang war es auch so. Annähernd jedenfalls. Danach hab ich aufgehört. Damals war ich soweit, daß ein Weiterstudieren mir interessanter erschien, allerdings auch schwerer, so daß ich für 'ne Weile dann doch wieder Taxi gefahren hab – um genau zu sein, drei Wochen – und in der Zeit bin ich von einer Depression in Selbstmordgedanken abgerutscht. Dann las ich im *Record*, daß Jersey seine Voraussetzungen für die Lizenz von Privatdetektiven geändert hatte. Vorher hatte es geheißen, fünf Jahre Erfahrung bei der Polizei, dann hat man's umgeändert zu fünf Jahren Erfahrung bei einer Untersuchungstätigkeit. Ich dachte mir, das könne auch das Untersuchen von Koffern beinhalten. Ich hab also meinen Vorgesetzten beim Zoll angerufen – hab ich Ihnen jemals von ihm erzählt? Ben Duberman? Jedenfalls mochte der mich sehr: hatte nie einen Sohn gehabt usw. usw. Er hat mir also ein Empfehlungsschreiben geschrieben, das sie nicht ablehnen konnten. Ich hatte noch ein paar tausend Dollar gespart, die ich dann als Anzahlung für mein Büro und für ein paar Monate Miete benutzte. Das war's."

Während der Geschichte hatte Apfelbaum langsam seinen Bart gestrichen und Posners Augen beobachtet. „Faszinierend!“ war sein einziger Kommentar. „Und wie sind Sie dem Juman Learning Space über den Weg gelaufen?“

„Melody Gold hat mir einen Auftrag gegeben. Einen gestohlenen Gegenstand zu finden.“

„Melody! Ach, Melody! Dieser süße geschlechtsreife Pfirsich! Schon die Nennung ihres Namens entzündet meine Leisten und dreht mir den Magen um.“

„Sie ist tot, Alan.“ Posner war überrascht, wie sehr ihn Apfelbaums Scherz beleidigte. Er wollte Apfelbaum schockgefrieren, und Apfelbaum erstarrte.

„Was?“

„Sie ist tot.“

„Das ist ja schrecklich. Wie ist es denn passiert?“ Er nahm wohl echten Anteil, wie es schien, zeigte aber keine Trauer.

„Na ja, es hat wie ’ne Überdosis ausgesehen.“

„Wovon?“

„Heroin.“

„Heroin?“ Apfelbaum klang ungläubig.

„War auch meine Reaktion. Meinen Sie, daß sie vielleicht Heroin genommen hat?“

„Vielleicht? Klar *vielleicht*. Aber ich glaube nicht, daß irgendeiner dieser Jugendlichen Heroin genommen hat. Alles andere, nur das nicht. Vielleicht mal so zum Spaß, ein oder zwei kleine Pröbchen unter den Ausgeflippten, aber niemals Nadeln. Und vor allem Melody nicht.“

Joe Posner spürte, daß er endlich einen Freund gefunden hatte. Einen, den er sehr nötig hatte. „Erzählen Sie mir was über Melody. Hat sie Ihres Wissens nach irgendwas genommen?“

Apfelbaum lachte. „Machen Sie Witze? Melody, die Kokakönigin.“

„Hat sie Kokain genommen?“

„Genommen, verkauft und verschenkt, an Schüler *und* Lehrer.“

„Heiliger Bimbam“, sagte Posner verwirrt. „Was ist denn das für ’ne Schule?“

Apfelbaum lachte wieder, erfreut, eine so starke Reaktion bewirkt zu haben.

„Jetzt hören Sie mal zu, Alan. Gestern bin ich nach Harriman gefahren. Sie hatten dieses Überlebensdings für Fortgeschrittene ...“

Apfelbaum schaute schelmisch an die Decke. „Pierre Cardin konfrontiert die Elemente.“

„Ja“, fuhr Posner fort. „Aber noch mehr. Ich mein, all diese Mädchen waren nackt, stolperten völlig im Rausch umher, und dieser Kerl Jake, von dem ich annehme, daß er irgendein Lehrer oder so was war, hat sie mit Marihuana bestochen ... Ich mein, ich hab ja Summerhill und all das Zeug gelesen, und ich hab nicht gedacht, ich sei prüde, aber, Jesses, ich weiß auch nicht, was soll denn das Ganze?"

„*Das* ist nun wieder eine lange Geschichte", seufzte Apfelbaum. Aber ein Glitzern in seinen Augen erinnerte Posner daran, daß lange Geschichten die Stärke des Malers waren, und das Glitzern deutete auch an, daß diese hier eine vielversprechende war. „Ich hab Zeit."

Apfelbaum rieb sich sein Gesicht mit den Handflächen. „Waren Sie schon mal in der Schule?"

„Nur ein paar Minuten. Ich hab Norma getroffen und Alice Cabot."

Apfelbaum suchte in seinen Augen nach Anzeichen von Lachen. „Aber nicht Les?"

„Ich kann ihn einfach nicht festnageln."

„Überrascht mich nicht bei dieser Schlange. Na ja, was soll ich sagen. In gewisser Hinsicht ist es an sich eine gute Schule, oder war es jedenfalls. Sie ist über die Jahre sehr viel schlechter geworden." Apfelbaum hielt inne. Er hatte Schwierigkeiten mit dem Beginn. „O.k." Er riß sich zusammen. „Die meisten Schulen bauen darauf auf, daß sie die Neugier und den schöpferischen Impuls ihrer Schüler zerstören. Hab ich recht?"

Er wartete erst gar keine Antwort ab, er kam in Fahrt. „Es sind Fabriken, um junge Leute in die Gesellschaft einzugewöhnen. Junge Leute – einige junge Leute, eine ganze Menge junge Leute – sind unglücklich, entfremdet. Sie mögen ihre Schulen nicht, ihre Lehrer nicht, ihre Eltern und ihr Leben auch nicht. Ihr Verhaltensmuster wird von Widerstand geprägt. Von reiner Ablehnung und Selbstzerstörung. Das ist heute genauso wahr wie in den fünfziger und sechziger Jahren." Apfelbaum geriet über seine eigenen Worte ins Schwärmen, aber durch all die künstliche Theatralik konnte Posner erkennen, daß die Angelegenheit für Apfelbaum wichtig war. Das war etwas, wofür er ihm Respekt zollte. Ellen war genauso. Seitdem sie ihn verlassen hatte, hatte er nicht allzuviel Leute dieser Art kennengelernt. „Der gute Kern vom Space ist, daß man versucht hat, den Jugendlichen dabei zu helfen, etwas zu finden, das sie in sich selbst, für sich selbst tun möchten. Nicht gegen jemanden oder gegen etwas. Die Methode läuft jedenfalls in der Theorie darauf hinaus, daß alle Regeln und Erfordernisse beseitigt werden und daß man die Jugendlichen mit anregenden Rollenbildern umgibt." Apfelbaum hielt zum ersten Mal inne, um sich mit einem Kopfnicken zu verbeu-

gen. „Mit affektiver Unterstützung und einem interessanten Lehrplan. Ich persönlich meine, daß es eine gute Theorie ist oder daß es zumindest eine bessere Methode ist, so eine Schule zu leiten, als viele andere. Sie steht sozusagen auf der richtigen Seite der Dinge. Leider hatte das Space einige unüberwindbare Probleme."
Posner wußte, daß jetzt von ihm eine Frage nach Einzelheiten erwartet wurde. „Wie zum Beispiel?"
„Diese Jugendlichen sind wahrscheinlich die kulturell am meisten benachteiligten Jugendlichen in der ganzen Welt von heute."
„Ich dachte, sie seien aus Vorstadtfamilien der oberen Mittelklasse."
„Dem hab ich nichts hinzuzusetzen." Apfelbaum gab Posner einen Moment Zeit, in sich hineinzukichern, und Posner tat es dann auch. Wenn er kein dankbares Publikum war, dann würde er auch nicht das ganze Zeremoniell bekommen. Inzwischen duftete der Kreuzkümmel immer noch von der Küche her, und Posner mußte daran denken, wie angenehm es wäre, die Unterhaltung beim Essen weiterzuführen. Apfelbaum blieb in Fahrt.
„Dieses verdammte wüste Land dort drüben ist ein Vakuum; ein schwarzes Loch der absoluten Starre. Was zum Teufel meinen Sie denn, finden diese Jugendlichen, *wenn* sie das wahre Selbst entdecken? Ungeheuer finden sie. Das sind kleine Scheißerchen, die, falls sie jemals zu ihrer innersten Scheiße vordringen, wie sie das in ihrem einbildungsstark verarmten Slang sagen, falls ihnen das *gelingt*, dann werden sie höchstwahrscheinlich zu *erwachsenen* Scheißern werden, genau wie ihre Eltern, die, und das kann ich Ihnen versichern, einige von den *größten* Scheißern auf der Welt überhaupt sind. Habgierige, geile Ausbeuter und Parasiten. Philister!" Joe Posner begann zu lachen. Apfelbaums geradezu sinnliche Freude an seiner eigenen Jeremiade war unwiderstehlich ansteckend.
Dann, zum Fenster stolzierend, warf Apfelbaum die Arme in die Luft und suchte in den Himmeln. „Bin ich dafür gemacht worden, die Hippiepatina von dem zukünftigen Präsidenten der Goldfarb-Gürtelschnallen GmbH runterzukratzen, ihn dazu zu bringen, daß er genügend Mathematik lernt, um seine Konkurrenten erfolgreich zu beschwindeln und seine Arbeiter auszupressen? Oh gerechter Unerwähnbarer, nein!" Er kehrte auf dem Absatz um und starrte mit Augen, die aus seinem Kopf herausglotzten, dann ließ er seine Hände bis zu seiner Brust runter, die Finger wie Krallen gekrümmt. Schließlich, als ob er seine Virtuosität zeigen wolle, beschrieb seine Stimme einen nahtlosen Übergang zu ihrer normalen Tonlage.
„Es gibt natürlich Ausnahmen. Das hat mich drei Jahre dort festgehalten. Jedes Jahr gibt's da ein paar Schüler, die wirklich eine Mög-

lichkeit haben, menschlich zu werden. Und diese Schule macht es schon ziemlich leicht, solchen Schülern zu helfen. Von der Institution her zumindest. Man hat dort keine Arschlöcher wie Lehrplangestalter oder Leute, die auf die Einhaltung der Kleidungsvorschrift achten, oder andere, mit denen man sich herumschlagen muß. Wenn man aber der Degeneriertheit, die sich bis zu dem Zeitpunkt entwickelt hat, wo die Jugendlichen zu uns kommen, dann auch noch freien Lauf läßt ... Na ja, die Schule kann in sich schon eine ziemlich abschlaffende Umgebung sein. Es ist so eine Schule, wo man den ganzen Tag herumsitzen kann und nichts tut als Kaffee trinken und sich unterhalten, und dann kommt man doch völlig erschöpft nach Hause.“ Apfelbaum goß sich in seinen Stuhl zurück, als ob er den letzten Punkt unterstreichen wolle.
Posner zog die Luft tief durch seine Nase ein, als ob er sich konzentriere, und er fragte sich, was für eine Art Suppe Alan denn wohl mit dem Kreuzkümmel gemacht habe. „Ich verstehe aber nicht, wieso das bedeutet, daß Lehrer Drogen von den Schülern kaufen sollen. Was für 'ne Art Rollenvorbild ist denn das?“
„Das, mein Freund, geht auf das Konto des Gesetzes der bösartigen Fäulnisansteckung. Anfangs rauchen Lehrer und Schüler dann und wann zusammen ein bißchen Hasch und trinken zusammen.“ Posner runzelte ablehnend die Stirn, und Apfelbaum warf entschuldigend ein „Nur nach der Schule.“ Dann, als er erkannte, daß seine Verteidigung ungenügend gewesen war, rutschte er in seinem Sitz hoch und weitete seine Nüstern. „Erinnern Sie sich daran, ich sagte, anregende Rollenvorbilder, keine rechtschaffenen. Einer Tatsache muß man ins Auge schauen: Drogen bestimmen die Welt der entfremdeten Teenager. Sie werden sie nicht dazu bringen können, damit aufzuhören. Nicht als eine Gruppe jedenfalls. Entweder die Jugendlichen teilen es mit einem oder sie verheimlichen es vor einem. Punktum. Wenn also die Lehrer mit den Schülern vertraut genug werden wollen, um diese sich öffnen zu lassen, dann müssen sie auch in ihren eigenen Verhalten diesen Dingen gegenüber offen sein. Ein gelegentlicher Joint oder etwas Wein zwischen Schülern und Lehrern wurde sogar nahegelegt. Inoffiziell, aber offen. Wir sollten den Schülern Beispiele geben, wie Drogen mit Mäßigung benutzt werden könnten. Verantwortlich, ohne Selbstzerstörung. Aber ... die Lehrer haben die Rolle dieser Alles-ist-erlaubt-Einstellung aus dem Auge verloren und sind Teilnehmer geworden. Ich führe das direkt, und das Wortspiel hier ist unabsichtlich, auf den guten alten Love Man Les zurück. Hier haben Sie wirklich einen Degenerierten. Wenn es irgendwas Stinkendes da draußen gibt, dann können Sie wetten, daß er seine Finger irgendwo

drin hat."
„Wie meinen Sie das?" Posner kniff sich die Oberlippe.
„Sagen wir einfach, daß er seine Position mißbraucht, um seine eigenen Interessen auf Kosten der Schule und der Schüler voranzutreiben."
„Na, weiter, Alan, Einzelheiten." Joe Posner dachte, daß er da ein Anzeichen von persönlichem Neid spüren könne.
„Ich weiß nicht allzu viele Einzelheiten, um ehrlich zu sein. Es war einfach die Haltung. Erstens bin ich nicht der Meinung, daß Leute aus der Schulleitung mit Lehrern ins Bett gehen sollten. Das bringt nur Durcheinander."
„Mit wem ist er denn ins Bett?"
„Sind Sie sicher, daß Sie Detektiv sind?"
„Das möchte ich lieber nicht beantworten."
„Na, raten Sie mal."
Joe Posner kannte nur eine Lehrerin und erinnerte sich wieder an den Druck ihres Schoßes gegen sein Bein. „Alice Cabot?"
„Sie sind doch ein Detektiv!"
„Wie ernsthaft ist das denn, oder sollte ich sagen, war das denn?"
„Könnte denn irgendwas, an dem Les und Alice beteiligt sind, für ernst gelten?"
„Na, jetzt hören Sie mal, Alan. Sie wissen doch, was ich meine."
„Ich weiß es nicht. Ich bezweifle, ob es ernsthaft war. Ich weiß noch nicht mal, wie lange es anhielt oder ob es noch immer läuft."
„Was gab's denn sonst noch? Das klingt ja nun wie die einfachste und nicht wie die schwerwiegendste Beschuldigung, die man anbringen könnte."
„Wir alle haben ihn in Verdacht gehabt, heimlich Geld abzuzweigen, aber niemand hat jemals Einblick in die Bücher erhalten." Apfelbaum warf seine vagen Anschuldigungen ziemlich leichtsinnig dahin, dann aber kamen Gift und Galle. „Am allerschlimmsten ist es, daß er seine Stellung als ein Vertrauter der Schüler für seinen Voyeurismus nutzt. Das war's, was mich am meisten angeekelt hat. Er hat sie immer zu noch größerer Verderbtheit animiert, weil es ihm ein indirektes Vergnügen gab, sie beichten zu hören. Ich sage Ihnen, dieser Kerl ist ein Betrüger, und seine Masche ist die Schule. Das ist alles. Er hat sich so ein bißchen von dem Jargon angeeignet, genau wie ein Falschhändler mit Diamanten gelernt hat, über Karat zu reden. Er zieht etwas Gutes in den Schmutz, etwas Hoffnungsvolles. Ich glaube nicht, daß das notwendigerweise zur Natur der alternativen Erziehung gehört. Ich glaube das wirklich nicht, Joe."
Joe Posner hatte früher auch einmal an das Zeug geglaubt. Jedenfalls

soweit er darüber nachgedacht hatte. Im College hatte er, wann immer möglich, für Bestanden-Nichtbestanden anstelle von Noten gestimmt, aber das war mindestens genauso aus Faulheit wie aus Prinzip heraus geschehen. *Time* Magazin schrieb, daß progressive Erziehung nicht mehr ‚in' sei, also, so vermutete Posner, konnte sie gar nicht so schlecht sein. Dennoch klang das alles ziemlich verrückt, und er fragte sich, wie Alan da hineingepaßt hatte, denn diese letzte Explosion von ungewöhnlicher Offenheit hatte ihn doch auf der Seite dieser Erziehung erscheinen lassen. „Sind Sie deshalb gegangen?"

„Mehr oder weniger. Ich war drei Jahre dort ... Es war genug. Es war ... zerstörerisch, wie ich sagte ... entkräftend."

„Erzählen Sie mir mal was über Hawk Brennan."

Apfelbaum lächelte sarkastisch. „Dieser Schwachkopf. Er kann Saxophon spielen, das ist auch alles. Irgendwie hat er sich auch in der staatlichen Oberschule eine Teilzeitarbeit gesichert. Unterrichtet eine Kammermusikgruppe nach der Schule. Ich hab ihn nie richtig verstehen können, und wenn Sie über Drogen reden wollen, der Kerl war immer high."

„Mit was?"

„Mit allem. Meistens wohl mit Pot und Koks, vermute ich. Sogar während der Schulzeit. Und *das* war nun wirklich verboten. Aber niemand hat jemals was gesagt. Ich vermute, es ließ ihn wie einen richtigen Jazzmusiker aussehen."

„Wie war's mit Heroin?"

„Keine Ahnung. Es würde mich aber nicht überraschen."

„Haben Sie je davon erfahren, daß er mit Rauschgift gehandelt hat?"

„Nein. Na ja ... jetzt, wo sie's erwähnen, glaube ich, daß er und Melody an einem Kokainhandel mitgemacht haben, von dem ich gehört habe."

„Wo hat Melody denn das Geld für diesen Handel herbekommen?"

„Nicht die geringste Ahnung. Aber sie hat immer Geld in Hülle und Fülle gehabt. Und ich weiß, daß sie von ihren Eltern sehr wenig bekommen hat."

„Wie steht's mit ihrer Familie?"

„Die Suppe ruft." Posner hatte die Hoffnung schon fast aufgegeben. Sie gingen rüber in Apfelbaums helle blaue Küche und setzten sich an einen abgewetzten Eichentisch. „Ihr Vater macht Public Relations für die Regierung von Südafrika." Apfelbaum zog seine Augenbrauen nach oben. Es schien Posner, als anerkenne er das als etwas Böses, und er schöpfte dampfende, scharfriechende Kohlsuppe in Teller, mit denen der Tisch schon vorher gedeckt worden war. „Es ist aber das Geschäft des Vaters der Mutter."

„Wie bitte?"

„Eine weitere Ironie der patriarchalischen Namensgebung, mein Freund. Der Vater, geborener Burton Gold, arbeitet für Finkel, Finkel and LeBarron, die PR- und Lobby-Firma. Der Präsident ist Bernie Finkel, der Vater von Phyllis Gold, geborene Phyllis Finkel, die die Präsidentin von Gold-Antiquitäten ist."

„Woher wissen Sie denn von all dem?"

„Ich hatte die zweifelhafte Auszeichnung, ein Semester lang Melodys Tutor zu sein. Sie hat die gesamte männliche Lehrerschaft einen nach dem anderen verbraucht, vermutlich ihren Vater gesucht. Am Ende ist sie bei Les geblieben. Na ja, während ich dran war, durchlitt ich eine Familienkonferenz mit allen dreien."

„Reden Sie weiter." Während Posner die Suppe verschlang, schärfte er sich ein, dem vollen saftigen Geschmack von Kreuzkümmel und Kohl einige Aufmerksamkeit zu schenken. Er hatte nicht oft Gelegenheit, so gut zu essen.

„Na ja, Melody haßt – ich meine, sie haßte –", Apfelbaum hielt inne, während er entweder versuchte herauszufinden, ob er beim Tod des Mädchens etwas Schmerz spüre oder ob er keinen Schmerz spüre. Posner konnte nicht erkennen, was es war. „Sie hat ihre Mutter gehaßt und umgekehrt. Melody hat mir erzählt, daß beide zumindest einmal versucht haben, die andere umzubringen. Ich habe nie gewußt, ob ich ihr glauben sollte oder nicht. Sie war in ihren Vater vernarrt, aber der war ja nie da. Was kein Zufall war, wie ich vermute. Er pflegte sie irgendwo zu treffen. Hawaii, auf den Kanarischen Inseln, in Paris, für ein Wochenende oder eine ganze Woche. Normalerweise sehr kurzfristig. Ein oder zwei Tage vorher ist die Schule benachrichtigt worden, und niemals mit Rücksicht auf die Schulzeit. Aber sie war natürlich immer sehr froh, zu ihm zu fliegen. Was die Mutter an ihm gehabt hat, war mir niemals klar. Und außer seiner Position bei Finkel, Finkel and LeBarron weiß ich auch nicht, was er von ihr gehabt hat."

„Alan", fragte Posner düster, „ich hab da ein Foto gesehen, auf dem Melody ziemlich übel zugerichtet aussah, und an dem Abend, wo sie starb, hat jemand sie fest genug geschlagen, um an ihrem Kinn einen häßlichen Bluterguß zu hinterlassen. Können Sie mir was dazu sagen?"

„Nee. Sie war erst ein Jahr an der Schule gewesen, als ich weg bin, und ich kann mich an nichts dergleichen erinnern."

„Ist sie damals schon mit einem Jungen namens Tony Bagliano gegangen, während Sie noch dort waren?"

„Der kleine Kriecher. Nein. Ich glaube nicht. Aber diese Kinder zu unterrichten war schon schlimm genug. Ich hab mich nicht auch noch groß um ihre sexuellen Eskapaden gekümmert."

„Was wissen Sie von ihm?"

„Ich habe nie viel mit ihm zu tun gehabt. Er war einer von Les' treuesten Jüngern. Mit mehr Mut hätte er ein zweitklassiger jugendlicher Verbrecher werden können."

„Und Melodys Freunde?"

„Ja, was ist mit denen?"

„Na ja, ich hab mit Dessie Levine gesprochen ..."

Apfelbaum schlug sich die Hände über die Augen. „Glauben Sie's nicht."

„Was soll ich nicht glauben?"

„Alles, was sie Ihnen erzählt hat. Sie ist eine zwangshafte Lügnerin."

„Wirklich?"

„Wirklich."

„Können Sie mir den Namen einer anderen Freundin von Melody vorschlagen, mit der ich sprechen könnte?"

„Na ja, jeder, der in einer Oberschule so viel Kokain hat, ist notwendigerweise sehr beliebt. Ich bin mir aber nicht sicher, wer ihre besten Freunde waren. Ach, wissen Sie, mit wem Sie da reden könnten? Judy Williams. Nach der Schule arbeitet sie in einem Delikatessengeschäft. Ein Häuserblock vom Space entfernt. Sie ist ein prima Kerl. Richten Sie ihr Grüße von Old Sacroiliac aus, und sie wird Ihnen alles erzählen, was sie weiß. Normalerweise weiß sie auch alles."

„Großartig." Voller Bedauern löffelte Posner die letzten Tropfen der Suppe zusammen und ließ sie widerstrebend die Speiseröhre hinuntergleiten. „Das war phantastisch, Alan."

„Hätten Sie gerne noch etwas mehr?"

„Nein, nein, nein." Die Ablehnung war ein reiner Reflex, einer, der aus einem verzerrten Anstandsgefühl entstanden war, das er in seiner Kindheit entwickelt hatte. Dann entstand eine Pause. Joe Posner spürte, daß Apfelbaum die Stille nicht länger als ein paar Sekunden ertragen konnte. Der Maler polterte: „Also, jetzt hab ich Ihre ganze Arbeit für Sie getan, was?" Posner antwortete nicht. Apfelbaum hakte nach. „Was ist denn eigentlich Ihre Arbeit?"

„Ich versuche einfach nur rauszufinden, was passiert ist. Ich weiß es selbst nicht ganz genau, warum. Niemand bezahlt mich. *Das* jedenfalls weiß ich genau. Ich glaube einfach nicht, daß sie sich diese Injektion selbst gegeben hat, und ich möchte gerne sehen, ob ich recht habe. Das ist wohl alles."

„Edleren Ehrgeiz hat ein Mann wohl niemals gehabt, mein Freund. Ich hoffe, daß ich Ihnen ein bißchen hab helfen können, aber es ist jetzt Zeit für mich, weiterzuarbeiten. Bald wird ein Modell hier ankommen. Wir müssen uns mal wieder treffen und zusammen plauschen."
„Liebend gerne, Alan. Noch eine letzte Sache. Alice Cabot ist mir vor ein paar Stunden entwischt. Irgendeine Vorstellung, wohin sie verschwunden sein könnte?"
„Verschwunden?"
„Ausgezogen. Alles weg."
„Hmmm, ihre Eltern ..."
„Ach, und jemand mit einem alten Saab mit einem Nummernschild von New Hampshire war vielleicht bei ihr."
„Oh, das ist Elvira. Als ich zum letzten Mal von ihr gehört habe, lebte sie in Nyack."
„Elvira?"
„Eine Freundin von Alice. Elvira Fishelman. Eine gute, alte Freundin. Sie pflegte früher vor der Schule herumzulungern, als Alice bei uns anfing. Ich hab damals gedacht, sie hätten was miteinander, aber ich weiß nicht so recht."
„Alice ist bisexuell?"
„Ich hab wirklich keine Ahnung, aber ich vermute ‚polymorph pervers' könnte die zutreffende Beschreibung sein."
„Nyack, oder was?"
„Das Juwel des Hudson. Wo, weiß ich nicht."
„Es ist jedenfalls ein erster Hinweis." Posner rückte den Stuhl vom Tisch weg und stand auf. „Alan, das war alles ganz phantastisch. Das Essen und die Infos. Die Suppe war köstlich."
„Es war sehr schön, Sie wiederzusehen. Sie müssen irgendwann mal zum Essen kommen. Nadia würde Sie sicher gerne wiedersehen. Haben Sie was von Ellen gehört?"
Die Frage war lange im Raum gewesen. „Nein." Posner wollte nicht weiter ins Detail gehen. Apfelbaum erlaubte es ihm. „Ich würde liebend gerne mal zum Essen kommen. Rufen Sie mich an." Posner wußte, daß Alan das nicht machen würde, aber er wünschte es sich doch.
Apfelbaum begleitete ihn zur Tür und warf ihm ein „Bleiben wir in Verbindung" hinterher, während er die Tür schloß.

13. Les' Höhle

Joe Posner hatte noch nie von der Straße gehört, in der Les Coniff lebte. Das war nicht ungewöhnlich. Die Orte des Landkreises Bergen waren voll von versteckten Sackgassen und Schleifen, die niemand außer den Anwohnern kannte. Obwohl die Adresse auf der Lehrerliste angab, es sei Creskill, fand Posner es in seiner Karte der Berufsfeuerwehr etwa in der Mitte zwischen dem Zentrum von Creskill und dem Zentrum von Demerest. Es war auch egal. Er kannte beide Städte gleichermaßen nicht. Sie waren in dem Teil des Landkreises, der ihm stets weniger als Ausuferung von New York denn als kleinstädtisches Amerika aus dem kolonialen Erbe erschienen war. Nicht sein Revier.

Bevor er die Karte zusammenfaltete und wegsteckte, schaute er von dem Fahrersitz seines immer noch geparkten Dodge über die 160. Straße. Früher pflegte er diese Ecke früh am Morgen zu verlassen. Wenn die Hochhäuser auf der anderen Seite des Flusses die orangefarben aufgehende Sonne widerspiegelten. Nach einer Nacht mit Ellen. Er ließ es zu, daß er sich erinnerte, aber nur für ein paar Sekunden. Die Suppe war immer noch warm in seinem Bauch, aber das Gefühl, einen Verbündeten zu haben, verflüchtigte sich rasch. Er vermied es, nach Edgewater zu schauen.

Ein streunender Hund, erst ein Jahr alt oder so, mit einem verletzten, vielleicht verkrüppelten Hinterbein und einem schweren Fall von Krätze, humpelte die aufgebrochene Straße entlang und ließ seinen nackten Hintern unbekümmert zwischen Müllresten und zerbrochenem Glas hin und her wackeln. Joe Posner dachte darüber nach, daß er nur zwanzig Minuten von dem manikürten Rasen von Creskill entfernt war, wo niemand jemals einen streunenden Hund mit Krätze und selbst noch nicht einmal sehr viel Müll zu sehen bekam. Er haßte es, über solche Paradoxien nachzudenken. Er fühlte sich dann wie einer von diesen abgehalfterten Fernsehreportern, die auf ihrem Weg zum Pensionsland philosophische ‚Nachrichtenanalytiker' werden.

Der Dodge soff mehrere Male ab, bevor Posner ihn aus der 160. Straße bekam. Er klopfte auf das Amaturenbrett und sprach zu ihm. „Ich weiß, alter Knabe, ich vermisse das hier auch. Jersey ist schrecklich. Wir kommen bald zurück, versprech ich."

Als er schließlich auf dem Palisades Parkway fuhr, stellte Posner mit

Erleichterung fest, daß er sich nicht länger wie ein Fernsehkommentator fühlte oder mit seinem Auto sprach. Etwas, was man zugunsten von Jersey sagen konnte, war, daß es einen selten gefühlsduselig machte.

Die Straße war vom Morgenregen immer noch naß, und er konnte das wiederholte Platschen unter dem Chassis hören, während die Reifen eine Pfütze nach der anderen durchschnitten. Angesichts der Nässe war Posner ein bißchen nervös über die Vibration des Autos bei 90 Stundenkilometern, und er versuchte, den Dodge auf etwa 80 Stundenkilometer einzustellen. Er konnte zusätzliche Ängste nicht gebrauchen.

An der ersten Ausfahrt wechselte er zur Route 9 W über. Jedesmal, wenn er über diese Straße fuhr, erinnerte er sich an einen Witz aus der Mathematikklasse in der Oberschule: „Frage: Welche Frage hat die Antwort ‚Neun, W'? Antwort: Schreiben Sie Ihren Namen mit einem ‚V', Frau Wagner?" Es war ein ganz besonders dummer Witz, aber mit seiner verzerrt-überladenen Absurdität konnte er seine Schulzeit wieder wunderbar lebendig machen, und er war aus seiner Erinnerung nicht rauszukriegen. Genau wie so eine Werbemelodie, die er wie einen Ohrwurm immer wieder summen mußte.

Route 9 W führte ihn an mehreren in Grün eingebetteten Firmenhauptquartieren vorbei. Lang, niedrig gebaut und modern. Lipton, Scholastic Magazines, Volkswagen America. Er hatte einmal gehört, daß es entlang dieses Abschnitts keine Grundsteuern gab und daß deshalb so viele Gesellschaften hier ihre Niederlassungen hatten. Und daß dies auch der Grund war, weshalb es in der Verbandsgemeinde von Englewood Cliffs keine öffentlichen Schulen gab, die ja von der Grundsteuer hätten bezahlt werden müssen. Er hatte nie herausgefunden, ob das wahr war, aber es klang schon so.

Er nahm die Abzweigung weg von 9 W, den Hügel hinunter durch Tenafly hindurch nach Creskill. Dank seiner Karte fand er die Adresse 7 Culloden Crescent ohne große Schwierigkeit. Es war ein dunkles, dichtbewaldetes Tälchen, und das Haus, das klein war und außen wie eine Blockhütte aussah, war weit in die Bäume hineingebaut. Eine Kieseinfahrt, die mit den schon ziemlich verrotteten Blättern vom letzten Herbst bedeckt war, führte an der linken Seite des Hauses bis zum Hintereingang. Es waren keine Autos darauf zu sehen. Posner parkte den Dodge am hinteren Ende der Crescent-Straße, wo das Auto für niemanden sichtbar sein würde, der vom Süden herkam, und er ging zu Fuß zur Nummer 7 zurück.

Er klopfte an die Tür und klingelte. Beides blieb ohne Antwort. Posner sprang von den Türstufen hinunter und spähte durch das Fenster.

Im Inneren waren die Wände helle Tannenbretter, die von schweren schwarzen Balken gerahmt wurden. Antik aussehende Möbel füllten den kleinen Raum, ohne daß sie eine stilistische Einheit gezeigt hätten. Es war wie eine Jagdhüttenausgabe des Hauses der Familie Gold. Die Türen am Vorder- und Hintereingang waren beide verschlossen, aber das große Schiebefenster hinten stand einen Spalt offen. Es war ein einfaches, das Fenster hochzuschieben und ins Haus zu schlüpfen. Die Küche sah aus wie die Dekoration für einen Fernsehspot für einen Hersteller von Omas Plätzchen. Nur zwei mal zweieinhalb Meter groß, hatte sie genug Firlefanz, um einen ganzen Schützenfestzug auszustatten. Unter der Arbeitsplatte befand sich die altmodische Weizenkiste aus einem ländlichen Tante-Emma-Laden, hinter deren Glastüren man Müsli, Pecannüsse, Pistazienkerne und – Posners Mund fiel herunter – Schokoladentröpfchen sehen konnte. Teure Töpfe und Pfannen aus Edelstahl hingen an der Wand. Ein großes Farbfoto eines schneebedeckten Berges hing gerahmt neben dem Kühlschrank. Posner vermutete, daß er den Berg hätte kennen sollen, aber er kannte ihn nicht. Er verstand nichts von Bergen.
Beim näheren Hinsehen erwies sich sein erster Eindruck als richtig, daß die Möbel des Wohnzimmers Antiquitäten waren. Teuer und auf fast komische Weise nicht zueinander passend. Das einzige moderne Stück war ein supermodernes Stereokompaktsystem. Eine Metallleiter führte zu einer kleinen Plattform, die an ein Fenster auf der Höhe des zweiten Stockwerkes gebaut war. Ein kleiner Alkoven, der unter dem Dachgeschoß eingebaut war, war mit hunderten von Taschenbüchern bestückt: „Human Learning Space" war auf all die Buchrücken gestempelt. Unter einem Fenster, in einer Aussparung in den Bücherregalen, ruhte ein riesiges Rollpult aus Natureiche. Es war ein wunderschönes Stück. Posner hatte Rollpulte immer gerne gehabt, und er hatte sich einmal in einem Antiquitätenladen in Brooklyn die Preise angeschaut. Dieses hier, das wußte er, war viel teurer als die Stücke, die damals für ihn viel zu teuer gewesen waren. Es war nicht verschlossen, und er rollte den Verschluß nach oben, mehr um die handwerkliche Qualität zu bewundern als alles andere. Dann schaute er sich die Papiere an, die in der Mitte aufgestapelt waren. Er sah die Ecke eines Flugscheins und zog ihn heraus. TWA hatte Flugtickets für Les Coniff und Melody Gold für den Flug Nummer 63 nach Cartagena in Columbien um 10 Uhr 45 am folgenden Morgen ausgestellt. Joe Posner hätte es nicht gerne zugegeben, aber er spürte mehr Neid als Empörung über diese Entdeckung. Er schrieb sich die Nummer des Flugtickets auf und schaute die anderen Papiere durch. An die Innenseite des Pultes waren vier Adressenkarten von

Antiquitätenhändlern aufgesteckt. Zwei befanden sich in Nyack, einer war in New Hope, und der letzte in der Atlantic Avenue in Brooklyn. Alles andere sah nicht interessant aus.
Er schnüffelte noch ein bißchen mehr in dem Raum herum. Coniff hatte nicht nur eine Menge Küchengeräte, Antiquitäten, Taschenbücher und Bauteile für eine Stereoanlage, er hatte auch eine ganze Menge Geschirr und Postkarten. Er schien eine ganze Menge von allem zu haben, von dem man sich überhaupt eine ganze Menge vorstellen konnte. Der Fetischismus darin überraschte Posner nicht wirklich, aber er fragte sich doch, wie Coniff das alles mit dem Gehalt des Direktors einer Oberschule finanzierte.
Das Schlafzimmer lag am Ende eines kurzen Korridors. Es war klein und wurde völlig von einem riesigen Wasserbett beherrscht, das mit einem imitierten Fell bedeckt war. Das Zimmer roch nach dem billigen Rosenduft, den Posner seit den Tagen seines Collegewohnheimes nicht mehr gerochen hatte, als man diesem Duft allgemein sowohl das Vermögen zuschrieb, bei Sex stimulierend zu wirken als auch die Haschischgerüche zu überdecken. Drei teure Lederkoffer standen nebeneinander auf der gegenüberliegenden Seite des Bettes. Sie waren leer. Ein antikes eichenes Bettschränkchen hatte eine Schublade, die Posner zu öffnen versuchte und die er verschlossen fand. Es schien merkwürdig, ein Fenster offenzulassen, aber ein Bettschränkchen zu verschließen. Ein kleines Bücherregal stand gegenüber dem Fußende des Bettes und war mit leinengebundenen Büchern angefüllt. Posner schaute sich kurz die Titel an und bemerkte ein dickes Exemplar mit dem Titel *Hampton's Encyclopedia of Antiques*. Er ging den Index durch und fand das Stichwort „Kästchen, juwelengeschmückt, 487 bis 493". Er blätterte sich auf Seite 487 durch, blätterte dann Seite um Seite weiter und schaute nach irgendeinem Hinweis zu Amethyst und Bernstein. Es war alles, was er an Fakten in der Hand hatte. Er fand nichts. Die Seiten 489 und 490 waren herausgerissen worden. Er schloß das Buch langsam wieder und fragte sich gerade, was das bedeuten könne, als das Geräusch von zwei in die Einfahrt einfahrenden Autos ihn hochspringen ließ.
Er huschte ins Wohnzimmer und die Leiter hoch, zum oberen Stockwerk, öffnete das Fenster und zog die Vorhänge beiseite. Dann lag er flach auf dem hinteren Teil der Plattform neben dem Fenster und betete, daß man ihn von unten nicht würde sehen können. Zu spät fiel ihm ein, daß er vergessen hatte, das Rollpult wieder zu schließen. Eine Traube von Stimmen scholl durch die Küchentür. Aus ihnen hörte man die hohe, aber kräftige Stimme eines Mannes heraus, dessen Lachen zwischen einem Keuchen und Gackern hin und her pen-

delte. Die anderen Stimmen waren jünger und männlich. Eine bettelte: „Leehhs, *mußt* aber."
Der Mann lachte vor Schadenfreude. „Ich muß gar nichts."
Eine andere Stimme gesellte sich klagend zu der ersten. „Aber *wirklich*, Les. Du hast's *versprochen*. Du bist mal wieder ganz beschissen."
„Ich hab überhaupt nichts versprochen", lachte Coniff. „Ihr wollt einfach gar nicht die Folgen tragen." Posner hörte, daß sein Akzent nach einem der weiter außerhalb gelegenen Teile von New York klang – Brooklyn oder The Bronx – und daß dies wahrscheinlich die Quelle von Apfelbaums satirischem „Juman Learning Space" gewesen war.
Eine neue Stimme klang bitter und versuchte, viel härter zu klingen als die anderen. „Smirnoff ist doch total bepißt. Du kannst den Scheiß selbst trinken, aber ich trinke nur Stolich."
„Prima", stichelte Coniff.
„Na los, Les. Stolich wäre jetzt so echt super."
„Bitte, Les. Sind doch nur 'n paar Meilen. Gib uns wenigstens deinen Führerschein, wegen dem Altersausweis."
Coniff antwortete mit Bestimmtheit. „Jetzt reicht's aber. Wenn ihr Stolich wolltet, hättet ihr's sagen müssen, als wir noch in dem Spirituosenladen waren. In der Küche steht Wodka, der völlig in Ordnung ist. Vor allen Dingen zum Mixen mit Preiselbeersaft. Ich fahr nirgendwo hin. Und ich geb euch auch nicht meinen Führerschein. Niemand wird euch glauben, daß ihr 47 seid."
„Scheiß drauf. Mach doch mal 'n Joint an", sagte der mit der harten Stimme.
„Heh!" Coniff klang gereizt. „Wer hat denn an meinem Pult rumgebumst?" Niemand antwortete.
„Das hier war zu, als ich fort bin. Ich weiß es. Ich mach's immer zu. Es ist schlecht für das Holz, wenn es die ganze Zeit offensteht."
Noch immer antwortete niemand.
„Komisch", rief Coniff aus. „Echt komisch."
„Her mit dem Joint", wiederholte der mit der harten Stimme.
„Reib mir mal den Rücken." Die erste Stimme klang jetzt ein bißchen gedehnt.
„Mir auch, Tony", mischte sich eine zweite ein.
„Wie zum Teufel soll ich denn gleichzeitig euch beiden den scheiß Rücken massieren?"
Coniff hatte eine Antwort parat. „Wechselt euch ab. Erst der eine, dann der andere. Ich roll mal den Joint."
„O.k., aber nimm von dem Sens. Dieses Bo-Zeug ist Mist." Wieder der

mit der harten Stimme.
„Das Zeug aus Kolumbien ist ausgezeichnet, du Arschloch", antwortete Coniff. „Aber wenn du dieses Senszeug haben willst, dann geb ich dir Sens. Ich rauch sowieso nicht. Ich muß in einer Stunde im Space noch was arbeiten."
Posner hörte einen lauten, nassen Schnalzer, der ziemlich nach einem Kuß klang.
„Fick dich ins Knie, Fettwanst", maulte der mit der harten Stimme.
„Ich liebe es, wenn du so redest", witzelte Coniff.
Die erste Stimme unterbrach voll Erregung. „Wißt ihr, was echt super wär? Wir machens nackt oben auf dem Dachboden."
Posners Herz setzte einen Schlag aus. Er wußte, daß er sofort verschwinden mußte. Lautlos richtete er sich in eine Hocke auf. Als er losging, sah er die drei Jungs kurz. Zwei hatten schulterlanges, gerades Haar, der eine blond, der andere dunkel. Das Haar des dritten war wild gestoppelt nach Punkerart. Alle trugen sie Jeans und Flanellhemden, schon aufgeknöpft. Sie waren alle schlank. Coniff war in den hinteren Teil des Hauses gegangen, vermutlich, um Hasch zu holen. Posner konnte nichts sehen. Er schob die Vorhänge auseinander und ließ sich durch das offene Fenster runter. Abstände zwischen den Baumstämmen erlaubten es ihm, für seine Zehen einen Halt zu finden. Er brauchte nur etwa zwei Meter zu überwinden, weil eines der Autos, die in der Einfahrt geparkt waren, ein Kleintransporter war, das Dach direkt unter dem Fenster. Die letzte Stimme, die er hörte, gehörte Coniff. „Los, nach oben, ich leg 'ne Platte auf. Ich hab die neue Ramonesplatte gestern gekriegt."
Joe Posners Knie zitterten, während er sich auf das Dach des Kleintransporters runterließ. Dann, indem er sich an dem Gepäckträger festhielt, ließ er sich auf die Stoßstange runter, und dann war er unten. Neben dem Transporter parkte ein altes cremefarbenes Mercedes-Cabriolet. Die Hintertür des Transporters stand offen. Posner kletterte hinein.
Er hatte schon luxuriösere Transporter gesehen, aber dieser kam ihm doch ziemlich ansprechend eingerichtet vor. Wenn man an so was Spaß hatte. Vier Jensen-Lautsprecher und ein teures Hitachi-Tonbandgerät waren die Hauptattraktionen. Der hintere Teil war mit Teppich ausgelegt, enthielt aber keine Möbel. Einige Werkzeuge lagen links in einem Haufen. Posner sah sie sich an. Da lag ein Stemmeisen neben ein paar Holzhämmern, eine Metallsäge neben einigen Drahtscheren. Das waren ja nun keine Autowerkzeuge.
Joe Posner wollte immer noch mit Les Coniff sprechen, aber er ent-

schloß sich zu warten, bis der Direktor wieder im Human Learning Space war. Das würde Posner Gelegenheit geben, sich ein wenig zu beruhigen und einige dieser neuen Informationen zu überdenken. Außerdem war es unwahrscheinlich, daß Coniff zu sprechen bereit wäre, während drei nackte Jungs auf seinem offenen Dachboden Joints rauchten.

14. Schlechter Einfluß

Das Mädchen hinter der Theke in dem Delikatessengeschäft sah reizend und aufgeweckt aus. Ihr hellbraunes Haar war von ihrem offenen und leicht sommersprossenbedeckten Gesicht gerade nach hinten gezogen und zu einem Pferdeschwanz gebunden. Wie sie so hinter der Delikatessentheke in ihrer langen Schürze herumflitzte, erschien sie Posner wie ein Rückgriff in eine Zeit, die sogar noch vor seiner Jugend lag, und die war jetzt schon ein Zeitalter entfernt.

„Guten Tag. Kann ich Ihnen helfen?" Sie sagte das mit einer Freundlichkeit, die Posner bei Fremden normalerweise für unglaubwürdig hielt, aber irgend etwas an diesem Mädchen ließ es natürlich erscheinen. Er wollte sie gernhaben. Das tat wahrscheinlich jeder.

„Sind Sie Judy Williams?"

„Ja." Es schien ihr nichts auszumachen, daß er ihren Namen kannte. „Wer sind Sie denn?"

„Ich heiße Joe Posner. Ich wollte mit jemandem über das Human Learning Space sprechen, und Alan Apfelbaum hat vorgeschlagen, daß ich mit Ihnen sprechen solle. Wir sind alte Bekannte. Er sagte mir, ich solle Grüße von Old Sacroiliac ausrichten."

Posner hätte es ja nicht für möglich gehalten, aber die Erwähnung Apfelbaums ließ das Gesicht des Mädchens noch heller aufleuchten, als es ohnehin schon gewesen war.

„Alan? Du kennst Alan?"

„Ja."
„Ach, mein Gott, wie geht's ihm? Ich vermiß ihn sehr."
„Ihm geht's gut. Meinst du, daß ich mich bald mit dir unterhalten kann?"
„Mal sehn, meine Pause kommt erst in einer Stunde, aber vielleicht krieg ich sie früher. Wart mal hier." Sie rannte in den rückwärtigen Teil des Ladens, wo Posner zu seiner Überraschung einen dicken kahlköpfigen Mann so um Mitte Sechzig sehen konnte, der die ganze Zeit bewegungslos dagesessen hatte. Der Mann wandte sich langsam um und schaute Judy an, die ihren Oberkörper vorbeugte und mit ihrem Gesicht das seinige fast berührte.
„Mr. Englehard, ich weiß ja, daß es noch früh ist, aber meinen Sie, ich könnte meine Pause jetzt kriegen? Nur dieses eine Mal?" Die Wörter ergossen sich aus ihr schnell, süß und perlend.
Auf Mr. Englehards Stirn sammelten sich langsam tiefe Falten wie in einem Zeitrafferfilm eines Erdbebens. Posner war sich sicher, daß er sich eine abschlägige Antwort zurechtlegte, aber Judy wußte schon, was sie da tat. Bevor Mr. Englehard seine Sprechwerkzeuge in Bewegung setzen konnte, hatte ihm das Mädchen das Wort abgeschnitten. „Danke, Mr. Englehard. Sie sind süß. Immer noch mein Schatz?"
Sie drehte sich um und rannte durch den engen Gang zurück zu der Theke, wo Posner stand. Mr. Englehards Gesicht sackte in seine ursprüngliche Haltung von Resignation und Ruhe zurück. Judy fummelte hinter ihrem Rücken herum und schloß in komischer Verzweiflung die Augen; dann drehte sie sich herum und zeigte Posner ihren Rücken. „Würdest du bitte meine Schürzenbänder aufmachen? Sie sind fürchterlich verknotet."
Die Schürzenbänder waren dreimal um ihre schmale Taille geschlungen und in einen Knoten geschürzt, der auf der überraschend vollen Wölbung ihres Pos ruhte. Ihre Blue Jeans waren verbleicht, und der Stoff war weich und dünn. Ihr Körper war kompakt und sportlich wohlgeformt, aber nicht üppig. Posner bekam den Knoten auf, und Judy wickelte sich aus der Schürze heraus und lächelte ihn an. Ihre Augen waren sehr groß und dunkelschokoladenbraun. Sie hängte die Schürze an einem Haken auf und goß dann Kaffee aus einer Kanne auf einer Wärmplatte in zwei Styroportassen. „Nimmst du Milch und Zucker?"
„Nur Milch."
Sie schüttete Milch in beide Tassen und fügte dann der einen vier Päckchen Zucker zu und neigte ihren Kopf in Richtung Tür. „Gehen wir." Über die Schultern zog sie ein purpurnes und goldenes Schul-

jackett, das als Emblem ein „V“ über einem „B“ hatte, und nahm beide Kaffeetassen. „Ist's dir recht, wenn wir draußen sprechen? Ich weiß, daß es kalt ist, aber hier drin bin ich so eingepfercht.“ Sie standen schon auf der Straße.

„Klar. Überall.“ Judy gab ihm seinen Kaffee, und sie begannen zu gehen.

„Old Sacroiliac. Was für ein Pissa“, sagte sie in einem übertriebenen, aber genauen New Yorker Akzent, der nicht der ihre war. Posner mußte lächeln. „Wieso willst du was über das Space wissen? Willst du deine Kinder dahin schicken? Das solltest du wirklich tun. Es ist die beste Schule.“

Posner schüttelte das Erschrecken darüber ab, daß er so leicht in die Elterngeneration abgeschoben wurde. „Na ja, wie ich schon gesagt habe, ich bin ein Freund von Alan ...“ Er war sich sicher, daß das der beste Anfang sein würde, „ ... und ich wollte etwas über Melody Gold wissen ...“

„Ach, mein Gott, Melody. Ist das nicht schrecklich? Aber du solltest nichts Schlechtes vom Space denken. Ich hab niemals gehört, daß da jemand Heroin nimmt.“

„Besuchst du das Space jetzt?“

„Ja. Mein letztes Jahr. Ich bin so froh, daß ich die Oberschule abschließen werde – meine armen Eltern haben nie gedacht, daß ich das schaffen würde –, aber ich verlasse das Space nur höchst ungern.“

„Was ist denn so gut daran?“

„Na ja. Erstens sind die Lehrer mal sehr nett. Ich meine, einige von ihnen können ziemlich verrückt sein, aber, na ja, nicht wie in den öffentlichen Schulen, wo sie meistens wie ...“ Sie verzerrte ihr Gesicht in eine überraschend wirksame Nachahmung einer unbeugsamen alten Hexe.

„Ich bin im Bilde.“ Posner lächelte wieder.

„Und die Lehrer sagen einem auch nicht, was man tun soll oder zwingen einen nicht zum Lernen. Du verstehst schon. Die Lehrer sagen, daß es von einem selbst abhängt, und das tut's auch.“

„Lernst du viel auf diese Weise?“

„Oh ja. *Echt* viel.“ Dann hielt sie an. „Na ja. Ziemlich viel jedenfalls. Ich sollte eigentlich mehr tun. Ich lese immer noch nicht viel. Und Mathe kann ich einfach nicht. Es bringt mich in dem Geschäft wirklich in Verlegenheit. Ich mache dauernd Fehler und geb den Leuten das Wechselgeld falsch raus. Aber ich bemüh mich wenigstens. In der öffentlichen Schule habe ich nie was getan, außer high zu werden und in Schwierigkeiten zu geraten.“ Sie schaute schüchtern von ihrem Kaffee hoch. „Ich war da dauernd in Schwierigkeiten. Meine Lehrer haben mich gehaßt. In einem Jahr haben sie mich für 42 Tage vom Unterricht ausgeschlossen. Sie haben gesagt, ich sei krank und ein schlechter Einfluß." Posner mochte die Art und Weise, wie sie ‚öffentliche Schule' sagte, nicht besonders. Für ihn klang das herablassend, denn er war doch selbst auf einer öffentlichen Schule gewesen, aber dann erinnerte er sich an sein eigenes Erlebnis auf der Oberschule, und er zweifelte kaum daran, daß die meisten Oberschulen, öffentlich oder privat, versucht hätten, die Flügel dieses Mädchens zu stutzen – zur Not mit Motorsägen, und das gefiel ihm schon viel weniger.

„Hast du Melody gekannt?"

„Klar. Ich weiß, das klingt schrecklich, aber allzusehr habe ich sie nicht gemocht." Sie hatte wieder diesen schüchternen Blick. „Ich vermute, daß ich vielleicht irgendwie eifersüchtig war. Sie war ja so reich und alles. Das ist das Schlimmste am Space. So viele verwöhnte reiche Schüler. Ich hab meine Eltern fast damit ins Armenhaus gebracht, all die Rechnungen für mich zu bezahlen, und dabei hab ich ein halbes Stipendium. Und Melody, na ja, die hatte soviel Geld und alles. Du weißt schon, ihr Firebird und ..." Sie brach ab.

„Und was, Judy? Alan hat mir gesagt, daß sie eine Menge Kokain genommen hat."

„Oh. Du weißt es also? Na ja, das stimmt. Sie hat auch viel davon an andere weitergegeben. Das muß ich schon zugeben. Aber, na ja, sie hat sich immer so aufgeführt, als würde sie so riesig über der Sache stehen und so. Ich vermute, daß sie ihre eigenen Probleme hatte. Stimmt's? Jeder hat das doch. Tut mir wirklich leid, daß ihr so was passiert ist."

„Sie hat es auch verkauft, nicht wahr?"

„Heh. Du bist doch wohl nicht 'n Bulle, oder? Ach, tut mir leid." Sie bedeckte ihr Gesicht mit ihrer freien Hand. „Alan würde keinen Bullen als Freund haben."

„Stimmt. Ich bin kein Polizist. Ich möchte einfach nur was über die Sache wissen."

„Warst du einer ihrer Freunde oder so? Es tut mir leid, wenn ich irgendwas Unhöfliches gesagt habe."

„Nein. Nicht wirklich. Ich bin Privatdetektiv."

„Oh, stark."

„An dem Tag, als sie starb, hat sie mir einen Auftrag gegeben, ein Kästchen von ihr zu finden. Hast du jemals so ein altes Kästchen gesehen, das ihr gehört hat?"

„Ein Kästchen? Nee."

„Wann hast du sie denn zum letzten Mal gesehen?"
„Letzten Freitag in der Schule."
„Warst du dann abends nicht auf der Party bei ihr?"
„Nee. Das war der Geburtstag meines Vaters."
„*Hat* sie denn mit Kokain gehandelt?"
„Klar. Ne Menge. In diesem Jahr ist es wirklich schlimm geworden. Vorher war das nur so mit Freunden, weißt du. Dann wurd's richtig stark. Sie war, na ja, praktisch ein Großhändler oder so was. Manchmal hatte ich Angst, wenn ich mit ihr zusammen war. Sie hat dann vielleicht, na ja, 'n halbes Pfund Kokain, ja, oder so was, in ihrem Auto gehabt, und, ja, ich hab immer gedacht, wir würden verhaftet. Ja, können wir jetzt übrigens zurückgehen? Ich muß wieder an die Arbeit." Sie begann den Weg entlang der Straße zurückzugehen.
„Wer waren denn ihre engsten Freunde, Judy? Dessie Levine?"
„Dessie? Na ja, sie waren *ziemlich* eng befreundet. Ich würde aber nicht sagen, daß sie *sehr* eng befreundet waren. Natürlich glaubt Dessie, daß jeder *ihr* bester Freund ist. Ich würde nicht unbedingt mit ihr sprechen. Sie ist so ein fürchterlicher Lügner. Tony Bagliano war Melodys Freund. Hast du mit ihm schon gesprochen?"
„Noch nicht. Hat er einen Kleintransporter?"
„Ja. Das ist er. Er und Billy Marglies und Johnny Parducci fahren immer damit rum. Die sind vielleicht echt doof. Die halten sich für so cool."
„Wie hat denn Melody in das Bild reingepaßt?"
„Das war schon komisch. Ich hätte mir das jedenfalls nicht gefallen lassen. Das ist so widerlich. Weißt du, Tony hat so getan, na ja, als wär sie gar nicht da, wenn Billy und Johnny da warn. Ja, ich find's gräßlich, wenn Typen das tun. Es ist so blöd. Aber ich denk mir, Melody hat ihn auch so zum Teil ausgenutzt."
„Wie meinst du?"
„Na ja, ich glaub nicht, daß sie sehr viel Achtung vor ihm hatte. Er ist so ein Blödie, weißt du, so 'n Idiot, und sie hat das auch gewußt."
„Wozu hat sie ihn denn benutzt?"
„Ich weiß nicht. Na ja, vielleicht einfach so als Freund. Aber ... Ich hätt jedenfalls nicht ..."
„Was denn, Judy?"
„Ich meine, daß er sie öfters geschlagen hat. Ich meine, ich hab ihn einmal im Gang in der Schule gesehn. Er hat sie nicht gerade geboxt, aber er hat sie, na ja, gestoßen. Ganz fest gegen die Wand. Hat mich wahnsinnig gemacht, echt."
„Als ich in der Schule war, hab ich ein Bild gesehen ..."
„Ich *weiß*", schnitt sie ihm das Wort ab. „Das von dem Lagerausflug.

Das ist das, was ich eben gesagt hab. Ich meine, sie hat jedem erzählt, daß sie die Treppe runtergefallen ist, aber ich hab immer gedacht, daß Tony es gemacht hat. Jedenfalls solltest du wirklich mal mit ihm sprechen, wenn du was über Melody rausfinden willst."
„Ich hab versucht, ihn zu Hause anzurufen."
„Der ist nie da. Du solltest es drüben bei Salts probieren."
„Salts?" Das klang bekannt.
„Dawn Salts Haus. Da lungern die Leute immer so rum. Er wird wahrscheinlich auch heut abend da sein. Man könnte es wahrscheinlich eine Party nennen. Ich weiß was! Warum gehst du nicht zusammen mit mir dahin? Ich hab meiner Freundin Anne gesagt, daß ich sie da treffen würd, und ich könnte schon jemanden gebrauchen, der mich mit dem Auto dahin fährt."
Posner spürte einen winzigen Adrenalinstoß. Eine kleine Beschleunigung seines Pulses. Es war kein Lockmanöver, sagte er zu sich selbst. Wenn er das nicht gewollt hätte, so sagte er sich, dann wäre ihm das auch nie eingefallen. Auf der anderen Seite, so mußte er sich sagen, schämte er sich vielleicht viel zu sehr, um wissen zu können, ob es eins war. Vielleicht wußte sie es auch nicht. „Ich weiß nicht, ob ich kann ..."
Judy hatte keine Bedenken. „Ich bin um 9.45 Uhr fertig. Wenn du willst, kannst du mich dann abholen. Wenn du's nicht schaffst, dann komm ich schon selbst irgendwie dahin."
„Großartig. Klingt prima. Vielen Dank! Ähmm ..." Ihm fiel ein, wo er eigentlich hinterher war. „War Melody mit irgendeinem von den Lehrern eng befreundet?"
„Alice. Und Les. Die drei haben 'ne Menge zusammengemacht. Zum Thanksgiving sind die drei zum Campen gefahren."
„Mit Tony?"
„Nee, nee." Judy schüttelte den Kopf. „Alice und Tony hassen sich. Na ja. So richtig echt."
„Wieso?"
„Keine Ahnung. Ich meine, ja, du weißt schon, Tony ist so ungehobelt und so. Und Alice, na ja, ist ziemlich empfindlich."
„Ja. Wie nahe standen sich denn Melody und Les, was meinst du?"
„Keine Ahnung. Ziemlich nahe. Ich versteh nicht ganz, was du meinst."
„Was hältst du denn von Les? So als Person?"
Judy dachte eine Minute nach, zuckte dann mit den Schultern. „Ich meine, er ist ziemlich doof. Ich sollte das ja nicht sagen, denn er hat die Schule angefangen und so aber ... ich find ihn ekelhaft. All dieses Vertraulichkeitszeug ... Ich meine, ich will das gar nicht so genau

wissen, verstehst du? Und ich meine, er lügt."
„Worüber?"
„Weiß ich nicht, weißt du. So alles. Na ja, er erzählt einem, daß man im Juni mit der Schule fertig ist, und dann sagt er einem, daß man, na ja, bis zum nächsten Dezember warten muß und so. Er hat das einer Freundin von mir gesagt. Das ist einfach ... Ich weiß nicht. Ich trau ihm nicht. Er denkt immer so an Sex. Und sein Lachen, igitt!"
„Meinst du, daß er jemals mit Melody geschlafen hat?"
Judy verzog ihr Gesicht in einen grotesken Knoten. „Du fragst aber direkt." Dann entspannte sie ihr Gesicht wieder und überdachte die Frage. „Ich glaub nicht, aber ich halt's schon für möglich. Keine Ahnung."
„Stand Melody Hawk sehr nahe?"
„Nein, ich glaub nicht."
„Hat sie *jemals*, soweit du weißt, irgendwas mit Heroin zu tun gehabt oder mit Leuten, die es genommen haben?"
„Nein. Ich glaub nicht ... Moment mal, weißt du, das hatt' ich ganz vergessen. Letzten Monat, als ich mit meinen Eltern in dem Bergen Steakhouse war, hab ich sie da mit Luther Davis gesehen."
„Wer ist denn das?"
„Luther? Als ich noch in der Oberschule in Bergen Valley war, war er absolut *der*jenige, den man wegen Heroin anquatschen konnte."
„Haben die Lehrer davon gewußt?" Posner wußte nicht länger, was in diesen Bereichen angemessen war oder nicht.
„In Bergen Valley? Du bist wohl verrückt."
„Wie viele Jugendliche haben denn deiner Meinung nach in Bergen Valley Drogen genommen?"
„Jeder. Ich meine, na ja, 'ne Menge. Ne ganze Menge Schüler warn den ganzen Tag völlig high und unansprechbar. Man mußte es auch geradezu sein, die Stunden sind so langweilig. Aber nicht Heroin. Meistens Pillen und Hasch oder Alkohol. Höchstens zwanzig oder dreißig, würd ich sagen, ham auch Heroin genommen."
„Und Kokain?"
„Niemand in einer Schule hat Geld, um Kokain zu kaufen. Einige von den Schülern können sich's für 'ne Party leisten. Na ja, so ab und zu."
„Luther trägt doch wohl zufälligerweise nicht eine weinrote Kappe oder?"
„Nee, das ist Donnie Taylor. Kennst du Donnie?" Sie klang so, als hätte sie ihn gerne.
„Eigentlich nicht."
„Wenn du mit Luther sprechen willst, dann geh rüber zur Oberschule,

um drei oder viertel nach drei, wenn die Schule gerade aus ist. Letzte Woche hatten sie Ferien. Er wird neben einem grünen 73er Baracuda stehn. Hast du 'n Stück Papier?" Posner fischte Schreibblock und Kugelschreiber aus seinem Jacket. Judy ließ ihre halbleere Tasse in einen Abfalleimer fallen und schrieb langsam etwas in ihrer kindlichen Handschrift auf. „Gib ihm das, und er wird mit dir sprechen. Sonst kannst du's vergessen. Er hat echt Verfolgungswahn."
„Woher kennst du ihn denn so gut?"
„Früher war ich mit seinem besten Kumpel befreundet."
Posner war von dem Eingeständnis ziemlich erschüttert, und Judy reagierte auf seine Verstörtheit. „Ich hab früher 'ne Menge beschissene Sachen gemacht. Aber Willie war süß. Wirklich. Und Luther war immer recht nett zu mir."
Sie hatten das Geschäft wieder erreicht. Judy gab Posner seinen Notizblock zurück und ergriff eine seiner Hände mit ihren beiden. „Vielleicht sehen wir uns heute abend. Wenn nicht, dann sag Alan Grüße von mir. O.k.? Und viel Erfolg bei dem, was immer du da machst. So, tschüß, bis später vielleicht", rief sie zurück, während sie in den Laden rannte. Durch das Fenster konnte Posner sehen, wie sie Mr. Englehard am Bauch kitzelte, während sie ihre Jacke auf einen Stuhl warf.
Was für ein Mädchen, dachte Posner. Was für ein Mädchen.

15. Erziehung

Loon Avenue war eigentlich nicht der richtige Ort für einen Süßwarenladen. Der Lebensmittelmarkt, der Drugstore, das Pizzarestaurant waren alle, wenn nicht gerade neu, doch zumindest modern aussehend. Vorstädtisch. Der Süßwarenladen gehörte in die Bronx. So jedenfalls erschien er Posner von der anderen Seite der Straße, wo er in seinem Dodge saß und den Laden beobachtete. Der schien ihm eine Menge mit dem Lan-more-Restaurant gemeinsam zu haben. Zuviel gemeinsam.

Langsam stieg er aus seinem Dodge und ließ die Augen den Häuserblock auf und ab wandern. Eine alte Frau, die unterwegs zu dem Waschautomatenzentrum war, ein Junge mit Pickeln, ideal für die Clearasil-Werbung, der aus dem Pizzarestaurant kam, zwei junge Mütter mit vollbeladenen Einkaufswagen, die auf dem Weg zu ihren Autos waren. Aus dem Süßwarenladen kam keine Bewegung. Joe Posner überquerte die Straße.

Der Eingang war noch dunkler als die graue Straße. Posner bewegte sich vorsichtig durch die Gänge, die vollgestopft waren mit schäbigem Spielzeug, Spielen, Glückwunschkarten und Einwickelpapier, Dingen, die alle so aussahen, als seien sie schon vor einem Jahrzehnt oder mehr gekauft worden. Kunden waren nicht zu sehen.

Posner setzte sich an der Theke auf einen Hocker und schaute sich die Besitzerin an, die ins Leere starrte. Sie paßte genau zu ihrer Umgebung: Ihr aufgeschwemmtes Gesicht und ihr eckiger Mund mit seiner verstockten Bösartigkeit waren ein lebendes Beispiel dafür, wie „Kleinbürger" zu einem der großen Schimpfwörter der Geschichte geworden waren. Ihre Schürze, blau wie die Eier amerikanischer Rotkehlchen und mit Rüschen besetzt, war wahrscheinlich eine von zwei Stücken, die sie 1948 gekauft und seitdem in erstklassigem Zustand bewahrt hatte. Ihr kugeliger Körper, so vermutete er, hatte seine überschüssigen Pfunde nur dadurch erhalten können, daß sie seit dreißig Jahren fein säuberlich jeden Überrest von Toast, Velveta, Thunfisch und Brötchen von den zurückgegangenen Tellern gegessen hatte. Orte wie dieser ließen Joe Posner sauer werden. Desgleichen das Warten auf Al B. Lopes.

Er grunzte seine Kaffeebestellung, und sie goß das Gebräu für ihn in eine Plastiktasse in einem Plastikhalter, schrieb die Rechnung und knallte sie auf die Theke, ohne Posner anzuschauen. Posner hielt die Tür im Auge.

Ein paar Minuten später kam Lopes durch die Tür und setzte sich auf den Hocker neben Posner, ohne dessen Anwesenheit zur Kenntnis zu nehmen. Stattdessen sprach er mit der Frau. „Tag, Gladys. Was macht die Kunst?"

Sie wandte ihm langsam ihr Gesicht zu, und ihr rechteckiger Mund öffnete sich ein wenig zu einem widerlichen Grinsen, das schreckliche Zähne offenbarte. „Hallo, Al", sagte sie ohne Enthusiasmus. „Brauchst du auch was zu essen?"

„Nein, danke, Zuckerpüppchen. Hab in Hackensack in 'ne Kuh gebissen. Einfach nur 'n bißchen was von dem braunen Saft, Hübsche."

Posner dachte, er müsse kotzen. Als Gladys Lopes Kaffee eingeschenkt hatte, wandte sich Posner an ihn und sagte tonlos, „Nimm deinen Kaffee“, und neigte seinen Kopf in Richtung zweier abgeteilter Sitzecken mit Tischen neben der Theke.

Lopes saß in der Ecke und feixte Posner an, mit dem er noch gar nicht gesprochen hatte. Posner saß auf der anderen Seite des Tisches und starrte zurück.

„Na“, fragte Lopes achtlos.

„Wer hat mir die Falle gestellt, Lopes?“ Posner hielt seine Stimme leise und gleichmäßig.

„Dir eine Falle gestellt? Tut mir leid, daß du gestern nacht nicht fündig geworden bist. Aber eine Falle gestellt? Das versteh ich nicht.“

„Hast du die Zeitung gelesen?“

„Ja. Den alten Santangelino hat es also im Lan-more erwischt. Ziemlich erschreckender Zufall, was?“

Posner saß eine Minute da und starrte Lopes an. Nachdem er ein paar Sekunden in Lopes Augen geschaut hatte, kam Posner zu dem Schluß, daß dieser wahrscheinlich dumm genug war, um nicht zu lügen. „Wie zum Teufel verdienst du eigentlich deinen Unterhalt, Lopes? Das ist es, was ich überhaupt nicht verstehe.“

„Posna, ich wünschte, du würdest ...“ Posner lehnte sich über den Tisch hinüber und ergriff einen Aufschlag von Lopes' Trenchcoat. All die elende Angst der vergangenen zwölf Stunden ergoß sich aus ihm heraus. „Jetzt hör mal zu, du fettes Arschloch. Wer immer dich beauftragt hat, wußte über den Mordplan gestern nacht bescheid. Die wollten, daß ich darin warte, so daß ich mitgetroffen würde. Verstehst du's jetzt? Die wollten mich *tot* sehen, Scheißkerl.“ Er ließ Lopes Mantel nicht los, seine Hand war zu einer zitternden Faust geballt, und er starrte ihm ins Gesicht und beobachtete die Wirkung dessen, was er gerade gesagt hatte.

Lopes kapierte es. Langsam, aber er kapierte es, und er wurde wirklich erschüttert. „Heiliger Bimbam, Posna. Das kann doch nicht sein. Moment mal ... Erstens mußt du wissen, daß ich dich niemals dahin geschickt hätte, wenn ich gewußt hätte, na ja, daß es gefährlich gewesen wäre. Zweitens ... Ich kann's einfach nicht glauben. Vielleicht leidest du unter Verfolgungswahn. Was? Ich meine, mein Auftraggeber würd niemals so was nich machen. Ich meine, er ist ...“ Lopes brach ab.

Posner ließ den Mantel los. „Er ist wer, Lopes? Sag's mir.“

„Kann ich nicht. Er ist ein guter Kunde. Hör mal, ich weiß, daß er dafür 'ne Erklärung haben muß. Ich ruf ihn mal an, o.k.? Ich klär

die Sache schon auf."
Posner schaute in den rückwärtigen Teil des Ladens, in dem zwei altmodische hölzerne Telefonzellen nebeneinander standen. „O.k. Ich muß auch einen Anruf machen." Sie gingen beide zu den Telefonzellen. Posner legte sein Ohr an die gemeinsame Wand, und wie er vermutet hatte, konnte er alles mithören.
„Hallo? Ja. Hier spricht Al B. Lopes. Ich möcht gern mit Senator Bagliano sprechen. Nein. Jetzt hören Sie mal zu. Es ist sehr wichtig und äußerst kitzlig. Vastanden? Aber vergessen Sie ja nicht, ihm auszurichten, daß ich angerufen hab, und er muß mich *schnell* zurückrufen. *Heute*! Vastanden? Al B. Lopes. Er hat die Numma."
Lopes legte den Hörer auf und verließ die Telefonzelle.
Posner hob seinen Hörer ab und tat so, als redete er mit jemandem. Dann blickte er durch die Tür zu Lopes hinüber und sagte: „Muß jetzt aufhören, ruf Sie später wieder an", legte auf und ging raus zu Lopes.
„Und?"
„Ich hab ihn nicht erreicht."
Posner runzelte die Stirn.
„Jetzt hör mal, Posna. Ich schwör's dir. Da liegt irgendeine Verwechslung vor. Ich bin sicher, daß dieser Kerl nichts über den Mordanschlag gewußt hat. Der Kerl, den du da treffen solltest, hat wahrscheinlich Angst vor den Polypen oder irgendwas bekommen. Ich meine, dieser Kerl ..."
Posner unterbrach ihn. „Du bist ein Idiot, Lopes", sagte er und versuchte, versöhnlich zu klingen. „Ich darf das nicht vergessen." Dann ließ er seine Stimme ärgerlich werden, aber sie schlug fast bis zur Hysterie aus. „Weil Idioten gefährlich werden können." Er ging Richtung Tür und drehte sich nicht um nach Lopes' „Ach, du bist einfach beleidigt." Er wollte da raus, er wollte aus allem raus.
Als Posner im Human Learning Space ankam, sah er den Mercedes, den er auf dem Parkplatz an Les' Haus gesehen hatte, und hielt an. Im Gang blieb er stehen, um sich noch einmal das Foto von Melody anzuschauen, aber jemand hatte es runtergeholt.
Im Büro selbst hielt Norma immer noch ihre Stellung an der Schreibmaschine und tippte munter drauflos. Er stand einen kurzen Moment vor ihrem Schreibtisch, bevor sie ihn bemerkte und nervös aufschaute. Gegenüber dem Morgen hatte sie ihr Haar frei herunterfallen lassen, und es ließ sie schlanker und bedeutend hübscher aussehen. Posner bewunderte ihren kobaltblauen Pullover mit Zopfmuster, den er am Morgen nicht bemerkt hatte.
„Er ist da, stimmt's, Norma?" fragte Posner mit scharfer Stimme.

„Na ja, Joe" stotterte sie. „Er ist fürchterlich beschäftigt. Ich glaube nicht ..."
Die Tür zu dem inneren Büro öffnete sich teilweise, und heraus kam ein großer Kopf mit dicken schwarzgerahmten Brillengläsern und dicken, gealterten Gesichtszügen. Eine schulterlange Mähne von weißem Haar, das noch zottiger geschnitten war als das eines Rockstars, umrahmte es in unpassender Weise. „Nahma", sagte der Kopf, bemerkte dann Posner und wandte sich ihm zu. „Kann ich Ihnen helfen?"
„Ich hoff doch. Ich heiße Joe Posner. Ich hab schon seit ein paar Tagen versucht, Sie zu erreichen."
„Joe!" rief der Kopf. „Kommen Sie doch rein!" Die Tür öffnete sich noch weiter und offenbarte einen riesigen, birnenförmigen Körper, der mit vielen Metern von Cord und karogemustertem Flanell bedeckt war. In voller Länge ausgestreckt, so schätzte Posner, würde er mindestens ein Meter zweiundneunzig sein. Als Posner durch die Tür gegangen war, schloß der Direktor diese hinter ihm. Dann, in einer Bewegung, die mehr vom unwillkürlichen als dem willkürlichen Nervensystem auszugehen schien, fiel er rückwärts in einen nach hinten geklappten Schreibtischstuhl und kreuzte seine baumstammähnlichen Beine. Am Ende eines jeden Beines hing ein Jagdstiefel aus Gummi, genau die gleichen, wie Alice Cabot sie getragen hatte. 65 Dollar von L.L. Bean. Plus Verkaufssteuer und Versandkosten. Selten nur naß und niemals auf Jagd gewesen. Hinter ihm hing an der Wand eine Zusammenstellung von Handarbeitserzeugnissen (Webarbeiten, Häkeleien, Makramees, „Katzenaugen"), Zeichnungen und Gemälden. Einige von ihnen trugen Inschriften, die Posner lesen konnte. „Für Les. Ich liebe Dich mehr, als Du je wissen kannst." „Für Les, ich werde Dich immer lieben." „Les, Du hast mir das Leben gerettet." Diplome waren keine zu sehen.
Posner versuchte, sich den Mann so anzusehen, wie man eine optische Täuschung betrachtet. Irgendwie entzog sich ihm ein sichtbarer Zusammenhang. Das dicke Denkmal von Fettgewebe, das seinen Körper darstellte, die dramatische lange Nase, die dicken Gläser und die kräftigen Brauen seines Gesichts, die schneeweiße Oberlocke seines verrückten Haarschnitts ließen eine Mischung von Woody Allen, Mick Jagger und Haystacks Calhoun anklingen.
Coniff lehnte sich in seinen Stuhl zurück und lächelte.
„Was kann ich für Sie tun, Joe?"
„Also, Mr. Coniff ..."
„Les" verbesserte ihn der Direktor. „Nachnamen sind irgendwie kalt. Und sie sagen doch eher etwas über unsere Eltern aus, nicht über uns.

Stimmt's?"
Posner antwortete nicht. Er mochte seinen Nachnamen an sich ganz gern. „Also ...", begann er wieder, aber Coniff schnitt ihm das Wort ab.
„Soviel ich weiß, hätten Sie gerne die Adresse der Golds." Er hielt seine schwere Nase hoch und schaute darüber mit einem Ausdruck, der vielleicht fröhlich gedacht war oder einfach nur zuversichtlich.
„Ja", sagte Posner trocken und sah sich den speckigen Direktor langsam von oben bis unten an. „Ja schon, aber jetzt hab ich sie."
Coniff schien es nicht zu mögen, wenn man seinen Körper musterte, aber er schaffte ein unbehagliches Lächeln. „Gratuliere. Was kann ich dann noch für Sie tun?" Er streckte seine großen fleischigen Hände über seine riesigen Schenkel und rieb den Cord, der sie bedeckte.
„Also, da gibt's 'ne Reihe von Sachen zu Melodys Tod, die ich nicht verstehe, und ich habe gehört, daß Sie ihr ziemlich nahe standen – näher vielleicht als sogar ihre Eltern. Und ich hatte gehofft, Sie könnten mir vielleicht ein paar Dinge erklären."
Coniff zog die Brille ab und rieb sich wie wild seine Augäpfel. Als er schließlich Posner anblickte, waren sie rot und naß. „Der Schmerz ist noch frisch", erklärte er traurig. „Ja, wir waren uns sehr nahe. Entschuldigen Sie mich, wenn ich frage, Joe, ich würde mich wohler fühlen, komfortabler sozusagen, wenn ich Ihre Beziehung verstünde." Durch Coniffs Aussprache des „komfortabel", das wie „Kampf" (wie in *Mein Kampf*) plus „ortabel" klang, konnte Posner seinen Akzent genau lokalisieren: Brooklyn. Die leicht ölige Offenherzigkeit der Stimme klang tief heraus aus Stimmbändern, die zu einer milden Reife in Pastramifett gealtert waren, die auch keine noch so große Menge von knusprigem Müsli jemals wieder würde wegkratzen können. „Ich weiß eigentlich gar nicht, wer Sie sind."
„Ich bin Privatdetektiv."
„Und Sie arbeiten für die Golds?"
„Darüber möchte ich mich lieber nicht auslassen. Worauf ich gehofft hatte ..."
„Joe, Joe." Coniff schüttelte seinen Kopf und hielt seine Hände mit den Innenflächen nach oben. „Ich kann Ihnen gar nichts sagen, wenn ich Ihre Beziehung zum Ganzen nicht kenne. Reden wir doch ernsthaft miteinander."
„O.k. Melody hat mir einen Auftrag gegeben. Am Tag, als sie starb."
Coniff hob seine Augenbrauen und zog den Kopf zurück, so daß er sein Kinn gegen den Hals preßte. „Womit würde denn Melody einen Privatdetektiv beauftragen?"

„Ich fürchte, daß hier der ‚private' Teil beginnt." Posner sagte es leise, fast entschuldigend. Coniff kratzte sich am Kopf. „Ich respektiere Sie für diese Haltung, aber ich verstehe immer noch nicht Ihre Anteilnahme. Womit immer Melody Sie beauftragt hat ... Das ist doch jetzt vorbei. Stimmt's?"
Posner preßte die Kiefer zusammen und überdachte die Lage. Coniff beherrschte sein Gesicht und verriet sehr wenig Genugtuung darüber, daß er die Oberhand gewonnen hatte. „So wie ich das verstehe, werden Sie morgen eine Reise unternehmen", sagte Posner ihm das geradewegs auf den Kopf zu. Coniff zuckte mit keiner Miene.
„Ja. Und ...?"
„Na ja. Es trifft sich gerade so, daß Melody zu dem gleichen Zeitpunkt auch eine Reise geplant hatte."
„Ja, ja. Es ist halt Ferienzeit. Ne ganze Menge Schüler verreisen."
„Selbstverständlich. Aber reisen denn auch viele Schüler mit dem Direktor nach Südamerika?"
Coniff ließ ein blödes, schrilles Kichern los. „Ach, Joe. Ich mag Sie. Sie haben 'ne Menge Vibrato, wissen Sie das? Und einen ganz schönen Einfallsreichtum. Kaufen zum Beispiel die Schülerliste vom kleinen David und klauen Melodys Unterlagen." Er hielt inne und starrte Posner an, erhielt aber keine Reaktion. „Sie wissen, ich könnte die Polizei rufen."
„Vielleicht sollten Sie das", zuckte Posner mit den Schultern. „Es gibt 'ne ganz Menge Sachen hier in der Schule, die die Polizei interessieren könnten."
Coniff ließ gleichgültig seine Augenlider sinken. „Was zum Beispiel?"
„Woran die interessiert wären? Oder über was ich etwas weiß?"
Coniff kicherte erneut mit seinem Falsettogelächter. „Sie haben wirklich ein Vibrato." Das Grinsen schmolz aus Coniffs Gesicht, und seine Augen wurden ganz wie die eines kleinen Hundes. Seine Stimme klang jetzt ganz salbungsvoll. „Jetzt hören Sie mal zu, Joe. Ich verstehe ja nicht so recht, was Sie wollen. Aber ich spüre doch, daß es im Grunde aus einer guten Seele kommt. Dennoch wäre es wirklich jenseits meiner Befugnis, Ihnen irgendwas zu erzählen. Alles, was ich vielleicht über Melody wissen würde, stünde ja völlig unter dem Siegel der Verschwiegenheit. Und Verschwiegenheit ist schließlich die Grundlage einer *j*umanistischen Umgebung. Wenn Sie ja irgendeine *offizielle* Verbindung nachzuweisen hätten, dann müßte ich mit den Problemen kämpfen." Nicht ohne Mitleid fügte er hinzu: „Aber sie haben keine." Er lächelte wie ein Rechtsanwalt, der sowohl Spaß daran hat, daß er weiß, daß sein Argument gewinnen wird, als auch Spaß an dem zufälligen Luxus, daß er es sogar selbst glaubt. „Es

wäre total wahnsinnig, wenn ich die Sache mit Ihnen diskutieren würde. Ich hätte eigentlich überhaupt gar nicht mit Ihnen sprechen dürfen. Jedenfalls nicht über Melody oder einen anderen Schüler."
Coniff setzte sich in seinen Schreibtischstuhl zurück, war kaum in der Lage, das Grinsen von seinen Lippen fernzuhalten, und faltete seine Hände auf dem Gipfel seines Bauches.

Joe Posner fühlte sich ziemlich bös geschlagen, und es gefiel ihm nicht. Er wünschte, er hätte seine Strategie besser geplant. Dieser Kerl war kein Al B. Lopes. „O.k., vergessen wir mal die Schüler. Wissen Sie, wo Alice Cabot ist?"

Coniff war von der Frage überrascht. „Ist sie nicht zu Hause?"

„Sie ist entfleucht. Hat alles ausgeräumt. Gerade erst heute morgen."

Coniff zuckte mit den Schultern, als ob es ihn nichts anginge. „Ich wußte, daß sie wegziehen würde, aber ich wußte nicht, daß es so schnell sein würde."

„Wieso verläßt sie die Schule mitten im Jahr?"

„Sie hatte gewisse persönliche Probleme."

„Wirklich? Welcher Art?"

Coniff schüttelte den Kopf. „Das geht Sie ja nun wirklich nichts an."

Joe Posner zuckte deutlich zusammen, und er hoffte, daß es nicht sichtbar war. Geht mich nichts an, sagte er zu sich selbst. Was zum Teufel geht mich denn überhaupt an? „Ich glaube, Sie haben recht", seufzte er laut.

Ohne aus seinem Stuhl aufzustehen, lehnte sich Coniff vor, streckte seinen riesigen Körper durch das kleine Zimmer und öffnete die Tür. „Ich muß jetzt wirklich was arbeiten, Joe."

Posner stand erst nicht auf. Er versuchte, einen weiteren Hieb und hoffte, daß er einen Nerv treffen würde. „Wissen Sie, ich hatte daran gedacht, ein paar Antiquitäten zu kaufen, und ich habe gehört, daß Sie 'ne Menge davon verstehen."

Coniff fiel nicht unbedingt auseinander, aber Posner war sich sicher, daß er etwas wie Verstörtheit durch die Augen des Direktors hatte glitzern sehen. „Das stimmt. Ich sammle ein wenig. Vielleicht können wir mal zusammen sprechen, wenn ich aus den Ferien zurückkomme ..."

„Mrs. Gold arbeitet doch auch in Antiquitäten, nicht wahr? Wissen Sie, gestern hat sie was Komisches gesagt. Zuerst hat sie gedacht, ich sei ein Lehrer, und sie hat gesagt, daß es schon ziemlich unverschämt für jemanden von der Schule hier wäre, dort aufzutauchen. Was, meinen Sie denn, hat sie damit sagen wollen?"

Coniffs Gesicht erstarrte und nahm den Ausdruck der Gereiztheit eines Taxifahrers in einem Verkehrsunfall an. „Ich hab nicht die geringste Ahnung." Dann erkannte er, daß er in die Defensive gegangen war, und er schlüpfte in seine brüderliche Vertraulichkeitshaltung zurück. „Aber ich kann schon sehen, warum sie gedacht hat, daß Sie ein guter Lehrer wären." Er streckte seine Hand aus, daß Posner sie schütteln sollte. „Hat mich gefreut. Hören Sie mal, warum kommen Sie nicht mal irgendwann wieder, und wir reden einfach miteinander? Sie könnten eine Miniunterrichtseinheit an einem Tag abhalten. Die Schüler würden mal sehr gerne hören, wie es so ist, Detektiv zu sein. Ich *weiß* bestimmt, daß Sie ein guter Lehrer wären. Das macht das Vibrato. Die Schüler lieben das. So, jetzt muß ich aber wirklich an die Arbeit."

Posner stand langsam auf und lächelte. Die kleine Reiseuhr auf Coniffs Schreibtisch zeigte fünf Minuten vor drei. „Ich auch", sagte er, während er die Hand des Direktors schüttelte. „Es war nett, Sie mal kennenzulernen, Mr. Coniff." Er sprach den Namen höhnisch aus, eine Spur jedenfalls. Es war eine kindische Geste der Gehässigkeit, die er sofort bedauerte, aber Coniff lächelte ihn mit gleichen Anteilen von Mitleid und Vergebung an und hielt sich an seiner Hand fest.

„Ach, da ist noch was, Joe. Wir müssen diese Unterlagen zurückkriegen." Posner machte seine Hand frei und begann durch die Tür zu gehen.

„Ich weiß gar nicht, wovon Sie reden. Ehrlich nicht."

Norma blickte verletzt und ärgerlich zu ihm herüber, und Coniff rief ihm nach: „Das ist mir ernst, Joe, das ist mir ganz ernst."

Posner ging weiter und erinnerte sich an Apfelbaums rhetorische Frage: „Könnte denn irgendwas, an dem Les und Alice beteiligt sind, für ernst gelten?" Er fühlte sich beinahe schon besser.

16. So verkauft's der Mann halt

Die Bergen Valley-Oberschule lag auf der anderen Seite der Schienen. Bevor er nach Jersey rausgezogen war, hatte Joe Posner eigentlich niemals wirklich diese merkwürdige Erscheinung der Schienen und ihrer Seiten erlebt. Hier war gar nichts bildlich daran. Östlich der Eisenbahnschienen gab es obere Mittelklasseeinkommen, untere Oberklasseeinkommen, mittlere Oberklasseeinkommen und obere Oberklasseeinkommen. Östlich der Eisenbahnlinie war praktisch alles weiß. Westlich der Schienen gab es Mittelklasseeinkommen, untere Mittelklasseeinkommen, obere Unterklasseeinkommen und untere Unterklasseeinkommen. Die etwas wohlhabenderen Teile auf der Westseite waren rassisch integriert. Die ärmsten Teile waren praktisch nur von Schwarzen bewohnt.

Um zu der Schule zu kommen, fuhr Posner durch den sechsten Bezirk, einen der ärmsten Teile der Stadt. Er bestand zum größten Teil aus zerfallenen Holz- und Schindelhäusern, die ihn an Roxbury, an New Haven oder an eine ganze Menge anderer nördlicher Slums erinnerten – aber dichter zusammengepackt als die fast ländliche Armut in Edgewater. Dampfender Atem stieg auf von Männern unterschiedlichen Alters, die sich an Ecken sammelten, vor Kneipen und leeren, mit Brettern vernagelten Geschäftsfenstern, an Tankstellen. Redend, Geschichten erzählend, die Zeit totschlagend. Der *Bergen Record* hatte geschrieben, daß die örtliche Arbeitslosigkeit auf 13 Prozent gestiegen sei. Posner wußte, daß das für Schwarze 30 bis 40 Prozent bedeutete, 60 bis 80 Prozent für schwarze Jugendliche.

Ein Teil, ein paar rechteckige Straßenblocks, bestand ganz aus institutionellem Beton. Die Häuser: kleine Kisten, mit dem gelegentlich überraschenden Winkel, der ein Zeugnis war für die gute Bezahlung, die irgendein Architekt dafür erhalten hatte, daß er sie entworfen hatte, Häuser, die gebaut worden waren, nachdem dieser Teil des sechsten Bezirks niedergebrannt worden war in Antwort auf die Ermordung Martin Luther Kings. Der Beton begann bereits zu zerbröckeln, und Joe Posner fragte sich, wessen Bruders Baufirma ihn mit zuviel Sand und nicht genügend Zement gemacht hatte.

Nachdem er einmal aus dem sechsten Bezirk heraus war, wurden die Häuser solider und ordentlicher, obwohl sie noch immer dicht zusammenstanden und im Vergleich zur Ostseite noch klein waren. Einfache Backsteinkirchen ruhten an jeder zweiten Straßenecke. Schwarze und Weiße gingen auf den Bürgersteigen und warteten auf Busse. Die Stimmung war locker.

Die Bergen Valley-Oberschule saß in der Mitte eines breiten, gewellten Rasens. Ihre neogotische Architektur und die beiden efeubedeckten Türme ließen sie mehr wie ein College der Ostküste als wie eine Oberschule erscheinen. In der Mitte des Rasens als Tüpfelchen auf einem ohnehin schon imposanten I posierten zwei Ulmen füreinander. Gruppen von Jugendlichen waren auf dem Gelände verstreut und vollführten zwanglos die Rituale der Teenagergesellschaft.

Posner manövrierte den Dodge vorsichtig in den Parkplatz, der, wie er schnell erkannte, die Mitte aller Aktivitäten war. Die Schüler warfen Frisbees und Baseballbälle, räkelten sich auf Motorhauben herum, ließen Motoren aufheulen, liefen, riefen, übten Tanzschritte ein, rauchten Zigaretten. Die meisten von ihnen lungerten einfach nur so herum. Ein paar Gruppen waren gemischt, aber die meisten waren vorherrschend weiß oder schwarz. Ein paar Schüler asiatischer Abstammung schienen sich zumeist bei den Schwarzen aufzuhalten.

Posner bewegte das Auto immer nur jeweils einen halben Meter vorwärts durch die Menge, die in ihren Reaktionen völlig unbekümmert war. Er fand schließlich einen freien Platz, fuhr hinein und stieg aus dem Auto.

Wie Judy vorausgesagt hatte, fand Posner Luther Davis auf der Motorhaube eines grünen 73er Baracudas sitzen. Er war alleine und sah so aus, als wolle er das auch bleiben. Er starrte ins Weite, als ob er sich ganz intensiv konzentriere, und saugte den Rauch einer Kool-Zigarette tief in sich hinein. Die Packung in seiner Hand hing nach unten, und in den Boden war ein Loch gerissen, um an die Zigaretten ranzukommen. Er trug eine kurze braune Wildlederjacke, die für das kalte Wetter zu dünn war, eine enganliegende grüne Polyesterhose und schwarze Puma-Rennschuhe. Posner ging zu ihm hin, aber Luther gab mit keiner Bewegung zu erkennen, daß er ihn bemerkt hatte.

„Luther Davis?"

„Wer will das denn wissen?" antwortete Luther und starrte noch immer vor sich hin.

„Ich heiße Joe Posner. Judy Williams hat mich hier hingeschickt." Er gab dem Jungen den Zettel, den Judy ihm gegeben hatte.

Luthers Augen sprangen schnell zu Posner, dann wieder zurück. Er streckte die Hand aus, nahm den Zettel, entfaltete ihn und las ihn kurz. „Ganz cool. Na los."

„Ich versuch 'n paar Informationen über Melody Gold zu bekom-

men."
„Melody." Er blies eine Lunge voll Rauch aus. „Das war vielleicht 'ne Riesenscheiße, Mann."
„Hast du sie gekannt?"
„Wenn ich sie nicht gekannt hätte, Mann, dann würdest du mir keine Fragen stellen."
„Judy hat mir erzählt, daß sie dich mit Melody im Bergen Steakhouse gesehen hat."
„Und?"
„Weißt du, ob Melody Heroin genommen hat?"
„Hat's doch wohl neulich genommen, Blödmann."
„Weißt du, ob Melody auch vor jener Nacht Heroin genommen hat?"
„Woher soll denn ich das wissen?"
„Paß mal auf, Luther. Judy hat mir ja erzählt, daß du damit handelst, aber das heißt noch nicht ..."
Luther drehte sich um und schaute ihn zum ersten Mal an. „Jetzt paß du mal auf, Joe Posner. Judy weiß gar nix, kapiert? Ich mach mir die Finger nicht mehr mit all dem Scheiß dreckig. *Hab* schon vor 'ner ganzen Weile aufgehört. Jetzt erzähl *mir* ja nix, was *du* angeblich über *mich* weißt."
„Tut mir leid." Das schien all die Unterwürfigkeit gewesen zu sein, auf die Luther gewartet hatte, und er begann ohne Erregtheit zu sprechen. „Melody hat nie Heroin benutzt. Ist immer zu mir gekommen und hat gefragt, wo ich's herkriege, aber wollt nie was für sich selbst. Noch nicht mal umsonst."
„Warum wollte sie denn deine Quelle wissen?"
„Also, hat ja den weißen Schülern schon Kokain verkauft. Wollt vielleicht das Geschäft erweitern, falls du mich verstehst."
„Hast du's ihr verraten."
„Nach 'ner Weile. Deshalb warn wir in dem Steakrestaurant. Hat mich damals aus Dankbarkeit mitgenommen."
„Wirst du's mir sagen?"
„Warum sollt ich?"
„War's Hawk Brennan?"
„Melody wollt nie 'n Geschäft mit Hawk machen. Sie wollt ihr Geschäft *anstelle* von Hawk machen. Kapiert?"
„Sie wollte *Hawks* Quelle wissen?"
Luther ließ seine Zigarette auf den Asphalt fallen und sah Posner aus seinem Augenwinkel an, sagte aber nichts.
„Hawks Quelle ist Marty Blittstein, nicht wahr?"
„Du bist gar nicht so doof, wie du tust, Blödmann. Wenn du so viel weißt, warum fragst du mich dann?"

„Ich wußte nicht, ob Melody das wußte oder wissen wollte."
„Sie wußte es. Seit etwa einem Monat."
„Sag mir mal was, Luther."
„Was *hab* ich denn die ganze Zeit gemacht, Mann?"
„Warum nehmen die weißen Jugendlichen Kokain und die schwarzen Heroin?"
Luther lachte, hielt dann plötzlich inne und sagte ganz ernst: „Erstens: Schwarze Jugendliche nehmen kein Heroin. Einige von ihnen ja. So blöde Nigger wie ich früher einer war, und sie nehmen Kokain, wenn sie den Preis bezahlen können, was nicht allzu oft passiert. Die weißen Jungs nehmen Kokain, weil, die haben den Zaster, und weil, sie sind nicht schlecht genug, um mit Heroin herumzufurzen. Die wollen einfach nur schlecht aussehen. So sehe ich die Sache jedenfalls. Hauptgrund ist aber, so verkauft's der Mann halt. Verstehst du? Der verkauft Heroin an Kunden in den Betonklötzen und Schnee oben auf dem Hügel. Und das kaufen die Leute dann."
„Wann hast du Melody zum letzten Mal gesehen?"
„An dem Abend da im Steakhouse."
„Woher kanntest du Melody denn überhaupt?"
„Sie ist hier ungefähr 'n Monat zur Schule gegangen, bevor sie ab in die Kaputte Schule ist."
„Die Kaputte Schule?"
„Na ja, Mann. Die freie Schule. Mensch, da könntest du mich nich mit vier *Pferden* hinkriegen."
„Wieso?"
„Keine Disziplin. Man kann nichts lernen ohne Disziplin."
„Lernst du hier 'ne Menge?"
„Werd ich machen. Die Lehrer haben keine Achtung vor den Schülern und haben auch Vorurteile. Aber es liegt ja alles bei einem selbst, Mann. Kapiert? Es liegt bei dir selbst. Das jedenfalls sagt Jesse Jackson."
„Das versteh ich nicht. Sprichst du über Disziplin oder Selbstdisziplin?" Es juckte Posner, den Jungen zu reizen.
„Laß jetzt, verdammt noch mal, meinen Kopf in Ruh. Jedenfalls wolln die da oben keine Schwarzen. Biste weiß, alles im Gleis, wie sie sagen. Die wollen einfach nur was, wo sie rumlungern können, bis Daddy das Geschäft übergibt. Die Schule ist nicht für Leute gemacht, die wirklich hochklettern müssen, und ich muß hochklettern."
„Na ja, ich hoffe daß du's schaffst, Luther."
„Was du hoffst, hat gar nix damit zu tun."
„Du hast wahrscheinlich recht. Vielen Dank für die Hilfe."

„Bis dann.“ Luther Davis zündete sich eine andere Kool an und nahm seine Haltung der meditierenden Konzentration wieder auf.

17. Männerherrschaft

Das Schild war das einzige, was an dem Bagliano-Haus noch fehlte. Ein Neonschild, und es wäre eine genaue Nachbildung eines Holiday Inns gewesen: zwei dreistöckige, rechteckige Flügel aus beigefarbenem Klinker, die sich zur Form eines L trafen. Lange, fast zwei Meter hohe Fenster, die mit weißer Gaze verhängt waren. Ein Schwimmbad vorne in der Mitte der halbkreisförmigen Einfahrt, viereckige Balkons mit einfachen schwarz angemalten Eisengeländern. Das Haus saß auf mindestens einem halben Morgen Hügel – nicht weit entfernt von dem Haus der Golds –, der außer dem Rasen für das Einlochgrün beim Golfspielen nicht gärtnerisch gestaltet war. Von seiner Stellung hinter dem Steuerrad des Dodge aus überblickte Joe Posner die Lage. Die Baglianos hatten dieses Haus nicht vom Einkommen eines Bundesstaatssenators gekauft. Es war wahrscheinlicher, daß das Haus und auch das Amt des Bundesstaatssenators beide von den Erträgen einer gewinnbringenden Beschäftigung gekauft worden war. Tonys Kleintransporter war nirgendwo zu sehen. Ein saphirblauer Porsche saß auf dem höchsten Punkt der Einfahrt vor der zweistockwerkshohen hölzernen Eingangstür.

Das Haus sah zu dumm aus, um gefährlich sein zu können, aber Posner dachte dennoch, daß er eigentlich ängstlich sein müsse. Aber ängstlich oder nicht ängstlich, er wollte jedenfalls Bagliano nicht wissen lassen, daß er ihm auf der Spur war. Er zerrte sich aus seinem Dodge raus und marschierte zu Fuß zu der Eingangstür.

Die riesige Eichentür wurde von einer jungen rundlichen mittel- oder südamerikanischen Frau in einer gelben Uniformjacke geöffnet, von der Posner vermutete, daß sie illegal im Lande weilte. Klaviermusik und Gesang kam von irgendwoher drinnen. Er fragte nach Mr. oder Mrs. Bagliano, und die Frau sagte in einem ehrerbietigen Ton: „Sie hier warten, Itzig gehen sofort, o.k.?“ Posner nickte und kicherte nervös vor sich hin darüber, wie er bei ihrer Aussprache von „Jetzt ich“ zusammengezuckt war. Sie nahm ihn mit in die Mitte der zweistockwerkhohen Eingangshalle. Die Wände waren bis zur Decke hin nackt. Von dem Wandelgang im ersten Stock konnte man auf den Eingang hinunter blicken. Der Boden war mit Marmorplatten ausgelegt. Das Dienstmädchen ließ Posner stehen und ging in einen geräumigen Wohnraum, der mit einem puderblauen Teppich ausgelegt war, wo eine hellblonde Frau an einem weißen Flügel spielte und sang.

Sie sang langsam, ihr tiefer Alt vibrierte, und sie holte zwischen Wörtern – nicht etwa Melodiebögen – tief und dramatisch Atem, während sie auf dem Klavier trauermusikähnliche Wiederholungen eines Akkordes spielte:

Ich greif nach Dir – mein Herz ist so allein.
Ich klopf an Deine Sehehele, doch ist jemand daheim?
Ach, Philosophen nennen Dich vielleicht ein Schwergewicht,
Doch ich sag, es stimmt nicht.
Irgendwo in Deinem Fett,
Weiß ich, ist mein Liebster versteckt.

Dann blieb die Harmonie die gleiche, aber das Tempo verdreifachte sich.

Willst Du, willst Du, willst Du mich nicht kehehennenlernen?
Macht es, macht es, macht es Dir denn gahaharnichts aus?
Mein Herz rast,
Mein Gesicht verblaßt.

Urplötzlich kehrte das langsame Tempo wieder.

Ich suchte in der Ewigkeit nach Dir, mein teurer Liebster,
doch Du bist nicht zu Haus.

Vier weitere Wiederholungen des einen Akkordes schlossen das Stück, und die Frau lehnte sich nach vorne und legte ihren Kopf auf den Flügel. Das Dienstmädchen, das auf das Ende gewartet hatte, flüsterte etwas in ihr Ohr. Die Frau setzte sich aufrecht hin und schaute zu Posner herüber, stand auf und eilte auf ihn zu, während sie ein zusammengedrücktes Kleenex in ihre Augen drückte.

„Ja? Ich bin Mrs. Bagliano“, sagte sie mit einem breiten Lächeln. Ihre Augen waren dick mit Lidschatten bemalt, der jetzt über ihre mit einem bleichen Makeup bemalten Wangen herunterrann. Sie war schlank, fast knabenhaft gebaut. Ihre weißen Jeans klebten eng an ihren schmalen Schenkeln und ihrem Bauch, und ihr weißes Baum-

wolloberteil fiel locker über ihre Taille, ohne ihre Brüste zu zeigen. Ihre freie Hand war zu einem harten Klumpen geballt. Sie trug keinen Schmuck.
„Hallo. Ich heiße John Reed. Ich wollte Senator Bagliano sprechen."
Mrs. Bagliano stand bewegungslos da, das breite lippenstiftlose Grinsen war unter ihrer chirurgisch gestutzen Nase eingefroren.
„Na ja, es geht darum ...", begann Posner, aber sie schnitt ihm das Wort ab.
„Es ist mir egal, worum es geht", lächelte sie. „Er lebt im Moment nicht hier. Es soll an sich ein Geheimnis sein. Sie sind doch wohl nicht ein Reporter, oder?"
„Nein, Ma'am."
„Wie schade." Das Lächeln war immer noch unverändert. Posner vermutete, daß sie bald Backenmuskelkrämpfe bekommen würde. Es sei denn, und das war wieder sehr wahrscheinlich, daß sie durch viel Übung sehr gut in Form waren. Dizzy Gillespie, so dachte Posner, sollte immer noch solche Wangenmuskeln haben! „Ich weiß auch nicht, wo ich ihn erreichen soll. Außer über seine private Büronummer, die ich Ihnen nur allzu gerne gebe. Sie ist 752-0471. Und vergessen Sie ja nicht, ihm zu sagen, daß Sie die von mir haben. Außer wenn Sie ihm etwas Positives zu berichten haben. Moment mal, sagen Sie mal, ermitteln Sie gegen ihn?"
„Gegen ihn ermitteln? Ich?" Posner hörte, wie seine Stimme in den Mezzosopranbereich hochschnellte, bekam sein Herz wieder aus der Hose und versuchte, ganz gelassen zu erscheinen. „Warum würde irgend jemand gegen ihn ermitteln wollen?"
„Keine Ahnung. Er erzählt mir nie was über seine Arbeit. Es ist einfach nur so nach all diesen Abscam-Fallen des FBI. Es war nur so ein Gedanke. Big Tony hinter Schwedischen Gardinen. Immer nur an Schönes denken – das sagt man doch so allgemein. Stimmt's? Hält einen auf ewig jung."
Auf ewig jung, dachte Posner. Wie ein toter dreißigjähriger Detektiv. „Ich hab davon schon gehört, aber ich bin kaum in irgendwas mit Ermittlungsverfahren verwickelt, also das war 752-0471?"
„Ja, Was *ist* denn Ihr Anliegen, John?"
Posners Hand hörte einfach nicht auf zu zittern, während er seinen Notizblock herausholte und sich die Nummer aufschrieb. „Ich gehöre zu den Pfadfindern, Mrs. Bagliano, und wir suchen nach prominenten Vätern und ihren Söhnen für unser Programm. Wie kommen denn Anthony senior und Anthony junior zusammen aus? Meinen Sie, die wären an so etwas interessiert?"
Mrs. Bagliano lachte bitter. „Letzte Zeit sind sie nicht gut mitein-

ander ausgekommen."
„In der letzten Zeit?"
„Ich würde sagen, seit fünf oder sechs Jahren."
„Ach, tut mir aber leid. Unversöhnlich?"
„Sie reden nicht miteinander. Soweit ich weiß, haben sie sich seit einem halben Jahr überhaupt nicht mehr gesehen."
„Soweit Sie wissen?"
Sie lachte wieder, aber diesmal fing sie an zu weinen. „Wie ich schon sagte, Anthony senior lebt nicht hier. Anthony junior sollte es eigentlich, aber er ist nie zu Hause. *Ich* habe ihn jedenfalls schon über eine Woche lang nicht gesehen. So, da können Sie jetzt Ihren Pfadfindern unsere tragischen kleinen Probleme erzählen." Sie lachte und weinte jetzt voll heraus.
„Tut mir leid, Mrs. Bagliano. Ich wollte Sie nicht stören. Ich werde jetzt wohl gehen."
„Es war mir eine Freude, Sie kennenzulernen." Sie ging quer durch das Zimmer zur Tür und öffnete sie. „Ich wünsche Ihnen einen schönen Tag, John", schluchzte sie.
„Ich Ihnen auch, Mrs. Bagliano."
Joe Posner stand auf der Stufe, während sich die Tür hinter ihm schloß. Er schaute über den Swimmingpool und den halben Morgen Grasboden hinüber zu seinem alten Dodge Dart mit seiner miserablen Aufhängung, dem klemmenden Drosselventil und dem kaputten Radio. Er sah genau richtig aus.

Joe Posner erwartete, daß er sich ziemlich einfallsreich würde entschuldigen müssen, um durch Phyllis Golds Eingangstür kommen zu können. Als sich aber die Tür öffnete, kam Mrs. Gold ihm zuvor.
„Oh, Mr. Posner, es freut mich ja so sehr, Sie zu sehen. Sie müssen mir verzeihen. Bitte kommen Sie rein." Sie führte ihn durch das museumsähnliche Foyer ins Wohnzimmer. „Ich war Ihnen gegenüber gestern ja ganz schrecklich. Ich entschuldige mich wirklich. Aber ich war so furchtbar durcheinander, wie Sie sich ja vielleicht vorstellen können, und, na ja ... so bin ich nun mal, wenn ich erregt bin. Wissen Sie, es ist so 'ne Art Übertragungsvorgang ... oder vielleicht meine ich auch Ausweichmechanismus. Ja genau, das ist es, ein Ausweichmechanismus. Setzen Sie sich doch bitte. Hier, nehmen Sie den Morrissessel."
„Vielen Dank, Mrs. Gold."
„Der ist natürlich englisch. Das heißt, die Morrissessel sind englisch. Das ist wahrscheinlich genau wie bei den Morristänzen."
„Ich dachte, das bezieht sich auf William Morris?"

Phyllis Gold brach in ungestümes Gelächter aus. „William Morris! Der Talentmanager." Sie schaute ihn ganz verstohlen an. „Sie sind ein ziemlich humorvoller Mensch, nicht wahr?"
Joe Posner wußte nicht, was er sagen sollte.
Phyllis Gold setzte sich auf ein französisch aussehendes Sofa. Ihr enganliegender grauer Wollrock hatte einen langen Schlitz an der Seite, und als sie die Beine übereinanderlegte, wurde Posner an Melody erinnert. Die Beine der Mutter waren um vieles älter, aber sie sahen gut aus.
„Jedenfalls, Mr. Posner, haben mein Mann und ich neulich Ihren Besuch besprochen – war das erst gestern? – jedenfalls hat er mir klargemacht, wie überaus scheußlich ich mich Ihnen gegenüber benommen habe. Er ist im Moment nicht zu Hause, aber ich weiß, daß er mit Ihnen sprechen will, wenn er zurückkommt."
„Das geht in Ordnung. Ich glaube schon, daß ich Sie verstehe."
Phyllis Gold wurde todernst. „Das können Sie gar nicht wirklich, aber ..."
„Ja?"
„Ich ... Burt und ich dachten, daß es besser wäre, wenn mein Mann mit Ihnen über Melody spricht. Ich werde immer so aufgeregt." Sie biß sich die Oberlippe fest genug, um die Tränen auszulösen, die sie demonstrativ zurückhielt.
„Sicher, sicher", stimmte Posner ihr so ehrlich wie nur möglich zu. „Eigentlich, Mrs. Gold, war da noch etwas anderes, worüber ich mit Ihnen sprechen wollte."
Ihr Blick verriet Schmerz und Verstörtheit.
„Ich weiß, es ist eine ungünstige Zeit, aber ich möchte es nicht einfach so anstehen lassen", fuhr er fort. „Es betrifft die Diebstähle in Ihrem Antiquitätengeschäft."
„Die Versicherungsdetektive haben das alles schon überarbeitet. Sie haben nichts finden können." Sie wischte sich die Augen mit einem zusammengedrückten, lippenstiftverschmierten Kleenex, das sie aus einer Rocktasche herausgeholt hatte.
„Also, die können bei sowas ziemlich nachlässig sein. Glauben Sie mir."
„Suchen Sie nach Arbeit? Ist es das?" Ihre Herablassung grenzte an Mitleid. Posner war berührt.
„Genau das. Durch Zufall habe ich nämlich etwas entdeckt, das vielleicht wirklich zu einer Lösung in diesem Fall führen könnte. Könnte ich Ihnen ein paar Fragen darüber stellen?"
„Nur los." Die Erwähnung einer möglichen Aufklärung der Diebstähle trocknete ihre Tränen gründlicher als eine ganze Packung

Kleenextaschentücher.
„Wann waren sie denn genau?"
„Der letzte Einbruch war vor drei Wochen. Ist das genau genug? Das war der Einbruch hier."
„Hier?"
„Ja. Wußten Sie das denn nicht? Man hat im Erdgeschoß eingebrochen. Ich hatte Stühle aus der Zeit von Ludwig XV. im Wert von etwa 5.000 Dollar, die abgeholt werden sollten. Es war wirklich erstaunlich. Die waren überhaupt nur vier oder fünf Tage hier."
„War das alles, was gestohlen worden ist?"
„Sie haben das Schlafzimmer durchwühlt, aber nur ein Kästchen gefunden, daß ich meinem Mann geschenkt hatte, und eine dazu passende Brosche, die mir gehörte. Der Rest der Juwelen war im Safe."
„Ein Kästchen und eine Brosche?"
„Ja. Wunderschön. Ganz Amethyst und Bernstein. Ich hatte meinem Mann das Kästchen zur Feier unseres Hochzeitstages gegeben. Es ist identisch mit ..." Phyllis Golds Stimme brach ab, und ihre Nasenflügel weiteten sich. „ ... mit dem ..., das ich Melody zu ihrem Geburtstag geschenkt hatte. Burt war sehr bestürzt, daß seines verschwunden war. Er kann zu bestimmten Gelegenheiten durchaus sentimental sein. Zu sehr seltenen Gelegenheiten."
„Das kann ich mir vorstellen. Wie war das mit den anderen Einbrüchen?"
„Zwei andere. Einer im Oktober, einer zu Weihnachten. Beide waren in dem Lagerhaus in West-New York."
„Was war denn damals geklaut worden?"
„Niemals sehr viel, aber immer Spitzenstücke. Es war offensichtlich jemand, der sich in Antiquitäten auskannte, und der nicht sehr viel Platz zum Verstauen hatte. Lassen Sie mich mal sehen. Im Oktober war es so frühes Kolonialzeug. Ein Tisch und Stühle, und einige kleine Tische und etwas aus Messing und Zinn. Ungefähr zwanzigtausend Dollar alles zusammen."
Posner pfiff vor Staunen.
„Na ja. Das jüngste Stück war von 1790", erklärte sie. „Solch ein Zeug wächst nicht auf Bäumen nach, wie Sie ja wissen."
„Und Weihnachten?"
„Japanisch. So aus dem neunzehnten Jahrhundert. Das war ein Vermögen wert. Fünfzigtausend. Seit dieser *Shogun*-Serie im Fernsehen läuft Japanisch ganz groß. Ich hab eine Liste. Hätten Sie gerne eine Kopie?"
„Ja, bitte."
Phyllis Gold stand auf, strich ihren Rock glatt und ging in die Ecke

zu einem Pult aus der amerikanischen Kolonialzeit. „Es gehört jetzt alles der Versicherungsgesellschaft, aber ich möchte doch gerne herausfinden, wer diese Schurken waren. Sonst könnten die's nochmal versuchen." Sie zog ein paar fotokopierte Blätter aus der obersten Schublade, kam zum Sofa zurück und gab sie Posner.
„Vielen Dank. Vielleicht kann ich sie gebrauchen. Ich hab da so 'n paar Ideen."
„Wie zum Beispiel?"
„Ich möchte lieber nichts darüber sagen, bis ich die Möglichkeit habe, noch ein paar Dinge zu überprüfen."
„Sie sind mir ein ziemlich verschlossener Kerl, nicht wahr, Mr. Posner? Haben Sie auch einen Vornamen?"
„Joe."
„Phyllis." Sie öffnete den Mund zu einem Lächeln, das anziehend sein sollte oder zumindest beweisen sollte, daß sie fähig war, anziehend zu wirken.
„Haben Sie irgendwelche Bücher mit Bildern oder Beschreibungen dieser Sachen, Mrs. Gold?"
Sie lachte leise und hielt sich die Hand vor den Mund. „Nicht hier. Überhaupt nichts. Es ist alles im Büro."
„Oh, wo ist denn das?"
„In New York. 35. Straße."
„Hmm." Posner war enttäuscht.
Phyllis Gold spitzte die Ohren. „Das klingt wie Burt."
Posner hörte, wie eine Autotür zugeschlagen wurde, dann, ein paar Sekunden später, öffnete sich die Eingangstür. Burton Gold war zu Hause.
„Tut mir leid, daß es so lange gedauert hat, Phyl, die Schlange im Delikatessengeschäft war so verdammt langsam", rief er von der Eingangshalle, bevor er in die Küche ging.
„Mr. Posner ist hier, Liebster", antwortete sie mit einem Schub, der fast die Vasen auf ihren Podesten ins Zittern brachte.
Burton Gold beförderte sich ins Wohnzimmer mit einem Knistern seiner schwarzkarierten Seidenhose. Er war ein großer Mann, kräftig gebaut, mit groben Zügen. Er trug eine grün-braune Tweedjacke, die sich mit seiner Hose biß, und ein kariertes Kaschmirhemd, das sich mit beiden biß. Sein Kragen war offen und zeigte einen muskulösen Nacken, um den vier oder fünf Goldketten von unterschiedlicher Breite und Stilrichtung hingen. Eine wechselnd getönte Fliegerbrille saß auf seiner dicken, tiefporigen Nase, und eine gebogene Meerschaumpfeife hing in seinen breiten, viereckigen Kinnbacken. Sein Haar war jugendlich kurz geschnitten und schon von Grau durchsetzt.

Er griff nach Posner mit einer großen haarigen Hand. „Heh, sehr schön, Sie kennenzulernen“, brüllte er und blitzte ein blendendes Lächeln voller Zahnkronen. „Wenn ich gewußt hätte, daß Sie hier sein würden, dann hätte ich mich sogar noch mehr beeilt.“
Dann wandte er sich zu seiner Frau und schnitt eine Grimasse. „Dieses verdammte Delikatessengeschäft. Ist immer so verdammt voll.“
„Wenn ich da hingehe, ist es aber nicht voll.“
„Heute jedenfalls war es verteufelt voll.“
„Oscar's? Um diese Zeit ist er nicht voll.“
„Ich bin auch nicht zu Oscar's. Ich bin zu der Leonia Deli.“
„Warum zum Teufel bist du denn da hin?“
Posner saß da ganz still, fasziniert von ihrem Dialog, den er wie ein Tennisspiel beobachtete.
„Oscar's' Strudel ist so matschig. Die Leonia Deli kriegt ihre Strudel aus New York. Liebner's echt ungarisch.“
Das hier, dachte Posner, war wirklich eine wertvolle Information. Sie schien auch Phyllis Gold zufriedenzustellen, und Golds mangelnde Anhänglichkeit an Oscar's war, wenn auch vielleicht nicht vergeben, so doch vorerst vergessen.
Burton Gold streckte seine Hand aus in Richtung der Tür am entferntesten Ende des Wohnzimmers. Die Uhr an seinem Handgelenk hatte genügend Gold mitbekommen, um den Staatshaushalt von New Jersey auszugleichen. „Sagen Sie mal, Mr. Posner, gehen wir doch in mein Arbeitszimmer. O.k.? Ich möchte gerne mit Ihnen über ein paar Sachen sprechen.“
„Nenn ihn doch Joe, Liebling.“
„Warum nicht?“ antwortete ihr Mann.
„Warum nicht?“ antwortete Joe Posner. Er stand auf und bahnte sich seinen Weg durch das Labyrinth von Antiquitäten zum Arbeitszimmer. Gold öffnete die Nußbaumtür für ihn.
Das Arbeitszimmer war ganz ultramodern: Chrom, Leder, Nußbaum und Glas mit einem Langflorteppich auf dem Boden. Nach dem Museum voller Antiquitäten draußen war es wie ein Bad voller Eiswasser nach einer Sauna – theoretisch durchaus erfrischend, in der Praxis aber schmerzhaft übertrieben. Gold zeigte Posner einen großen schwarzen Lederstuhl und warf sich selbst in einen noch größeren hinter einem Flugzeugträger von Arbeitstisch, der mit Papieren bedeckt war, die gedruckte Briefköpfe aufwiesen: Der Dreyfus-Fond, Freunde von Südafrika, Boys Club, Vereinigter jüdischer Wohlfahrtsverband, Bürger von New Jersey für bessere Gesetze. Auf der Wand hinter ihm hing ein halbes Dutzend gerahmter 20 x 25 Photos von Burton und Melody Gold, die sich in verschiedenen exoti-

schen Orten umarmten. In allen Bildern konnte Posner die riesige Hand des Vaters um den schlanken Arm seiner Tochter herumgewickelt sehen. Wieder dieser vollendete Arm, gepackt. Überdeckt. Burton schüttelte langsam seinen Kopf von rechts nach links und rieb sich die Hände. Seitdem er im Hause angekommen war, hatte er sich immer wieder die Hände geknetet. „Joe, ich weiß, ich brauche Ihnen nicht zu erzählen, daß dies hier die schlimmste Woche meines Lebens gewesen ist. Meinen Schatz zu verlieren, was kann ich da sagen, es gibt keine Worte dafür. Ja, Phyllis hat mir gesagt, daß Melody Ihnen für irgend etwas einen Auftrag gegeben hat, und daß Sie nicht damit herausrücken wollen, was das war. Stimmt das?"
„Ich vermute schon."
„Und daß Sie freiwillig tausend Dollar in *bar* zurückgegeben haben, die Melody Ihnen gegeben hatte."
„Das stimmt."
„Na, ich meine, das zeigt eine ganze Menge Rechtschaffenheit. Eine verdammte Menge."
„Das ist keine große Sache."
„Und was das für 'ne große Sache ist, Joe." Er begann in sein Scheckbuch zu schreiben. „Integrität bedeutet die größte Sache da, wo ich herkomme."
Irgend etwas an diesem Kerl ließ Posner vorwitzig werden. „Wo ist das denn?"
„Wo ist was?" Gold verstand den Sarkasmus nicht. Er konnte nicht gleichzeitig denken und Schecks schreiben.
„Wo Sie herkommen."
„Das ist nur so 'ne Redensart."
„Ah."
Gold riß den Scheck aus seinem Scheckbuch und schob ihn über den Schreibtisch zu Posner. Posner nahm ihn auf und schaute ihn sich an. In einer überdeutlich linkshändigen Schrift gab der Scheck an, daß Joe Posner 1.000 Dollar auszuzahlen seien.
„Wir hätten gerne, daß Sie das bekommen."
„Das ist sehr großzügig von Ihnen, aber ..."
„So, womit hat meine Tochter Sie beauftragt?"
Posner ließ den Scheck auf den Schreibtisch fallen. „Vielleicht kann ich mir das hier verdienen. Ich hätte da vielleicht Informationen zu einigen der Dinge, die Mrs. Gold gestohlen worden sind."
„Ich glaube, Sie verstehen das nicht, Joe. Ich *muß* wissen, was mein Baby an dem Tag gemacht hat. Es ist schwer genug hinzunehmen, daß mein Püppchen eine Rauschgiftsüchtige war. Aber wenn es irgendwelche unbeantwortete Fragen zu diesem Tag gibt, dann muß

ich die Antworten bekommen. Können Sie das nicht verstehen? Ich muß es einfach."
„Sie werden sich wundern, aber ich hab da selbst 'ne ganze Menge unbeantwortete Fragen zu diesem Tag ..."
„Ich will, daß meine Fragen beantwortet werden, Joe, nicht die Ihrigen. Sie sind nicht der Vater."
„Trotzdem, Sie sollten sich vielleicht nicht ganz so sicher sein, daß sie rauschgiftsüchtig war."
„Joe, Joe, ich sehe, daß sie auch Ihr Herz berührt hat. Das überrascht mich nicht. Keiner, der meine Melody kannte, würde das für möglich halten. Aber ich sag Ihnen, Joe, ach, ich sag Ihnen, Joe." Seine Stimme wurde vor zitternder Wut lauter. „Für mich ist es kein Geheimnis, was mein kleines Mädchen umgebracht hat. Diese Schule hat sie umgebracht. Diese gottverdammte Schule. Die haben mein Baby in eine Rauschgiftsüchtige und in eine Hure verwandelt." Er bebte vor Zorn, und er riß seine Worte aus seinem Innersten. „Sind Sie schockiert? Wenn Sie hören, wie ich so etwas über mein eigenes Baby sage? Ich bin's auch. Aber es ist wahr. Es ist gottverdammt wahr. Diese Hippiescheißkerle haben sie ruiniert, so sicher wie sie die Nadel gehalten haben, die meine Tochter umgebracht hat. Und ich werde mir nie verzeihen, daß ich sie dahin gelassen habe. Ich wußte von Anfang an, daß die verderbt waren. Dieser ... Les."
Er erstickte fast an dem Namen. „Aber sie bestand darauf. Sie weigerte sich, irgendwo anders hinzugehen. Wollte einfach nicht gehen. Ich hab sie für 'ne Weile sogar in diese öffentliche Schule geschickt, die voll ist von *shvartzes*, und wenn Sie glauben, daß mir das gefallen hat, dann sind Sie verrückt. Ein weißes Mädchen mit ein paar Titten, wie sie sie hatte, in der Nähe dieser Tiere? Aber sie wollte da sowieso nicht hingehen. Sie wollte nirgendwo hingehen als zu diesem gottverdammten Human Learning Space. Es ist wahrscheinlich in Wirklichkeit mein Fehler. Ich habe sie nie erziehen können. Ich habe sie dafür viel zu sehr geliebt. Und Phyllis ...", er seufzte, „die haben sich nie vertragen. Melody war Daddys Girl."
„Sie sollten sich keine Selbstvorwürfe machen, Mr. Gold." Joe Posner konnte sich nicht erinnern, wann er zum letzten Mal etwas mit weniger Aufrichtigkeit gesagt hatte.
„Sie haben wahrscheinlich recht. Also, Joe. Jetzt erzählen Sie's mir bitte. O.k.?"
„Tut mir leid, Mr. Gold. Ich vermute, ich habe einfach zuviel Integrität."
„O.k., Joe. O.k." Gold schaffte es gerade so, seine Wut unter einer Decke der Freundlichkeit zu verbergen. „Warum bewahre ich nicht

den Scheck hier für Sie auf, für den Fall, daß Sie es sich anders überlegen?"
„Das wäre sehr großzügig von Ihnen, Mr. Gold. Mrs. Gold sagte, ich solle mit Ihnen darüber sprechen ... Ich weiß, Sie waren nicht hier, aber Mrs. Gold fühlt sich nicht dazu in der Lage, darüber zu sprechen. Wissen Sie denn, wann Mrs. Gold zum letzten Mal Melody gesehen hat?"
Gold zündete sich die Pfeife mit einem Schweißbrenner von Feuerzeug auf seinem Schreibtisch an. „Warum wollen Sie denn das wissen?" fragte er zwischen Zügen.
„Na ja, als man Melody gefunden hat, gab es auf ihrem Kinn einen schwarzen Fleck. Mrs. Gold hat der Polizei erzählt, daß Melody ihn sich am Schwimmbecken zugezogen habe. Aber ich hab sie um 4.30 Uhr gesehen, und sie war um 5 Uhr bei einer Freundin, ist da bis 7 geblieben und ... Ich kann mir einfach nicht vorstellen, daß sie Zeit gehabt haben soll, um nach Hause zum Schwimmen gekommen zu sein ... Es sei denn, daß es fast direkt vor ihrem Tod gewesen wäre."
Golds Pfeife prasselte jetzt kräftig, und das Zimmer füllte sich mit aromatischem Rauch. „Mir klingen die Zahlen da nicht allzu zuverlässig, Joe. Aber das hier ist jetzt das Wichtigste: Mrs. Gold hat ein ziemlich dünnes Nervenkostüm. Sie ist sogar überaus nervös. Man könnte sagen", er hielt inne, um noch ein paarmal tief an seiner Pfeife zu ziehen, „daß sie keine gesunde Frau ist. Ihr Verhältnis zu Melody war nicht gerade das beste. Als jetzt die Polizei nach diesem blauen Fleck fragte, da hatte sie zwei Möglichkeiten. Die eine war, die Wahrheit zu erzählen, das heißt in anderen Worten, daß sie nicht wußte, woher Melody diesen blauen Fleck hatte, und das hätte vielleicht zu einer unangenehmen, schmutzaufwirbelnden Untersuchung durch die Polizei geführt. Jetzt verstehen Sie mich bitte nicht falsch. Ich meine immer noch, daß sie genau das hätte tun sollen. Aber Phyllis ... Phyllis hat eine Menge Schuldgefühle bezüglich Melody, sagen wir mal. Und sie ... also, sie hat vielleicht gedacht, daß sie mehr zu verbergen hätte, als tatsächlich vorlag, wenn Sie mich verstehen. Warum, meinen Sie wohl, zerre ich die Schule nicht vor Gericht und jage sie durch meine Schadensersatzforderungen in die Steinzeit zurück? Phyllis. Das ist der Grund. Sie könnte die Belastung nicht aushalten. Sie macht sich dafür verantwortlich, daß Melody Drogen genommen hat, daß sie mit allen möglichen Leuten geschlafen hat. Für überhaupt alles. Na ja, ich halte das für Unsinn, aber was kann man machen? Das ist psychologisch. Sie hat also, wie sie so ganz alleine war – ich war leider nicht im Lande –, einen Fehler gemacht.

Sie hat da die Geschichte über das Schwimmbecken erfunden. Kann man ihr daraus wirklich einen Vorwurf machen?"

Joe Posner wartete, bevor er antwortete. „Es interessiert mich gar nicht, irgend jemandem eine Schuld zuzuschieben, Mr. Gold, aber ich frage mich doch immer noch, wo sie diesen blauen Fleck herhat?"

Gold klopfte seine Pfeife gegen einen Aschenbecher. Die Pfeife war noch nicht aus, und der Tabak brannte weiter. Gold blickte Posner starr an. „Melody ist in schlechten Kreisen verkehrt. Im Frauenkreis der Synagoge wird nicht mit Heroin gespielt. Wer weiß denn, wer von diesen Kerlen, die sie kannte, ihr einen Stich gegeben hat? Natürlich möchte ich herausfinden, welcher kleine Scheißkerl zugesehen hat, wie sie gestorben ist, und dann weggerannt ist. Ich bin mir sicher, daß sie nicht alleine war. Aber das bringt sie nicht zurück, und die Schwierigkeit, die das mit sich bringt, der Kummer für Phyllis, die Scham ... so jedenfalls ist Melody tot. Das ist es. Keiner weiß, daß etwas an Phyllis' Geschichte nicht stimmt, und wenn Sie es der Polizei nicht sagen, dann wird es niemand sonst wissen. Verstehen Sie das, Joe?"

„Klar, Mr. Gold. Ich habe es verstanden."

„So, jetzt sagen Sie mir mal ... Was ist denn Ihre Spur bei den Diebstählen?"

„Ich möchte das lieber noch für mich behalten, bis ich mehr Fakten in der Hand habe. Sie würden überrascht sein, wie verärgert Leute werden, wenn man sie verdächtigt, ein Verbrechen begangen zu haben. Mrs. Gold hat mir erzählt, daß man Ihnen auch etwas gestohlen hat."

Burton Gold schien verwirrt zu sein, so als ob er nicht wisse, wie er auf Posners Bemerkung reagieren solle. Er saß da, blinzelte ein paar Sekunden mit den Augen und sagte dann langsam „Ja, das stimmt. Ein kleines Kästchen, das Phyllis mir gegeben hat. Es hat mir persönlich sehr viel bedeutet, aber die anderen Stücke waren an sich viel wertvoller. Ich hatte Manschettenknöpfe darin aufbewahrt. Die waren teuer, aber die Versicherung hat sie bezahlt. Warum fragen Sie?"

„Ich versuche einfach nur, eine Vorstellung von dem zu bekommen, was gestohlen worden ist." Joe Posner stand auf. „Es war schön, Sie kennenzulernen, Mr. Gold."

„Nennen Sie mich doch Burt. Bitte!" Gold blieb sitzen und bot ihm auch nicht die Hand an. Er war immer noch abgelenkt. Joe Posner ließ ihn so zurück und ging auf seinem Weg nach draußen durch das Wohnzimmer. Phyllis Gold war nirgendwo zu sehen.

Ein mitternachtblauer Continental parkte vor dem Haus. Der Aufkleber auf der Stoßstange lautete: „Besuchen Sie Südafrika – wegen des guten Lebens."

18. Jazzmusik

Joe Posner entschloß sich, etwas von seiner Information, die er bei den Golds mitbekommen hatte, unmittelbar umzusetzen. Liebner's Strudel in der Leonia Deli war etwas, was geradezu nach Überprüfung schrie. Er würde nicht billig sein, aber schließlich hatte Posner beim Mittagessen gespart.

Die Wolken hatten sich schon längst ausgeregnet, schoben sich allmählich auseinander und machten dabei Platz für gelegentliche Sonnenstrahlen. Apfelblüten und *cornus florida* fingen die Strahlen wie Ballettänzerinnen in Scheinwerferkegeln. Die Vorstädte hatten schließlich auch ein paar Vorteile.

Die Leonia Deli war nicht voll, als Posner ankam. Eine kleine, drahtige alte Frau mit pfeffergrauem Haar, das nach hinten in einen Knoten gebunden war, stand hinter der Theke, die Hände gegen die Hüften gestemmt. Sie schaute ihn an, als habe sie ihn erwartet und als käme er zu spät.

„Nu?" fragte sie und hob die linke Augenbraue.

„Ich höre, Sie haben Liebner's Strudel. Kann ich bitte ein Stück haben?"

„Nein." Sie sagte es ganz einfach und ohne Bitterkeit. „Engelchen, wenn ich welchen hätte, würde ich ihn Ihnen geben. Aber leider habe ich keinen. Ich habe das letzte Stück vor vielleicht anderthalb Stunden verkauft. Ja", stimmte sie sich selbst zu. „Etwas anderes vielleicht?"

„Haben Sie das letzte Stück an Mr. Gold verkauft?"

„Strudel, mein Liebling, nicht Kodein. Ich habe ihn keine Quittung

unterschreiben lassen."
„Ein großer Mann, sonnengebräunt. Tweedjacke und kariertes Hemd, Brille."
„Das war er. Wollen Sie versuchen, es ihm abzukaufen?"
„Nein. Ist schon in Ordnung. Ich warte einfach, bis Sie neuen reinbekommen."
„Na sicher." Sie hatte was für seinen gesunden Menschenverstand übrig. „Ich hab Liebner's *humentashen*. Wollen Sie?"
„Nein danke! Was haben Sie sonst noch Gutes?"
„Was habe ich sonst noch Gutes? Sollte ich vielleicht etwas Schlechtes haben? Alles, was ich habe, ist gut."
„Wie wär's mit etwas Käsekuchen?"
Sie stand zehn bis fünfzehn Sekunden lang bewegungslos da. Dann zuckte sie mit den Schultern und begann, auf den Kühlschrank zuzugehen, wobei sie langsam den Kopf schüttelte.
„Ist der Käsekuchen vielleicht nicht so gut?"
„Der Käsekuchen ist nicht so gut?"
„Na ja, Sie ..."
„Der Käsekuchen ist prima. Mein Mann hat ihn ausgesucht."
Posner war zufriedengestellt. Sie zog ein großes Rad Käsekuchen aus dem Kühlschrank und hob das Messer. Ein paar Zentimeter über dem Kuchen hielt sie das Messer an. „Sind sie zuckerkrank?" fragte sie. „Dieser Kuchen ist guter Käsekuchen für Zuckerkranke. Nicht sehr viel Zucker drin. Und Käse auch nicht."
„Na, vielleicht nehme ich etwas anderes."
Die Frau nickte schwerwiegend mit dem Kopf und stimmte aus moralischen Prinzipien zu. „Ich selbst mag Liebner's Käsekuchen, aber mein Mann sagt, er sei zu teuer. Also kauft er bei einem Italiener, ausgerechnet, hier in Jersey." Sie zuckte resignierend die Schultern.
„Ich sag Ihnen was. Im Moment nehme ich nur einen *humentash*. Haben Sie Mohn?"
„Was denn sonst?"
„Und wickeln Sie mir ein Salami-Sandwich für später ein."
„Was Sie wollen, kriegen Sie auch." Sie warf sich mit Kraft und Entschlossenheit in ihre Aufgabe. Posner sah zu, wie ihre kleinen, knochigen Hände die Salami und die Schneidemaschine mit höchster Kunstfertigkeit handhabten. Scheibe für Scheibe. „Das ist Ihr Essen?" Sie war besorgt.
„Ich glaube, heut abend bin ich zu beschäftigt, um zu kochen."
„Sie kochen für sich selbst?"
„Wer denn sonst?" Er wußte, was sie meinte. Sie zuckte mit den

Schultern und schnitt weiter. Als sie genug für vier oder fünf Sandwiches hatte, hielt sie inne und häufte den Berg Salami auf ein großes Stück Roggenbrot, legte ein anderes Brotstück obenauf, schnitt es durch, legte noch eine saure Gurke dazwischen und wickelte das Ganze ein. Senf kam noch in einem kleinen Extrabehälter dazu. Damit das Sandwich „nicht matschig" sein würde.

„Salami-Sandwich und ein *humentash*. Drei Dollar fünfundsechzig."

Posner gab ihr das Geld und sagte Aufwiedersehn.

„*Gae gesunt*!" antwortete sie. „Versuchen Sie's am Donnerstag. Vielleicht haben wir dann Strudel. So um zwölf Uhr rum."

„Danke! Vielen Dank!" Posner ging aus der Tür raus, ohne Strudel, aber durchaus nicht glücklos, wie er dachte. Er fühlte sich, als habe er endlich Boden unter den Füßen. Er hatte die Antiquitätenliste bekommen, er hatte sich nicht von Burton Gold herumkommandieren lassen, die Sonne kam heraus, und er war der Besitzer des dicksten Salami-Sandwiches in Bergen County. In der Tat hatte sich seine Stimmung in den letzten zwei Stunden langsam, aber ständig gebessert. Er befand sich jetzt nur ein paar Häuserblocks von 347 Woodmont Lane entfernt. Er würde mal ausprobieren, wie zuverlässig sein Glück denn wirklich war. Marty Blittstein war sicherlich ein ziemlich aalglatter Bursche. Posner würde ihn mal ausloten. Er warf die Tüte in seinen Dodge und ging zu den Blittsteins.

Die Temperatur war immer noch niedrig, und die gelegentlichen Windstöße waren kalt, aber die Farbe des nassen jungen Grases und der vom Wind bewegten rosa-weißen Blütenblätter, die überall zu sein schienen, verbesserten seine ohnehin gute Stimmung noch mehr. Er bog in die Woodmont Lane ein, etwa zehn Meter hinter einem vielleicht sechzehnjährigen Jungen, der ein Schreibheft und einen kleinen Bücherstapel trug. Als der Junge die Treppe zu Nummer 347 hinaufzusteigen begann, rief Posner hinter ihm her: „Heh, bist du Larry Blittstein?"

Der Junge drehte sich um. Sein Gesicht war dunkel, sowohl von der Hautfarbe als auch von der Stimmung her, und dicke schwarze Augenbrauen furchten sich über bewölkten braunen Augen. Muttermale schwebten wie Satelliten um seinen breiten purpurfarbenen Mund. Ein kurzer, unregelmäßig geschnittener schwarzer Haarschopf saß über alledem. „Ja, wer sind Sie denn?"

„Ich soll hier mit deinem Vater sprechen. Ist er zu Hause?"

„Sollt er an sich schon sein."

„Und deine Frau Mama?"

„Die arbeitet. Jemand muß es ja schließlich."

„Kommst du gerade von der Bücherei?"

„Nein, ich bin grade mit dem Space Shuttle eingeflogen."
Er drehte sich um und begann, die Treppen hochzugehen.
Posner folgte ihm nach oben. „Ich meinte nur, du seist zum Space gegangen, und ich weiß, daß das zu ist ..."
Larry antwortete ihm nicht, sondern hielt vor der Eingangstür, fand seinen Schlüssel und öffnete die Tür. „Kommen Sie doch rein, wenn Sie wollen", sagte er verdrossen, ohne zurückzuschauen. Nachdem er einmal drinnen war, rief er wild: „Marty, hier ist jemand, der mit dir sprechen will!" Keine Antwort. „Der sitzt wahrscheinlich oben und hört seinen verdammten Kopfhörern zu. Das ist alles, was er den ganzen Tag macht. Gehen Sie nach oben, wenn Sie wollen. Ich hau ab. Ich bin grad hierher gekommen, um die Bücher abzulegen."
„O.k. Vielen Dank! Ähmm, Larry ..."
„Ja?" Dieser Junge war wirklich verdrießlich.
Posner dachte eine Sekunde nach. Alles, was er den Jungen fragen würde, würde wahrscheinlich irgendwie auch den Weg zu seinem Vater finden. Er würde abwarten, bis er eine Runde des Hauptereignisses durchgestanden hatte, bevor er seine Absichten preisgeben würde. „Ist schon gut, tut mir leid."
„Was zum Teufel tut Ihnen denn leid? Sie haben doch gar nichts gemacht. Bis später." Er ging zurück durch die Tür und schlug sie zu.
Von da, wo er am Fuß des Treppenaufstiegs stand, schaute Posner sich um. Das Eßzimmer lag zu seiner Linken und das Wohnzimmer zu seiner Rechten. Die Möbel waren alt, aber keine Antiquitäten. Die Hölzer waren dunkel, fast schwarz. Die Sofas und Sessel waren überprall gepolstert und mit burgunderfarbigem Samt bezogen. Reproduktionen von Modigliani und Chagall hingen an den Wänden. Das Wohnzimmer war nicht direkt schmutzig, aber es sah stark benutzt aus. Zeitungen saßen in verschiedenen Stapeln herum, Aschenbecher waren nicht gerade voll, aber auch nicht leer. Eine Kaffeetasse stand auf dem Klavier.
Posner stieg leise die mit Teppich ausgelegte Treppe hoch. Es war ein merkwürdiges Gefühl – so als ob er sich an jemanden heranschleichen würde.
„Mr. Blittstein", rief er, erhielt aber genausowenig wie der Junge eine Antwort.
Der Junge hatte nicht gesagt, in welchem Zimmer sein Vater sein würde. Posner schaute in das erste rechts von der Treppe. Es war ein Schlafzimmer. Das Bett war sehr hoch gebaut und nicht gemacht. Ein Plakat für eine Pariser Aufführung von *The Balcony* hing über dem Bett. Weiter hinten in dem dunklen Korridor glitzerte ein schmales Band von staubigem Licht durch den Spalt einer leicht ge-

öffneten Tür.
„Mr. Blittstein?“ fragte Posner wiederum von draußen. Das blecherne Summen von Musik aus Kopfhörern kam von drinnen. Posner drückte die Tür langsam auf. Die Kopfhörer waren nicht auf Marty Blittsteins Kopf, sie waren um seinen Hals gewickelt, und die Schnur war straff angezogen. Sein Gesicht war mehr grau als blau, außer den Augen, die so weit herausquollen, daß Posner hunderte von geborstenen Blutäderchen an den Rändern sehen konnte. Blittsteins kleiner, schlanker Körper hing wie ein Faltenwurf über die Seiten eines zurückgelehnten Schreibtischstuhls, der ganz weit zurückgekippt war.
Posner war sich nicht sicher, wie lang es dauerte, bevor er sich wieder bewegen konnte. Oder atmen. Vielleicht zehn Sekunden. Vielleicht zehn Minuten. Er wußte, er war nicht schnell genug, um jemanden daran zu hindern, das gleiche, was Marty Blittstein angetan worden war, auch ihm anzutun. Aber niemand tat etwas. Noch nicht. Jedenfalls nicht dort.
Sobald er sich wieder regen konnte, fand Posner heraus, daß er auch denken konnte. Aber das, was da zu denken war, gefiel ihm nicht sehr gut.
Der Junge hatte ihn gesehen. Konnte ihn identifizieren. Immerhin hatte er ihm seinen Namen nicht genannt. Er wollte einfach nicht in diese Sache verwickelt werden. Selbst wenn man ihm glaubte, würde das bedeuten, daß er den Rest des Tages in der Polizeiwache verbringen würde. Es würde in die Zeitungen kommen, es würde alle und jeden davon in Kenntnis setzen, daß er an der Sache arbeitete. Es würde ein Riesendurcheinander sein.
Er hob langsam einen der Finger von Blittsteins rechter Hand. Noch keine Totenstarre. Er hob mit einem Kleenextaschentuch aus einer Packung auf dem Schreibtisch den Telefonhörer hoch und wählte mit Hilfe eines Bleistiftes. Er schaute auf die Digitaluhr auf dem Bücherregal.
Als der diensthabende Polizist antwortete, sprach er langsam, aber ohne Unterbrechung: „Schicken Sie ein Auto nach 347 Woodmont Lane. Ein Mann ist erdrosselt worden. Es ist jetzt 4.26 Uhr. Ich habe ihn gerade gefunden. Er war schon tot, als ich hierher kam.“ Er hängte den Hörer auf und steckte Bleistift und Papiertuch in seine Tasche. Hinter Blittsteins Stuhl war eine gerahmte Aufnahme schiefgerückt worden. Es war Marty Blittstein, der so vor etwa 35 Jahren ein Sopransaxophon blies. Damals war sein buschiger Schnauzer kohlrabenschwarz. Seine Augen waren jung gewesen und aufgeweckt.
Joe Posner verließ das Haus rasch. Er schaute sich um, aber an dem

Häuserblock war niemand zu sehen. Er ging zu seinem Dodge zurück, ließ den Motor anspringen und fuhr weg. Er wußte nicht, wohin. Er fühlte sich überhaupt nicht mehr wohl.

19. Schatz

Joe Posner sagte sich, daß dies eine gute Zeit sei, um in sein Büro zu gehen. Dort konnte er nachdenken. Er konnte eine Minute dasitzen, seine Gedanken zusammenkriegen und versuchen, seine Nerven zu beruhigen. Ein paar Schritte von seiner Eingangstür entfernt kam ihm ein anderer Gedanke. Posner erstarrte. In seinem Büro konnte er auch erdrosselt werden. Erschossen. Von einer Bombe in die Luft gejagt, mit einem Messer in den Bauch gestochen oder einfach fürchterlich verprügelt werden. Er überlegte sich, ob er nie wieder in sein Büro oder auch in seine Wohnung zurückgehen solle, aber nur für ein paar Sekunden. Vorsichtig ging er zur Eingangstür. Dort war eine Notiz angeklebt. Sie war in Druckbuchstaben mit Bleistift geschrieben und lautete: „Paket nebenan."
Nebenan war ein vegetarisches Restaurant. Root and Brunch. Posner ließ seine Augen spielen, während er hinüberging. Durch das Fenster der Eingangstür konnte er – zu seiner allergrößten Erleichterung – Nathan Small sehen, den Besitzer und einen der am wenigsten gefährlichen Leute in der ganzen Welt. Nathan saß in der Lotusstellung auf einem der Tische. Lebend, sozusagen. Seine Augen waren offen, schienen aber zu vibrieren. Er sah Joe Posner nicht.
„Nathan? Ähmmm ... Entschuldigung", versuchte es Posner.
Nathan schien sich einer geistigen Zellteilung zu unterziehen, während derer sein außerweltlicher Geist in einem Teil seines Bewußtseins und sein Bergen County-Geist sich im anderen Teil versammelte. Posner glaubte eigentlich nicht an diese Dinge, aber das Gefühl war doch unheimlich. Der Bergen County-Nathan wandte sich Posner zu

und ließ den astralen Nathan in der Meditation zurück.
„Zum Teufel, Mann. Was ist denn los?“ sagte er in heiterer Ruhe hinter seinen immer noch zitternden Augäpfeln.
„Ich hab einen Zettel gekriegt, auf dem stand, daß hier ein Paket für mich sei.“ Nathans Augäpfel zitterten weiter, während fünf oder zehn Sekunden vergingen. „Auf der Hutablage, Mann.“
„Weißt du, wer das Paket dagelassen hat, Nathan?“ Posner fühlte sich wie ein Raumfahrtkontrollzentrum, das mit einer Funkverbindung kämpfte, die immer wieder abbrach.
„Ich glaube, es war 'ne Person, Mann. Ganz sicher bin ich mir nicht.“
„Eine Person, Nathan? Wovon redest du denn, Nathan?“ Posner fühlte sich nicht in Stimmung für diesen Unsinn.
„Frag Andrea, Mann. Hinten im Laden.“
Posner ging zur Garderobe und fand ein kleines rechteckiges Päckchen, das in braunes Papier eingewickelt war. Drauf geschrieben war nichts. Es tickte auch nicht. Bomben brauchen nicht unbedingt zu ticken, das wußte Posner. Aber Posner wußte auch, daß es eine ganze Menge einfacherer Möglichkeiten gab, als ihm eine Bombe zu schikken. Das jedenfalls sagte er sich. Er nahm das Paket in die Hand und trug es in die Küche hinter dem Eßzimmer.
Andrea, Nathans Frau und Helferin stand hinter zwei Bergen von Gelben Rüben. Einem mit ganzen, einem mit geschnittenen. „Tag Joe.“ Sie schien eher müde als ruhig. Ihr normalerweise schlaffes braunes Haar war in einem Knoten gestrafft, der die Strenge ihres mageren, eingesunkenen Gesichtes noch unterstrich. Sie war etwa dreißig, aber sah aus wie vierzig. Sie war früher Bildhauerin gewesen, hatte das aber aufgegeben, um Gelbe Rüben zu schnitzeln in der Hoffnung, die Dickdärme des nördlichen New Jersey zu reinigen. Sie war eine geborene Missionarin.
„Tag, Andrea. Warst du da, als das Paket hier abgegeben wurde?“
„Ja, ich hab hier hinten die Töpfe gewaschen. Nathan hat gerade seine Morgenmeditation gemacht.“
„Was für 'ne Zeit war denn das?“
„Na ja, so um sieben, würd ich sagen. Geht's dir nicht gut? Du siehst irgendwie nervös aus. Hast du in der letzten Zeit auch genug Getreide gehabt?“
„Sehr wahrscheinlich nicht. Hör mal zu. Hast du gesehen, wer das war?“
„Na ja, nicht so ganz deutlich. Es war 'ne Dame. Glaub ich. Sie war klein und hatte sehr kurzes Haar. Das ist an sich alles, woran ich mich erinnern kann. Wie ich schon gesagt hab, ich war hier hinten. Ist es wichtig?“

„Ich weiß es noch nicht. Ich hatte an sich nichts erwartet. Ich geh jetzt wieder nach nebenan und öffne es. Vielen Dank für's Aufbewahren."

„Keine Ursache."

„O.k. Ich muß jetzt los."

„Tschüß, Joe. Du solltest heute abend zum Abendessen hierher kommen. Die Tagesspezialität ist heute Al*falf*abrot." So, wie sie es sagte, klang es, als würde ein Sektenprediger eine Gebetsversammlung ankündigen. „Es ist ganz prima für die Nerven."

„Nein danke, ich hab schon was zum Essen." Posner erinnerte sich an das Salami-Sandwich in seinem Auto und an dessen Millionen von kleinen Cholesterinmolekülen, die nur darauf warteten, in ihr neues Heim in seinen Arterien einzuziehen. „Muß jetzt gehn, Andrea. Mach's gut!"

„Bis dann, Joe." Sie seufzte tief und begann, noch eine Gelbe Rübe durchzuschneiden.

Posner eilte durch das Eßzimmer, wo Nathans körperliche Erscheinung immer noch auf dem Tisch saß. Als er an seine eigene Eingangstür kam, machte er langsamer. Er versuchte, die Tür geräuschlos zu öffnen, aber wie er das schon vorausgeahnt hatte, war es unmöglich. Das Holz klemmte, und die Scharniere quietschten, aber danach hörte er kein Geräusch mehr. Ein einziges Stück Post lag auf dem Boden unter dem Briefschlitz. Er bückte sich langsam danach, und es kam ihm so vor, als würden seine Knie noch lauter krachen als die Scharniere. Es war eine Wurfsendung, die um Spenden für den Fond für kugelsichere Westen für die Polizei bat. Weder an der Tür noch an dem Schloß hatte jemand, soweit er das erkennen konnte, herumgefummelt, aber er ging trotzdem nur schrittweise vor. Auf dem Treppenabsatz außerhalb der Vorhänge seines Büros wartete er ein paar Sekunden. Er konnte nichts hören. Er steckte seine Nase durch die Vorhänge. Das Zimmer sah wie sonst aus. Das Licht am Telefonanrufbeantworter war nicht an. Webster hatte also nicht angerufen. Oder sonst jemand. Noch hatte irgend jemand das Zimmer zerbombt, verbrannt oder durchsucht.

Er ließ die Wurfsendung auf seinen Schreibtisch fallen, setzte das Päckchen sanft hin und wickelte es vorsichtig aus. Bevor er das Papier ganz herunterbekommen hatte, beleuchtete ein Sonnenstrahl, der durch das Fenster kam, einen Streifen Amethyst. Das war es. Als es von seinem Papier befreit war und auf dem Tisch stand, glitzerte das Kästchen purpur und gelb. Fast durchscheinend. Posner hob den Deckel hoch. Im Inneren des Deckels befand sich ein Photo von Phyllis Gold. Die Augen waren ausgekratzt, und ein unregelmäßiges

Kreuz war über das Gesicht geritzt. Abgesehen davon befand sich nichts in dem Kästchen. Posner untersuchte das Einwickelpapier nach einer Mitteilung, fand aber keine. Er setzte sich auf seinen Schreibtischstuhl und schaute zum Fenster hinaus.

Er hob den Hörer ab und wählte die Polizei. Als der diensthabende Polizist antwortete, überlegte er es sich anders und hängte wieder auf. Dann wählte er die Auskunft in Rockland County. „Nyack, bitte. Die Telefonnummer von einer Elvira Fishelman."

„Tut mir leid, Sir. Ich habe keine Nummer unter diesem Namen. Ach, Moment." Wunder aller Wunder, dachte Posner, ein einfallsreiches Fräulein vom Amt. „Ich habe eine E. Fishel*woman* in Nyack."

„Das ist sie." Er schrieb sich die Nummer auf, aber er wollte eigentlich nur wissen, ob sie überhaupt geführt war. In Wahrheit war er hinter der Adresse her. „Ist das in 14 Dwight Street?" bluffte er und hoffte, daß er verbessert würde.

„Wir dürfen keine Adressen herausgeben, Sir."

„Ach ja. Vielen Dank!" Er nahm seinen Notizblock heraus und wählte Senator Baglianos Privatnummer, hängte aber nach dem ersten Klingeln wieder auf. Was sollte er ihn denn fragen? Wenn er ihn direkt konfrontierte, wäre das zu angsteinjagend. Er mußte sich eine andere Möglichkeit ausdenken. Er verschloß das Kästchen in seiner Schreibtischschublade und lehnte sich zurück. Er griff nicht nach dem Fernseher. Er wünschte, es würde schon dämmern. In der Dämmerung konnte er am besten denken, aber bis dahin war es noch eine Stunde. Er mußte halt bei hellem Tageslicht überlegen.

Irgend jemand hatte Marty Blittstein erdrosselt. Irgend jemand hatte ihm, Joe Posner, das Kästchen gegeben, das Melody Gold gestohlen worden war. Oder Burton Gold oder beiden. Les und Melody hatten zusammen nach Südamerika fliegen wollen. Melodys Freund rauchte nackt Rauschgift bei Les. Der Vater von Melodys Freund hatte versucht, Posner ermorden zu lassen. Dessie Levine sagt, Melodys Freund habe Melody das Kästchen gestohlen, aber jeder sagt, daß die eine Lügnerin ist. Alice Cabot hatte eine Brosche, die wahrscheinlich auch gestohlen worden war – von *Mrs.* Gold? Und Alice war weggelaufen oder weggezogen. Oder war entführt worden. Vielleicht nach Nyack mit oder von jemandem, die sich Elvira Fishelwoman nannte. Hawk Brennan verkaufte Drogen. Wahrscheinlich Heroin. Melody hatte Drogen verkauft, aber kein Heroin. Hatte es aber verkaufen wollen. Hatte er irgend etwas ausgelassen? Ach ja, Melodys Freund hatte Einbrecherwerkzeuge in seinem Kleintransporter.

Joe Posner sagte sich, daß er eine Menge wisse. Sehr viel mehr, als er 24 Stunden zuvor gewußt hatte. Aber er war noch weit davon entfernt, genug zu wissen oder überhaupt irgend etwas herauszukriegen. Und er hatte Angst. Wie konnte denn Bagliano gestern nachmittag von ihm gewußt haben, und warum hatte er versucht, ihn umbringen zu lassen? Vielleicht hatte Lopes recht. Vielleicht war es Zufall gewesen. Aber das ließ immer noch die Frage offen, warum Bagliano Lopes überhaupt beauftragt hatte. Und falls er selbst in dem Lanmore-Restaurant nicht hätte umgebracht werden sollen, was hätte dann dort geschehen sollen?

Er würde nach Nyack fahren und Elvira Fishelwoman finden oder Alice Cabot oder beide. Es war etwa fünf Uhr. Er würde mitten in den Stoßverkehr kommen, wenn er jetzt losfuhr. Er entschloß sich, trotzdem zu fahren. Er schaute noch einmal nach, ob der automatische Anrufbeantworter auch an war, und ging dann die Treppe so trittfest wie eine betrunkene Giraffe hinunter. Das Salami-Sandwich hatte seinen verführerischen Duft der Luft im Dodge mitgeteilt. Posner dachte daran, es zu essen, aber es war noch zu früh. Und so wie er sich jetzt fühlte, war es sehr unwahrscheinlich, daß er es im Magen behalten würde. Er nahm den *humentash* raus, aber er konnte selbst den nicht essen. Er steckte ihn wieder in die Tüte und ließ das Auto an.

Route 9 W war voller Autos. Bis nach Alpine war es Halten und Anfahren, Rutschen und Schlingern. Posner haßte das, aber der Himmel hatte sich jetzt wirklich geöffnet, und die späte Nachmittagssonne ließ das junge Grün entlang der Straße im besten Licht erscheinen. Posner verfluchte das kaputte Radio des Dodge. Das hätte seine Stimmung wesentlich verbessert.

Jenseits von Alpine wurde der Verkehr dünner. Selbst nachdem er für fünf Dollar getankt hatte, kam er noch um 6 Uhr in Nyack an. Während er um die letzte Kurve vor der Abfahrt fuhr, sah er die Verbreiterung des Hudson, den Tappan Zee, in seinem Sonnenuntergangsblau. Seitdem er Marty Blittstein gefunden hatte, hatte er sich nicht mehr so gut gefühlt, aber er war immer noch ziemlich zittrig.

Nachdem er in Nyack zwei Häuserblocks weit gefahren war, fand Posner eine Bar. Er hielt an, um sich einen Drink zu kaufen und sich das örtliche Telefonbuch einmal anzuschauen. Er parkte zwei Häuser entfernt von der Bar vor einem Antiquitätenladen. Als er aus dem Dodge stieg, sah er, daß alle anderen Läden in dem Straßenblock ebenfalls Antiquitätenläden waren. Er untersuchte ihre Schaufenster. Der dritte Laden in der Reihe hatte weitgehend einen einzigen Stil, der für Posner so aussah, als könne das amerikanische Kolonialzeit sein. Das Schild lautete: „Anderson's". Posner dachte, obwohl er sich nicht sicher war, daß das der Name des Ladens in Nyack gewesen sei, den er auf der Geschäftskarte in Coniffs Schreibtisch gesehen hatte.

Er spähte durch das Fenster. Ein Herr in den Fünfzigern mit schulterlangem grauen Haar und altmodischer grauer Hose, die von gestreiften Hosenträgern fast bis zu seiner Brust hochgezogen war, räumte innen auf. Posner nahm die Liste, die Phyllis Gold ihm gegeben hatte, aus seiner Gesäßtasche, schaute kurz drauf und steckte sie wieder ein.

Als er die Tür öffnete, erklang eine Glocke viel lauter, als Posner erwartet hatte, und das ließ ihn zusammenfahren. Sie ließ auch den Ladeninhaber zusammenfahren. „Tag! Kann ich dienen?"

„Ich hoff doch. Ich bin da an einigen Sachen aus der amerikanischen Kolonialzeit interessiert."

Der Besitzer lächelte breit. „Na, Meister. Da sind Sie aber in den richtigen Laden gekommen. Was hatten Sie denn so Besonderes im Auge?"

„Irgendwas aus der Kolonialzeit. Vielleicht einen kleinen Tisch. Oder einen Stuhl. Haben Sie irgendwelche Stühle aus dem 18. Jahrhundert?"

„Hat der Papst einen Rosenkranz?" Sein herzhaftes Lachen kam von tief unter seinem Zwerchfell her. „Kommen Sie doch mit." Er führte Posner zu einer Gruppe von drei Stühlen.

„Was ist denn das Datum für die da?" fragte Posner.

„1827", antwortete der Mann stolz.

„Hmmm." Posner legte die Stirn in Falten. „Ich sag Ihnen mal was ..."

„Fred. Fred Anderson."

„Nett, Sie kennenzulernen, Fred." Posner streckte die Hand aus. „Ich heiße Bobby Bredford."

„Bobby."

„Sind Sie der Besitzer hier?"

„Na klar."

„Also, Fred, ich will Ihnen mal was sagen. Ich bin doch an was noch Älterem interessiert. Wissen Sie, wenn ich ‚kolonial' sag, dann mein ich auch kolonial. Das heißt vor der Revolution." Anderson begann zu lachen, aber Posner unterbrach ihn dabei. „Das braucht nicht grad 'n Tisch oder 'n Stuhl zu sein. Einfach irgendwas vor 1790. Ich weiß, ich sprech da von teuren Stücken. Es ist für meine Oma, und, also, sagen wir mal, die Unkosten sind da nicht so wichtig. Meinen Sie, Sie können mir da helfen?"

Fred Anderson lachte jetzt nicht mehr. Er stand eine Weile ganz ruhig da. Dachte nach. Falls er etwas in dieser Art hatte, so sagte sich

Posner, dann würde er das auch schon wissen. Falls er nachdachte, dann dachte er über eine andere Sache nach.
„Ich könnte da was für Sie haben. Warten Sie einmal einen Moment hier." Er ging wieder in den hinteren Teil des Ladens. Posner ging herum und schaute sich Dinge an. Nichts schien zu den Stücken auf Phyllis Golds Liste zu gehören. Einiges von dem Zeug, so dachte er sich, sah doch ziemlich nett aus. Insgesamt aber mochte Posner keine Antiquitäten. Sie waren zu alt. Nach gut fünf Minuten kam Fred Anderson mit einer Messingschüssel zurück. Etwa dreißig Zentimeter Durchmesser. „Lancaster 1763" war auf die Unterseite gestempelt.
„Oh ja", sagte Posner. „Das ist genau das, was ich gesucht hab, Fred." Er hielt die Schüssel hoch und untersuchte sie Zentimeter für Zentimeter.
Fred Anderson strahlte. „Ich fürchte, das, was Sie da haben, Bob, kostet 'ne hübsche Stange Geld, aber es ist auch jeden Penny wert."
„Wieviel wollen Sie denn dafür, Fred?"
„Na ja, ich muß mindestens zwölfhundert Dollar dafür kriegen, Bob."
„Das klingt durchaus angemessen, Fred." Posner schaute unentwegt auf die Schüssel. „Wo haben Sie die denn her, Fred?"
Anderson lachte unsicher. „Geschäftsgeheimnis."
„Nee, Fred. Ich glaube, Sie sollten mir das schon verraten."
„Kann ich nicht, Bob." Er lachte wieder. „Tut mir leid."
„Nee, Fred. Sie müssen mir das schon sagen, oder *ich* werd der Polizei erzählen, daß Sie gestohlene Sachen aufgekauft haben." Er wandte sich an Anderson, der bewegungslos und sprachlos dastand. „Ich bin wirklich kein Experte in diesen Dingen, aber ich bin mir sicher, daß die Versicherungsleute von Mrs. Gold belegen können, daß das hier genau dieselbe Messingschüssel 1763 Lancaster, 33 cm Durchmesser ist, die aus ihrem Warenlager letzten Oktober gestohlen worden ist."
„Ich weiß nicht, wovon Sie reden. Ich hab gutes Geld dafür bezahlt und hab es von jemandem bekommen, bei dem ich gar keinen Grund habe, ihn zu verdächtigen. Wenn es gestohlen ist, dann höre ich jetzt zum ersten Mal davon." Er brachte Entschuldigungen hervor. Posner wußte, daß er ihn in der Zange hatte.
„Sie überstrapazieren meine Vorstellungskraft, Fred. Von wem haben Sie es denn gekauft?"
„Einem Jungen. Von irgend so einem Jungen."
„Irgend so ein Junge kommt hier rein mit einem Messingstück, das tausend Dollar wert ist, und Sie kaufen ihm das ab, ohne auch nur eine Frage zu stellen? Was meinen Sie denn, hat er es vielleicht bei

Sotheby's mitgenommen, um es als Aschenbecher für seine Joints zu benutzen?"
„Na ja ..."
„Sie hatten ihn doch schon vorher mal gesehen, nicht wahr, Fred?"
„Ja." Fred Anderson wußte, daß er geschlagen war.
„Mit einem guten alten Kunden, stimmt's?"
„Stimmt."
„Wer war's denn, Fred?"
„Jemand namens Coniff. Ich kenne ihn schon seit Jahren. Dieser Junge war oft bei ihm gewesen und hat ihm geholfen, diese Sachen zu transportieren. Der Junge hat einen Kleintransporter."
„War Coniff dabei, als er diese Schüssel hier gebracht hat?"
„Nein, er war allein."
„Na ja, Fred. Ich stelle Sie jetzt vor eine Wahl. Sehen Sie mal, ich glaube ja nicht so fest daran, daß ein erstklassiger Antiquitätenhändler für Kolonialsachen wie Sie nicht irgendwie hätte verhindern können, daß irgendeines der Kolonialstücke, die aus einem überall bekannten Diebstahl von Antiquitäten des 18. Jahrhunderts in dieser Gegend stammen, Ihrem Laden als Hehlergut aufgedrängt würde. Ich glaube das einfach nicht. Also, wenn Sie Ihren Standpunkt gerne der Polizei erklären möchten, dann bin ich durchaus damit einverstanden, und wir können die jetzt sofort anrufen. Wenn Sie mich auf der anderen Seite Ihnen einfach hier diese Last abnehmen lassen, damit ich sie direkt zu Mrs. Gold zurückbringe – na ja, ich kann da nichts versprechen, aber ich würde doch mein Bestes tun, um nicht zu erwähnen, wo ich es herhabe. Was sagen Sie denn dazu, Fred?"
„Nehmen Sie das verdammte Ding mit. Nehmen Sie es." Seine Augen waren glasig und verwirrt.
„Und, Fred, was haben Sie denn sonst noch von dem Jungen gekauft?"
„Nichts. Ich schwör's Ihnen. Das war das einzige Stück."
„Haben Sie ein antikes Kästchen, Fred? Eins mit Juwelen drauf, Amethyst und Bernstein?"
Anderson schaute runter auf seine Hände. „So was würde ich gar nicht führen. Der einzige, von dem ich weiß, daß er so etwas haben könnte, ist Leibowitz. Biegen Sie an der Ecke nach rechts ab. Der dritte Laden links. Er hat vielleicht noch offen."
„Na, Danke, Fred! Sagen Sie mal, haben Sie irgendwelche Bücher hier im Laden? Zum Beispiel *Hampton's Encyclopedia of Antiques*?"
Anderson schaute ihn an, als sei er verrückt. „Bob, lassen Sie mich in Frieden. Bitte! Sie nehmen meine Schüssel. Jetzt gehen Sie aber auch. Ich habe *Hampton's* sowieso nicht. Paßt nicht zu meiner

Sammlung."
„Prima, Fred. Nur noch eine Sache. Ich glaube, ich sollte 'ne Quittung haben."
„Eine Quittung?"
Posner nahm seinen Schreibblock heraus und schrieb „Erhalten von Fred Anderson: eine Schüssel, 33 cm, 1763 Lancaster". Er datierte den Zettel, unterschrieb und gab ihn Anderson zum Unterschreiben.
„Ich kann das nicht unterschreiben. Das ist doch praktisch ein Geständnis."
„Ich brauch das, um mich selbst abzusichern, Fred. Sie können wahrscheinlich nicht verurteilt werden wegen der Sache hier. Aber mich könnte es belasten, wenn etwas schiefgeht. Unterschreiben Sie, oder wir rufen die Polizei jetzt an, Fred. Das ist die Wahl, die Sie haben."
Anderson starrte ihn eine Minute nur so an, dann unterschrieb er. Er schien Posners echten Namen gar nicht zu bemerken. „Wie zum Teufel haben Sie denn das gefunden?"
„Ich habe es nicht gefunden, Fred. Sie haben es mir gebracht, und Sie habe ich nur durch Zufall gefunden. Einfach reines Glück."
„Ihr Glück, nicht meins. Da bin ich mir ganz sicher."
„Gute Nacht, Fred!" Dieses Mal, als Posner die Tür erreichte, jagte ihm die Glocke keinen Schrecken ein. Fred Anderson schien sie auch nicht zu bemerken.

20. Antiquitäten und Kuriositäten

Nach dem Schaufenster zu urteilen, war Leibowitz' Antiker Schmuck noch kleiner und noch vollgestopfter als Andersons', und der Laden war zu. Ein Licht, das vom hinteren Laden her leuchtete, zeigte Posner jedoch, daß noch jemand da sein könnte. Posner lehnte

sich solange gegen die Türklingel, bis er eine kleine Gestalt sah, die sich durch die Dunkelheit auf die Tür zubewegte.
„Was in Dreiteufelsnamen? Die Engländer kommen? Pearl Harbour wird bombadiert?“ hörte Posner durch die Tür, während Schlösser klickten. In dem Spalt der geöffneten Tür erschien ein runder kahler Kopf.
„Haben Sie einen Antiquitätennotfall? Was ist mit Ihnen los? Sind Sie verrückt?“
Posner lächelte so gewinnend *boychik* wie nur möglich. „Es tut mir sehr, sehr leid. Sind Sie Mr. Leibowitz?“
„Wenn ich das wäre?“
„Ich mußte Sie noch erreichen, bevor Sie weggehen. Ich komme von außerhalb, und ich bin grad zwei Stunden gefahren, um hierher zu kommen ...“
„O.k., o.k., Sie haben mich jetzt. Sie haben mich. Und?“ Er hielt die Tür nur einen kleinen Spalt offen.
„Ich suche ein Kästchen mit Juwelen drauf – Amethyst und Bernstein ...“
„Noch ein Detektiv?“
„War sonst schon jemand hier?“
„Sicher. Vor zwei Wochen.“
„Von einer Versicherungsgesellschaft?“
„Hat er nicht gesagt. Kein sehr netter Mann.“
„Erinnern Sie sich an seinen Namen?“
„Das ist alles, was ich tun soll? Sie meinen ... Warten Sie mal. Er hat mir seine Karte hinterlassen.“ Die Tür schloß sich, und ein paar Minuten später öffnete sie sich wieder einen Spalt. „Lopes' Detektei. Al B. Lopes. Bäh, so ein geschniegelter Kerl.“
„Was haben Sie ihm gesagt?“
„Ich habe ihm von dem Mädchen erzählt – an mehr erinnere ich mich nicht.“
„Was für ein Mädchen?“
„Ein junges Mädchen. Sie sah jüdisch aus. Langes schwarzes Haar. Sie hatte genauso ein Kästchen. Wollte es verkaufen.“
„Wann?“
„Vielleicht vor zwei Monaten.“
„Haben Sie es gekauft?“
„Jetzt hören Sie mal zu, mein Lieber. Sie sehen mir aus wie ein netter Kerl. Lassen Sie mich Ihnen was sagen: Machen Sie nie ein Geschäft mit einem Halbwüchsigen. Das zahlt sich nicht aus. *Die* sind nicht geschützt; *Sie* sind nicht geschützt. Es ist eine schmutzige Sache.“

„Das ist ein guter Ratschlag, Mr. Leibowitz", sagte Posner ernst.
„Ich sage *Ihnen* doch, daß es ein guter Ratschlag ist. Was erzählen Sie mir denn da?"
„Haben Sie irgendeine Ahnung, wo sie später damit hin ist?"
„Wie sollte *ich* denn das wissen?"
„Na ja ... Vielleicht ..."
„Keine Ahnung, mein Lieber. So. Ich bin schon spät dran. Meine Frau wird sich Sorgen machen."
„O.k. Natürlich. Vielen Dank, Mr. Leibowitz! Besten Dank! Gute Nacht!"
„Gute Nacht!" Der Spalt in der Tür schloß sich, und die Schlösser klickten noch einmal.
Ein Drink für Joe Posner war schon längst überfällig.
Er hielt an dem Dodge, verschloß die Schüssel im Kofferraum und ging in die Bar, die einen Häuserblock von Fred Andersons Laden entfernt lag. Sie war dunkel und immer noch für Weihnachten dekoriert. Silberne Lamettaschlangen waren quer durch den Raum gespannt und kamen hinter der Bar an einem Schrein zusammen, wo ein Trio von Portraits – Papst Johannes Paul der Zweite (oder J2P2 wie Posner jemanden hatte sagen hören), Frank Sinatra und ein junger Mann in der Uniform der Marine – von einer Ansammlung von Schnapsflaschen auf jeweils vier Regalen gerahmt war. Joe Posner setzte sich an die Bar, zwei Hocker weit weg von dem einzigen anderen Kunden, einem verschrumpelten alten Mann in einem Cowboyhemd und einer Baseballmütze der Mets, der zuhörte, wie das Barmädchen eine ärgerliche Geschichte erzählte. Joe Posner hielt es für das beste, ruhig darauf zu warten, daß sie zu Ende kam.
„ ... und *ich* war's jedenfalls nicht, der *letzte* Ostern zu krank war um zu kochen, verdammt noch mal. Krank, daß ich nicht *lache*. Sie verstehen schon." Sie beugte sich vor, die Ellenbogen ruhten auf der Theke in einer Haltung, die äußerste Vertraulichkeit andeutete, obwohl ihre Stimme von einem Ende des Raumes zum anderen durch die Luft schnitt.
„So 'n Blödsinn", krächzte der alte Mann in einem verbitterten Ton und nippte an seinem Bier.
„Wessen Mutter *ist* es denn, zum Teufel noch mal? Und ich hab Ihnen doch wohl vom Thanksgiving letztes Jahr erzählt, oder?"
Posner lernte etwas dazu, während er beobachtete, wie ihre nackten Arme vor Wut zitterten. Er hatte sich immer gefragt, was diese Fernsehreklamespots bedeuteten, wenn von „Cellulite" die Rede war. Jetzt wußte er es.
„Als Winnie dann zu mir gekommen ist mit dieser traurigen Ge-

schichte und all diesen, na, Sie wissen schon was, wegen Deenas Zahnspangen ... Also, ich will Ihnen mal was erzählen."

„So 'n ..." Es war Zeit für das nächste Schlückchen.

Sie hörte plötzlich auf und starrte Posner wütend an. Seine Höflichkeit war vergebens gewesen. Sie fühlte sich unterbrochen, aber sie verzieh ihm. „Was kann ich Ihnen denn holen, mein Bester?"

„Ich hätte gerne ein Glas vom Scotch des Hauses und ein kleines Bier hinterher, bitte." Posner wußte, daß es genau die richtige Kombination war, um seine Erregung abzukühlen. Es war schon ein schlimmer Tag gewesen. Das Barmädchen goß den Scotch weit über den Meßstrich bis zum Rande des Glases, ohne einen Tropfen zu verlieren. Posner war beeindruckt. Sie zapfte ihm ein Glas Schaeffer ab.

„Haben Sie ein Telefonbuch, das ich mal benutzen kann?" fragte Posner.

„Klarer Fall, mein Lieber." Sie griff unter die Theke und warf das Telefonbuch vor Posner, wobei sie einen halben Zentimeter von seinem Scotch verschüttete.

„Vielen Dank!" Posner schlürfte ein wenig von dem Whisky und ließ einen Schluck Bier nachfolgen. Es half sofort. Er blätterte durch das Telefonbuch, bis er zu „Fishelwoman" kam. Es gab nur eine in der 88 Oakdene Avenue.

Das Barmädchen war wieder mitten in ihrer Geschichte, so daß Posner sich entschloß, zu warten, bis er seinen Drink beendet hatte, vielleicht sogar noch länger, bevor er sie nach dem Weg fragte.

„Und zählt *meine* Arthritis nicht? Meinen Sie denn nicht, *ich* hätte auch einen Mann durchzubringen? *Neeeiiin*. Nicht bei *ihr*."

„'n Riesenblödsinn", ließ der Alte sich vernehmen.

Posner trank die zweite Hälfte seines Scotch und ließ die letzten fünf Zentimeter des Bieres nachfolgen. Er bemerkte eine auffällige Verbesserung seiner geistigen Verfassung.

„Noch einen?" fragte das Barmädchen.

„Nein, danke! Aber Sie könnten mir mit 'ner Adresse helfen. Wenn's Ihnen nichts ausmacht."

Zum ersten Mal blickte der alte Mann Posner an. Er schien an allem interessiert zu sein, was sich mit dem Suchen nach einer Adresse befaßte.

„Ich such die Oakdene Avenue. Kennen Sie die?"

Der alte Mann kniff die Augen zusammen und verdrehte seinen Mund in ein Runzeln, während er versuchte, den Namen mit etwas zu verbinden. Das Barmädchen kaute eine Sekunde an ihrer Unterlippe, dann antwortete sie: „Klar. Oakdene stößt doch auf Poplar. Nicht wahr, Buzz?"

Buzz? dachte Posner. „Klingt in Ordnung", stimmte Buzz ihr zu.
„Ja", fuhr das Barmädchen fort. „Sie fahren hier geradeaus weiter, Moment mal, eins, zwei, drei Ampeln. Nach zwei Häuserblocks nach links, und da ist dann Oakdene."
„Vielen Dank! Was schulde ich Ihnen?"
„Ein Dollar siebzig."
Posner zahlte und ging zur Tür. Der letzte Rest des Sonnenuntergangs war verschwunden. Er nahm die Schüssel aus dem Kofferraum und legte sie auf den Vordersitz. Er wollte keine Dellen drinhaben. Er fragte sich, wieviele Läden in Nyack wohl Teile von Phyllis Golds Eigentum besaßen. Er fragte sich auch, was zum Teufel die Versicherungsdetektive in der Zeit getan hatten, wo sie eigentlich den Diebstahl hätten untersuchen sollen. Und was zum Teufel Al B. Lopes vor zwei Wochen für einen Auftrag gehabt hatte, als er nach einem Bernstein- und Amethystkästchen forschte.
Sobald er von Poplar abbog, sah Posner den Saab auf Oakdene geparkt, aber nicht den VW. Das Haus war klassisch – direkt aus einem Andy Hardy-Film. Breite Veranda, ohne schützendes Drahtgeflecht, die sich um das Haus zog, Giebel und Dachstübchen, die hier und dort hervorschauten, weiße Fensterläden, graue Schindeln. Als er näher herankam, sah er, daß das Haus in ein Mehrfamilienhaus umgebaut war. E. Fishelwoman hatte die oberste Klingel von dreien. Er drückte sie und hörte nach ein paar Sekunden Fußtritte auf der Treppe. Die graue Tür wurde von einer kleinen, gedrungenen Frau geöffnet, die in ein Groucho Marx-Kostüm gekleidet war: herunterhängender Morgenrock, eine zu einer Schleife gebundene Krawatte, Kragen, Brille, aufgeschwärzter Schnauzer und Augenbrauen. Ihr kurzer, jungenhafter Haarschnitt war dicht über den Kopf geklebt. Ihr rundliches, mediterranes Gesicht zeigte keine Verlegenheit wegen ihrer Kostümierung. „Ja?" fragte sie gelassen.
„Elvira Fishelwoman?"
„Ja? Wer sind Sie denn?" fragte sie mit einem schiefen Lächeln, so als ob Posner auf seine eigene Weise komischer aussähe als sie.
„Ich heiße Joe Posner, ich suche Alice Cabot."
Sie blickte auf den Boden unter ihren Füßen, schnitt verstohlen Grimassen, zählte Herzschläge, schaute dann auf. „Sie suchen also Alice, was? Was ist denn los? Haben Sie keine Lust mehr, Ihre eigene Hand zu benutzen?" witzelte sie und begann, die Tür vor Posner zuzumachen. Dann öffnete sie die Tür wieder, schaute erneut zu Boden, dieses Mal voller Zerknirschung. Sie blickte auf, direkt in Posners Augen. „Sie sehen ja ganz schrecklich aus", sagte sie trocken. „Hätten Sie gerne eine Tasse Kaffee?"

„Mit Vergnügen", seufzte Posner vor Erleichterung.
„Kommen Sie doch rein." Sie wandte ihm den Rücken zu und führte ihn nach oben. „Lassen Sie sich nicht von meinen Kleidern stören", rief sie über ihre Schulter zurück. „Ich übe meine Rolle. Ich trete irgendwo auf."
Die Wohnung bestand aus einem einzigen Zimmer mit einem Badezimmer und einer kleinen Kochnische. Die Decke stieg schräg hoch von Wänden, die nur einen Meter fünfzig hoch waren. Stühle gab es keine. Komplizierte Webarbeiten in freier Form hingen an den Wänden. Joe Posner erschienen sie bizarr, aber Ellen hätte das eine defensive Reaktion auf feministische Kunst genannt, und er hätte zugeben müssen, daß sie wahrscheinlich recht hätte. Nach einem langen Kampf. Nach vielleicht zwei oder drei Tagen.
Drei alte Lederkoffer und vier oder fünf Pappkartons standen auf dem Boden neben dem Bett. Elvira Fishelwoman schenkte Kaffee von einer handgeformten Keramikkanne ein, die auf einer Warmhalteplatte stand. Sie sprach nicht, bis sie Posner die Tasse – ebenfalls handgeformt – gab und sich mit ihrer auf ein großes Kissen mit Quasten auf den Fußboden setzte. Posner blieb stehen.
„Wie Sie sehen können, ist Alice nicht hier." Sie hob die Ecke der Bettdecke und tat so, als schaue sie unter das Bett. „Hier auch nicht." Sie schnippte die Asche einer nichtvorhandenen Zigarette ab. Posner schaute auf die Koffer und Pappschachteln. „Aber sie war hier?"
Sie spitzte den Mund und rollte ihre Zunge um die Zähne. „Ahh *oui.*"
Posner seufzte und nahm einen zu großen Schluck Kaffee. Er wußte eigentlich nicht, was hier gespielt wurde, aber er war zu müde um mitzuspielen. „Erwarten Sie sie bald zurück?"
Elvira Fishelwoman hob ihre angemalten Augenbrauen, runzelte die Stirn und versuchte, blasiert auszusehen, aber ein bißchen zu gewollt, um überzeugend zu wirken. Vor allen Dingen, wo sie auf Groucho herausgemacht war. „Wer weiß schon, was man von Alice erwarten soll." Dann ließ sie ihre Kavaliersmaske fallen. „Sie hat verdammt viel Angst."
„Wovor?"
„Wer weiß. Vor dem schwarzen Mann vielleicht."
„Meinen Sie nicht die schwarze Frau?"
Elvira schob den Kopf zurück. „Wissen Sie, Posner, im Leben ist einiges wichtiger als nur einfach witzig zu sein. Zumindest für einige von uns."
Posner wußte nicht warum, aber irgendwie hatte er darauf keine

Antwort. Ob nun witzig oder nicht.
„Alice hat Angst vor mir", fuhr Elvira fort. „Wahrscheinlich. Oder vor sich selbst. Davor, was sie nun wirklich will. Deshalb wechselt sie die Partner. Und deshalb wird sie auch von jedem mißbraucht."
Posner wollte nicht auch noch damit anfangen. Überhaupt nicht. „Wo ist sie denn, Elvira?"
Fishelwoman trank aus ihrer Kaffeetasse, ihre Hand zitterte. Sie wischte sich den Mund am Ärmel. „Ich weiß es nicht. Ehrlich. Und wenn ich es wüßte, würde ich es Ihnen nicht erzählen. Sie ist abgehauen, während ich einkaufen war. Warum lassen Sie sie nicht in Frieden? Sie kann das gar nicht gebrauchen."
„Ich weiß nicht", sagte Posner ohne Mitleid. „Das einzige, was ich weiß, ist, daß sie mich gestern abend angerufen hat, mir gesagt hat, ich soll sofort rüberkommen, dann hat sie mit mir aber nicht gesprochen. Dann hat sie mir gesagt, ich soll heute morgen kommen. Ich bin gekommen. Sie war weg. Also vermute ich, daß sie in irgendwelchen Schwierigkeiten steckt. Ich mache mir Sorgen um sie."
„Ganz ungeheuerlich", witzelte Fishelwoman aus einem Mundwinkel.
„Wo haben Sie das Kästchen her, Elvira? Von Alice? Wessen Idee ...?"
„Hören Sie doch auf, Posner. Hören Sie einfach auf." Sie lächelte voll Selbstvertrauen und nippte an ihrem Kaffee. „Mich interessiert das Ganze überhaupt nicht. Ich weiß nichts davon, ich sage auch nichts davon. Sie wollen was darüber rausfinden? Dann finden Sie doch Alice."
„Warum ist sie mitten im Jahr von der Schule weg?"
Für ein paar Herzschläge starrte sie Posner an, ohne mit der Wimper zu zucken, dann schaute sie nach rechts zu einer imaginären Zuhörerschaft, dann zurück zu Posner und ließ ihre Schultern runtersacken. „Heh, Joeyboy. Erinnern Sie sich an mich? Die nette Dame, die Sie zum Kaffee eingeladen hat? Ich hätte Sie ja eigentlich gar nicht reinlassen brauchen."
Posner war zu müde, um zu antworten.
„Gibt's im Fernsehen nicht irgendein Ballspiel oder einen Krieg oder irgendwas, so daß Sie nach Hause gehen und sich das anschauen können? Vergessen Sie Alice. Machen Sie sich keine Gedanken um sie. Fehlschläge sind nicht tödlich."
Posner leerte seine Tasse, setzte sie auf den Ofen und ging zum Treppenabsatz. „Vielen Dank für den Kaffee, Elvira. Gute Nacht!"
„Da können Sie drauf wetten", sagte Elvira Fishelwoman herablassend mitfühlend.
Es war Zeit, daß Joe Posner wieder nach Bergen County zurückfuhr.

21. Nennen Sie mich Pisher

Joe Posner fuhr mit offenem Fenster auf der Palisades Parkway. Die Nachtluft war naß und kalt, und da der Dodge 80 fuhr, war der Wind stark genug, um ihm das Haar um den Kopf und in die Augen zu peitschen. Er brauchte aber die Luft. Er brauchte irgend etwas. Ein weiterer Drink wäre nicht gut gewesen. Er brauchte Klarheit. Klarheit über die ganze verrückte Sache und, was noch näher lag, Klarheit darüber, was das Ganze ihm antat. Er wollte ein Detektiv sein. So hatte er jedenfalls gedacht. All dem kleinlichen, routinemäßigen, banalen Scheiß, der seine Arbeit für ihn gewesen war, zu entkommen. Jetzt hatte er einen wirklichen Fall. Daran war kein Zweifel. Was er aber allmählich herausfand, war, daß es ihm gar keinen *Spaß* machte, tote Leute zu entdecken. Oder fast in Stücke geschossen zu werden. Oder kleine Gesetzesübertreter wie Fred Anderson in die Enge zu treiben. Oder von väterlichen Lesbierinnen herablassend behandelt zu werden. Er fühlte sich beschissen.

Die Scheinwerfer des Dodge fingen die Nase eines Polizeiwagens ein, und Posners Herz setzte einen Schlag aus, als er erkannte, daß er an einer Radarfalle vorbeisauste. Er rief sich ins Gedächtnis, daß er nicht zu schnell fuhr, aber er brauchte doch vier oder fünf Minuten, bis sein Puls wieder normal war. Ein sicheres Zeichen, so dachte er, für seine schlechte Herzmuskeldurchblutung. Er griff erneut nach dem Salami-Sandwich und zog wiederum die Hand zurück. Er suchte in seinem Spiegel nach dem Polizeiauto, aber er sah nichts als Dunkelheit. Auf der Palisades Parkway gab es keine Straßenlampen, und er war der einzige Fahrer. Der Alkohol und der Kaffee schwappten in seinem Magen herum. Nichts als Saft für Magengeschwüre.

Es machte ihn glücklich, daß Burton Gold ihn nicht hatte festnageln können. Er fragte sich, warum er eine solche Abneigung gegen Gold hatte. Weil er reich war? Ungehobelt? Rassistisch? Unaufrichtig? Weil er für Südafrika arbeitete? Weil er schlecht und teuer gekleidet war? Weil er versucht hatte, ihn zu kaufen? Weil er an seiner eigenen Tochter herumgefingert hatte? Vielleicht konnte der Seelendoktor ihm ein paar Hinweise geben. Posner war glücklich gewesen, die Schüssel gefunden zu haben. Außer wenn er daran dachte, was das für Fred Anderson bedeutete. Er mochte Judy Williams, aber es gefiel ihm nicht, daß er sie mochte. Er versuchte, sich selbst Erlaubnis zu geben. Schließlich war sie ein sehr hübsches Mädchen. Ein süßes

hübsches Mädchen. Er auf der anderen Seite war aber offensichtlich ein geiler Bock. Und dann gab es noch Alice Cabot. Wenn irgend jemand in Gefahr war, umgebracht zu werden, dann war es Alice Cabot. Das archetypische Opfer. Er fragte sich, ob sie vielleicht schon tot sei, und sein Magen gurgelte schneller. Er fragte sich, was für ein Gefühl er haben würden, wenn er Les Coniff in die Ecke drängte. Er fragte sich, ob er dazu in der Lage sei.
Warmes, gemütliches Licht schien durch die Fenster der Häuser auf Culloden Crescent. Les Coniffs Bungalow war jedoch dunkel außer einem blauen Schein im Schlafzimmerfenster, der andeutete, daß der Fernseher an war. Während er in seinem Dodge saß und zum Haus hinüberschaute, erinnerte sich Posner an Footballspiele mit Jungens aus der Nachbarschaft in kaltem, heftigem Regen. Nach einer kurzen Beratung und Aufmunterung. Spätnachmittags. Schon voller Flecken und sich darauf einstellend, noch mehr Schmerz und Nässe und Kälte und Schmutz zu spüren zu bekommen.
So fühlte er sich jetzt. Er ging langsam, fast stellte er sich vor, er hinke, hinüber zu dem fernseherleuchteten Fenster. Les Coniff war alleine, auf seinem Bett ausgestreckt, in Shorts und T-Shirt gekleidet, in blaues Licht gebadet, den Kopf von Kissen hochgehalten. Auf dem Gipfel seines Bauches saßen zwei Behälter, wahrscheinlich mit Eis, und in jedem steckte ein Löffel. Neben ihm auf dem Bett lagen ein ziegelgroßer Klumpen Hasch – fast ein Kilo, wie Posner schätzte – und eine große geschnitzte Pfeife. Die Eisbehälter wackelten auf Coniffs Bauch herum, während er abwechselnd in Richtung Fernseher kicherte, laut lachte und brüllte. Es sah nicht wie eine richtige Fernsehsendung aus, eher wie ein Video. Eine Gruppe von Teenagern – weniger als ein Dutzend – saß auf dem Boden in einem Kreis. Ein großer runder Rücken war am Rande des Fernsehschirms zu sehen. Ein Mädchen sprach gerade.
„Ich *weiß* nicht. *Darum*. Es *ist* einfach abstoßend."
Coniff kicherte auf seinem Bett.
Der Rücken auf dem Fernsehschirm sagte: „Meinst du, daß es abstoßend ist, weil du es gerne mal ausprobieren möchtest und du dich deswegen schämst?" Es war Coniff.
Coniff brüllte auf seinem Bett, rammte sich einen großen Löffel Eis in seinen Mund und brüllte, so gut er konnte, mit seinem Mund voll Eis weiter.
Einer der Jungen in der Gruppe unterbrach ihn. „Moment mal, Les, das ist nicht fair. Wahrscheinlich meint Nancy wirklich, daß es abstoßend ist. Nicht jeder hat was dafür übrig. Das weißt du doch."
„Nicht einmischen!" Der Fernseh-Les fuhr wild auf den Jungen los.

„Warum beschützt du sie? Hältst *du* das denn für abstoßend?" Der Bett-Les kicherte.
„Nein ... Ich halte es nicht unbedingt für abstoßend."
„*Machst* du's denn? Hat es schon mal jemand mit dir gemacht?"
Der Bett-Les lachte noch lauter.
„Na ja, eigentlich nicht."
„Unsinn!"
Der Bett-Les schnappte über, und einer der Behälter fiel von seinem Bauch auf das Bett. „Heiliger Bimbam!" japste er, sprang vom Bett runter, drehte Fernseher und Videorekorder ab und watschelte aus dem Zimmer – wahrscheinlich, um einen Schwamm zu holen.
So ganz von der Rolle schien Les Coniff eine gute Beute zu sein, und Posner griff nach der Türklingel. „Moment mal!" rief Coniff. Dann, nach zwei oder drei Minuten, ging das Licht im Wohnzimmer an, und Les öffnete die Tür. Zehn bis zwölf Zentimeter eines haarigen Bauches zeigten sich zwischen dem Oberrand seiner Rennshorts aus blauem Satin und dem unteren Rand seines T-Shirts mit der Aufschrift „Grateful Dead". Sein schwerfälliges Endvierziger-Gesicht trug noch immer die Reste eines geilen Grinsens, vor allem in den Mundwinkeln. Seine Augen blickten rot und glasig und von überraschter Verwirrung bewölkt hinter einer dicken schwarzen Brille hervor. „Joe, was machen Sie denn hier?"
Posner lächelte. „Ich war grade hier in der Gegend, und ich dachte, es wäre vielleicht eine ganz gute Zeit, um über diese Antiquitäten zu sprechen."
Coniff zog die Stirn kraus, versuchte, irgendein Gleichgewicht zu erreichen, und zog seine Shorts hoch, um seinen Bauch zu bedecken, wobei er die Anschwellung einer Erektion offenbarte. „Jetzt ist keine gute Zeit, Joe. Warum kommen Sie nicht morgen im Space vorbei?"
„Ich würde lieber jetzt mit Ihnen sprechen. Darf ich rein? Ich werde Sie nicht lange aufhalten." Posner verlagerte sein Gewicht in Richtung der Öffnung zwischen Coniffs Bauch und dem Türrahmen. Coniff füllte die Lücke mit einem halben Schritt nach links. „ Tut mir leid, Joe. Das hier ist so die Zeit, wo ich gerne mit mir alleine sein möchte. Es würde meine Stimmung durcheinanderbringen, wenn Sie jetzt hereinkämen.Kommen Sie morgen im Space vorbei."
„Ich habe mit Fred Anderson gesprochen, Les." Wie ein ausgestreckter Arm drückte diese Aussage Les Coniff einen Schritt zurück. Gerade genug, daß dies Posner einen Schritt in den Raum ermöglichte. „Das ist ein hübsches Nest, das Sie hier haben, Les." Posner ließ sich in einen viktorianischen Sessel fallen.

„Heh, was soll das? Was ist Ihr Problem?“
„Oh, Les, ich hab 'ne Menge Probleme. Ich hab vielleicht sogar 'n paar für Sie.“
Coniff ließ sich auf einen Eßzimmerstuhl nieder und kratzte seine fleischige Brust. „Und?“ forderte er ihn unschuldig heraus.
„Wo ist Alice, Les?“
„Wie soll ich denn das wissen?“
„Sie hatten ein Verhältnis mit ihr, nicht war?“
„Ich sehe nicht ein, inwiefern Sie das was angeht“, antwortete Coniff scharf und räusperte Marihuanaschleim heraus.
„Vielleicht nicht.“ Posner griff nach einer Ausgabe von *Psychology Today* auf dem Kaffeetisch und blätterte sie durch. „Und ich glaube auch, daß Sie ein Verhältnis mit der kleinen, minderjährigen Melody hatten.“
„Unsinn“, grunzte Coniff.
Posner zuckte die Schultern. „Sie wollten jedenfalls mit ihr nach Südamerika fliegen.“
„Schon wieder das. Jetzt hören Sie mal her. Ich brauche das Ihnen gegenüber nicht zu erklären. Wer zum Teufel ...“
„Und ich glaube, daß Sie *vielleicht* auch in die Diebstähle von Mrs. Golds Antiquitäten verwickelt waren.“
Coniff wurde ganz ruhig. „Haben Sie das irgend jemandem erzählt?“
„Warum?“ fragte Posner.
Coniff grinste. „Denn wenn Sie das gemacht haben, verklage ich Sie auf Schadenersatz, daß Ihnen die Eier wegfliegen.“
Posner lächelte zurück. „Fred Anderson sagt, daß Tony Bagliano ihm eine Messingschüssel verkauft hat. Mrs. Gold sagt, wer immer sie bestohlen hat, hat was von Antiquitäten verstanden. Das läßt eine ziemlich notwendige Position als Mittelsmann für Sie offen, nicht wahr?“
„Sie sind verrückt, Joe.“
„Tatsächlich? Bin ich auch verrückt, wenn ich sage, daß sie genug Hasch da hinten haben, um ganz Trenchtown bis Freitag high zu halten, und daß Sie Schüler hier haben, die das rauchen?“
„Unsinn.“
„Wirklich?“
„Wer hat Ihnen denn das gesagt?“
„Ein sehr zuverlässiger Augenzeuge.“
„Das ist nicht *wahr*.“ Coniffs Stimme und Augen waren ganz massiv bestürzt.
„Jetzt hören Sie doch mal her“, versuchte Posner vernünftig zu reden. „Mich interessiert das Zeug gar nicht. Wirklich, Les. Ich will ein-

fach nur was über Melody wissen. Ich muß die Lücken ausfüllen. Ich weiß schon Bescheid darüber, was Sie machen – den Sex, die Drogen, die Einbrüche. Was zum Teufel haben Sie denn noch zu verbergen? Verdammt noch mal. Es sei denn natürlich, daß Sie sie getötet haben."

„Sie getötet? Niemand hat sie getötet, Joe. Sie ist an einer Überdosis gestorben. Haben Sie das vergessen? Was für 'ne Art Verfolgungswahn reitet Sie denn da?"

„Erzählen Sie mir einfach, was Sie wissen. Ich werde mich gar nicht in Ihre Angelegenheiten einmischen, das verspreche ich."

„Das einzige, was ich weiß, ist, daß Sie fachkundige Hilfe brauchen, Joe. Sie haben Halluzinationen."

„O.k." Posner stieß einen Seufzer aus. „Versuchen wir es mal anders. Sie fangen an zu reden, oder ich *werde* Sie belästigen. Die Golds kriegen von den Einbrüchen und dem Sex zu hören. Die Schulbehörden oder wem immer Sie gegenüber verantwortlich sind, kriegen auch von den Drogen zu hören. Was sagen Sie jetzt dazu?"

Coniff bewegte keinen Muskel. „Nennen Sie mich *Pisher*, Posner. Ich habe nichts gemacht, wofür ich mich schämen müßte. Selbst wenn ich was gemacht hätte, haben Sie nicht genug in der Hand, um mir das nachzuweisen." Er stand von seinem Stuhl auf und begann, im Raum auf und ab zu gehen, wobei die Arme lose an seinen fetten Seiten herunterhingen wie bei einem Catcher, der durch den Ring stolziert. „Wem werden Sie's denn erzählen? Den Eltern? Die glauben Ihnen nicht. Den Schülern? Denen wär's egal, selbst wenn's wahr wäre. Den Schulbehörden? Meinen Sie denn, die wollen das wissen? Wir nehmen Ihnen die Unverbesserlichen ab, und das ohne alle Kosten für den Staat. Das ist alles, wofür die sich interessieren. Wenn Sie glauben, daß Sie und Fred Anderson Anthony Bagliano junior reinlegen können, na, dann viel Vergnügen. Was der nach der Schule macht, ist schließlich nicht meine Verantwortlichkeit. Es ist die seines Vaters. Was bleibt also übrig? Daß ich ein bißchen Gras in meinem Schlafzimmer habe? Wie erschütternd! Ich kann's sowieso verschwinden lassen, bevor Sie überhaupt ans Telefon kommen." Coniff war am Ende, aber die Hitze des Gefechts glühte noch in seinen betrunkenen Augen.

„Ich wäre mir da nicht so sicher, daß die Golds ..." begann Posner schwächer, als er eigentlich gewollt hatte.

„Die scheiß Golds sind doch völlig unwichtig. Keiner von den anderen Eltern im Schulaufsichtsrat kümmert sich um die. Jeder weiß doch, daß die gegen die Schule eingestellt sind."

Posner saß in seinem Sessel mit einem Finger auf der Oberlippe und

versuchte so auszusehen, als ob seine Stellung nicht gerade in Stücke zerfetzt worden wäre. „Erzählen Sie mir einmal etwas über Anthony Bagliano senior", sagte er schwächlich.
„Was denn?"
„Alles, was Sie wissen. Hatte er irgendwas mit illegalen Geschäften oder Drogen? Wie ist er denn so?"
„Warum sollte ich Ihnen denn das erzählen?"
„Weil ich Ihre Hilfe brauche. Weil ich meine, er versucht, mich umbringen zu lassen. Weil ich Angst habe."
Coniff zeigte die Überraschung in seinen Augen. „Sie haben *wirklich* einen Verfolgungswahn", seufzte er und schüttelte den Kopf.
„Nein, das stimmt nicht, Les. Bitte!"
Coniff zuckte mit den Schultern. „Was sollte ich denn wissen. Der hat Verbindungen. Zu viele Verbindungen, als daß jemand wie Sie Tony 'ne Menge Schwierigkeiten machen dürfte. Soviel ich weiß, ist er sehr gegen Drogen eingestellt. Engagiert sich schwer für Gesetz und Ordnung. Sehr konservativ. Wirklich, das ist alles, was ich von ihm weiß. Ich hab immer mit Lucille verhandelt – das ist die Mutter. Ich hab nie gehört, daß er irgendwas mit illegalen Geschäften zu tun hatte. Jetzt hören Sie mal zu, Joe. Diese Melody-Sache hat Sie offenbar völlig durcheinander gebracht. Niemand hat Melody umgebracht, niemand wird Sie umbringen. Warum gehen Sie denn nicht nach Hause? Schlafen Sie ein bißchen. Wachen Sie morgen auf und vergessen Sie das Ganze."
Posner dachte kurz daran, Coniff damit umzuwerfen, daß er ihm sagte, jemand habe Marty Blittstein umgebracht, aber er erkannte, daß das keinen Sinn hatte, stand auf und ging zur Tür. Er hielt inne, mit der Hand auf dem Türklopfer, und dachte daran, noch ein paar Drohungen auszustoßen, wie er noch mehr Beweise bekommen würde, aber auch das erschien ihm sinnlos. Stattdessen ging er hinaus in die Nacht, die viel dunkler und viel später aussah, als sie in Wirklichkeit war.

22. Therapie

Joe Posner war fast zu müde zum Fahren. An einem wirklichen Fall zu arbeiten nahm einen ganz schön mit. Er hätte zu dieser Zeit schon längst zwei Stunden Fernsehen und mindestens 45 Minuten Schlaf hinter sich haben müssen. Stattdessen fuhr er nach Teaneck über die Bundesstraße 4: keine Strecke – jammerte Posner sich selbst vor – für jemanden, der müde war.

Joe Posner haßte alles an der Bundesstraße 4: drei Fahrspuren, die in eine Breite von zwei Spuren gepreßt waren, auf beiden Seiten von Betonbarrieren eingezwängt, von tausenden von Schlaglöchern durchsetzt und von einer Rasse von Autojockeys bewohnt, die aus jedem Winkel überholten und bei allen Geschwindigkeiten, außer denen, die vom Gesetz erlaubt waren. Sein Magen gurgelte und brannte wie ein Schlammloch im Yellowstone Park. Aber Joe Posner versuchte auch, das Positive zu sehen. Es regnete jedenfalls nicht. Die Bundesstraße 4 war im Regen noch schlimmer.

Kappachung Road lag nur einen Häuserblock von der Straße entfernt und war nur zwei Häuserblocks lang. Er war gerade rechtzeitig für seine Verabredung um 9 Uhr angekommen. Die Häuser waren meist Pseudofachwerkhäuser und die Pflanzen Immergrün. Es gab auch einige Exemplare *Cornus florida*, aber Joe Posner war dafür nicht mehr in Stimmung.

Marjorie-Lynn Feldman-ex-Goldbergs Haus war auch ein Pseudofachwerkhaus mit Ziegelsteinen und Stuck. Posner läutete an einer der beiden Eingangstüren, die an den gegenüberliegenden Enden des Gehwegs lagen. Eine kleine Karte an der Glocke trug die Aufschrift „Letztendlich bringen wir alle unsere eigenen Glocken zum Klingen“. Die andere Tür öffnete sich.

Marjorie-Lynn lehnte sich hinaus mit ihren kleinen, wässrigen Augen und einem Gesicht, das im Leiden gefaßt war. „Billy“, sagte sie traurig und schaute Posner mitleidig an. „Kommen Sie bitte hier rein, o.k.?“

Die Tür führte zu einem kleinen Einzelzimmer. Vielleicht drei Meter fünfzig mal drei Meter fünfzig. Es war schwach beleuchtet, und der Teppich, die Möbel, die Vorhänge und die Wände waren alle in Braun- und Rosttönen gehalten. Eine gerahmte Tafel mit der Inschrift „Leben ist Energie, ist Liebe“, ein Staatsexamenszeugnis und ein Magisterzeugnis in Sozialarbeit, beide von der Alwyn-Hayes-

University in Paramus, New Jersey, hingen an der Wand.
Marjorie-Lynn, in einen Hosenanzug mit violettem Batikaufdruck gekleidet, war groß, aber nicht dick. Ihr orangefarbenes Haar hing in einem etwas fettigen Schopf, der über ihr gedunsenes ovales Gesicht geschnitten war. Sobald Posner in der Mitte des Zimmers stand, stellte sie sich hinter ihn, legte eine Hand auf seine Stirn und die andere auf sein Rückgrat unter seinem Jackett und seinem lose heraushängenden Hemd.
„Billy, Billy. Sie sind wirklich ganz verkrampft, nicht wahr? Ich wette, Sie haben jetzt gerade Magenverstimmung. Stimmt's?"
„Ähm, ja! Wieso ...?"
Sie schnappte sich etwas von Posners Fleisch zwischen Daumen und Zeigefinger, drückte es kräftig und fing an, es zu drehen. „Herjeeeh!" schrie Posner auf.
„Das hat weh getan, gell, Billy?"
„Aber sicher ..."
Sie tat das gleiche noch einmal weiter unten an seinem Rückgrat und drückte zur gleichen Zeit einen Knöchel gegen einen von Posners unteren Wirbeln. Posner heulte erneut auf und drehte sich herum, um sie anzuschauen, wobei er einen Arm als einen Schild hochhielt. „Energieblockierung", sagte sie ernsthaft. „Ich habe das schon an der Art und Weise sehen können, wie Sie reingekommen sind."
„Jetzt hören Sie mal her, Mrs. Feldman."
„Marjorie-Lynn. Nachnamen sagen doch eigentlich nur über ..."
„Ich weiß, ich weiß. Unsere Eltern, nicht wahr? Jetzt hören Sie mir mal gut zu. Ich muß Ihnen etwas beichten. Ich heiße gar nicht Billy Strayhorn, ich heiße Joe Posner, und ich bin gar nicht hier für eine Therapie. Ich bin hier, um Ihnen ein paar Fragen zu stellen. Ich bin Privatdetektiv." Fast hätte er hinzugefügt „Jetzt tun Sie mir bitte nicht noch mehr weh". Aber er entschloß sich doch, an einem Minimum von Männlichkeit festzuhalten.
Sie lächelte ihn verständnisvoll an. „Widerstand ist Teil des therapeutischen Prozesses. Ich glaube, Freud hat sogar mal ein Buch darüber geschrieben. Aber wenn Sie sich dabei wohler fühlen, dann reden wir zuerst mal, bevor ich Sie diagnostiziere."
„Nein, wirklich. Ich widerstrebe Ihnen gar nicht. Ehrlich. Ich habe Ihnen den falschen Namen gegeben, weil ich nicht wollte, daß Sie irgend jemand anderem erzählen, daß ich mit Ihnen Verbindung aufgenommen hatte ... falls Sie das erwähnt hätten."
Marjorie-Lynn bewegte sich auf einen Stuhl aus Chrom und braunem Leder zu und ließ sich mit der gesammelten, aber esoterischen Haltung eines Joga-Enthusiasten hineinsinken. Sie saß ganz still, auf-

recht, aber entspannt, die Hände fest auf die Sessellehnen gelegt, und sie sah Posner mit tastenden, mißtrauischen Augen an. „Setzen Sie sich!" Sie zeigte auf einen Sessel aus Tweed, in den sich Posner setzte. „Sie leiden *wirklich* sehr viel Schmerz. Ich kann es bis hier herüber spüren."

Jetzt, wo Marjorie-Lynn außer Kneifreichweite war, war Posner schon viel entspannter, und er streckte seine Hände parallel vor sich, als ob er seine Standfestigkeit beweisen wolle. „Wie auch immer, ich heiße Joe Posner, und ich habe diese Verabredung getroffen, um mit Ihnen über eine Ihrer Patientinnen zu sprechen. Melody Gold."

Marjorie-Lynn zwinkerte noch nicht mal mit einem Auge. „Ja, weiter." Nur ihre Lippen bewegten sich und das auch nicht sehr, während sie das sagte.

„Ich weiß nicht, ob Sie das wissen, aber Melody ist letzte Woche gestorben."

Marjorie-Lynn sprach weder noch bewegte sie sich.

„Wußten Sie das?" fragte Posner.

Sie sprach immer noch nicht.

„Wußten Sie, daß Melody tot ist?"

„Was würden Sie denn fühlen, falls ich das wüßte?" fragte sie mit einer unschuldigen Singsang-Stimme. Posner schüttelte den Kopf und rieb seine Augen. „Nein, nein. Marjorie-Lynn, ähm, ich, ähm ... Nein. Jetzt hören Sie mir mal zu. Ich hatte gehofft, daß Sie mir was über Melody und ihre Eltern erzählen könnten. Ich weiß, daß Sie von Berufs wegen ..."

„Jetzt sagen Sie mal, Joe, warum bauen Sie denn so viel Widerstand dagegen auf, über Ihre Gefühle bezüglich all dieser Dinge zu sprechen. Jetzt stellen Sie sich mal vor, Sie würden mir *wirklich* erzählen, was Sie da fühlen. Was, so meinen Sie, würde denn passieren?"

„Ach, wissen Sie, ich meine, es wäre eine ganz tolle Idee, sich mal *in* meine Gefühle über *all* diese Dinge zu vertiefen." Posner tat sein Bestes, um Marjorie-Lynns Kindervers-Intonation nachzuahmen. „Und ich würde mich auch gerne mal in *Ihre* vertiefen, aber jetzt mal nur für *heute*, meine ich, wäre es so das aller*beste*, wenn wir uns auf etwas *anderes* konzen*trieren*."

Endlich war eine Verständigungsbasis geschaffen. Marjorie-Lynns Mund bog sich schwach zu etwas wie einem Lächeln. „Über was wollen *Sie* denn sprechen, Joe?"

„Irgend jemand hat Melody verprügelt. Wissen Sie, wer das war? Hat Melody Ihnen das niemals erzählt?"

„Na ja, ich kann Ihnen natürlich überhaupt nichts über Melody erzählen. Es würde schrecklich gegen meine Berufsethik verstoßen.

Aber ich vermute, daß ich in diesem Fall eine Ausnahme machen kann." Posner nickte, als ob er verstünde, was an diesem Fall eine Ausnahme gestattete. Sie nickte zurück und fuhr fort: „Melody hatte ein schreckliches Energieflußproblem gegenüber ihrer Mutter. Es gab fast eine vollständige Abblockung. In Fällen wie diesen, wo es soviel Energie gibt, die sich nicht entladen kann, bekommt man eine schreckliche Situation, die wir den ‚Ich hasse dich – du haßt mich'-Zustand nennen."

Posner rieb sich das Kinn. „Sie meinen, Melody und ihre Mutter haben sich nicht gut vertragen?"

Marjorie-Lynn lächelte. „In den Worten eines Laien."

„Und wie stand's mit ihrem Vater?"

Marjorie-Lynn nickte ernsthaft. „Sie haben einen sehr guten Einblick, Joe, sehr intelligent. Auch mit ihrem Vater gab es ein kleines Energieflußproblem. Aber in die andere Richtung. Ich nenne das die ‚Ich liebe dich – ich brauche dich – welches von den beiden denn jetzt?'-Art."

„Das könnte ein bißchen zu kompliziert für mich sein. Können Sie das in den Worten eines Laien erklären?"

„Na ja, ich habe eigentlich den Vater nie getroffen, aber ich weiß, daß ... also, sagen wir mal, Melody mochte ihn mehr, als sie ihre Mutter mochte. So, das bewirkt jetzt etwas, was wir eine Energie*un*ausgeglichenheit nennen ... Ähm, ich will mich jetzt nicht weiter darüber auslassen. Aber es ist jedenfalls nicht sehr gut."

„Könnten Sie das etwas genauer darstellen?"

„Wie meinen Sie?"

„Na ja, wie ... Woher wissen Sie, daß Melody ihren Vater mochte? Was hat sie denn über ihn erzählt?"

Marjorie-Lynn nickte mit ernstem Gesicht. „Sie hat es mir gesagt. Ich erinnere mich, wie sie sagte ‚Ich hasse meine Mutter, aber mein Daddy ist großartig'. Haben Sie das gemeint?"

„Na ja, wie steht es denn um die *Geschichte* der beiden? Haben Sie irgendeine Vorstellung, wie sich diese Situation entwickelt hat?"

Marjorie-Lynns Lippen rundeten und öffneten sich. Sie atmete ein paarmal schwach aus. Das schien ihre Art des Lachens zu sein. „Ich verstehe schon, von welcher Schule Sie kommen ... Wir beschäftigen uns damit überhaupt nicht. Ich habe es niemals als hilfreich empfunden. Wir haben das meiste von diesem engstirnigen Freud'schen Denken im Jahre 73 fallengelassen. Wir beschäftigen uns nur mit Material, das sich entwickelt, während der Patient sich in der Therapie befindet."

Posner sah sich nach Bücherregalen um, aber es gab keine. „Das ist

ja faszinierend, Marjorie-Lynn. Gibt es da irgendeine Theorieschule, auf der das alles beruht?"
Marjorie-Lynn strahlte. „Es ist unglaublich, nicht wahr? Wir nennen es ‚Goldberging'. Das heißt so nach meinem ehemaligen Mann, Dr. Ernst Goldberg, der in den frühen 70er Jahren in Alwyn-Hayes ein Psychologieprogramm leitete. Es nährt sich aus verschiedenen Denkschulen."
„Das ist *wirklich* unglaublich", gurrte Posner. „Na ja, hat denn, während Melody zu Ihnen in Behandlung kam, Mrs. Gold jemals versucht, sie umzubringen?"
„Was bedeutet denn ‚versucht', Joe?" Sie lächelte weise und setzte sich in ihrem Stuhl weiter nach vorne, wobei sie aber die Hände noch auf den Stuhlarmen ruhen ließ. „Ich habe ‚versucht', ein Buch zu schreiben, aber ich habe es nicht geschrieben. Hab ich es nun versucht oder nicht?" Sie sank wieder in den Stuhl zurück, wobei ihre Augen leuchteten wie die eines Hindu-Meisters. Posner konnte darauf nicht antworten. „Was ich Ihnen jetzt erzähle, ist nun wirklich sehr vertraulich", fuhr Marjorie-Lynn fort. „Aber Mrs. Gold hat Melody tatsächlich letzten Herbst die Kellertreppe runtergestoßen, und dann hat sie vor ein paar Monaten mit einem Messer nach ihr geworfen. Und letzten Sommer ist sie mit einer Axt auf sie losgegangen. Um aber fair zu sein, muß man sagen, daß Melody im letzten Jahr auch zwei- oder dreimal versucht hat, ihre Mutter zu vergiften. Ich hoffe, daß ich Ihnen vertrauen kann, daß Sie niemandem davon erzählen. Das war eine sehr, sehr schlimme Situation. Wahrscheinlich die schlimmste Energieabblockung in einer Mutter-Tochter-Beziehung, die ich jemals erlebt habe. Es war auch sehr schwierig, mit ihnen eine Therapie durchzuführen. Die Psychoanalytikerin ihrer Mutter war diese sehr traditionelle Freudianerin, und sie hat eine Menge, von dem, was ich zu tun versucht habe, untergraben."
„Als sie Melody die Treppe runtergestoßen hat – jetzt letzten Herbst, sagten Sie –, ist Melody da verletzt worden?"
„Um Himmels Willen, ja. Ganz schrecklich. Ihre Augen waren zu, einiges mußte genäht werden."
„Warum hat sie's getan?"
„Gar nichts Besonderes, soweit ich mich daran erinnern kann. Normalerweise beginnen diese Dinge mit einer Auseinandersetzung über irgend etwas Unbedeutendes – Ausgangszeit oder Aufräumen im Zimmer –, dann explodiert die blockierte Energie, und, bumm! Eine Explosion."
„Hat Melody jemals über Drogen mit Ihnen gesprochen? Vor allen Dingen Heroin?"

„Nein, hat sie nicht."
„Und wie war es mit Sex? Hat sie jemals Jungen oder Männer erwähnt, mit denen sie geschlafen hat oder mit denen sie sich getroffen hat?"
„Nein. Wenn ich aber jetzt so daran denke, dann hat sie Jungen niemals erwähnt. Wir haben meistens an ihrer Abblockung gegenüber ihrer Mutter gearbeitet."
„Warum ist Melody denn überhaupt zu Ihnen gekommen?"
„Die Schule hat sie hierher geschickt. Les hat sie hierher geschickt. Ich habe auch mit anderen Schülern zusammengearbeitet."
„Und warum hat Les sie hierher geschickt?"
„Na ja, Melody hatte ihm ein paar Sachen über sich selbst und über ihre Mutter erzählt, und er sah, daß ich da helfen konnte."
Posner lächelte verbittert. „Wie schön für alle Beteiligten, daß er Sie kannte."
Marjorie-Lynn schloß und öffnete ihre Augen einmal als Ersatz für eine Verbeugung.
„Hat Melody jemals ein Kästchen, ein mit Juwelen besetztes Kästchen erwähnt, das ihre Mutter oder vielleicht ihr Vater ihr gegeben hat?"
„Nein. Nichts dergleichen."
Posner rieb sich die Nase. „O.k. Ich würde sagen, das ist wohl alles." Er stand jetzt. „Vielen Dank! Das war alles sehr hilfreich."
Marjorie-Lynn stand nicht auf. Ihre Hände hatten sich immer noch nicht von der Stuhllehne wegbewegt. „Joe, Sie sollten wirklich einen Termin mit mir ausmachen. Ich könnte Ihnen helfen. Wenn Sie noch eine Viertelstunde länger hierbleiben wollen und mich Ihren Rücken bearbeiten lassen, dann werden Sie überzeugt sein."
Posner bewegte sich rasch in Richtung Tür. „Ich werde Sie anrufen. Im Moment bin ich ziemlich in Eile. Ich soll jemand von der Arbeit abholen."
Marjorie-Lynn lächelte traurig. Posner sah ihr an, daß sie wußte, daß er sie nicht anrufen würde.

23. Helpless, Helpless, Helpless, Helpless

Bei einer roten Ampel schaute Joe Posner sein Spiegelbild im Rückspiegel an. Er sah nicht wie ein Teenager aus. Er sah auch nicht wie jemand im Studentenalter aus. Er sah sogar schlimmer aus als sonst. Elvira Fishelwoman hatte recht gehabt: Er sah schrecklich aus. Sein dünner werdendes Haar hätte schon längst mal geschnitten werden müssen und war von dem Wind noch zusätzlich zerzaust. Einen Monat zuvor an einem verregneten Donnerstagmorgen hatte er die Säcke unter seinen Augen als einen bleibenden Teil seines Gesichtes akzeptiert. Bei seinem Bäuchlein glaubte er immer noch an eine Besserung, aber das war auch schon ein paar Jahre da gewesen und schien nicht weggehen zu wollen. Als er wieder auf die Straße zurückschaute, zeigte die Ampel grün, und er fuhr weiter.

Er freute sich darauf, Judy Williams wiederzusehen. Sogar sehr. Nicht nur genug, um Gefahr zu spüren, sondern sogar genug, um sich deshalb keine Gedanken zu machen. Genug, um sich einzubilden, daß ein Wiedertreffen mit ihr all seine Angst, die Frustration, die körperliche und die geistige Müdigkeit, die Joe Posner an diesem Abend ausmachten, würde mildern können.

Das Salami-Sandwich in der Papiertüte saß immer noch auf dem Sitz neben der Messingschüssel. Er dachte allmählich schon an das Sandwich wie an einen alten Freund. Sie hatten schließlich auch schon eine ganze Menge zusammen durchgemacht. Dann fiel ihm ein, daß der Geruch vielleicht die außerordentlich *goyische* Nase von Judy Williams beleidigen könnte. Er hielt das Steuerrad mit der Linken, lehnte sich rüber, steckte die Tüte in das Handschuhfach und rollte das Fenster auf der Mitfahrerseite herunter. Romanze über Freundschaft. Er fühlte sich wie ein Vollidiot. „Fickt Euch, Ihr Ficker." Das war etwas, was er oft laut vor sich hingesagt hatte, wenn er allein war, um aus einer demütigenden Gedankenkette auszubrechen. Und ein Salami-Sandwich zu verstecken, um mit einem Schulmädchen anzubändeln, war schon ganz schön demütigend.

Das Delikatessengeschäft war der einzige Laden in der Ramapo Street, der noch offen war. Posner parkte direkt davor. Die Uhr vor der Autoschalterbank leuchtete auf: 9 Uhr 41. Durch das Fenster konnte er sehen, wie Judy die Glastheke mit einem Papiertuch wischte. In der anderen Hand hielt sie eine Flasche Fensterreiniger von ihrem Körper weg. Ihr Hintern ragte heraus. Gerade ein bißchen.

Gerade genug. Sie war eindringlich und zum Verrücktwerden keck. Posner stellte die Schüssel unter den Sitz und stieg aus dem Dodge. Er hoffte, Judys Aufmerksamkeit zu erregen, ohne hineinzugehen und klopfte mit seinen Fingern auf die Glastür. Er wäre ganz gerne im Auto geblieben, aber er wollte verhindern, daß sie jemand anderen anrief, um sie abzuholen. Warum er nicht reingehen wollte, darüber wollte er gar nicht erst nachdenken. Wahrscheinlich einfach Feigheit. Judy sah über ihre Schulter und an ihrem Po vorbei nach Posner. Ihr ganzes Gesicht lächelte ihn an. Er winkte ab, aber sie kümmerte sich gar nicht darum, lief auf die Tür zu, öffnete sie und packte seine Hand, bevor er sie zurückziehen konnte. Ihre warmen Finger ließen irgendwo irgend etwas in ihm platzen.
„Hallo, Joe. Ich bin ja so froh, daß du gekommen bist." Sie zerrte an seiner Hand. „Komm doch rein. Ich bin ja fast fertig."
Posner blieb zurückhaltend. „Nein, vielen Dank, Judy! Ich warte im Auto. Ich wollte dich einfach wissen lassen, daß ich hier bin."
Judy guckte ein bißchen erstaunt. „O.k. Ich bin in so etwa fünf Minuten fertig. Soll ich 'ne Tasse Kaffee bringen? Ich meine, du siehst wirklich müde aus."
„Das wäre großartig." Ein Geniestreich, dachte Posner, nachdem er erst mal bei der Bestätigung seiner Hinfälligkeit zusammengezuckt war. Kaffee würde genau das richtige sein. Genau das, was er jetzt brauchte. Was für ein umsichtiges und gut beobachtendes Mädchen sie nur war. Zweifellos über ihre Jahre hinaus. Während er sich umdrehte, um zum Auto zurückzugehen, suchte Posner in den Taschen seiner Lederjacke nach einer alten Packung Camels, die ihm vorher schon einmal in die Finger gefallen war. Er rauchte fast nie, aber jetzt wollte er doch eine Zigarette haben. Er fand die Packung. Es waren drei Zigaretten drin. Sie waren gebogen, aber nicht gebrochen. Er nahm eine heraus und drehte das eine Ende zu, wo Tabak herausgefallen war. Dann fiel ihm ein, daß er keine Streichhölzer hatte. Der Zigarettenanzünder im Dodge hatte schon seit fast einem Jahr nicht mehr funktioniert, aber er versuchte es trotzdem mit ihm. Er funktionierte immer noch nicht. Posner steckte die Zigarette in den Mund, um sie wenigstens zu fühlen. Sie fühlte sich müde an.
Irgendwo im Handschuhfach lag ein Filmbehälter, der seine eiserne Ration an Amphetamin-Tabletten enthielt. Er fummelte so lange herum, bis er ihn gefunden hatte. Zwei Preludin von 25 mg und ein Dexamil waren noch übrig. Nachdem er ein paar Sekunden lang Spucke gesammelt hatte, schluckte er eine der Preludin-Tabletten. Schließlich ging er ja auf eine Party.
Er sank hinter dem Steuerrad zusammen und versuchte wieder, an

sein Problem zu denken. Wie sollte er Tony Bagliano angehen? Dräng ihn in die Ecke. Benutze Anderson. Seine Verabredung mit Melody. Klag ihn an, daß er seinen Vater dazu angestiftet hat zu versuchen, Posner umbringen zu lassen. Versuch, ihn dazu zu bringen, daß er Les mitanklagt. Versetz ihn in Panik, daß er wieder zu Les rennt, und stell sie beide zusammen zur Rede. Vielleicht würde das klappen. Wahrscheinlich aber nicht, falls Les Tony schon erreicht hatte. Er hätte sich doch zuerst dem Jungen widmen sollen. Er mußte auch noch mal mit Hawk sprechen. Jetzt, wo Blittstein tot war, würde Hawk vielleicht Angst genug haben um zu singen. Es sei denn, Hawk hatte Blittstein selbst getötet.
„O.k., wir können gehen."
Posner verschluckte vor Überraschung fast seine Zunge. Judy Williams hatte ihre Ellenbogen über den Rand des offenen Beifahrerfensters gelehnt und stützte ihr Kinn auf die Hände.
„Prima. Komm rein." Für das bißchen mußte er all die Gefaßtheit aufbringen, die er im Moment zur Verfügung hatte. Sie stieg ein. Ihre Kleidung war nicht bewußt provozierend – alte Jeans, die Jacke mit den purpurfarbenen und goldenen Bergen Valley-Buchstaben und Turnschuhe – aber Posner bekam Gänsehaut. Als er das Auto anließ, glaubte er, den Duft von frisch aufgetragenem Parfüm zu verspüren. Das süße Parfüm, das junge Mädchen benutzen. Dasselbe Parfüm, das sie benutzt hatten, als er noch in der Schule war. Ob das wohl für ihn sein sollte, fragte er sich.
„Tut mir leid mit dem Kaffee", entschuldigte sich Judy. Posner hatte es sowieso vergessen. „Alles, was noch übrig war, war das Kaffeesätzchen, und ich, na ja, ich konnt nicht 'ne neue Kanne anfangen."
„Schwamm drüber. War jedenfalls nett von dir, dran zu denken." Und „Kaffeesätzchen" war wunderhübsch. „Wo fahren wir denn hin?"
„Den Hügel hoch. Bei der Ampel nach links."
„Wie war es denn bei der Arbeit?"
„Ist immer dasselbe. Na ja, so, also, ich hab's ja gern, aber es ist langweilig. Ist das ein Joint?" fragte sie und schaute sich die verdrehte Camel an, die von Posners Lippen herunterhing. „Komm, wir machen ihn an."
Posner nahm die Zigarette aus dem Mund und schaute sie sich an. „Nee, es ist nur 'ne alte Zigarette."
„Scheißkram. Aber ich glaub, ich hab einen." Sie begann, ihre Tasche zu durchwühlen. Posner versteifte sich ein bißchen. Er hatte noch nie mit jemandem zusammen geraucht, der so jung war. Außer

als er selbst jung war. Was war dann das Problem, fragte er sich. Er hatte in ihrem Alter auch schon geraucht. Sie war damals vier Jahre alt gewesen. Das schlimmere Problem war, was aus seiner Konzentration werden würde, wenn er high würde. Er sah schon vor sich, wie er Tony Bagliano in die Zange nahm und mitten im Satz vergaß, was er überhaupt herausfinden wollte. Die Speedies würden ihm aber schon Halt geben.

„So, hier." Judy fischte eine dünne, gebogene Marihuana-Zigarette aus ihrer Tasche, während Posner nach links abbog und den Hügel hochzufahren begann. Sie entzündete die Zigarette mit einem Feuerzeug, nahm einen tiefen Zug und bot sie Posner an. Wie immer fand er den süßen und durchdringenden Geruch einer Marihuana-Zigarette außerordentlich verführerisch, aber das war nur der Zuckerguß. Er dachte nicht daran, gesetzter oder älter auszusehen, als er ohnehin war. Der Rauch war sanft und würzig – gutes Zeug –, und er sog ihn tief in seine Lungen ein. Es war das bestschmeckende Marihuana, das er seit Monaten geraucht hatte, vielleicht seit Jahren. Er gab Judy die Zigarette zurück.

„Nichts Besonderes", zwitscherte das Mädchen. „Aber ziemlich gut. Was macht dein Ding?"

„Mein Ding?" Posner schien es so, als würde ein Erröten ihn am Kragen zu kitzeln beginnen, und er ließ den Rauch ausströmen. Das Marihuana packte ihn. Nicht ganz und gar, aber doch spürbar und mit einem Schlag. Bis hinunter zu seinem Ding.

„Na, du weißt doch schon. Dein ... Fall, oder wie immer du das nennst. Melody. Hast du mit Luther gesprochen?"

„Ach ja, das da. Ach, na ja, läuft ganz gut, würde ich sagen. Ja, ich hab mit Luther gesprochen, und er hat mir ganz interessantes Zeug erzählt."

„Wirklich? Was denn? Jetzt die nächste rechts."

Posner überlegte sich, ob er ihr erzählen sollte, was er wußte. Sie war ein Insider und war vielleicht in der Lage, neue Verbindungen zu sehen. Aber Jugendliche sprechen gerne, und vor allen Dingen junge Mädchen. So sagte man jedenfalls. Er wollte nicht, daß jederman das wußte, was er wußte. Er fuhr nach rechts in eine dunkle enge Straße. Hier war das Land der größeren Bäume und Häuser. Der größten. Die Scheinwerfer des Dodge waren die einzigen Lichter, die man sehen konnte. Entlang der Straße deutete nichts auf das Vorhandensein von Häusern. Posner wußte aber, daß es so alle vierhundert Meter versteckte Einfahrten geben mußte. Er war schon vorher auf solchen Straßen gewesen.

„Na ja. Ich weiß nicht, ob ich dir ..."

Judy reichte ihm den Joint wieder und ließ ihre Hand auf sein Bein sinken. „Na los, mir kannst du es doch erzählen. Ich werde niemand was davon sagen. Ich schwör's und mach drei Kreuzzeichen."

„O.k." Na, einen tollen Gefangenen würde er nie abgeben. Er nahm noch einen Zug, hielt ihn aber nicht in der Lunge. „Das ist aber ziemlich wichtiges Zeug. Du mußt mir versprechen, daß du niemandem etwas davon erzählst."

„Ich verspreche es. Wirklich. Kann ich es aber meiner Freundin Ann erzählen? Die ist so cool."

„*Nein*! Es ist mir ganz ernst, Judy. Niemandem. Ich könnte enorm Schwierigkeiten damit kriegen."

„O.k., o.k. Ich versprech es. Niemandem! Noch nicht mal meiner Mama?"

„Vor allem nicht deiner Mama."

„O.k."

„Na ja, es scheint so, daß Melody versucht hatte, vom Kokainhandel auch auf Heroinhandel überzugehen."

„Wirklich? Wem wollte sie's denn verkaufen? Im Prominentenviertel gibt's doch keinen Junkie."

„Ich glaube, sie war am Großhandel interessiert und wollte die gleichen Verteiler in der Unterstadt benutzen, die es jetzt schon gibt."

„Oh, mein Gott!" Judy war beeindruckt. Posner erzählte ihr noch mehr.

„Aber jemand – und das ist der Teil, wo ich mir nicht so sicher bin – jemand hatte offenbar was dagegen, denn sie hat es nicht geschafft. Zuerst hab ich gedacht, daß derjenige, der den nördlichen Vertrieb hatte, sie hätte umbringen wollen, aber ich glaube, die Sache geht noch höher hinauf."

„Warum?"

„Weil jemand ihn umgebracht hat."

„Oh, mein Gott! Wer war es denn?" Sie zog zum letzten Mal an dem Joint und warf die Kippe aus dem Fenster.

Posner fühlte sich in einem starken Rausch. „Das kann ich dir nicht sagen. Und wenn du's später herauskriegst, dann erinnere dich bitte daran, daß du mir versprochen hast, niemandem was zu erzählen."

„O.k., o.k."

„Glaubst du, daß Hawk bei der Party sein wird?"

„Ist Hawk auch in die Sache verwickelt?"

Posner antwortete nicht.

„Na, nun sag es schon." Wieder lag ihre Hand auf seinem Bein.

„Wo ist denn dieses Haus?"

„Das nächste. Die Einfahrt auf dieser Seite." Sie deutete nach links.

Posner sah nichts. „Langsam, dort!" Er konnte gerade die steinerne Markierung und die Asphaltfläche sehen. Er hielt kurz davor an.
„Hawk hat Schülern in Bergen Valley Heroin verkauft. Ich weiß zwar nicht genau, wie, aber ich glaube, er ist irgendwie in der Sache drin. Ich hab ihm gesagt, ich sei der Bruder von Alice Cabot. Du mußt das ihm gegenüber vielleicht bestätigen. O.k?"
Judys Augen glänzten. „Klare Sache!" Dann sackte sie in sich zusammen. „Wirst du ihn auffliegen lassen? Ich meine, handelt er wirklich, oder verkauft er nur ab und zu was?"
„Keine Ahnung. Ich will ihn nicht dafür auffliegen lassen, daß er so Groschentütchen verkauft. Aber ich hätte gerne, daß das aufhört und daß die Leute an der Spitze, die dafür verantwortlich sind, auffliegen. Du denn nicht?"
„Klar. Ich meine so, na ja, du weißt schon. Das ist nicht grad 'ne schöne Geschichte, was mit den Typen passiert, die Junk nehmen. Ich kenn das." Die Trauer in ihrer Stimme überzeugte Posner, daß sie Bescheid wußte. Und daß sie irgendwie darunter auch gelitten hatte.
„Willie?"
„Ja."
„Was?"
„Er ist im Gefängnis. Er hat versucht, einen Spirituosenladen zu überfallen." Sie versuchte, die Tränen zu unterdrücken. „So, na ja. Es war wirklich nicht fair. Er hat sein Bein gebrochen, und das hat ihm sein Leichtathletik-Stipendium kaputtgemacht – er sollte an die University of Maryland gehen –, und dann, danach, war ihm einfach alles egal. Weiß Gott, was jetzt alles mit ihm passiert."
Posners Eifersucht wegen Judys Trauer war, wie er wußte, im höchsten Maße widerlich. Aber es tat ihm auch leid. Leid wegen Judy, leid wegen Willie. „Reiche Weiße in den großen Häusern hier oben werden reicher, während sie schwarze Kinder vergiften. Und *ihre* Kinder kriegen dann das Kokain und die vier Jahre an Universitäten wie Columbia oder Penn." Das Marihuana brachte Posner dazu, daß er sich immer stärker erregte. Er hoffte, daß er Judy mit seinem plötzlichen politischen Ausbruch nicht vor den Kopf gestoßen hatte.
„Ich steh hinter dir, Joe."
Posner dachte, daß er vielleicht ohnmächtig würde. Glücklicherweise verbarg die Dunkelheit sein Erröten.
„Weißt du, mein Onkel Larry ist bei all diesen Bürgerrechtsdemonstrationen mitgegangen."
„Wirklich." Posner fuhr die Einfahrt hoch. „Das ist prima." Fast vierhundert Meter von der Straße entfernt führte die Einfahrt unter

eine Überdachung, die von kannelierten weißen Säulen getragen war, und endete in einem kleinen Parkplatz. Neben dem Parkplatz stand eine Garage, die etwas größer war als das Haus, in dem Posner lebte. Das Haupthaus war groß und uneinheitlich. Künstlerisch plazierte Scheinwerfer erleuchteten ausgewählte Umrisse von braunem Holz und grauer Dekoration. Ein halbes Dutzend Giebel ragten aus dem Dach heraus wie eine kubistische Bergkette, die sich gegen den Himmel abhob. Etwa ein Dutzend neue Automodelle, meistens ausländisch oder sportlich oder auch beides, füllten den Parkplatz. Zwei oder drei standen in der Einfahrt. Dort parkte auch Posner. Hawk Brennans Olds sah er nicht.

„Nettes Haus", sagte Posner und verdeckte seine Bitterkeit gerade genug, um sie nicht zu aufdringlich werden zu lassen, während er gleichzeitig hoffte, daß Judy sie verstehen und billigen würde.

„Wart mal, bis du das Innere erst siehst." Sie sprang aus dem Auto und lief zur Eingangstür. Posner fragte sich, ob sie das tat, weil es sie verlegen machte, mit ihm anzukommen, oder ob sie einfach nur voller Energie war. Nach diesem Joint war er alles andere als energiegeladen — das Speed hatte noch nicht zu wirken begonnen. Judy war schon im Haus, bevor er überhaupt genügend in Gang kam, um seine Tür zu öffnen.

Judy war direkt durch die unverschlossene Eingangstür gegangen. Nach ein paar Sekunden des Herumtastens tat Posner das auch. Neil Youngs zerbrechliche, vibrierende Stimme grüßte ihn mit ihrem kraftlosen, genußsüchtigen Mannbarkeitsklang vom Stereo her. Das Haus war vor allem geräumig. Jedenfalls das, was er schon sehen konnte. Die Eingangshalle war breit und sehr hoch. Zu ihrer Rechten gab es ein zehn Meter langes Eßzimmer mit einem kleinen Küchentisch in der Mitte. Links lag ein Wohnzimmer mit zwei langen Sofas in neutralen Tönen und einem dazu passenden Sessel. Teppiche oder Wandbehänge gab es nirgendwo. Etwa ein Dutzend Jugendliche hing in einer Weise herum, die geradezu ein Anfall von Abschlaffung erschien. Das Haus strömte Marihuanaduft aus, Bierflaschen lagen verstreut auf der harten Holzprärie des Bodens. Posner fragte sich, wo die Eltern waren. Wahrscheinlich in Urlaub, dachte er.

Er hielt nach Judy Ausschau, konnte sie aber nicht sehen. Er sah auch Tony Bagliano und die beiden anderen aus Les' Wohnung nicht und ging in das Wohnzimmer. Niemand beachtete ihn. Ein Junge und ein Mädchen, beide mit glatten braunen Haaren, das über ihre Schultern wuchs, lagen schräg in einem Sessel und leckten sich die Gesichter. Posner hatte schon Apportierhunde das mit mehr Sex-Appeal machen sehen. Drei Jungen in Jeansjacken und Jeanshosen hingen auf einem der Sofas und starrten geradeaus. Einer trug ein *Grateful Dead*-T-Shirt unter seiner offenen Jacke. Der andere trug einen Button auf der Jacke mit der Aufschrift „Gemüsepower". Posner war erleichtert, daß die moderne Jugend, so schrecklich entartet sie auch sein mochte, doch noch ein bißchen Ironie hatte beibehalten können.

Das Wohnzimmer führte zu einem Wintergarten. Ein großes, sehr schlankes Mädchen mit langem blonden Haar stand alleine bei den Pflanzen. Sie schien Posner unter all denen, denen er begegnet war, einem fühlenden Wesen noch am nächsten zu kommen. Also versuchte er eine Verständigung. „Hallo!"

„Tag." Ihre Antwort war noch weniger als oberflächlich, sie war feindlich.

„Ich heiße Joe."

„Macht dich das glücklich?"

„Manchmal."

„Gut."

„Wer bist du denn?"

„Das versuche ich zu vergessen."

„Ich verstehe." Posner hielt unbeirrt an seinem freundlichen Ton fest.

„Ich suche Judy Williams. Hast du sie gesehen?"

„Nein. Gott sei Dank! Versuch's doch mal oben im Billardzimmer. Normalerweise sind 'n paar von ihren Typen da oben."

„Danke. War nett, mit dir zu sprechen."

Sie antwortete nicht. Posner ging ins Wohnzimmer zurück, wo Neil Young immer noch wimmerte. „Helpless, helpless, helpless, helpless. Helpless, helpless, helpless, helpless." ‚Hilflos': mußte wohl ihre Hymne sein, dachte Posner, während er vorbei an dem halben Dutzend schlaffer Formen auf den Wohnzimmermöbeln zurückging.

Von der Eingangshalle aus sah Posner einen rundlichen Jungen, etwa vierzehn, hemdlos, der auf seinem Bauch ausgestreckt auf dem Eßzimmertisch lag. Posner hielt kurz an, um zuzusehen, wie er wiederholt ein kleines Federmesser in den Eichenboden fallen ließ. Junge, Junge, dachte Posner, warte nur, bis Mrs. Salt sieht, was mit ihrem Fußboden passiert ist.

24. Notizen aus dem Untergrund: Junk im Space

Die Andeutung einer federnden Kraft in Joe Posners Schritt, während er die Treppe hochging, signalisierte ihm, daß das Speed zu wirken begonnen hatte. Von dem oberen Treppenabsatz konnte er Rauch und Licht aus einer offenen Tür am Ende des Ganges herausquellen sehen. Ein apathisches Klappern echote unregelmäßig durch den dunklen Gang. Posner konnte nichts verstehen, aber es klang nicht wie etwas Besonderes. Einfach nur Gerede.

Er betrat das Zimmer und blieb nahe der Tür stehen. Drei Jungen und zwei Mädchen standen um einen großen Billardtisch herum, während ein drahtiger Junge in einer Cordweste ohne Hemd sich zu einem Stoß bereit machte. Hinter dem Licht, das den Tisch beschien, saß ein halbes Dutzend weiterer Typen auf den Bohnensackmöbeln entlang den Wänden und redete. Die Luft war dick von mehr als nur einer Art Rauch. Niemand sah Posner an. Dann hörte er hinter sich die tiefe Stimme einer Frau. „Ich kenne Sie nicht, oder?" Posner drehte sich um und schaute sie an. Sie saß in einem Stuhl, der eigentlich ein großer Korbsessel war, der von einer Kette von der Decke herunterhing. Ihr Haar war schwarz und glatt mit einer Menge grauer Strähnen. Ihr Lippenstift war so dunkel, wie Rot überhaupt nur sein kann, ohne schwarz zu sein. Ihre Brille war braun getönt über Augen, die sich leicht herauswölbten. Vielleicht das Resultat der vorgebleichten Blue Jeans, die mindestens fünf Zentimeter enger waren als ihre Hüften. Ein sehr kleiner Junge, der fünfzehn hätte sein können, aber für sein Alter zu klein war, saß auf ihrem Knie und hielt einen Billardqueue und eine Flasche Pilsner Urquell in einer Hand. Sie hielt ihn in ihren Armen. „Ich heiße Joan Salt." Der Junge am Tisch machte seinen Stoß.

Posners Ohren begannen zu summen. Oder vielleicht, so dachte er, begannen seine Augen zu summen. Das heißt, falls Augen überhaupt summen können. „Mrs. Salt?"

„Joan."

„Tag. Ich heiße Joe Posner. Ich bin mit Judy Williams gekommen."

Der Junge auf ihrem Schoß sprang hoch. „Ich bin dran." Joan Salt hielt seine Hand so lange wie nur möglich, bevor er sich wegzog in das rauchige Licht in der Nähe des Tisches.

„Ist sie schon hier oben gewesen?" fragte Posner.

„Noch nicht. Versuchen Sie es doch mal im Keller. Aber warum bleiben Sie nicht ein Weilchen hier?" Sie rutschte zu der einen Seite des Korbes rüber. „Wollen Sie sich hinsetzen? Es ist genug Platz." Das stimmte aber nicht.

„Nein. Danke. Ich steh gerne. Sind Hawk Brennan oder Tony Bagliano schon heute abend hier gewesen?"

„Ich habe sie noch nicht gesehen. Sie unterrichten doch nicht im Space? Oder? Ich dachte, ich würde alle Lehrer kennen." Sie zeigte ihm einen Mund voll sehr weißer Zähne, die in dem dunklen Zimmer und in ihrem dunklen Gesicht in der Luft zu schweben schienen.

„Nein. Nein, ich bin kein Lehrer. Ich, ähm, ich interessiere mich aber für das Space. Ist schon 'ne dolle Schule, was?" Posner schaute sich im Zimmer um, als ob das, was vor ihren Augen stand, genügend Beweis sei.

„Und wie. Sie hätten *mich* mal erleben sollen, bevor die Mädchen da hin sind. Ich war *zu*geknöpft. Ich meine, *wirklich* zugeknöpft." Sie sagte es, als ob sie jemandem deswegen böse sei. „Dann bin ich zu Les' erstem Sinnesbewußtsein-Workshop für Eltern gegangen und *bumm*." Sie klatschte die Hände zusammen und erschreckte Posner ganz furchtbar. „Da war ich *offen*. Schauen Sie mich jetzt an." Posner tat es lieber nicht. Er hätte der Versuchung nicht widerstehen können, sie zu fragen, ob sie nun *wirklich* offen meine.

„Mein Verhältnis zu den Mädchen ist eine Million Prozent besser. Ich kann ihnen alles sagen, und sie können mir alles sagen. Und ich meine aber auch wirklich alles. Und mein Verhältnis zu meinem Mann ist mindestens tausend Prozent besser. Aber was das wichtigste ist, ich *fühle* jetzt, und ich meine wirklich fühlen. Von jedem Körperteil aus. Wieviel fühlen Sie denn von Ihrem Kopf aus, Joe?"

„Nicht viel", mußte Posner zugeben. Er sah keinen Grund, das Kitzeln in seinen Zehen, Fingern und in der Nase zu erwähnen, das ständig stärker wurde.

Joan Salt nickte mit dem Kopf, gleichermaßen aus Sympathie wie aus Verachtung. „Wußt ich's doch. Ich jedenfalls fühle was. Ich fühle die ganze Zeit von meinem Kopf aus."

„Was fühlen Sie denn da oben, Mrs. Salt?" Dummschwätzer, sagte Posner zu sich selbst.

„Tonnen von Sachen. Sensationen. Ich fühle von meinem Kopf aus bis unten zu meinen Fußsohlen. Und das alles verdanke ich Les."

„Donnerwetter! Das ist ja großartig, Mrs. Salt." Posner war sich nicht ganz sicher, was der passende gute Ton war, wenn man etwas von einem größeren persönlichen Durchbruch erzählt bekam. „Und Sie haben hier auch ein sehr schönes Haus."

„*Joan*. Ach, mein Gott, diese Scheune hier? Mein Mann und ich

haben das gekauft, zwei Monate, bevor er uns verlassen hat. Deshalb gibt's keine Möbel hier, außer natürlich dem Billardtisch. Den mußten wir uns sofort kaufen. Er wollte mir keinen einzigen Penny für die Ausstattung geben, nachdem er zu seiner Freundin gezogen war."
Joe Posner war nicht gerade glücklich, diese Geschichte hören zu müssen, aber Joan Salt war offenbar um nichts davon abzubringen, sich noch ein Stück weiter zu eröffnen. Das Preludin war wie eine kleine Turbine, welche sein Marihuana weiter anfachte und den ganzen Raum wie eine dümmliche Satanserscheinung aus einem blöden, zweitklassigen Film erscheinen ließ. Joan Salt war der Star, und kein Weg führte an ihr vorbei.
„Können Sie sich das vorstellen? Und das auch noch mit einer Medzinstudentin? Er unterstützt sie, während sie *Medizin* studiert. Was meinen Sie denn, wie groß seine Chancen sind, daß sie bei einem so alten Furz bleibt, sobald sie erst einmal Ärztin geworden ist?" Sie hustete ein verzweifeltes Lachen. „Sam ist 47, Joe. Aber das alles ist mir jetzt so egal. Dank dem Space, dank meiner selbst. Les hat mir genau das Feedback gegeben, das ich brauchte. Er hat die Geburt dessen erleichtert, was immer schon meine Ichhaftigkeit war. Jetzt kann Sam zum Teufel machen, wozu er immer lustig ist. Er kann das größte scheiß Arschloch in New Jersey aus sich machen, mir ist's egal. Das ist seine Sache. Ich habe meine." Sie lächelte ein breites, unglückliches Lächeln.
„Das ist ja großartig, Joan. So, ich muß jetzt Judy finden. Ich versuch's mal im Keller. War schön, mit Ihnen zu sprechen.
„Schön, *Sie* kennenzulernen, Joe. Sie finden guten Augenkontakt."
„Danke!" Seine Füße gingen aus dem Billardzimmer, aber sein Herz raste.
Nachdem er einmal im Erdgeschoß war, war es nicht schwierig, die Treppe runter zum Keller zu finden. Jemand hatte begonnen, auf einem Schlagzeug unten zu spielen, und das Bummern und Krachen, obwohl es überall im Erdgeschoß hörbar war, war am lautesten von der Treppe her. Posner folgte dem Klang des Rhythmus. Er war so anfängerhaft und ungenau, wie ein Trommelschlag nur sein kann, ohne so zu klingen, als ob der Trommler zum ersten Mal in seinem Leben eine Trommel gesehen habe. Bumm tschii bumm bumm. Wer immer da spielte, hatte Partymanieren, die seiner Virtuosität gleichkamen, aber Posner fühlte den Drang zu tanzen.
Nachdem er einmal halbwegs die Treppe hinuntergegangen war, konnte er das große, mit Fichtenpanelen ausgekleidete Spielzimmer sehen. Es überraschte ihn nicht sehr, als er sah, daß der Junge hinter den Trommeln erst neun oder zehn Jahre alt war. Was ihn aber sehr

überraschte, war, Larry Blittstein zu sehen. Kinn auf der Brust, kaum bei Bewußtsein, auf einem grünen Plastiksofa. Auf dem Tisch vor ihm stand etwa ein Dutzend leerer Bierflaschen. Neben ihm saß ein außerordentlich dünner, schakalähnlicher Junge mit unordentlichem, fettigem blonden Haar, billigen Kleidern und einer dicken Hornbrille, der mit weißem Pulver Linien auf dem Rücken einer Zeitschrift auslegte. Gegenüber von den beiden saß ein Mädchen, dessen Gesichtsfarbe so dunkel war wie die von Larry. Sie trug ein weißes Baumwolloberteil, das genau unter ihren großen Brüsten endete. Sie war schwergewichtig, und Posner konnte sehen, wie das Gefühl des Unglücklichseins ihr über den ganzen Körper geschrieben war.
Posner blieb wie angefroren auf der Treppe stehen. Larry konnte ihn identifizieren. Er konnte ihn mit Martys Tod in Verbindung bringen. Was zum Teufel machte er denn hier bei einer Party in der Nacht, in der sein Vater umgebracht worden war? Vielleicht wußte er das noch nicht. Aber Apfelbaum hatte gesagt, daß der Junge niemals rauche oder trinke. Er mußte von irgend etwas durcheinandergebracht worden sein. Grade als Posner sich umdrehte, um die Stufen wieder nach oben zu entkommen, kam Larry zu Bewußtsein und rief: „Heh, Sie da!" und winkte unbestimmt mit seiner Hand in Posners Richtung. „Kommen Sie mal rüber! Kommen Sie mal her!" Posner kam.
Als Posner die Stufen runtergekommen war und zur Couch trat, waren Larrys Augen schon wieder geschlossen. Der dünne Junge wandte sich Posner zu. Seine Hände zitterten, und er schien um Mund und Augen ein leichtes nervöses Zucken zu haben. „Der ist kaputt", sagte er, während sein Gesicht in ein krankhaftes Grinsen zerschmolz, das er ein paar Sekunden anhielt. Dann verschwand es, und er wandte sich wieder der Aufgabe zu, seine Linien zu ziehen.
Larrys Kopf rollte auf die Seite, und seine Augen fielen auf Posner. „Heh. Wie geht's Ihnen?" Er war betrunken, aber nicht so betrunken, wie er vorgab. Wie viele Nichttrinker hatte er sich unter Trunkenheit mehr vorgestellt und versuchte jetzt, von sich aus nachzubessern. Er rollte seinen Kopf auf die andere Seite, um zu dem Jungen neben sich zu sprechen. „Heh du, Franz. Das ist der Kerl, der Marty umgebracht hat." Franz setzte sein an der Gesellschaft leidendes Lächeln wieder auf, und Larry wandte sich erneut Posner zu. „Ich vermute, ich sollte Ihnen auch noch danken, was?"
„Hör mal zu, Larry. Es tut mir sehr leid wegen deinem Vater, aber ich habe ihn nicht umgebracht. Wirklich. Er war schon tot, als ich ankam."
„Wem soll ich denn danken?" Er stolperte vorwärts und hob eine halbleere Flasche Molson auf und verschüttete das meiste auf sein

Kinn. „Auf Ihr Wohlsein, wer immer Sie sind." Dann schaute er zu Posner auf. „Der Polizei hab ich gesagt, das wär Ihnen zu verdanken."
„Wirklich?" Posners Herz begann den Trommler zu übertönen.
„Ja, aber ich hab ihnen keine Beschreibung gegeben. Ich wollt Ihnen 'ne Chance lassen."
Posner begann, heftig die Knochen unter seinen Augenbrauen zu reiben. Larry begann, mit den Zähnen zu knirschen und eine Art leises knurrendes Geräusch von sich zu geben. Posner sah keine andere Möglichkeit, als weiterzumachen.
„Larry. Ich versuche herauszufinden, wer deinen Vater umgebracht hat." Larry zeigte keine Reaktion. „Weißt du, ob er jemals Melody Gold kennengelernt hat?"
Larrys Augen rollten, und sein Mund klappte auf. „Ahhh, Melody. Die möcht ich gerne *ficken*. Möchten Sie die nicht auch gerne *fikken*? Geht aber jetzt nicht mehr, was? Es sei denn, Sie sind irgend so 'n beschissner *Leichen*schänder. Marty hat sie aber *gefickt*. Hihi. Marty der *Ficker* hat sie *gefickt*. Der alte *Ficker* hat sie *gefickt*. Ficker fickt sie, Ficker fickt sie, Ficker fickt sie ..."
Er sang es rhythmisch zu dem nicht ganz so präzisen bumm tschii bumm, das von dem Jungen am Schlagzeug kam.
„Warum sagst du das, Larry? Woher weißt du das?"
„Sie ist zu uns ins Haus gekommen. Zweimal. Dreimal. Mutter arbeitet. Irgend jemand muß ja schließlich. Ist 'ne halbe Stunde geblieben. Bei Marty. Tür zugeschlossen. Muß ja doch wohl Ficken gewesein sein, oder? Mich hat sie noch nicht mal angerührt, wissen Sie. Hat sich angestellt, als hätte ich Lepra. Sind Sie schon jemals durch den Gang gegangen, und 'n Mädchen drückt sich so fest gegen die Wand, so als wollt sie ganz weit weg von einem sein?"
„Kannst du dich an die Zeiten erinnern, wo sie in euer Haus gekommen ist?"
„Nee. Was ist schon Zeit? Letzte Woche, jede Woche einen Monat lang. Vorher nich."
Franz war jetzt mit der Vorbereitung seiner Linien zu Ende und bot sie Larry an, der etwa ein Drittel der Menge in seine Nase bekam, den Rest über die Zeitschrift blies und wieder in seine Bewußtseinsferne zurücksank.
„Ist das Schnee?" fragte Posner, der von der Menge und der Verschwendung überrascht war.
Franz grinste wieder. Sein Lächeln erschreckte Posner ein bißchen. „Es ist ein kleines Geheimnis, das ich selbst zusammengestellt habe." Seine Hände zitterten, als würde er ein Motorrad festhalten.

Das traurige Mädchen, das ihnen beiden gegenübersaß, sprach zum ersten Mal. „Franz ist ein Genie. Er macht im Chemielaboratorium Traumpulver."
„Zittern deshalb deine Hände so?" fragte Posner den Edison der 80er Jahre. Franz zuckte und lächelte wieder nur noch ein bißchen säuerlicher. Er hatte keine große Ausdruckspalette zur Verfügung.
„Neee, neee", antwortete das Mädchen für ihn. „Er nimmt das Zeug selbst nie. Er ist einfach nur nervös."
„Nimmst du es denn?" fragte Posner sie.
„Nee. Das brennt nur in der Nase."
„Da ist noch irgendwas in dem Molekül, was ich noch nich richtig hingekriegt hab", erklärte Franz, ohne Posner anzuschauen.
„Es funktioniert überhaupt nicht?"
„Nee", wimmerte das Mädchen.
„Woher willst du dann wissen, daß er zu den Genies gehört?" Es war eine sinnlose Frage, aber Posner konnte ihr nicht widerstehen.
„Könnten Sie denn so was machen?" blieb das Mädchen hartnäckig.
Larry rang sich noch einmal zum Bewußtsein durch, um das Rätsel zu lösen. „Bei den Alternativ-Verlegern heißt es: Der Prozeß ist wichtiger als das Produkt. Es ist egal, wenn es nicht funktioniert, so lange man nur 'ne Menge Energie drauf verwendet. Alternative Verleger", wiederholte er. Der Klang gefiel ihm. „Les verkauft Junk, wissen Sie", warf er so leicht dahin, ein Auge geschlossen, eines offen, mit hochgezogener Augenbraue.
„Was?" Posner war vom Donner gerührt. Wie auf ein Stichwort hin begann der Junge am Schlagzeug eine Reihe von zischenden Fegelauten auf seinen 25- und 30-Zentimeter Zimbeln.
„Stimmt. An alle Schüler. Er nennt es ‚Liebe' oder ‚Vertraulichkeit' oder ‚Vertrauen'. Aber es wirkt genauso wie Junk. Er gibt ihnen grade soviel, wie sie von dem brauchen, was sie nie von Mama und Daddy gekriegt haben, um sie süchtig zu machen. Dann wollen sie alles, brauchen sie alles. Sie folgen ihm auf Schritt und Tritt. Sie sitzen in seinem Büro, sie gehen zu seinem Haus, und alles, was sie wollen, ist immer noch 'n bißchen mehr. Kontakt. Aufmerksamkeit, besondere Stellung. Boychiks und Girlchiks. Aber keiner kriegt alles – außer den wenigen Auserwählten wie z.B. Melody oder Tony Bagliano, und die ganz Häßlichen kriegen natürlich gar nichts, stimmt's, Franz?"
Franz setzte wieder sein mürrisches Lächeln auf. „Bist du überhaupt jemals zu Les' Haus gekommen, Franz?" Das Grinsen blieb auf Franzens Gesicht, während dieser den Kopf schüttelte. „Und du, Felicia?"

Das schwergewichtige Mädchen schmollte. „Einmal. Ich bin mit Mary Malman hin. Ich durfte dann nie wieder hin."
„Mehr brauch ich nicht zu sagen." Larry lächelte müde, winkte mit der Hand und schloß wieder die Augen.
Posner erbleichte beim Offenlegen aller dieser Feindseligkeiten und versuchte wieder, zu seiner ursprünglichen Fragestellung zurückzufinden. „Larry, hat Melody oder hat dein Vater jemals gesagt, warum sie ihn besucht hat?"
Larrys Augen öffneten sich zu Schlitzen. „Marty hat gesagt, sie hätte Freunde, die so 'n paar Gedichte veröffentlicht haben wollten. Aber er hat gelogen. Ich weiß immer, wenn er lügt. Und Melody hatte keine gottverdammten Freunde mit Gedichten. Sie hat nie mit mir gesprochen." Seine Augen schlossen sich wieder, diesmal endgültig.
Posner wandte sich den beiden anderen zu. „Habt ihr Melody Gold gekannt?"
„Die aufgemotzte Tussi!" sagte das Mädchen mit Entschiedenheit. „Mit mir hat sie auch nie gesprochen." Franz lächelte und zuckte den Kopf in einer Weise, die eine Verneinung andeutete. Man konnte mit ziemlicher Sicherheit vermuten, daß sie mit ihm auch nicht geredet hatte.
„Na ja. War interessant, mit euch allen zu sprechen. Habt ihr Tony Bagliano heute abend schon gesehen?" Er wandte sich mit seiner Frage hauptsächlich an das Mädchen, das zu dem Zeitpunkt die einzige von den dreien war, der Posner zutraute, eine direkte Frage zu beantworten.
„Nee."
„Hawk Brennan?"
„Nee."
„Und Judy Williams?"
„Die eingebildete Gans? Ich glaub, sie ist draußen am Schwimmbad."
„Danke. Bis später."
Posner hatte sich schon an das Dröhnen der Trommeln gewöhnt, und als er nach draußen kam, klingelten seine Ohren von der ungewohnten Stille. Die Wirkung des Joints ging zurück, aber das Speed wirkte noch kräftig weiter. Damit fühlte er sich jünger, schlanker, größer. Er wußte nicht genau, weshalb er Judy suchte. Beziehungsweise, er wollte es gar nicht so genau wissen. Die Party schien nicht gerade eine Sache zu sein, zu der man nur per Einladung kam, und er wußte schon, wie Tony Bagliano aussah.
Vielleicht mochte sie ihn auch?
Einige Mädchen fliegen auf ältere Männer. Einige Mädchen können

das verkraften. Sie hatte wahrscheinlich sehr viel Erfahrung. Natürlich nicht so viel Erfahrung wie er. Er begann eine schnelle Rechnung darüber, wie oft eine Siebzehnjährige Sex erlebt haben könnte, wobei er davon ausging, daß sie mit 13 begonnen hatte, aber er fing sich noch einmal und führte die Rechnung nicht zu Ende. Es mußte ja schließlich irgendeine Grenze für seine Verrücktheit geben.

Aber warum sollte sie ihn nicht mögen? Er sah schließlich nicht so schlecht aus. Vor allen Dingen mit dem Speed. Und er war Detektiv. Das konnte für jemanden sehr anziehend wirken. Für jemanden, der naiv war. Sein Herz pochte mit peinlicher Eindringlichkeit, als er um die Ecke des Hauses bog und das Schwimmbecken sah.

Judy stand tatsächlich da. Sie stand da mit ihrer Hand auf der Taille eines Kerls, der viel jünger als Joe Posner war. Und viel größer. Und viel dünner und biegsamer. Und mit viel mehr Haar, das alles viel blonder war als das von Joe Posner.

Posner spürte das Verlangen zu verschwinden. Er ertappte sich dabei, wie er in die entgegengesetzte Richtung eilte. Er war sich sicher, daß der Wunschtraum, den er sich da gerade vorgegaukelt hatte, noch sichtbarer war als sein klappriger Zustand, der praktisch dem eines Endvierzigers glich.

Er bog gerade rechtzeitig um die Hausecke aus der Reichweite der Scheinwerfer, um mitzuerleben, wie Tony Bagliano die miserable Fassung eines hochgemuten Stolzierens auf dem Zufahrtsweg vollführte. Allein.

Plötzlich hatte Posners Schritt wieder Spannkraft, und er überquerte den breiten Rasen vor dem Haus mit athletischen Schritten. „Heh, Tony. Bleiben Sie stehen, Mann", rief er fröhlich aus. Er wußte, daß nichts so sehr den Stachel der Zurückweisung würde vergessen lassen können wie die Möglichkeit, auf jemand anderem herumzureiten. Vor allem auf jemandem, der es verdiente und der nicht gerade allzu groß war.

Tony drehte sich um und latschte in Posners Richtung. Mit der einen Hand locker an der Seite herumhängend und mit der anderen den kleinen, aber wabbeligen Bauch unter seinem T-Shirt abklopfend, sah er so aus, als würde er versuchen, als junger Marlon Brando-Typ aufzutreten. Ohne seinen eingefallenen Brustkasten, das Doppelkinn und seine Pickel hätte er vielleicht auch eine Chance gehabt.

„Wer zum Teufel sind Sie denn?" Die Stimme war nasal. Eine kleine Andeutung von Resonanz hätte sie ein wenig bedrohlich erscheinen lassen können, aber es gab noch nicht mal eine Andeutung.

Posner hatte ihn jetzt erreicht. „Ich heiße Joe. Ich bin ein Freund von Les. Er hat mir gesagt, ich soll mich mal mit Ihnen unterhalten."

Posner packte die Hand des Jungen zu einem Soul-Händedruck. Tony machte mit, schien aber einen gewissen Verdacht zu hegen.
„Über was mit mir reden?"
„Kommen Sie mit zum Schwimmbecken. Es ist schön da hinten." Posner führte ihn zurück zu der dunklen Seite des Hauses. „Ich interessiere mich für Antiquitäten."
Tony folgte ihm mit einem verwirrten Blick. „Ach wirklich? Ich hab nicht die beschissenste Ahnung von Antiquitäten."
„Les hat da aber was ganz anderes gesagt."
„Wovon zum Teufel sprechen Sie denn da? Les ist doch ein scheiß Lügner."
Posner kicherte. „Ich jedenfalls werd das nicht abstreiten, aber ich sprech da von ganz besonderen Antiquitäten." Sie waren jetzt um die Ecke gebogen und aus dem Lichtkegel raus. „Ich sprech von *gestohlenen* Antiquitäten, Tony."
Tony hielt an. „Heh da. Was soll denn das?"
„Ganz speziell sprech ich da von Antiquitäten, die *du* aus Phyllis Golds Geschäft geklaut hast."
„Scheiß drauf!" Tony versetzte Posner einen Schlag gegen die Brust und begann, sich Richtung Haus zu bewegen. Darauf hatte Posner gewartet, seitdem er den Jungen erblickt hatte. Er schnappte sich das Handgelenk des Jungen, verdrehte es hinter dessen Rücken und drückte es besonders kräftig bis zu den Schulterblättern. Tony fiel auf die Knie, und Posner drückte sein Gesicht in das feuchte Gras. Er hielt den Druck auf den Arm aufrecht und setzte ein Knie auf Tonys Steißbein.
„Erzähl mir die ganze Geschichte, Tony."
„Lassen Sie mich in Ruhe, Arschloch!"
Er preßte den Arm noch ein Stück weiter, und Tony zuckte zusammen.
„Fred Anderson und Les haben mir schon 'ne ganze Menge erzählt. Willst du mir nicht auch noch deine Fassung sagen?"
„O.k., o.k. Aber verdammt noch mal, Sie brechen mir meinen scheiß Arm." Tony Bagliano heulte. Posner lockerte den Druck auf den Arm etwas, ließ ihn aber nicht los.
„Was wollen Sie denn wissen?"
„Alles. Von Anfang an."
„Sind Sie 'n Polyp?"
„Nein."
„Woher soll ich denn wissen, daß Sie kein Polyp sind?"
Posner ruckte lang und eindringlich an dem Arm. „Ich glaube schon, Tony, du solltest mir da einfach glauben. Jetzt fang an."

„Melody wollte Geld. Sie wußte, wann ihre Mutter gutes Zeug hatte, das man stehlen konnte. Ich hatte den Kleintransporter. Les wußte, wo man das Zeug wieder loswerden konnte. Das ist alles. Jetzt lassen Sie mich gehn."
„War Les ganz in der Sache mit drin?"
„Mehr oder weniger. Es war Melodys Idee, aber Les hat so die Listen von dem Zeug durchgesehen, na ja, die Melody zusammengestellt hat, bevor wir uns das Zeug geholt haben. Er hat uns halt so gesagt, was, na ja, was wirklich was wert war. Und er hat die Hehler ausgesucht."
„Wie groß war der Anteil von Les?"
„Ein Viertel. Ich hab auch ein Viertel gekriegt. Melody die Hälfte."
„Wofür hat sie das Geld gebraucht?"
„Schnee."
„Ist das alles?"
„Klar. Ihre Eltern haben ihr Geld für Kleider und Benzin gegeben. Wofür denn sonst?"
Posner erhöhte den Druck auf den Arm ein wenig. „Hatte sie irgendwelche Geschäftspläne für die Zukunft außer dem Kokainhandel?"
Tony schrie auf. „Hören Sie auf, Sie Scheißkerl. *Bitte*! Ich weiß gar nicht, wovon zum Teufel Sie da reden. Ich schwör es."
„Hat sie jemals Geschäfte mit Hawk gemacht?"
„Soviel ich weiß, nur einmal. Letztes Jahr. Mit dreißig Gramm Schnee."
Posner lockerte seinen Griff wieder. „Hast du sie an dem Tag gesehen, an dem sie gestorben ist?"
„Nur für 'ne Minute. So um halb acht rum. Sie hat gesagt, sie würd noch ausgehen."
„Wohin ausgehen?"
„Sie wollt es mir nicht erzählen. Sie hat mir da so 'n Riesentheater vorgespielt. Na ja, wegen diesem Kerl."
„Wegen welchem Kerl?" Posner verlor allmählich die Geduld angesichts Tonys unterentwickelter Ausdrucksfähigkeiten.
„Keine *Ahnung*. Kapieren Sie das verdammt noch mal nicht, Sie Arschloch? Melody hat versucht, sich vor mir aufzuspielen. So irgendein ungeheuer wichtiger Kerl. Aus Südamerika. Sie hat mir da so blödes Zeug erzählt, er würd ihr Geschenke aus Südamerika bringen. Ich hab verdammt nochmal nicht gewußt, wovon sie geredet hat, aber das war ganz normal. Ich hab mir gedacht, sie würd sowieso lügen. Sie wollt wahrscheinlich irgend so 'n südländischen Typ von Pal Park ficken."
„Und dann hast du sie geschlagen?"

„Ja. Na und?"
Posner ruckte den Arm erneut, und Tony stöhnte. „Ja. Na und", wiederholte Posner. „Wann hast du sie zum letzten Mal gesehen? Als sie diesen Kerl treffen wollte?"
„Ja."
„Wo sollte sie ihn denn treffen?"
„Irgendwo in Fort Lee. Mehr als Fort Lee hat sie nicht gesagt."
„Melody ist letzten Freitagabend ein Kästchen gestohlen worden – bei der Party. Was weißt du denn darüber?"
„Nix. Ich weiß überhaupt nich, wovon zum Teufel Sie reden."
Posner änderte seinen Griff an Tonys Handgelenk bedrohlich. „Dessie sagt, daß sie gesehen hat, wie du es geklaut hast."
„Dessie ist 'ne beschissene Lügnerin."
„Es war mit Juwelen geschmückt, Tony. Roten und gelben Juwelen. Klingt das irgendwie bekannt?"
„Klar. Das ist das von ihrer Mutter. Sie hat Melody eins gegeben und Melodys Vater eins. Seins haben wir beim letzten Einbruch mitgenommen."
„Warum?"
„Woher soll *ich* denn das wissen? Melody wollt es haben. Sie wollte sie wahrscheinlich beide."
„Was war denn drin?"
„Ich weiß nicht, was zum Teufel in dem von Melody drin war. In dem von ihrem Alten waren so 'n paar Manschettenknöpfe drin – ganz blöde, Mann. Äußerst blöde. Die hatten Sterne oder so was drauf. Abscheulich. Heh, warum lassen Sie mich nicht los, o.k.?"
„Noch eine Minute. Jetzt erzähl mir noch mal, wie letzten Freitagabend das Kästchen gestohlen worden ist."
„Gottverdammtnochmal, Mann! Ich *hab*'s Ihnen doch schon gesagt. Ich weiß zum Teufel nichts darüber. Das ist das erste Mal, daß ich was von gehört hab, scheiß drauf."
„Jetzt erzähl mir mal was von deinem Vater, Tony."
„Wieso denn?"
„Warum versucht er, mich umbringen zu lassen?"
„Ich weiß nicht, wovon zum Teufel Sie da reden."
Posner ruckte an seinem Arm. „Au! Verdammt nochmal, Mann. Ich schwör's. Sie sind verrückt. Ich hab schon seit Monaten nicht mehr mit ihm geredet."
„Wie sind denn er und Melody ausgekommen?"
„*Me*lody? Der hat sie doch noch nicht mal ge*kannt*. Ist ihr noch nicht mal über den *Weg* gelaufen, Sie Arschloch."
Posner ließ vor Überraschung fast Tonys Arm los, und Tony begann,

sich zu wehren. Posner faßte wieder fester zu und drückte den Arm hoch. Tony heulte auf. „Du lügst doch, Tony."

„Ich schwör's bei Gott, Mann. Jetzt hören Sie doch bitte auf, mir wehzutun."

„Kennt er Marty Blittstein?"

„Wer zum Teufel ist denn das?"

„Larrys Vater."

„Wie soll er denn den Vater von diesem Blödmann kennen?"

„Und wie steht's mit Hawk?" Posner war völlig durcheinander, aber er ließ Tonys Arm nicht los.

„Jetzt tun Sie mir nicht weh, o.k.? Aber Sie sind ja doch verrückt. Mein Vater ist noch nicht mal im Space gewesen. Der kennt überhaupt niemanden, der da hingeht oder der da unterrichtet oder sonst was. Sie haben da irgendwas völlig verwechselt."

„Sieht so aus." Posner sprang auf und ließ Tony los. „War schön, mich mit dir zu unterhalten, Tony."

„Laß dich ficken." Tony spielte wieder den großen Mann, aber Posner hatte keine Lust, sich noch weiter mit ihm abzugeben.

„So viel Glück sollte ich mal haben", murmelte Joe Posner. Dann auf dem Weg zu seinem Dodge sagte er es noch einmal, zu sich selbst.

25. Endstation Bizarr

Genau wie er es vorausgesehen hatte, sah Joe Posner Tony weniger als fünf Minuten später in den Kleintransporter steigen. Posner hatte Zeit gehabt, den Dodge aufzuwärmen, den Kleintransporter auf der Straße zu finden und auf der gegenüberliegenden Seite zu parken. Posner konnte es gar nicht abwarten dabei zu sein, wie Tony und Les sich gegenseitig die Schuld in die Schuhe schoben.

Der Kleintransporter fuhr los, radierte natürlich Gummi in den Asphalt, und Posner folgte in diskreter Entfernung. Da er kaum

Zweifel hegte, in welche Richtung es ging, brauchte er nicht allzu nahe dran zu bleiben. Außerdem schien Tony nicht der Typ zu sein, der sich viel mit Rückspiegeln abgab. Posner flog mit einer Mischung aus Amphetamin und dem Vorgefühl des Triumphes, während sie den Hügel hinunterrasten. Da er ganz bei der Sache sein wollte, verdrängte er das riesige Durcheinander, das Tony junior betreffs Tony senior angestellt hatte. Judy Williams Freund erschien ein paarmal als Phantom in seinem Kopf, aber es gelang ihm, auch diese Scheiße von sich fernzuhalten. Alles, was er jetzt wollte, war, die Oberhand über Les Coniff zu gewinnen.

Am Fuße des Hügels, an der Kreuzung mit Ramapo Street, fuhr Tony geradeaus anstatt nach rechts Richtung Creskill, aber das kümmerte Posner wenig, da er glaubte, daß Tony wahrscheinlich anhalten würde, um sich etwas zu essen oder ein paar Zigaretten zu holen. Als aber der Kleintransporter durch die leere Geschäftsstraße fuhr, fragte sich Posner doch, ob er falsch geraten habe. Als sie schon auf dem Weg nach Ridgefield Park waren, wußte er, daß er tatsächlich falsch gelegen hatte.

Sie waren fast noch zwei Kilometer von Ridgefield Park entfernt in der Nähe von Bergen Valley High, als Tony nach links fuhr, dann nach rechts und vor einem einfachen Holzhaus in einem alten und etwas heruntergekommenen Häuserblock anhielt. Posner beobachtete ihn, wie er in einen Kellereingang hineinging, bevor er selbst nach rechts fuhr. Er parkte gerade hinter der Ecke und ging zum Haus hinüber. Seine Schultern und Hüften waren locker, biegsam. Seine Hände waren offen und ruhig. Alles in ihm bewegte sich rasch, aber reibungslos.

Das Treppenhaus roch nach nassen, schwarzen, verrotteten Blättern. Lange, verstaubte Spinnweben mit Trauben von Eiersäcken hingen an den Betonwänden. Posner bewegte sich langsam nach unten und stand dann lauschend an der Tür. Die Türaufhängung sah selbstgemacht aus, und der Klang war ziemlich deutlich zu hören.

„Der Mutterficker weiß alles über die scheiß Einbrüche!" schrie Tony. „Was zum Teufel soll ich denn *machen*?! Gottverdammte, beschissene Melody."

Die andere Stimme war leise, zu leise, als das Posner sie hätte verstehen können.

„Scheiß Les!" antwortete Tony. „Ich kann's gar nicht fassen, wie beschissen er ist. Er hat mich festgenagelt. Ich kann's noch gar nicht fassen. Was für ein völliger Beschiß. Aber total."

Wieder die andere Stimme.

„Ich kann's aber nicht. Mein Vater bringt mich um. Ich bin sowieso schon auf seiner Abschußliste, seitdem er meine scheiß Kippe in seinem scheiß Fleetwood gefunden hat. Arschloch! Ich kann ihn jetzt nicht anrufen. Ich hab schon seit sechs Monaten oder so gar nicht mehr mit ihm geredet." Und dann nach einer Pause: „Ich geh zu meiner Mutter und hol mir 'n paar Tabletten. Ich muß mich entspannen, Mann."

Posner versuchte die Türklinke. Die Tür war offen. Tony lehnte mit dem Rücken gegen eine Bimsbetonhohlblockwand, neben einer nackten Birne, die von der Decke hing. Farbeimer, Reifen, Koffer und Pappkartons nahmen den größten Teil des Fußbodens ein. In einer freigemachten Ecke saß auf einer mit einem Schlafsack bedeckten Matratze auf dem Betonboden Alice Cabot. Ihre langen, dünnen, unrasierten weißen Beine guckten unter einem kurzen rosa Nachthemd aus Chiffon heraus. Ihre Augen verrieten keinen Ausdruck, als sie Posner erblickte, aber ihr Kiefer bewegte sich steif hin und her.

„Tag, Blanche. Tag, Stanley", grinste Posner.

„Hau ab, zum Teufel ...", begann Tony. Aber Alice brachte ihn mit halbgeschlossenen Augen und einem Finger über ihren Lippen zum Schweigen.

„Joposner", sagte sie tonlos. „Ich bin froh, daß Sie mich gefunden haben." Sie klopfte auf die Matratze neben sich. „Setzen Sie sich doch hin. Sie sehen ja schrecklich aus."

Er setzte sich auf den blauen Schlafsack. Es war ein teures Stück, wahrscheinlich Gänsedaunen, und er war schön übersät mit Samenspritzern und Brandlöchern. „Danke, Alice! Nettes Zimmer haben Sie hier."

„Heh, Arschloch", begann Tony erneut und drückte sich von der Wand ab, bevor Alice ihn wieder zum Schweigen brachte.

Posner kümmerte sich gar nicht um ihn.

„Das Haus gehört Cathy Norris. Wir konnten sonst nirgendwo hin. Ihre Mutter hat nichts dagegen."

Posner sagte nichts. Er wartete und lauschte darauf, wie das Blut durch seinen Körper rauschte. Er rechnete sich aus, daß das Schweigen schwer auf Alice Cabot lasten würde. Er hatte recht.

„Gestern abend wollte ich Ihnen alles sagen", sagte sie, und ihre Hände spielten nervös mit der Seite des Schlafsacks.

„Und warum haben Sie's nicht gemacht?" flüsterte Posner fast, und er benetzte seine Lippen, die vom Speed trocken geworden waren, mit der Zunge. Er holte sich eine weitere verbogene Camel aus seiner Jacke und steckte sie in seinen Mund. Er hatte immer noch kein Streichholz.

„Ich konnt's einfach nicht." Alice schaute ihn nicht an und ließ

ihren Kopf hängen, was das knöcherne Aussehen ihres nackten Schlüsselbeines noch unterstrich.
„Elvira hat Sie wohl nicht gelassen?" Seine Stimme war trocken und wie Kies.
„Red doch nicht mit dem Arschloch", explodierte Tony, schüttelte den Kopf heftig und stach in einer Nachahmung von Jimmy Cagney mit einem Finger in die Luft. Posner wandte sich ihm langsam zu und sprach, um seiner Stimme besonderes Gewicht zu geben, vom Zwerchfell aus, wobei die Zigarette von seinen trockenen Lippen herunterhing. „Kinder sollten nicht dazwischenficken – ich meine, dazwischenreden."
Tony lächelte sarkastisch, öffnete den Mund und rollte die Oberlippe ein.
„Vielleicht solltest du 'n Moment rausgehen, Tony", sagte Alice, genau wie eine Lehrerin. „Joposner und ich müssen ein paar Sachen besprechen."
„Nee, nee", sagte Posner leise und mit Bestimmtheit. „Ich hätt ihn gerne hier, wo ich ihn beobachten kann."
„Wie haben Sie uns überhaupt gefunden, Arschloch?"
„Du solltest ab und zu mal versuchen, in deinen Rückspiegel zu gucken. Wenn du nochmal was sagst, vor allen Dingen, wenn du mich nochmal Arschloch nennst, dann brech ich dir den Arm und alle Finger. Verstanden?"
Alice gab Tony nicht genug Zeit für eine Antwort. „Bitte, Joposner, reden wir doch jetzt."
„Na, dann reden Sie mal." Posner nahm die unangezündete Zigarette aus seinem Mund, netzte sich die Lippen wieder und steckte die Zigarette in den Mund zurück.
„Gestern abend wollt ich Ihnen alles erzählen. Und Ihnen das Kästchen geben." Die Muskeln in ihrem Hals kräuselten sich vor Spannung.
„Aber Elvira hat Ihnen die Sache ausgeredet", erklärte Posner ihr hilfreich.
„Stimmt. Sie kam an, gerade als ich Sie angerufen hatte, und sie sagte, ich würd in jede Menge Schwierigkeiten geraten, und daß ich das nicht verdient hätte. Und daß ich ihr auch 'ne Menge Schwierigkeiten machen würde."
„Weil Sie das Kästchen gestohlen hatten?"
Alice fingerte weiterhin nervös an dem Schlafsack herum, zog daran, als ob sie versuche, ihn zu zerreißen. Tränen stiegen in ihren Augen auf. „Sie war schon tot, als wir nach Haus kamen. Ich schwör es. Glauben Sie mir?"

„Erzählen Sie mir noch mehr", sagte Posner ganz ruhig, weder mit Sympathie noch ohne. Tony stöhnte von seiner Stelle an der Wand. Posner schoß ihm einen warnenden Blick zu und kaute ein wenig am Ende seiner Camel.

„Ich schwör's. Ich weiß nicht, warum sie in meine Wohnung kam. Sie hatte mir gesagt, sie wolle mich überhaupt nicht mehr sehen."

„Und Les?" fragte Posner und gab vor, mehr zu wissen, als er in Wirklichkeit wußte.

„Sie hatte ihn überzeugt. Verstehen Sie das nicht? Der wollte mich auch nicht mehr. Es war wunderbar mit uns dreien. Jedenfalls dacht ich das. Melody hat mich einfach ausgenutzt. Um an ihn ranzukommen. Mich hat sie niemals richtig geliebt. Sie hat's nur vorgegeben, weil ich Les besaß. Aber ich vermute, sie wußte, daß ich diese Zuneigung für sie hatte und ... sie hat es einfach ausgenutzt." Alice schluchzte jetzt, und Posner konnte sie kaum verstehen. „Ich hab sie geliebt, so sehr geliebt." Tony spuckte auf den Boden und verlagerte sein Gewicht auf den anderen Fuß.

„Und wo kommt dann unser Adonis hier ins Spiel?" fragte Posner, ohne Tony anzuschauen, der mit seinem Fuß eine leere Cola-Dose bewegte und gar nicht merkte, daß über ihn gesprochen wurde.

Alice starrte auf die Matratze. „Wir haben nach der Party Freitagabend miteinander geschlafen. Er hat nicht gewußt, daß ich das Kästchen mitgenommen hatte. Ich hatte es in meinem Auto gelassen. Es war nur für eine Nacht, aber dann wollte ich auch nicht bei Elvira bleiben, so daß ich heute Nachmittag weg bin und hierher gekommen bin. Das ist alles."

„Und wie steht's mit der Brosche, Alice?" fragte er sanft und mit tiefklingender Stimme.

„Aber sie hat sie mir doch *gegeben*!" schrie sie fast heraus. „In der letzten Nacht, wo wir zusammen geschlafen haben, ich meine am nächsten Morgen, da hat sie sie mir gegeben." Sie beruhigte sich und rieb einen Fingernagel entlang dem bleichen, pelzigen Schienbein. „Sie ist so wunderschön."

„Und das Kästchen?"

„Ich konnt es nicht länger aushalten. Ich konnt es nicht länger aushalten, daß ich nicht mehr bei ihr sein konnte. Oder bei Les. Deshalb hab ich die Schule verlassen. Es hat mir so furchtbar wehgetan. Ich wollt einfach was haben, was mich an sie erinnern würde. Und vielleicht auch, womit ich mich an ihr rächen konnte." Sie ließ ihre Augen vorsichtig in Richtung Tony und dann zurück gleiten. „Ich war ziemlich betrunken. Melody und Les haben neben dem Schwimmbecken getanzt. Ich bin in ihr Zimmer und hab rumgeguckt. Als ich

das Kästchen gesehen hab und wie es zu der Brosche gepaßt hat, schien das genau richtig. Also hab ich es mitgenommen."
„Da war doch nur eins, oder?"
„Ja." Alice war von der Frage etwas verwirrt, überging sie aber schnell. „Ich hab mich so schuldig gefühlt, aber ich hab nicht gewußt, wie ich es zurückgeben sollte. Dann, als Sie gekommen sind und es gesucht haben ... in der Nacht hatte ich es Ihnen geben und Ihnen auch alles erzählen wollen. Ich schwör es. Oh, mein Gott. Ich weiß gar nicht, wie das alles passiert ist." Sie fiel vornüber auf die Matratze und wimmerte in ihren Arm. Posner spuckte ein abgekautes Stück Tabak aus, leckte seine Lippen erneut und sagte nichts. Tony seufzte in einer Demonstration nervöser Langeweile.
„Elvira kam direkt, nachdem ich Sie angerufen hatte, wie ich schon gesagt hatte. Wir hatten eine schreckliche Auseinandersetzung. Sie zwang mich, Sie wegzuschicken und früh am nächsten Morgen auszuziehen. Ich wollt es Ihnen erzählen. Sie sagte, daß ich mich dumm anstelle. Aber ich hab sie doch dazu gebracht, Ihnen das Kästchen zurückzugeben, als wir da hochgefahren sind. Sie hat es doch gebracht, oder?"
„Ja, Sie haben noch nicht zu Ende erzählt von der Nacht, in der Melody gestorben ist. Was passierte, nachdem Sie Melody in Ihrem Haus gefunden hatten?"
„Wir haben sie weggebracht. Zum Park. Ich wollte sowieso in der folgenden Woche wegziehen. Es war nicht fair mir gegenüber, daß ich so in Schwierigkeiten kommen sollte, und dann mit dem Skandal und allem. Und ich hab überhaupt nichts ge*macht*. Schließlich hatte sie *mich* verlassen. Das schien nicht fair zu sein. Also haben wir sie zum Park gebracht. Elvira hat den Firebird gefahren. Dann hab ich die Polizei angerufen."
„Erzählen Sie mir was über Melody und Heroin." Das Ende der Zigarette fiel langsam auseinander, und der nasse Tabak schmeckte bitter, aber gut auf Posners ausgetrockneter Zunge.
„Ich *weiß* nicht. Ich ver*steh* das nicht. Sie hat niemals Heroin *genommen*. Jedenfalls, soweit ich das weiß. Es war alles so fürchterlich und unmöglich, sie so zu finden. Das reimte sich nicht zusammen. Ich wußte nicht, was ich davon halten sollte."
„Und ihr Kokain-Geschäft?"
„Sie hat nie mit mir darüber gesprochen. Ich mag keinen Schnee. Sie hat 'ne Menge davon genommen. Ich hab versucht, sie davon wegzukriegen, aber sie hat mich dann immer ausgelacht und 'ne alte Jungfer genannt. Über die geschäftliche Seite hat sie nie mit mir gesprochen. Ich wußte, daß sie mit Drogen handelte, aber mehr wußte ich

auch nicht. Oh Gott, wenn sie nur nicht so völlig in Drogen verwickelt worden wäre ..." Alice löste sich wieder in Tränen auf. Tony fingerte an dem Mörtel zwischen den Hohlblocksteinen herum und spuckte erneut. Der Junge hatte eine Menge Rotz in sich.
„Alice, das hier ist wichtig", hakte Posner sanft, fast entschuldigend nach. „Hatte Melody ihren Gürtel um den Arm gewickelt, als Sie sie gefunden haben?"
Alice hob ihren Kopf verwirrt vom Bett hoch. „Nein. Hatte sie nicht. Leute tun das ja, wenn sie Heroin nehmen, nicht wahr, aber sie hatte das nicht. Und sie trug diesen roten Gürtel mit der Türkisschnalle immer mit der Hose." Die Tränen begannen wieder zu strömen.
„Alice", Posner rutschte auf der Matratze näher, nahm die Zigarette aus seinem Mund und rollte sie zwischen Daumen und Zeigefinger. Seine Stimme wurde leiser, angespannter, sogar ruhiger. „Hat irgend jemand einen Schlüssel für Ihre Wohnung?"
„Melody hatte einen. Damit ist sie reingekommen."
„Außer Melody?" Er rollte die Zigarette jetzt schneller hin und her und ließ seine Zunge über seine Lippen huschen.
„Na ja, Les ... Sie meinen doch nicht? ..." Ihre Tränen hörten auf und auch Tonys Herumkratzen an der Wand.
„Als Sie Melody in den Park gebracht haben, ist die Nadel da aus ihrem Arm gerutscht?"
„Nein. Ich habe die Nadel gehalten, während Elvira die ... Leiche getragen hat. Worauf wollen Sie denn hinaus?"
„Ich weiß es selbst nicht so direkt, aber ich habe so das Gefühl, daß Melody gar nicht in Ihrer Wohnung gestorben ist."
Alices Augen öffneten sich weit. „Was meinen Sie denn da?"
„Als man Melody gefunden hatte, hatte sie zwei Einstiche in ihrem Arm, und als sie mich besuchte, hatte sie ihren Gürtel an. Hatte sie den Gürtel auch an, als du sie gesehen hast, Tony?"
Tony zuckte mit den Schultern. „Verfickt und zugenäht, wie soll ich das wissen?"
Voll Abscheu wandte Posner sich wieder Alice zu und rollte immer noch die Zigarette zwischen seinen Fingern. „Ich glaube, sie ist irgendwo anders gestorben, und jemand hat ihren Körper in Ihre Wohnung gebracht. Unterwegs haben sie den Gürtel verloren, und die Nadel ist rausgefallen. Sie haben die Nadel wieder in den Arm gesteckt und dabei ein zweites Loch gemacht."
„Les, warum würde denn der ...?"
„Das Arschloch!" fügte Tony bei.
„Hatte Melody in jener Nacht den Schlüssel bei sich?"
„Ich nahm das doch an. Ich weiß es nicht."

„Falls sie ihn hatte, dann hätte es natürlich jeder sein können. Jeder, der wußte, daß sie den Schlüssel hatte. Wußte jemand das außer Les?“ Wieder erhöhte er die Geschwindigkeit der Zigarette zwischen seinen Fingern.
„Ich vermute, daß Tony das wußte.“
„Heh. Ich war mit Johnny zusammen. Ich kann das beweisen.“
Posner beachtete ihn gar nicht.
„Sonst noch jemand?“
„Keine Ahnung. Vielleicht. Es hängt davon ab, wem sie es erzählt hat. Wir schämten uns nicht wegen unserer Verbindung.“
„Die Verbindung war für jeden offensichtlich?“
„Natürlich nicht. Sie war völlig vertraulich. Vertraulichkeit ist die Basis einer humanistischen Umgebung.“
„Aha. Ich verstehe.“ Er verstand es aber nicht. Er biß das abgekaute Ende der Zigarette ab und spuckte es auf den Boden und steckte das andere Ende zwischen die Lippen. „Können Sie sich irgendeinen Grund ausdenken, warum irgend jemand Ihnen das Problem von Melodys totem Körper aufhalsen wollte?“
„*Nein*. Ich kann mir niemand vorstellen. Ich verstehe das Ganze auch nicht.“
„Warum der Park?“
„Die Jugendlichen nehmen immer Drogen im Park. Das schien ganz natürlich. Und wir haben auch nicht geglaubt, daß jemand dort sein würde.“
„Zu welcher Zeit sind Sie denn nach Hause gekommen und haben sie gefunden?“
„So um 9 Uhr 15.“
Posner stand auf. „Und was ist mit Tonys Vater?“
„Tonys Vater? Was hat der denn damit zu tun?“
„Dieser Kerl ist verrückt“, wimmerte Tony.
„Ganz *meiner*seits“, erwiderte Posner.
„Ich verstehe nicht, was Sie meinen.“ Alice war wieder verwirrt. „Ich habe ihn nie kennengelernt.“
Posner stand da, knirschte mit den Zähnen und lauschte eine Weile dem Blut, das in seinen Augäpfeln herumpulste. „Ich vermute, ich muß noch mal mit Les reden, was?“
„Und was werden Sie mit mir machen?“ stöhnte Alice, den Mund schief, die Lippen über ihre gelben Zähne gezogen.
Posner zuckte die Schulern. „Das hängt davon ab, wie die Sache ausgeht. Ich vermute ...“
Alices verzerrtes Grinsen zerbrach, und die Tränen strömten ihr wieder aus den Augen. „*Bitte* verwickeln Sie Elvira nicht in Schwierig-

keiten. Bitte, ja? Sie hat nur versucht, mir zu helfen." Ihr Mund bewegte sich weiter, aber Worte waren nicht mehr zu hören. Ihre Brust hob sich in tiefen, stillen Schluchzern.
Joe Posner fühlte sich unbehaglich. „Na ja, bisher habe ich niemandem von Ihnen *oder* Elvira erzählt ... Vielleicht werde ich es auch nicht." Alice schluchzte weiter und hörte gar nicht zu. Posner konnte das nicht gebrauchen. „Gute Nacht, Alice. Wiedersehn, Tony." Les Coniff schien der Mann zu sein, den er jetzt aufsuchen mußte.

26. „Lonely Woman"

Joe Posner fühlte genau, daß er und sein Dodge in dieser Nacht auf der Straße jeden Ferrari schlagen konnten. Die Straßen waren leer, und sein Motor war ruhig und lief wie am Schnürchen. Die Baumäste bildeten vollendete Tunnel, durch die man hindurchschießen konnte. Die Verkehrsampeln waren auf Nachtschaltung gestellt und blinkten nur gelb. Das einzige, was ihn nur 65 fahren ließ, war der Gedanke daran, daß es vielleicht doch keine so gute Sache sein würde, in diesem Moment von der Polizei angehalten zu werden. Immerhin hatte Larry aber gesagt, daß er ihn nicht beschrieben habe, und Posner hatte ihm niemals seinen Namen genannt. Es schien nicht gerade wahrscheinlich, daß die Polizei ihn mit der Sache so rasch in Verbindung bringen würde, wenn überhaupt.
Er versuchte, nicht über Alice nachzudenken. Es hätte ihn nur bedrückt. Er stellte sicher, daß er nicht über Judy nachdachte, es hätte ihn ganz verrückt gemacht. Wenn er an Les dachte, dann fühlte er sich eifrig, begierig, entschlossen. Und traurig. Wie Reifen, die still über eine leere Straße rollen.
Die breite Einkaufsstraße in Bergen Town war leer bis auf zwei schwarze Jugendliche, die vor dem geschlossenen Café neben den

Eisenbahnschienen standen. Posner fuhr nach links in die Ramapo ein und dann Richtung Norden nach Creskill. Er griff ins Handschuhfach, schnappte sich das Salami-Sandwich und biß kräftig hinein. Speed sollte ja angeblich den Appetit mindern, aber Joe Posner mußte dann immer nur noch schneller essen. Er genoß die einfachen Freuden des Geschmacks von Knoblauch und Fett und aß fast die gesamte erste Hälfte in drei großen Bissen auf. Er spürte gerade, wie sich ein großer abgebissener Klumpen in seiner Brust festsetzen wollte, als er bemerkte, daß in Hawk Brennans Atelier im Human Learning Space das Licht an war.
Posner parkte den Dodge quer über drei Parkplätze auf dem Parkplatz. Abgesehen von Hawks Olds war er ansonsten leer. Posner konnte hören, wie der Plattenspieler Ornette Colemans „Lonely Woman" spielte. Posner hatte es ein paar Jahre lang nicht gehört, und die sengende, entfremdete Melancholie des Liedes paßte genügend zu seiner Stimmung, um ihm Gänsehaut zu verursachen. Die Uhr vor dem Bankautoschalter gegenüber blinkte fünf Minuten vor Mitternacht.
Am Fuß der Treppe rief Posner „Hallo!", erhielt aber keine Antwort. Das erinnerte ihn daran, wie es am Nachmittag in Marty Blittsteins Haus gewesen war, und plötzlich wurde seine Gänsehaut noch ausgeprägter. Ornettes Alt-Saxophon stöhnte und zitterte vor Schmerz. Joe Posner wollte die Treppenstufen nicht hochklettern. Er tat es trotzdem. Er wollte nicht herausfinden, daß Hawk Brennan tot war.
Er tat es trotzdem.
Zwischen einem schmutzigen alten Lehnstuhl und dem Plattenspieler lag Hawk auf seinem Gesicht. Seine südamerikanische Kappe war auf die Seite gerutscht. Auf dem Boden neben ihm lag eine Hohlnadel. Sein Gürtel war um den Arm geschnallt. Kein Puls. Kein Atem. Er war kalt. Der Wechselarm des Plattenspielers war zur Seite gedreht, so daß die Platte immer wieder gespielt worden war. Sie hätte die ganze Nacht so weiter gespielt. Posner folgte einer Telefonschnur unter einem Stapel von alten *Rolling Stones* und fand dort ein Telefon, wählte die Nummer der Polizeiwache und fragte nach Sergeant Webster. Wenn die wollten, konnten sie ihn haben. Genug war schließlich genug. Nach ein paar Sekunden meldete sich Webster.
„Hier spricht Webster."
„Webster, hier ist Joe Posner."
„Jetzt hör mal her, Posner. Ich hatte angerufen, um dich wissen zu lassen, daß ich dich nicht vergessen habe und daß ich an der Sache arbeite."

„Deshalb rufe ich gar nicht an. Ich bin auch gar nicht zu meinem Büro zugekommen. Ich bin hier drüben im Human Learning Space in der Ramapo Street. Hier ist ein Toter."
„Heiliger Bimbam ..."
„Der Musiklehrer. Sieht wie 'ne Überdosis aus."
„Bleib so, wie du bist. Ich bin gleich da."
Posner schaute sich um, während er wartete, und achtete darauf, daß er nichts veränderte. Das Zimmer zeigte ungefähr das gleiche Durcheinander wie am Morgen. Am Morgen. Es war ein fürchterlicher Tag gewesen. Neben dem Sessel lagen ein Löffel, eine Kerze und ein leeres Plastikpaket auf einer Kabelrolle, die in einen Couchtisch umgebaut worden war. Sehr viel war nicht zu sehen. Er wußte auch gar nicht so recht, wonach er schauen wollte. Er fühlte sich auch nicht danach. Er ging nach draußen, um auf Webster zu warten. Sein Gesicht füllte sich mit Tränen und heißem Blut.
Webster brauchte nicht lange für den Weg. Weniger als zehn Minuten, dann rasten ein Zivilfahrzeug und eine Ambulanz in den Parkplatz, als ob sie noch nicht zu spät kämen. Eine Menge Lichter. Eine Menge Herausspringen. Posner deutete auf die Treppe, und zwei Krankenpfleger und ein Polizist rannten hoch. Webster nahm sich aber Zeit. Er hielt einen Meter vor Posner an.
„Wo ist der Kommissar?" fragte Posner.
„Der ist beschäftigt. Was ist denn los, Posner?" fragte er englippig, geschäftsmäßig.
„Guck doch selbst nach. Sieht wie 'ne Überdosis aus. Das passiert jeden Tag. Hat mir jedenfalls mal jemand erzählt."
„Sehr lustig. Das ist jetzt heute schon die zweite Überdosis." Webster klang düster. Er nahm die Tatsache, daß er Ranghöchster am Tatort war, ernst.
„Ach wirklich? Wer war denn der andere?"
„Irgend so 'n Niggerjunge drüben in dem Wohnblock."
„Ach, keine große Sache, was? Wie hieß er denn?"
„Donnie Taylor. Hast du ihn gekannt?" Er schaute Posner aus den Winkeln seiner blauen Augen an und zupfte an dem Lederriemen quer über seiner Brust.
„Nee. Los, gehn wir hoch."
„Reden wir lieber hier." Seine Augen verengten sich. „Wie kommt es denn, daß du den Kerl gefunden hast, Posner?"
„Bin nur so vorbeigefahren – auf meinem Weg zum Büro. Hab das Licht gesehen; wollte noch 'n paar Fragen stellen; kam hoch; hab dich angerufen."
„Fragen worüber?"

„Fragen, die du eigentlich hättest stellen sollen."
„Jetzt werd nicht frech." Webster spuckte auf den Boden.
„Wer, ich?"
„Wer ist er?"
„Hat hier unterrichtet."
„Ach Gott, jetzt machen es schon die Lehrer. Wir wußten doch, daß diese Schule hier keine gute Sache war. Scheiß Freaks. Wie hieß er denn?"
„Brennan. Hawk Brennan. Willst du ihn nicht sehen?"
„In einer Minute. Erzähl weiter."
„Ich vermute, daß Hawk sein Spitzname ist. Er hat Saxophon gespielt. Hier und drüben in Bergen Valley Musik unterrichtet. Soweit ich gehört hab."
„Hast du gewußt, daß er Junk nahm?"
„Woher hätte ich denn das wissen sollen?"
„Warum wolltest du mit ihm sprechen?"
„Melody Gold ist hier zur Schule gegangen. Ich habe mit jedem gesprochen, den ich nur finden konnte, der sie kannte. Wie ich schon gesagt habe, etwas, was eigentlich von dir hätte erledigt werden sollen. Wie lauten denn die neuesten Nachrichten von deinem Kommissar? Ist er immer noch interessiert?"
„Er denkt drüber nach."
„Denkt drüber nach? Herr im Himmel, Webster. Nach dem, was ich dir alles schon erzählt habe?"
„Der Kommissar denkt drüber nach, Posner. Du hast deine scheiß Pflicht getan. Jetzt mach mit deinem Scheiß mal halblang." Webster ließ spöttisch seine Zähne glitzern.
„Na ja, vielleicht wird er hiernach mal von seinem scheiß Arsch hochkommen?"
„Der muß auch über 'ne Menge andre Dinge nachdenken."
„Ich wußte ja nie, daß er ein so großer Denker ist. Worüber denkt er denn grade nach?"
„Heute hat es einen Mord gegeben, du Schlaumeier."
„Ach, wirklich? Wer denn?"
„Ein Kerl namens Blittstein. Je von dem gehört?"
Posner bemerkte keine Doppelbödigkeit in der Frage. „Marty Blittstein?"
„Genau der."
„Ach wirklich? Umgebracht? Irgend 'ne Ahnung, wer es war?"
„Eigentlich nicht. Sein Sohn ist zu Hause gewesen, ein paar Minuten bevor er gefunden worden ist, hat gesagt, irgend so 'n Kerl sei vorbeigekommen, hat uns aber keine Beschreibung geben können."

„Nichts?“ fragte Posner und versuchte, seine Stimme ruhig zu halten.
„Komisch, was? Ich mein, der Junge ist 'n bißchen verrückt, weißt du. Auf alle Fälle sehen wir kein Motiv, warum man ihn hätte umbringen sollen. Keine Fingerabdrücke, nichts. Wir haben einen anonymen Anruf von jemandem gekriegt, der gesagt hat, er hätt ihn gefunden. Vielleicht der Kerl, den der Junge gesehen hat.“
„Interessant. Marty Blittstein umgebracht.“ Posner fragte sich, ob die Verbrechensbekämpfungsmaschine, die im allgemeinen unter dem Namen Bergen Town-Polizei bekannt war, schon herausbekommen hatte, daß der Junge, den sie da verhörten, ein Schüler an der gleichen Schule wie Melody Gold war. Und ob Hawks Tod vielleicht denen endlich einmal zeigen würde, daß sie sich um Melodys Tod kümmern mußten.
„Ja, erdrosselt“, fügte Webster hinzu und rieb seine Augen mit einer Hand. „Was für 'n beschissener Tag. Ich bin seit Mittag unterwegs.“
„Mir brauchst du nichts zu erzählen.“
„Ja, du siehst wie 'ne lebende Leiche aus.“ Webster zog Bleistift und Notizbuch raus. „Gib mir 'n paar Einzelheiten, und dann gehst du nach Hause. Du brauchst nicht auf die Polizeiwache zu kommen.“
Mit grenzenloser Erleichterung gab Posner ihm die Einzelheiten, und von denen gab es nur wenige. Aber nach Hause ging er noch nicht.

27. Minimalismus: Les' Moralkodex – weniger ist mehr

In Culloden Crescent schien jeder im Bett zu sein. Nur in einem Haus, dem am Ende der Straße, brannte Licht. Als er den Weg zu Coniffs Eingangstür hochging, erkannte Joe Posner, daß die Einfahrt leer war. Nachdem er an der Tür geklingelt und keine Antwort bekommen hatte, ging er zum rückwärtigen Teil des Hauses und versuchte wieder das Küchenfenster. Diesmal war es verschlossen.

Posner ging zu seinem Dodge zurück, der Kies auf der Einfahrt knirschte unter seinen Füßen. Sein Kopf summte ununterbrochen. Die Dunkelheit zitterte in imaginären Ätherwellen. Dann hielt er an der Stelle, wo am Nachmittag Tonys Kleintransporter gestanden hatte, und schaute nach oben zu dem Dachkammerfenster. Es war immer noch offen.

In, wie es schien, weniger als einem Dutzend langgezogener Schritte war er zurück bei seinem Dodge. Er ließ den Wagen an und fuhr ihn rückwärts die Einfahrt hoch, bis er schließlich unter dem Fenster hielt. Es gab keinen Grund, weshalb Joe Posner hätte glauben können, daß er das Fenster schaffen würde. Schließlich war er kein Marinesoldat. Aber er fühlte es. In seinen Fingerspitzen, in seinen Waden, in seinen Schenkeln. Er würde es schaffen.

Die Geräusche, die er auf dem Dach des Dodge verursachte und dann auf den Baumstämmen in der Wand, waren die lautesten Geräusche in Culloden Crescent. Ihm klangen sie ohrenbetäubend. Aber er wußte, daß sie nicht laut genug waren, um irgendeinen der Tiefschläfer in so einem wohlgeschützten Gebiet zu wecken. Die Lücken zwischen den Baumstämmen schienen zweimal so groß zu sein, wie die am Nachmittag gewesen waren, und obwohl der Dodge fast einen Meter niedriger war als der Kleintransporter, hatte er nur wenig Schwierigkeiten beim Hochklettern. Nachdem er einmal eine Hand auf die Fensterbenk legen konnte, war es ihm möglich, sich hochzuziehen, so wie man aus einem Schwimmbecken herauskommt. Während er ins Fenster fiel, rammte er sein Schienbein gegen das Fensterbrett, aber er behielt sein Fluchen für sich.

Er mußte sich zurückhalten, um nicht aus der Dachkammer runterzuspringen, und flüsterte sich selbst zu, ruhig zu bleiben, während er die Leiter runterstieg.

Das Pult war zu, aber nicht verschlossen. Er öffnete es und durchsuchte die Papiere. Die Flugkarten waren verschwunden. Er rannte ins Schlafzimmer. Die Koffer waren auch verschwunden. Posner setzte sich fest aufs Bett nieder. Dann bewegte sich etwas von dem entfernten Bettende schnell und unter den Decken. In seine Richtung. Er war vom Bett runter und auf dem Boden, bevor er erkannte, daß es nur das Wasser in dem Wasserbett war, daß von der Woge zurückschwappte, die er beim Hinsetzen verursacht hatte. Seine körperlichen Reflexe waren in Ordnung, aber sein Kopf war es nicht.

Er nahm die Liste der gestohlenen Antiquitäten aus der Tasche und betrachtete sie im Schein der Straßenlampe, deren Licht durch das Fenster kam. Seine Hände begannen zu zittern. Vibrato, grunzte er vor sich hin. Das Speed erreichte jetzt seine giftige Phase.

Als er im Wohnzimmer war, schaute er sich so gut um, wie es im Dunkeln nur ging, aber er sah nichts, das wie irgend etwas auf der Liste aussah. Dann erinnerte er sich an die verschlossene Schublade neben dem Bett.

Nachdem er durch die alten Papiertüten auf dem Boden der Besenkammer in der Küche herumgekramt und mehr Krach verursacht hatte, als er wollte, fand er einen Schraubenzieher und einen Hammer und nahm sie beide mit ins Schlafzimmer.

Wegen seiner zitternden Hände brauchte er ein paarmal, bis er den Schraubenzieher in den Schlitz zwischen der Schublade und dem Rahmen hineindrücken konnte. Dann zog er den Griff hoch und hieb einmal kräftig drauf, wunderbarerweise traf er dabei ganz genau. Die Schublade trennte sich sauber vom Schloß. Posner zog sie auf und griff hinein. Ein Stapel Zeitschriften füllte die Schublade fast ganz aus. Posner schaute sich die beiden oberen an – Zeitschriften mit nackten Teenagern. Während er im Dunkeln herumtastete, fand er neben dem Stapel Zeitschriften zwei kleine Metallobjekte. Er hob sie gegen das Licht, wo sie glitzerten: zwei Manschettenknöpfe, in die jeweils ein Stern eingraviert war. Posner griff wieder in die Schublade, berührte etwas, was sich wie aufgewickeltes Leder anfühlte, und packte es. Es war tatsächlich Leder. Ein roter Ledergürtel mit einer Schnalle aus Messing und Türkis.

Joe Posner hatte keine Bedenken mehr, von der Polizei angehalten zu werden. Er knirschte mit den Zähnen, trommelte mit den Daumen auf dem Steuerrad, und in seinem Kopf war er jetzt umgeben von einem volltönigen Orchesterarrangement von Monks besessen sich wiederholender „Epistrophe“. Alles vollendet im Einklang mit den wellenförmigen Bewegungen seiner Reifen auf dem Pflaster – alles, was er jetzt wollte, war, Les Coniff zu kriegen, bevor der Zehn-Uhr-fünfundvierzig-Flug nach Cartagena in Kolumbien startete. Schlimmstenfalls, das wußte er, konnte er Les am Flughafen abfangen, aber er wollte ihn jetzt in dieser Nacht. Er vermutete, daß Tony Coniff benachrichtigt hatte und auch wissen würde, wo er sich jetzt befand. Also fuhr er zurück zu dem Haus der Norris in der Nähe von Ridgefield Park, was er in weniger als fünfzehn Minuten und gerade in weniger als einhundertfünfzig Strophen von „Epistrophe“ schaffte.

Er sah keinen Kleintransporter vor dem Haus, und da er sich an Tonys Abhängigkeit von Beruhigungstabletten erinnerte, fuhr er den Hügel wieder hoch zu Baglianos Motellandsitz, ohne überhaupt das Auto zu verlangsamen.

Der Kleintransporter stand auch dort nicht vor dem Haus, aber merkwürdigerweise Les' alter Mercedes. Posner fuhr in die halbkreisförmige Einfahrt dahinter, rannte zu der massiven Eingangstür und drückte die Klingel ein halbes dutzend Mal gegen den Rhythmus, um sich den Synkopen anzupassen, die Monks linke Hand spielte.
Lucille Baglianos Stimme kam durch die Tür. Zuerst leise: „Was um Himmels willen?", dann lauter: „Wer ist denn da, bitte?"
„Machen Sie auf, Mrs. Bagliano", bellte Posner. „Es ist dringend."
Die riesige Eichentür öffnete sich einen Spalt, und es schaute ein mit schwarzer Wimperntusche bemaltes Auge heraus: „Oh", sagte sie und öffnete die Tür weiter. „Der Mann von den Pfadfindern. Ist es eigentlich nicht ein bißchen spät ...?"
Posner drückte sich an ihr vorbei in das Foyer, wo sechs Koffer, von denen drei Les gehörten, auf dem Boden standen.
„Heh. Was machen Sie denn da?" schnappte sie nach Luft und zog einen lila Morgenrock aus Satin um ein dazu passendes kurzes Nachthemd.
Posner drehte sich um und schaute ihr ins Gesicht. „Ich muß mit Les Coniff sprechen. Jetzt. Wo ist er denn?"
„Les Coniff? Der ...?"
„Ich weiß, daß er hier ist. Sagen Sie mir einfach, wo."
„Ich geh hoch und hole ihn", seufzte sie. „Wie war doch Ihr Name wieder?"
„Kümmern Sie sich nicht um den Scheißdreck, Lady. Sagen Sie mir einfach, wo er ist", drängte Posner.
„Mir gefallen solche Reden nicht ..."
Posner eilte die Treppe hoch und nahm immer zwei Stufen mit einem Schritt. „Erste Tür links oben", rief Mrs. Bagliano ihm nach. Sie brauchte das gar nicht zu sagen. Die erste Tür links öffnete sich und offenbarte Les Coniff in einer lila Unterhose aus Satin, die winzig aussah neben seinem riesigen weißbepelzten Bauch und seinen birnenförmigen Oberschenkeln. Coniffs Unterkiefer fiel runter. Seine Hand griff nach seiner Brille, als ob er seinen Augen nicht traue. „Heiliger Bimbam!"
„Abend, Les. Freut mich, Sie eingeholt zu haben. Reden wir doch miteinander."
„Posna", brummte Coniff in seinem Brooklyn-Baß, „das ist ja außerordentlich empörend, wie wagen Sie es!"
Posner ging an ihm vorbei ins Schlafzimmer. Alles in dem Raum war weiß außer den Bettüchern, die ebenfalls aus lila Satin bestanden. Er setzte sich auf einen weißen Samtstuhl vor einem riesigen Rundspiegel und deutete auf das Bett.

„Setzen Sie sich, Les. Es ist was passiert.“
Coniff blieb im Türrahmen stehen. „Sprechen Sie sich ruhig aus, Posner, aber wehe, wenn Sie ...“
„Ist Tony vor kurzem hiergewesen?“
„Ich habe ihn gerade verpaßt. Warum?“
Aus dem Flur heraus, sozusagen von der entfernten Seite des Berges, erschien Mrs. Bagliano.
„Oh, Mrs. Bagliano. Ich glaube, Sie sollten lieber auch reinkommen.“
Mrs. Bagliano schmiegte sich eng an Coniff, zog sich zu ihrer Körpermitte hin zusammen und machte sich klein. „Was ist denn los?“
Posner klopfte auf die Unterseite des Samtstuhls. „Epistrophe“ wollte einfach nicht aufhören. Da er verhindern wollte, daß sein überdrehter Zustand als Nervosität ausgelegt wurde, griff er an die untere Kante und hielt sie fest, um das Trommeln abzustellen. Der Rhythmus pulsierte in seinen Fingern. Dann schaute er sie mit einem Ausdruck an, von dem er hoffte, daß er todernst, vielleicht sogar mitfühlend aussehen würde. „Kommen Sie nur rein. Setzen Sie sich, Les. Wirklich.“ Auf Lucille Baglianos Veranlassung hin setzten sich beide auf das Bett, die Knie zusammen, die Hände in Coniffs Schoß gefaltet.
Posner blickte unverwandt in Coniffs Augen. „Drei mit dem Human Learning Space verbundene Leute sind in den letzten 72 Stunden gestorben. Ich habe jetzt umfangreiches, zwingendes Beweismaterial, daß Sie, Les, an mindestens einem dieser Todesfälle beteiligt waren, daß Sie geholfen haben, mehrere große Einbrüche zu planen, daß Sie geholfen haben, gestohlenes Gut zum Hehler zu bringen, und daß Sie in mindestens einem Fall selbst gestohlenes Gut angenommen haben.“
Lucille Bagliano schaute voller Panik Coniff an, dann Posner. „Sie sind also in Wirklichkeit gar nicht von den Pfadfindern?“
Posner und Coniff ließen sich gegenseitig nicht aus den Augen. Coniffs Blick war eine Mischung aus Furcht und Argwohn, als ob er nicht entscheiden könne, ob Posner nun wirklich gefährlich sei oder nur den Verstand verloren habe. „Drei Todesfälle?“
Posner hielt sein Gesicht so ausdruckslos wie möglich.
„Melody Gold, Marty Blittstein, Hawk Brennan.“
Lucille Bagliano schnappte nach Luft. Coniff wurde bleich.
„Marty und Hawk?“ flüsterte er ungläubig. Dann begann er, in einem unregelmäßigen, fast zuckenden Rhythmus den Kopf zu schütteln. „Versteh ich nicht. Was ist denn los?“ Dann, als ob er plötzlich etwas einsehen würde, packten seine Hände Lucilles lila Satinschenkel. „Lucille, du läßt uns das lieber ganz unter uns besprechen.“ Sehr

zu Posners Überraschung widersprach sie nicht und stand einfach auf, straff von geschlossener Gefaßtheit, und verließ das Zimmer.
Coniffs Augen sprangen durch das Zimmer, als ob er nach einer Antwort Ausschau halte, einem Hinweis, einem Versteckplatz.
Joe Posner holte die Manschettenknöpfe und den Gürtel aus seiner Jackentasche und hielt sie Coniff vor die Augen. „Ich habe mich heute abend mit Tony unterhalten, und, Les, ich habe auch mit Alice gesprochen. Keiner von den beiden verschweigt irgend etwas."
Coniff versuchte, seine Kiefer zusammenzuhalten und seinen Blick zu stabiliseren, aber beides klappte nicht. „Nun ... Ich ... Das ist", begann er drei Sätze, wobei er so unbekümmert wie nur möglich mit den Schultern zuckte, aber er konnte sie nicht beenden.
Posner übernahm das Sprechen. „Nehmen wir mal an, es ist so: Sie und Melody regieren ein kleines Unterweltimperium, das auf gestohlenen Antiquitäten und Kokain aufbaut. Ohne daß Melody das weiß, organisieren Sie, Hawk und Marty auch einen Heroinhandel. Melody, die jederzeit darauf aus ist, das Geschäft zu erweitern, entschließt sich, auch mit Heroin zu handeln, schafft es aber nicht. Vermutlich, weil Sie die Gewinne nicht mit einer weiteren Person teilen wollten. Sie beide wollten eine Reise nach Südamerika unternehmen, wahrscheinlich, um etwas Kokain rüberzubringen, aber Melody kam dem Heroingeschäft zu nahe – sie hatte Hawk und Marty schon in Verdacht –, so daß Sie Melody gesagt haben, sie solle Sie in Fort Lee treffen. Sie haben ihr angeboten, in den Heroinhandel einzusteigen, haben sie dazu gebracht, eine Überdosis zu nehmen und haben dann den Körper in Alices Wohnung liegengelassen. Dann, weil die beiden zuviel wußten und weil ich herumschnüffelte, haben Sie heute Marty und Hawk umgebracht. Es paßt, Coniff. Sie hatten den Schlüssel zu Alices Wohnung, und der Gürtel ... der Gürtel, Les." Posner ließ ihn von seiner ausgestreckten Hand baumeln.
Coniffs Kopf und Hände zitterten. Sein Mund hatte Schwierigkeiten, Wörter zu bilden. Endlich bekam er einiges heraus. „Nein. Nein. Nein, nein, nein, nein. Nicht das ... das stimmt alles nicht. Ich schwör's bei Gott. Jetzt hören Sie mir mal zu. Sie müssen mir einfach glauben. Sie sehn die Sache ganz falsch." Er schaute Posner hilfesuchend an, mit feuchten Augen.
„Dann hören wir uns mal Ihre Version an", bot Posner an. „Die vollständige, unzensierte Version."
„Ich hab niemanden umgebracht, ich schwör's. Ich hab auch niemals Heroin verkauft. Ich bin von einer Versammlung mit den Schulaufsichtsräten zurückgekommen und hab Melody in meiner Wohnung gefunden. Tot. Mit einer Nadel im Arm. Ich hab geglaubt, es sei ein

Unfall. Sie hatte keine Ahnung vom Heroin. Hatte keine Widerstandskraft, wie ich vermutete. Ich hatte keine Ahnung, wo sie es herbekommen hatte. Ich wußte gar nichts. Ich meine ... ich wußte, daß sie versucht hatte, ins Heroingeschäft zu kommen. Ich war ganz und gar *dagegen*, aber was konnte ich denn tun? Ich hab jedenfalls versucht, ihr jede Menge negatives Feedback zu geben."
„Sie hätten ja mal versuchen können, es ihren Eltern zu sagen."
„Das hätte jede Vertraulichkeit zwischen uns beiden zerstört. Solange sie mir vertraute, konnte ich noch versuchen, ihr zu helfen, ihr den Kopf zurechtzusetzen. Sie dazu bringen, all das Dealen sein zu lassen. Ich war *dagegen*. Sogar gegen den Schnee, ich schwör's. Ich hab nichts damit zu tun gehabt. Aber was konnt ich machen? Was hätten ihre Eltern denn machen können? Die verstehen sie doch gar nicht ..." Coniff steckte seine Finger unter seine Brillengläser und wischte sich die Tränen ab, die seine dicken Backen herunterzurollen begannen.
„Reden Sie nur weiter", sagte Posner tonlos.
„Ich schwör bei Gott, ich ... Ich wollt auch nicht bei den Antiquitäten helfen. Das war Melodys Idee. Sie und Tony hatten den ersten Einbruch schon ohne mich durchgeführt – sie wollten einfach einen Käufer haben. Ich hab mir gedacht ... na ja, sie hatten es ja nun mal gemacht, da gab's keinen Weg zurück ... Dann ... Ich wollt auch nicht mit ihr schlafen. Das war Alices Idee."
„Es wird immer schwerer, Ihnen zu glauben, Coniff", warnte Posner.
„Ja klar. Für Sie ist das ja leicht. Alles ist schwarz oder weiß. Aber in Wirklichkeit ..."
„Zurück zu Ihrer Geschichte, o.k.? Sie haben sie tot in Ihrer Wohnung gefunden. Was für eine Uhrzeit war das denn?"
„Ähmmm ... So um die 8 Uhr rum. 8 Uhr 15 vielleicht."
„Wer wußte denn, daß Sie bei der Versammlung sein würden?"
„Keine Ahnung. Jeder. Die Leute vom Aufsichtsrat, die Lehrer, alle Schüler, die's wissen wollten. Norma."
„O.k. Weiter."
„Na ja. Sie hatte mir vorher – vielleicht so vor zehn Tagen – gesagt, daß sie den Durchbruch bei dieser Heroinsache geschafft hätte, ich dachte mir also, sie hätte Erfolg gehabt, hätte eine Probe oder sowas bekommen, hätte nicht gewußt, was sie da tat, und eine Überdosis genommen. Ich konnt's einfach nicht glauben. Ich schwör's, wenn ich bei ihr gewesen wär, hätt ich sie davon abgehalten."
„Hätte sie's nicht geschnüffelt, wenn sie's hätte ausprobieren wollen?"
„Wie zum Teufel soll ich das denn wissen? *Sie* war dabei gewesen. Es

war jedenfalls mit einer Nadel gewesen. Was sollt ich denn machen? Sollt ich mich mit ihr streiten? Ihr erzählen, daß sie nicht tot sei? Daß sie es hätte schnüffeln sollen?"
„Sie haben sie also gefunden. Und was dann?"
„Ich mußte irgendeinen Ausweg finden. Ich konnte es ja nicht zulassen, daß man sie in meiner Wohnung fand. Nicht so sehr für mich, sondern für die Schule. Es hätte die Schule kaputt gemacht."
„Deshalb haben Sie also Alice ausgesucht. Warum haben Sie sie nicht einfach in ihrem Wagen oder irgendwo auf der Straße liegen gelassen? Warum Alice mit in die Sache reinziehen?"
Ein Blick tiefster Verwunderung und Verwirrung verdunkelte Coniffs Gesicht. „Daran hab ich nie gedacht. Überhaupt *niemandem* die Schuld in die Schuhe zu schieben. Das wär ja nun wirklich ein Griff ins Bienennest gewesen. Ich ... *Irgend*jemand mußte ja die Schuld daran haben. Ich mein ... Ich vermute, daß ich nicht richtig denken konnte. Alles, woran ich denken konnte, war, wie Alice mich mit ihr verkuppelt hat. Sie wissen doch, daß Alice schon *monatelang* mit ihr geschlafen hat, bevor ich es gemacht hab. Es *war* ja schließlich und endlich ihre Idee. Sie hat gesagt, es würde neue Wege eröffnen, wenn sie Melody da reinbringen würde. Ich schwör's. Für sie hab ich das zum ersten Mal gemacht, und außerdem ging Alice weg. Sie war nur noch eine ehemalige Lehrerin. Ich war der Direktor im Amt. Verstehen Sie das nicht? Es war das Beste für die Schule, und sie ging sowieso weg. In eine andere Stadt. Ihr hätte das nichts bedeutet."
„Sie haben also Melody in den Firebird geladen, das Auto zu Alices Wohnung gefahren, ihren Schlüssel benutzt, den Körper in das Wohnzimmer abgeladen und sind abgehauen."
„Stimmt." Jetzt, wo Posner die Geschichte erzählte, schien Coniffs Panik zu schwinden, und die Worte kamen schmerzlos.
„Wie sind Sie denn nach Hause gekommen?"
„Taxi."
„Und Sie sind nach Hause gekommen und haben herausgefunden, daß ihr Gürtel vom Arm gerutscht war, also haben sie ihn in Ihre Schublade gelegt. Und auf dem Weg zu Alice war die Nadel rausgefallen, und Sie hatten sie wieder reingedrückt."
„Nein."
„Was?"
„Die Nadel ist nicht rausgefallen." Er schüttelte seinen Kopf ein einziges Mal, zuversichtlich.
„Sind Sie da sicher?"
„Vollkommen. Ich hab drauf aufgepaßt. Ich wollte nicht, daß es zwei Einstiche geben würde." Coniff begann, das reichlich vorhande-

ne Fleisch seines Oberarmes zu kneten.
„Sind Sie sicher, daß nicht schon zwei da waren?"
„Nun, nein ... Ich hab nicht hingeguckt. Ist mir gar nicht in den Sinn gekommen. Warum?"
„Woher wußten Sie denn, daß Alice nicht zu Hause sein würde?"
„Ich hab vorher angerufen."
„Und Sie hatten nicht geplant, Melody an dem Abend in Fort Lee zu treffen?"
„Nein. Ich hab es Ihnen doch schon gesagt. Ich hatt 'n Treffen mit dem Aufsichtsrat."
„Und der Flug nach Kolumbien?"
„Das war Urlaub. Melodys Idee. Als sie mir gesagt hat, sie hätte einen Durchbruch geschafft, da hat sie auch gesagt, sie wollte mal von allem weg. Und wenn wir dann zurückkommen würden, dann würde alles organisiert werden. Das war alles, was sie mir erzählt hat. Aber Cartagena klang gut. Sie wollte schon gleich weg. Vor Ferienbeginn. Aber ich hab mich da durchgesetzt. Ich konnte schließlich nicht eine Woche vorher von der Schule weg, und ich wollte auch nicht, daß sie in ihren Kursen fehlen würde ..."
„Wie war das mit den Kästchen?"
„Den Kästchen?"
„Die zwei antiken Amethyst- und Bernsteinkästchen. Mrs. Gold hatte eins ihrem Mann geschenkt und das andere Melody."
„Ach, das da. Sie war wütend. Sie hatte da 'ne Menge Probleme mit ihren Eltern. Dabei hatte ich ihr ja helfen wollen ..."
„Bleiben Sie beim Thema."
„Sie war schwer sauer, als ihre Mutter ihrem Vater das Kästchen gab. Sie war damals bei mir in der Wohnung. Völlig hysterisch. Ihre Mutter hatte zuerst ihr eins gegeben, und das hatte sie sofort versetzt. Dann, als ihr Vater eins bekam, ist sie einfach ausgeflippt. Sie mußte es einfach haben. Vielleicht hatte sie Gewissensbisse, daß sie das erste versetzt hatte ... Na, ich weiß es nicht ... Jedenfalls, als sie den Einbruch im Haus in die Wege geleitet hatte, ließ sie Tony das Schlafzimmer durchwühlen, so daß es aussehen würde, als hätten Einbrecher nach Schmuck Ausschau gehalten, und dann hat sie das Kästchen geschnappt. Ich hatte versucht, es ihr auszureden ..."
„Sie hat die Einbrüche arrangiert?"
„Ich hab es Ihnen doch schon gesagt. Sie hat alles arrangiert. Sie kam mit der Idee zu mir. Sie brauchte Geld, um ihren Kokainhandel zu finanzieren. Es war verrückt. Sie hätte in der Lage sein müssen, das Ganze mit dem Gewinn zu finanzieren, aber so wie sie den Schnee verschenkte ... Es gab da einfach keine Grenze. Ich hab ihr auch

dabei helfen wollen."
„Wobei?"
„Bei ihren irrsinnigen Geschäftspraktiken. Schlechtes geschäftliches Gebaren ist eine Form von Selbsthaß. Wenn man sich selbst haßt, dann kann man auch niemand anderen lieben."
„Hab ich nie gewußt." Posner rieb sich die Schläfen. Unbestimmte, stumpfe Schmerzkanten entstanden in seinem Kopf.
„Natürlich. Jedenfalls hat sie's noch nicht mal zu einem rückinvestierbaren Gewinn gebracht. Außerdem plante sie einen enormen Ankauf. Sie sparte das Geld von den Antiquitäten, um einen großen Heroinankauf zu machen und den örtlichen Markt völlig unter Kontrolle zu bekommen."
„Und was war mit den Manschettenknöpfen?"
„Die wollt ich gar nicht. Sie bestand drauf. Ich hab sie einfach bei mir in die Schublade gesteckt."
„Was ist denn bei all dem für Sie abgesprungen?"
„Für mich? Praktisch gar nichts. Einfach nur der Versuch, so nah wie möglich bei ihr zu bleiben, damit ich sie dazu bekommen könnte, mit der Sache aufzuhören."
„Ja. Und Göring hat auch nichts von den KZs gewußt."
„O.k. Vielleicht ein- oder zweitausend. Erziehung ist kein sehr gewinnträchtiger Beruf. Wenn ich doch nur beim Partyservice geblieben wär ..." Er preßte seine großen, aufgedunsenen Hände vor seinem Gesicht zusammen, ließ sie dann in seinen Satinschoß fallen. „Ach Gott, Joe. Ach Gott! Wissen Sie, ich hab die Schule selbst aufgebaut. Vor fast zehn Jahren. Die Schüler waren ganz elend. Sie brauchten jemand. Eine Familie. Erwachsene, die sich um sie kümmerten. Ein Ort, wo sie ganz sie selbst sein konnten. Ich hab ihnen das so gegeben. Ich weiß gar nicht, wie es zu all dem gekommen ist ... Es ist einfach ... so aus den Händen geglitten, vermute ich. Wenn nur Alice nicht ..."
„Wo ist der Rest von dem Zeug, Coniff?" Posner hatte schon fast begonnen, Mitleid mit ihm zu fühlen, aber Coniffs ständige Versuche, jedem die Schuld aufzuladen, nur nicht sich selbst, machten das unmöglich. „Hat Anderson noch mehr?"
„Nee. Ich hab schon drauf geachtet, daß es nirgendwo allzu konzentriert war. Ne Menge ist in Nyack. Was die da noch nicht verkauft haben. Wir mußten auch ein paar Stücke mit nach Boston nehmen. Ungefähr 15 Prozent sind nach New York gekommen, Upper East Side, ein bißchen ins Village."
„Dann machen Sie mir 'ne Liste. Ich werde morgen früh deswegen vorbeikommen. Jedes Stück. Jeden Hehler."

„Ich weiß nicht, ob ich mich an alles erinnern kann."
„Versuchen Sie Ihr Bestes. Das wird schon genügen."
„Heh!" Etwas fiel Coniff auf. „Wie sind Sie denn in meine Wohnung gekommen?"
„Das Dachkammerfenster war offen. Ich bin die Mauer hochgeklettert."
„Ach *wirklich*? Und die Schublade? Die war doch zugeschlossen."
„Ja. Die hab ich aufbrechen müssen."
„Was haben Sie gemacht? Das Ding ist fast hundert Jahre alt! Es hat mich ein Vermögen gekostet!"
Posner starrte Coniff völlig ungläubig an. Sein Kopfweh begann allmählich zu wachsen, während er langsam vom Gipfel seiner Hochstimmung runterkam. Nach einer Sekunde merkte Coniff, wie völlig unpassend sein Wutanfall gewesen war, und er ließ die Sache bei sich bewenden. „Werden Sie die Polizei anrufen?" Coniff sank über seinem Bauch zusammen und starrte den Teppich an.
„Wegen der Antiquitäten? Ich werde Phyllis Gold die Liste geben und ihr sagen, wo ich sie herhabe. Der nächste Schritt liegt bei ihr. Aber was das andere angeht ..."
„Joe." Coniff setzte seine Fortgeschrittene-Vertraulichkeitsstimme ein. „Sie glauben doch nicht, daß ich sie umgebracht habe, oder? Doch nicht wirklich. Ich bin Erzieher. Sehe ich wie ein Mann aus, der ein Mädchen wegen Heroin umbringen könnte?"
Joe Posner schaute sich Les Coniff mal gut an. Er sah ihn mit kristallklarer Amphetaminpräzision: Ein wabbeliges, übergroßes Baby in einer lila Satinwindel in einem lila Satinbett in einem weißen Veloursschlafzimmer. Ein Hippie mittleren Alters, der mit Teenagern und ihren Müttern schlief und das Erziehung nannte. Ein Gangster der einfühlsamen Wellenlänge. Sah der wie ein Mann aus, der ein Mädchen wegen Heroin umbringen würde? „Eigentlich nicht, Les, eigentlich nicht. Sie mögen durch und durch korrupt sein, aber Sie sind nicht groß genug, um wirklich böse zu sein. Ich glaube nicht, daß Sie Melody umgebracht haben. Ich habe das nie geglaubt."
Dann, während er aufstand, um zu gehen, fragte er: „Aber wie kann ich wissen, daß Sie mir nicht abhauen werden?"
„Sie haben mein Wort. Vollkommen."
Posner lachte. „Ich sag Ihnen mal was. Geben Sie mir Ihr Flugticket, Ihre Brieftasche und Ihren Paß. Morgen, wenn ich die Antiquitätenliste hole, gebe ich es Ihnen zurück."
Coniff saß da zu einem Haufen zusammengesunken, dachte nach, widerstand ganz impulsiv diesem einseitigen Abkommen, zuckte dann mit den Schultern. „Warum nicht? Warum zum Teufel nicht?"

Er ging quer durch den Raum zu einem weißen mit Seide gepolsterten Stuhl, nahm seine Blue Jeans von der Rückenlehne, leerte die Taschen und gab Posner den Inhalt. „Die Tickets sind in der Brieftasche."

„Prima." Posner schnalzte mit der Zunge und öffnete die Brieftasche, um die Sache zu überprüfen. „Bis morgen, Les."

„Bis bald, Joe", antwortete Coniff ganz sanft, zu durcheinander, um in irgendeiner Weise auf das zu reagieren, was passiert war.

Posner ließ ihn im Schlafzimmer zurück und schlurfte die Treppen hinunter. Mrs. Bagliano saß am Klavier. Während Posner die Tür hinausging, konnte er hören, wie sie über dem gleichen Akkordblock sang,

Wann immer ich denke, etwas *sei ja so recht,*
dann wird's nie so, wie ich's gern möcht.
Wenn ich von einem Mann denke, daß is er,
erweist er sich als blöder Pisser.
Oh traurig, traurig, traurig, traurig; traurig, traurig.
Echt traurig, traurig; traurig, traurig, traurig.
Ich fühl mich ja so schlecht; schlecht, schlecht, schlecht.
Recht traurig; traurig, traurig.

28. Der Traum

Als Posner in sein Büro kam, summte das Speed immer noch zwischen seinen Ohren, aber er war müde. Sehr müde. Es schien, als sei er seit Monaten nicht mehr im Büro gewesen, aber das letzte Mal war es erst am Nachmittag. Was für ein beschissener Tag.

Er stellte die Schüssel auf seinen Schreibtisch und sank in seinen Stuhl. Süße Melancholie. Nach einem Speed hatte er niemals Depressionen, sondern immer einen Anfall von Melancholie. Das gefiel ihm großartig. Es fühlte sich edel an oder gemütsvoll oder irgend so etwas

in dieser Richtung. Die Wirkung klang jetzt langsam ab, und der Katzenjammer war unterwegs.
Er hatte die Antiquitätendiebstähle in weniger als einem Tag aufgeklärt. Eigentlich hätte er sich beschwingt fühlen müssen. Ekstatisch. Bereit zum Feiern. Aber so war es nicht.
Er lehnte sich über den blinkenden Telefonanrufbeantworter, spulte zurück und drückte die Wiedergabetaste. Die erste Aufnahme brachte Webster, der sagte, was er schon angekündigt hatte: Er arbeitete an der Sache. Der Klang der Stimme der zweiten Aufnahme ließ Posner schon bei der ersten Silbe erschaudern. Als er „Joe" hörte, erkannte er, daß es Ellen war.
„Hallo, Joe, hier spricht Ellen. Ich bin unterwegs nach Washington, und ich bin nur eine Nacht in New York. Meine Eltern nehmen mich mit zum Lutece und haben vorgeschlagen, daß ich dich einladen soll. Falls du daran interessiert bist, dann rufe mich bis 8 Uhr zurück. Bis dann."
Ein Tag voller Mord, Verderbtheit und Korruption, und jetzt das da. Während er sich draußen vor Siebzehnjährigen gedemütigt hatte, tote Musiklehrer aufgefunden, Direktoren in die Ecke gedrängt und Salami-Sandwiches die Kehle runtergejagt hatte, hätte er mit Ellen ausgehen können. Natürlich hatte sie sagen müssen, es sei die Idee ihrer Eltern gewesen. Der Himmel möge verhüten, daß sie angedeutet hätte ihn sehen zu wollen, oder ihm ‚falsche Hoffnungen' dadurch machte, daß sie etwas Nettes sagte. Dadurch, daß sie ihm ein gutes Gefühl gab. Er schaute auf die Uhr, um zu sehen, ob es schon zu spät war, um anzurufen und kurz mit ihr zu sprechen. Um noch mehr Worte von dieser Stimme zu hören. Es war schon nach zwei Uhr. Sein Kopfweh erhielt Unterstützung von anderen Körperteilen: Schultern, unterer Rücken, Beine. Er hätte mit Ellen essengehen können. Und mit ihren grauen Augen. Und mit ihren wunderbaren Beinen. Im Lutece. Natürlich war er noch niemals dort gewesen, aber er hatte jede Woche in der Gourmet-Spalte darüber gelesen. Egal, nach welcher Kategorie die Auswahl der Woche getroffen worden war, Lutece stand immer oben. Restaurants für Mittagessen, Restaurants für Abendessen, Restaurants für eine Romanze, Restaurants für den Nachtisch, Restaurants für Meeresfrüchte, Restaurants mit Gärten. Die Leoni-Delikatessen waren da nie erwähnt. In keiner der Kategorien auch nur ein einziges Mal. Es war außerordentlich nett von Ellens Eltern gewesen, ihn einzuladen. Kaum hatte Ellen mit ihm Schluß gemacht, da war er in deren Einschätzung außerordentlich gestiegen. Er war sich damals nicht klar gewesen, wie er das hatte verstehen sollen. Eines war aber sicher: Er kannte niemand anderen, der

reich genug war, um ihn zum Lutece mitzunehmen. Vielleicht in seinem nächsten Leben.
Er schloß die Schublade seines Schreibtischs auf und nahm das Kästchen heraus. Unter dem Licht seiner Tischlampe war die reiche, romantische Halbdurchsichtigkeit sogar noch dramatischer als im Nachmittagslicht. Er hob den Deckel hoch und glaubte fast, daß diesmal etwas drin sein würde.
Posner versuchte, das verstümmelte Foto von Phyllis Gold aus der Innenseite herauszuklauben. Das Bild verursachte ihm eine Gänsehaut. Es war der Haß, der wilde, verdrehte Schmerz eines jungen Mädchens, der sich in diesen herausgestochenen Augen widerspiegelte. Das Bild war sorgfältig angeklebt, und seine Finger zitterten wie die eines Tippelbruders, aber Posner schaffte es, das Bild ganz herauszulösen. Dahinter befand sich nichts, und er drückte es zurück und klebte es mit einem Tropfen Klebstoff wieder fest. Er drehte das Kästchen ein paarmal um und steckte es wieder in die Schublade. Dann stellte er die Schüssel dazu und nahm Melodys Gürtel und die Manschettenknöpfe aus seiner Jacke und legte sie hinein. Er war fast müde genug, um ein bißchen fernzusehen und zu versuchen, in seinem Arbeitsstuhl zu schlafen, aber einer solch abgrundtiefen Demoralisierung würde er ja nun schließlich doch nicht erliegen. Es war Zeit, nach Hause zu fahren.
Um nicht denken zu müssen, sang Posner auf der Fahrt zurück zu seiner Wohnung. Vor allem Blues – die Auswirkungen des Speed hatten das Stadium des Bebop-Tempos schon längst hinter sich gelassen. Er würde sein Haupt auf eine einsame Eisenbahnschiene legen und den Zehn-Uhr-neunzehn-Zug den Seelenfrieden bringen lassen. Dann sagte er Betty, er würde ihr alles kaufen. Er war gerade dabei zuzugeben, daß er keine Liebkosungen gehabt habe, seit Luise weggegangen war, als er vor dem Haus ankam, das er mit der örtlichen Zweigstelle des ‚Preiset den Herrn-Club' teilte. Er zog sich mühsam die Stufen hoch. Wozu zum Teufel, fragte er sich, lebte man in einem Vorort, wenn man immer noch überall diese scheiß Treppen hochmußte.
Er drehte den Fernsehapparat an und ging in die Küche, um sich etwas zu trinken zu machen. Vielleicht würde das zusammen mit seiner körperlichen Müdigkeit zum Schlaf verhelfen. Er goß sich einen gesunden Scotch aufs Eis, setzte das Glas auf den Fernseher und ging ins Schlafzimmer. Ein paar Seconaltabletten zusammen mit dem Scotch waren das, was er brauchte, um die Erinnerung an Hawk Brennan und/oder Marty Blittstein auszulöschen. Um gar nicht erst Donnie Taylor zu erwähnen. Um gar nicht Judy zu erwähnen, um

erst gar nicht Ellen zu erwähnen. Um erst gar nicht das Lan-more-Restaurant zu erwähnen. Um erst gar nicht Melody Gold zu erwähnen. Joe Posner war ein Kerl, der in dieser Nacht eine ganze Menge aus dem Gedächtnis zu verdrängen hatte. Aber zweimal Seconal in einer Woche war zuviel. Vor allen Dingen nach dem Speed. Er würde bald süchtig sein, wenn er nicht aufpaßte. Ein Aspirin gegen das sich ankündigende Kopfweh zu nehmen, wäre etwa so gewesen, wie einen Papierhut in einer Lawine zu tragen. Statt dessen suchte er in seiner Sockenschublade herum und fand eine kleine Blechbüchse, in der er die ganze Zeit einen Joint aus einem Superstoff aufbewahrt hatte, den ein Freund ihm aus Kalifornien geschickt hatte. Vielleicht würde er ihm zu einer weichen Landung verhelfen. Posner hatte ihn für eine besondere Gelegenheit aufgehoben, aber er war plötzlich des Wartens müde. In der letzten Zeit schienen besondere Gelegenheiten nicht gerade so wie Regentropfen vom Himmel zu fallen.

Als er ins Wohnzimmer zurückkam, drehte er den Programmknopf hin und her und suchte nach etwas, was irgendwie erträglich sein würde. Kanal 2 hatte „Die Jeffersons“. Um 2 Uhr nachts? Posner war verwirrt. Auf Kanal 4 war Johnny Carson auch noch dran. Die einzige Erklärung, die Posner geben konnte, war, daß eine weitere Folge von „Tage im Tal des Todes 81“ – noch eine Rede des Präsidenten – alles zeitlich versetzt hatte. Kanal 5 übertrug „Love American Style“. Bis jetzt nichts Akzeptables. Kanal 7 zeigte „Love Boat“. Kam nicht in Frage. Kanal 9 hatte einen Film. Posner erinnerte sich an die Zeiten, als alle Kanäle außer NBC nach 11.30 Uhr Filme zeigten. Jetzt nannten sie die Wiederholung einer komischen Serie schon einen Film. „Der Film am Montagabend: Die Jeffersons“. Was für eine Riesenlüge. Der Film in Kanal 9 schien ziemlich blöd zu sein. Robert Wagner spielte mit. Schon ein schlechtes Zeichen. Kanal 11 hatte die Nachrichten zum Abschluß des Programms. Der Bürgermeister von New York gab mal wieder mit sich selbst an, gab mit New York an. Mit dem weißen New York. Der vollendete Bürgermeister für eine bankrotte, brutalisierte, nachtragende Stadt.

Posner wollte gerade schon zu einem anderen Kanal umschalten, als ein Bericht erschien, der noch weniger angenehm war als der des Bürgermeisters. Ein Schmierenkomödientyp füllte die Mattscheibe aus und lächelte ein Schmierenkomödienlächeln. Staatssenator Anthony Bagliano, sagte die Vordergrundstimme des Ansagers. Heute in Washington bei einem Anhörungsverfahren über die Aufhebung des Exportverbots für Hochleistungscomputer. Sein Lächeln war ein schiefes Zucken auf einem rattenähnlichen Überbiß. Seine lange dünne Nase trug tiefe Poren und sah so aus, als ob einmal vor langer Zeit das Nasenbein gebrochen worden sei. „Was unserer Ansicht nach das Komitee einsehen sollte", seine Stimme war klein und kratzig, der Ton seiner Stimme eine vollkommene, wenn auch unwahrscheinliche Zusammensetzung aus Gesalbtheit und Herablassung, „ist, daß es höchste Zeit ist, daß wir endlich unterscheiden zwischen uns freundlich gesinnten *au*toritären Regierungen und feindlichen *to*talitären Regierungen. Niemand hier will auch nur andeuten, daß wir wichtige Technologie an die Sowjets verkaufen sollten – natürlich nicht. Aber in der heutigen Welt können wir es uns schlecht leisten, wertvollen Freunden den Rücken zuzuwenden, nur weil wir einige ihrer häuslichen Lebensformen nicht mögen. Der Präsident hat das schon bezüglich der Waffen gesagt, und wir wollen einfach diese Denkart auf andere Gebiete wie zum Beispiel Computer ausweiten."

Staatssenator Bagliano hatte seine Redezeit genutzt, und so plötzlich, wie er erschienen war, war er auch wieder verschwunden. Posner hatte schon mehr als er wollte über die Nierentransplantation für eine geistesbehinderte Sechsjährige gehört, bevor er merkte, daß der Beitrag vorbei war. Das also war Staatssenator Bagliano. Jetzt hatte Posner wenigstens ein Bild. Aber nicht sehr viel mehr. Er wechselte zu dem Robert Wagner-Film zurück, wobei er sich sagte, daß, wenn er nicht sehr viel hinschaue, es schon in Ordnung sein würde. Er überlegte auch, ob er den Ton abstellen solle, aber er hatte sich entschlossen, das nicht mehr zu tun, seitdem eine Sozialarbeiterin, mit der er eine Verabredung gehabt hatte, ihm einmal erzählt hatte, es sei depressives Verhalten. Er ließ sich in seinen Sessel fallen, trank noch einmal kräftig von seinem Scotch und zündete den Joint an. Robert Wagner fuhr gerade einen Sportwagen auf einer kurvenreichen Bergstraße. Es schien, daß Robert Wagner in seinen Filmen immer Sportwagen auf Bergstraßen fuhr.

Posner zog zweimal kräftig an dem Joint und machte ihn dann aus. Das, was noch übrig war, legte er in die Blechdose zurück. Vielleicht würde sich eines Tages nochmals ein besonderer Anlaß ergeben. Das Zeug war keineswegs überbewertet worden. Zwei Züge – zusätzlich zum Speed und dem Scotch – hatten ihn in eine Umlaufbahn geschleudert. Sein Gesicht summte einen fröhlichen Summton, vielfarbige Ringe zitterten am Rande seines Sehbereiches, und plötzlich schien der gute alte Bob Wagner ein ganz ordentlicher Schauspieler zu sein. Posner beobachtete ihn, wie er ein paar Bürgersteige hinauf- und herunterfuhr, die zu großen Landsitzen auf der Spitze des Berges führten. Obwohl Posner immer noch das elektrische Summen des Amphetamins spürte, bemerkte er voller Dankbarkeit, daß er langsam schläfrig wurde. So müde war er. Robert Wagner durchsuchte

gerade ein Zimmer. Er ließ seine Hand an der Seite eines Kamins entlanggleiten, und eine Paneeltür in der Wand öffnete sich. Robert Wagner betrat ein geheimes Gemach. Joe Posner schlief ein.
Während er schlief, träumte er. Ellen trug eine purpurfarbene und goldene Jacke mit den Buchstaben von Bergen Valley und alte Blue Jeans. Sie küßte ihn. Der Kuß war lang, feucht, und ihr Mund schmeckte sehr süß. Dann bat sie ihn, doch bitte in den Umkleideraum zu kommen. Sie gingen zusammen durch die Turnhalle von Joe Posners alter Oberschule in den Umkleideraum. Ellen schmiegte sich ganz fest an ihn, wie verzweifelt. Er war glücklich. Sobald sie in dem Umkleideraum waren, war sie nicht mehr Ellen. Sie war Judy Williams, und sie trug Melody Golds grüne Strumpfhose und den Jeans-Rock. Aber der Rock war sehr kurz und zeigte ihre fleischigen Schenkel, die mit leichten Sommersprossen übersät waren. Sie hob den Rock hoch und rieb ihren nackten Schoß gegen Joes Beine und lachte. „Macht das nicht Spaß?" wiederholte sie immer wieder zwischen ihrem Lachen. Dann hörte sie auf und sagte: „Paß auf. Paß auf, was jetzt kommt." Sie kletterte in einen Spind und schloß die Tür. Joe Posner bekam Angst und bettelte, sie möge wieder herauskommen. „Find mich doch. Bitte find mich, Joe", rief sie von innen. Er riß die Tür auf, und der Spind war leer. Er öffnete alle Türen, und alle Spinde waren leer. Er konnte sich nicht mehr daran erinnern, in welchen Spind sie reingegangen war. Mr. Leibowitz, der Juwelier, war bei ihm im Umkleideraum und sagte „Die sind nicht geschützt, Sie sind nicht geschützt". Dann war er wieder verschwunden. Posner begann auf und ab zu gehen, bis er einen Knopf an der Seite einer ganzen Spindreihe drückte, und die Hintertür eines Spinds öffnete sich, und eine Dusche zeigte sich, in die heißes, dampfendes Wasser aus allen Richtungen schoß. Judy stand in der Mitte, seifte ihren ganzen Körper mit einem purpurnen und gelben Stück Seife ein und kicherte: „Es ist geheim, Joe. Es ist geheim. Es ist eine geheime Tür."
Posner erwachte und sah, wie ein Messer durch eine Stahlkette schnitt, und er hörte, wie jemand rief: „Und das ist nicht alles!" Er drehte das Fernsehgerät ab und zitterte den ganzen Weg bis zum Badezimmer, bevor er zu seinem Dodge zurückging.

29. „Hallo, hier ist Melody"

Joe Posner fuhr zu seinem Büro zurück und wußte doch nur halb, warum. Seine Eingeweide fühlten sich stumpf und schmutzig an. Sein Gesicht war immer noch am schlafen. Seine Bewegungen tankten Kraft aus einem Traum, und er stellte sich keinerlei Fragen.
Als er wieder in seinem Büro war, setzte Posner sich aufrecht in seinen zurückgelehnten Arbeitsstuhl und starrte das Kästchen auf seinem Arbeitstisch an. Er hob es auf und begann, daran herumzudrücken – jede Kante oder Ecke, gegen die sich irgendwie pressen ließ. Er versuchte, den Boden zur Seite zu drücken. Er versuchte, die Seiten zu schieben. Er versuchte, Ausbuchtungen zu drücken, die vielleicht hätten Knöpfe sein können. Dann stellte er es auf den Tisch zurück und starrte es wiederum an. Für eine Minute oder zwei oder drei. Der untere Teil der vier Seiten bestand aus einem Streifen Bernstein, der in Blei eingefaßt war. Er hob das Kästchen wieder auf und versuchte, den Streifen in beide Richtungen zu drücken. Dann, fast so, als hätte er das schon immer gewußt, bewegte sich der dritte gerade einen halben Zentimeter nach rechts und ließ die Ecke zur linken Seite frei. Der Streifen auf der zweiten Seite rutschte mühelos durch die offene Ecke und gab eine Öffnung frei, die etwa 10 Zentimeter breit und zweieinhalb Zentimeter hoch war.
Etwas, was wie ein Stück blaues Papier aussah, steckte innen drin. Posners Füller war zu dick, um in dem Hohlraum zu stochern, aber ein bißchen Herumfummeln mit einem Stückchen Pappe ließ das Papier herauskommen. Es war eine Liste, in einer übertrieben linken Handschrift, mit Telefonnummern und Initialen. Am Rande standen in einer anderen Handschrift, der eines jungen Mädchens, dachte Posner, eine Telefonnummer und „Zimmer 24". Posner wählte die Nummer.
„Williamsburg Inn", sagte eine gelangweilte, aber deutliche Männerstimme.
„Zimmer 24 bitte", bat Posner.
„Tut mir leid, Sir, in Zimmer 24 wohnt im Moment niemand."
„Wann haben die Leute das Hotel verlassen?" Posner erwartete eigentlich nicht, daß der Mann ihm eine Antwort geben würde, aber er antwortete doch.
„Moment mal ... vorgestern war das. Aber das war nur eine Person: Mr. Nolan."

„Verstehe. Wo liegt Ihr Hotel?"
„Bundesstraße 4, Sir. Direkt zwischen den BP- und Exxon-Tankstellen. Auf der Seite, die nach Osten führt, drei Kilometer vor der Brücke."
„Vielen Dank." Posner legte den Hörer auf. Nachdem er in seiner Vorstellung ein Bild des Williamsburg Inn hatte hin- und herwandern lassen, schaute er auf die Liste zurück. Die Zahlen und Initialen waren in drei Gruppen geordnet. Die erste Gruppe hatte fünf Nummern. Alle mit Anfangsnummern, die Posner als die von Bergen County wiedererkannte. Die zweite hatte sechs Nummern, alle mit Anfangsnummern, die Posner nicht wiedererkannte. Die dritte Gruppe umfaßte nur zwei Nummern. Beide in New York, und eine davon mit derselben Vorwahlnummer von Washington Heights wie die von Apfelbaum.
Posner wußte, daß es spät war, aber er hatte keine Bedenken, unhöflich zu sein. Er wählte die erste Nummer in der Bergen County-Liste. Die Initialen waren „L.R.". Keine Antwort. Posner ließ es klingeln. Nach etwa zwanzigmaligem Klingeln gab Posner es auf und fragte sich, was für eine Art Nummer wohl um vier Uhr morgens nicht antworten würde.
Als nächstes stand da auf der Liste „R.A." mit einer Nummer aus Leonia. Nach zweimaligem Klingeln bekam Posner eine Antwort. „Hier ist Doktor Raymond Arons Praxis. Der Doktor ist nicht da. Bitte hinterlassen Sie Ihren Namen und Ihre Telefonnummer, und wir werden versuchen, Sie so schnell wie möglich zurückzurufen. Bei einem Notfall rufen Sie bitte das Englewood-Krankenhaus unter 927-5854 an."
Als nächstes auf der Liste stand „B.T." unter einer Hackensack-Nummer, von der Posner dachte, daß er sie schon mal irgendwo gesehen habe, aber er konnte sich nicht erinnern, wo. „B.T." bedeutete ihm nichts. Er erhielt keine Antwort. „M.B." klingelte mehr als zehnmal, bevor die Stimme einer sehr müden Frau hörbar wurde. „Ganz-weit-draußen-Verlag". Posner machte eine schnelle Gedankenverbindung. „Ist Marty Blittstein zu sprechen?" bekam er nach einer kaum hörbaren Pause heraus.
Am anderen Ende der Leitung herrschte Stille. „Jetzt hören Sie mal zu. Ich weiß nicht, was ich jetzt sagen soll. Wir haben eigentlich nicht auf ... Ich meine, ich weiß nicht, ob es ein Geheimnis sein soll oder was, aber Marty ist tot, Mann. O.k.?"
Joe Posner hängte den Hörer auf, ohne geantwortet zu haben. Die letzte Ortsnummer war ein Anrufbeantworter, der ihm erzählte, daß Techtronics bis neun Uhr morgens geschlossen sei. Posner rief die

Auskunft an und fand heraus, daß die zweite Gruppe von Nummern sich auf Newark bezog. Er versuchte alle sechs, aber nur einmal erhielt er Antwort. Wieder von einem Anrufbeantworter, diesmal für das Sciadelli-Baugeschäft.

Die erste Nummer aus New York antwortete nach nur viermaligem Klingeln. „Ja?" Die Stimme war deutlich genug, so daß selbst das einzige Wort Posner verriet, daß sie einem Schwarzen gehörte, daß er schwer war und nicht schläfrig.

„Sagen Sie mal", antwortete Posner, „haben Sie schon von der Sache mit Marty gehört?"

„Wer zum Teufel ist denn das?" forderte ihn der Mann heraus. Posner dachte, der Mann sei außerordentlich leicht erregbar.

„Ich bin ein Freund von Nolan ..." Der Kerl hängte auf.

Soweit also seine Cleverness. Er versuchte die andere Nummer. Diesmal erhielt er ebenfalls Antwort, aber in Spanisch. Posner versuchte die gleiche Geschichte bezüglich Marty, und der Kerl antwortete auf Englisch: „Sie müssen die falsche Nummer haben, Mann", und hängte auf. Posner, der sich nicht gerade wie ein Meisterdetektiv fühlte, fuhr Richtung Williamsburg Inn.

Bundesstraße 4 war ziemlich leer. Selbst die meisten Tankstellen waren zu. Die Red Fox Lounge im Holiday Inn posaunte ihr Willkommen für den Klempnerbund heraus. Das Williamsburg Inn, das ein bißchen näher an der Brücke lag, schien überhaupt niemanden zu bewillkommnen. Außer durch das Schild, das Tag- und Nachttarife anbot. Das Hotel war fast fünfzig Meter von der Straße entfernt hinter einer großen BP-Tankstelle und einem großen Hof mit einzelnen Traktoranhängern gelegen und erschien Posner so, wie er sich eine ganze Menge der Nutzarchitektur der fünfziger Jahre im Jahre 2000 vorstellte. Obwohl es wenig beschädigt war, hatte das Gebäude das verkommene Aussehen einer Ruine. Der einzige Wunsch, seinen kolonialen Namen durch ein Motiv darzustellen, war ein Paar viereckiger weißer Säulen, die vor der Tür zum Büro standen. Rußbedeckt und mit nichts verbunden. Vier Autos amerikanischer Marken standen auf dem Parkplatz.

Posner ging durch die verehrungswürdigen Säulen hindurch in das Büro und fand einen jungen Mann, der hinter einer Theke saß und fernsah. Er erhob sich höflich, als er Posner erblickte, und lächelte scheu. Seine dunkle Schokoladenhaut streckte sich glatt über volle Backenknochen. Sein naturbelassenes, geschnittenes Haar stand kurz und sauber über einem graugrünen, zugeknöpften Nadelstreifenhemd und einer schmalen braunen Krawatte. „Guten Morgen, Sir. Kann ich Ihnen behilflich sein?"

Posner wünschte sich, er habe etwas zungenlösendes Geld dabei. „Ich hoffe schon. Ich hatte vor einiger Zeit wegen Zimmer 24 angerufen."
„Ja, Sir, ich erinnere mich." Posner bekam den Eindruck, daß die Korrektheit des Mannes nur eine Parodie sei.
„Ich dachte, Sie könnten mir vielleicht etwas über Mr. Nolan erzählen."
„Darf ich nach Ihrem Grund fragen?"
Posner versuchte es ganz direkt. „Ich bin Detektiv und muß etwas wissen für einen Fall, den ich bearbeite."
„Ach wirklich?" Das Lächeln des Angestellten wurde schief. Es war der erste Ausdruck an ihm, den Posner für ehrlich hielt. „Was wollen Sie denn wissen?"
„Wann er gekommen ist, welche Adresse er angegeben hat, wie er aussah, ob er irgendwelche Besuche hatte, ob er Anrufe getätigt hat. Wie ist denn das für den Anfang?"
„Sollten Sie mir in diesem Moment nicht gerade zwei Zwanziger zustecken oder vielleicht einen halben Hunderter?" Posner blickte auf den Boden. „Ich habe nur zehn Dollar, und ich habe fast kein Benzin mehr. Reichen fünf?"
„Behalten Sie das Geld." Der Mann lächelte und schüttelte den Kopf und blickte zurück auf die Seiten des Hotelbuches. „Hier steht es. Mr. Nolan. Ist letzten Dienstag gekommen und ist 'ne Woche hiergeblieben. Gab 220 Hamilton Street, Peoria, Illinois als Adresse an. Keine Postleitzahl."
Posner schrieb die Adresse auf, aber er hielt sie nicht für echt. Der Angestellte fuhr fort. „Ich weiß nicht, wie er aussah, weil ich ihn nie gesehen habe. Er ist während der Tagesschicht gekommen und auch wieder ausgezogen. Ich erinnere mich daran, daß er kein Auto hatte, was merkwürdig ist. Er muß für An- und Abfahrt ein Taxi genommen haben."
„Besucher?"
„Ja, 'ne Menge. Jedenfalls für dieses Loch hier. Niemand kriegt hier sonst Besucher. Außer Ihr Mr. Nolan."
„Woher wußten Sie, daß die ihn besucht haben?"
„Macht der Laden hier einen übervollen Eindruck auf Sie? Die haben sogar draußen vor seinem Zimmer gewartet, und nebendran war niemand."
„Haben Sie einige der Besucher gesehen?"
„Nee, aber ich hab ihre Autos gesehen. Ein LD von New York war 'n paarmal hier. 'n richtiges Zuhälterauto, Mann. Silber mit schwarzen Verzierungen. Ich hab's mir gut angeguckt. Dann waren da noch 'n paar Buicks und Olds oder was immer, aber neu. Und eine Mercedes-

Limousine. So richtige Geldautos, wissen Sie. Und dann, vor zwei Nächten, ich glaub, das war die Nacht, wo er dann ausgezogen ist, so 'n alter, zerbeulter Olds, vielleicht 70er oder 71er Modell. Weiß, oder jedenfalls hat er versucht, so auszusehen."
„Wann war denn das? Wann war der hier?"
„Mal sehen. Ich hab ihn gerade vor dem Vorrundenspiel gesehen. Ich würd sagen, etwa viertel vor acht. Ach ja, und dann war da vorher schon ein schwarzer Firebird hier." Er schüttelte den Kopf vor Mißbilligung. „Mann, Firebirds sind so aggressiv und angeberisch. Meinen Sie nicht auch?"
„Hab nie darüber nachgedacht", sagte Posner. „Haben Sie eins von den beiden Autos wieder wegfahren sehen?"
„Nee."
„Wie steht's mit Anrufen? Gibt's da Aufzeichnungen?"
„Klar. Im Williamsburg Inn gibt's nichts umsonst. Warten Sie 'n Moment." Er tauchte unter die Theke, wo er eine Schublade mit Ablagen herauszog und durchsuchte. Während er wartete, schaute Posner kurz auf den Fernseher. „A Hatful of Rain" lief gerade. Don Murray wurde eben von ein paar drogensüchtigen Ganoven herumgestoßen. „Wie passend", dachte Posner.
Der Angestellte brachte eine getippte Rechnung mit Daten, Zeiten und Telefonnummern nach oben. Es waren etwa fünfundzwanzig, und Posner schrieb sie alle auf seinen Block. Bei vielen von ihnen war er sich nicht ganz sicher, aber einige von ihnen paßten mit Sicherheit auf die Nummern auf dem Blatt in dem Kästchen. Eine, die nicht paßte, hatte die Vorwahlnummer 704.
„Danke", sagte er, als er mit dem Abschreiben fertig war. „Sie waren zu schön, um wahr zu sein. Vielen, vielen Dank!"
„Mann, das ist die interessanteste Sache, die mir im ganzen Monat passiert ist. Ich muß *Ihnen* danken. Was ist es denn? 'ne Scheidung?"
„Nein." Joe Posner lächelte von ganzem Herzen. „Ich weiß nicht so recht, was es ist, ob Sie es glauben oder nicht, aber es ist jedenfalls keine Scheidung."
„Was immer Sie sagen, sind Sie sicher, daß ich Ihnen nicht sonstwie helfen kann?"
„Na ja ... Meinen Sie, ich könnte mir mal Zimmer 24 anschaun?"
Der Angestellte zuckte mit den Schultern und warf ihm einen Schlüssel vom Brett zu. Posner schaute sich das Zimmer an, aber es gab nichts zu sehen. Es war das normale, heruntergekommene Motel; heruntergekommener als die meisten, aber nicht so heruntergekommen wie einige. Soweit er sehen konnte, gab es hier keine Hinweise. Nachdem er den Schlüssel zurückgegeben und sich erneut bei dem

Angestellten bedankt hatte, tankte er für fünf von seinen zehn Dollar an einer Gulf-Tankstelle, die noch offen war, und fuhr zu seinem Büro zurück.
Sein Adrenalin war jetzt so richtig im Fluß, und Joe Posner machte es nichts aus, daß er nun schon einundzwanzig Stunden unterwegs gewesen war, wenn man mal von seinem Schläfchen während des Robert Wagner-Films absah. Auch der Katzenjammer, den er zu erwarten hatte, juckte ihn nicht. Er nahm immer zwei Stufen auf einmal auf dem Weg zu seinem Büro, warf sich dann geradezu in seinen Stuhl und nahm die Liste heraus. Jede Nummer auf der blauen Liste paßte zu einer Nummer auf der Motelliste. In der Nacht, als Melody Gold gestorben war, um 8 Uhr 15, hatte Mr. Nolan Marty Blittstein im „Ganz-weit-draußen-Verlag" angerufen. An jenem Nachmittag hatte er die 704-Nummer angerufen und am Mittag eine Ortsnummer, die nicht auf der blauen Liste stand. Posner versuchte die Ortsnummer zuerst. Nach anderthalbmal Klingeln hörte er eine Mädchenstimme. Sie tat Joe Posner noch mehr weh als Ellens Stimme. Es war die Stimme von Melody Gold.
„Hallo, hier ist Melody. Echt schad für uns beide, daß ich im Moment nicht zu Haus bin. Sprechen Sie was aufs Band, oder ich werd Sie für immer riesig hassen. Tschüß."
„Tschüß, Melody", sagte Posner in den Hörer. „Tschüß, Melody", sagte er noch einmal, während er aufhängte. Er würde Mrs. Gold am nächsten Morgen darauf aufmerksam machen müssen, daß sie den Anrufbeantworter abstellen sollte. Er fragte sich, ob sie überhaupt wußte, daß er existierte.
Nach dem Telefonbuch zu urteilen, war 704 im westlichen North Carolina. Ein merkwürdiger Ort für einen Anruf. Aber billig vor 8 Uhr morgens. Er wählte.
„Sanatorium Schwarze Eiche", kam es ganz langgezogen.
Posner war sich nicht so ganz sicher, ob er die richtige Nummer erwischt hatte. „Entschuldigung bitte?"
„Sanatorium Schwarze Eiche. Ist das ein Notfall?"
„Ja, ja, das ist es. Ein Notfall", Posner versuchte ganz schnell an irgendwas zu denken. Er entschloß sich für einen Schuß ins Blaue. „Hier spricht Melody Golds Onkel. Ich rufe aus New Jersey an. Ihre Tante hat einen Autounfall gehabt und wird vielleicht noch vor dem Morgen sterben. Ich muß mit Melody Gold sprechen."
„Melody Gouuld? Ich glaub nicht, daß wir hier jemandem mit diesem Namen haben. Lassen Sie mich mal nachschauen. Ähmmm ... Oh. Das ist aber merkwürdig. Sie *sollte* hier eigentlich vor zwei Nächten herkommen, ist aber *nicht* angekommen. Ihr Name ist durchge-

strichen."

„Ah so. Verstehe. Wie schrecklich. Ich muß sie finden. Haben Sie irgendeinen Namen oder eine Adresse in Ihrem Buch, wo ich anrufen kann?"

„Tut mir leid, nichts."

„Trotzdem, vielen Dank. Gute Nacht!"

Plötzlich hatte Joe Posner eine Menge glänzender Ideen. Er schnappte sich das Flugblatt, das er früher am Tag ins Büro gesteckt bekommen hatte und das für die Sammlung für die kugelsicheren Westen geworben hatte, und sah auf der Liste der Sponsoren nach. Dann blätterte er durch sein Notizbuch und bestätigte sich, wo er die Hackensack-Nummer schon mal vorher gesehen hatte. Er mußte noch eine Sache untersuchen, aber es war noch viel zu früh, um den Flughafen in Teterboro anzurufen.

30. Krankheit bis auf den Tod

Joe Posner trug seine letzten fünf Dollar zum Fort Lee-Restaurant, um etwas Zeit totzuschlagen und ein wenig Erleichterung zu finden. Die Pfannkuchen, der Sirup, die Würstchen, Eier und drei Tassen Kaffee nahmen seiner geistigen und körperlichen Müdigkeit ein wenig den Stachel; die fünf Gläser Eiswasser halfen gegen den rasenden Wasserentzug nach dem Speed. Die Salmiakgeistlösung, die der Putzmann um seine Füße herumschwappen ließ, half überhaupt nicht. Als Posner das Restaurant verließ, hatte er siebenunddreißig Cent in der Tasche. Der Himmel erhellte sich gerade.

Er verbrachte die beiden nächsten Stunden auf einer Bank im Fort Lee-Park und schaute sich an, wie die Sonne über Manhattan aufging, während er beobachtete, wie ein paar tausend Lastwagen und Autos sich über die Brücke in die Innenstadt ergossen. Er konnte das elefantenhafte Dröhnen der Lastwagen beim Schalten und das dumpfe

Brummeln ihrer Motoren von der Straße zurückbeben und um die Stahlträger der unteren Brückenetage bis hin zum Park summen hören. Die Sonne brannte ein verrücktes Rotorange, das sich durch die schmutzige nasse Luft schnitt. Auf der anderen Seite von Manhattan glühte der Himmel über dem Astoria in Flecken von Smaragdgrün, das durch die Luftverschmutzung ionisiert wurde. Langsam schwanden die orangefarbenen grünen Töne aus dem Himmel, und der Hudson verfärbte sich zu einem dunklen, fast metallischen Blau. Posner schaute sich eine Weile die Vögel an, dann wieder den Verkehr. Dann ging er nach Hause.

Die heiße Dusche fühlte sich an wie kleine Flüsse des Lebens, die über sein totes Fleisch rannen. Später, als er rasiert, in eine frische Cordhose, ein blaues Baumwollhemd und ein olivefarbenes Tweedjackett gekleidet und von zwei weiteren Tassen Kaffee gestärkt war, hätte Posner sich fast vorspielen können, daß er nicht so schwach wie ein toter Fisch oder so schläfrig wie ein Marathontänzer sei.

Um 8 Uhr rief er Ben Duberman an, seinen alten Vorgesetzten beim Zoll in Kennedy, um eine Kontaktperson in Teterboro zu bekommen. Er rief die Kontaktperson um 8 Uhr 15 an und bekam genau die Information, die er erwartet hatte. Dann überpüfte er eine neue Idee, verglich die Liste der Telefonnummern aus dem Motel mit der Liste der Lehrer im Space und der Schülerliste. Alles oder jedenfalls fast alles paßte jetzt zusammen.

Er rief die Bergen Town-Polizei an, und überraschenderweise war Sergeant Doug Webster schon da. „Du arbeitest zuviel, Posner", war das erste, was er sagte.

„Nur zu wahr, Webster. Hör mal zu. In ein paar Minuten gehe ich zu den Golds. Ich erwarte an sich keine Schwierigkeiten, aber wenn du innerhalb von einer Stunde nichts von mir hörst, dann tust du mir doch bitte den Gefallen und schaust mal rein. O.k.? 572 Allenby."

„Was zum Teufel hast du denn jetzt vor, Posner?"

„Bitte?"

„O.k. Eine Stunde."

„Du bist großartig, Webster. Danke!"

Die Putzfrau kam zur Tür. Ihre gelben Augen waren ebenso ernsthaft wie uninteressiert.

„Mrs. Gold ist in der Küche", sagte sie tonlos und ging ins Wohnzimmer, wobei sie Posner mit ihrer holzkohlenschwarzen Hand eine winzige Andeutung in der richtigen Richtung gab. Er fand Phyllis Gold, in einen grünsilbernen Kaftan gekleidet, an einem kunststoffüberzogenen Tisch. Die Küche roch nach Kaffee, teurem Parfüm und

Fantastik-Sprayreiniger. Ihre braunen Hände griffen krampfhaft um eine riesige Keramikkaffeetasse mit 20 Zentimetern Durchmesser. Ihr Haar war hinten zu einem Knoten zusammengebunden. Sie sah sofort die Schüssel und das Kästchen in Posners Händen und krächzte den frühen Morgengruß einer Koffeinsüchtigen.

„Joe, mein Gott! Sie arbeiten aber schnell. Kommen Sie rein. Setzen Sie sich." Posner setzte sich. „Nun?"

„Nun?" antwortete Posner.

„Gott im Himmel, Joe. Es ist viel zu früh für Scherze. Wo haben Sie die Sachen gefunden?" Sie setzte die Tasse hin und griff süchtig nach den Antiquitäten.

„An verschiedenen Stellen. Später kann ich Ihnen wahrscheinlich eine Liste besorgen, wo sich alles befindet."

„Wie zum Teufel ..."

„Der Einbruch war gewissermaßen in der Familie, Mrs. Gold."

„Hatt ich befürchtet. Wer?"

„Es war Melody."

„Was?" Das weckte sie ja nun wirklich auf. Sie sah wie jemand aus, den man gerade mit einem Eispickel in eine blutunterlaufene Stelle gestochen hatte. Dann versuchte sie, ihren Schmerz durch einen großen Schluck Kaffee zu überdecken. „Ich hätte es wissen sollen."

„Sie hat ihren Freund Tony Bagliano dazu gekriegt, ihr mit seinem Kleintransporter zu helfen. Aber ich habe die Geschichte überprüft, und es scheint ihre Idee gewesen zu sein. Sie hat ihren Direktor Les Coniff dazu bekommen, dabei zu helfen, das Zeug an einen Hehler zu bringen."

Phyllis Gold schaffte es gerade noch, den Kaffee unten zu halten. „Dieser gottverdammte Hurensohn. Ich werd ihn umbringen. Sind Sie ganz sicher? Ich bring ihn um. Ich werd ihn für tausend Jahre hinter Gitter bringen. Und Tony! Der kleine Scheißkerl. Er hat die verdammte Unverschämheit besessen, hier an diesem Tisch zu sitzen und meinen Kaffee zu trinken, und hat mich dann *bestohlen*. Den bring ich auch um. Ich dreh ihm den schmierigen kleinen Hals um. Igitt!" Für Tony Bagliano und Les Coniff hatte sie keine Worte mehr, und sie kehrte zu Melody zurück. „Sie muß das gemacht haben, um mir einfach wehzutun. Das ist alles. Gott ist mein Zeuge, daß sie kein Geld gebraucht hat." Phyllis Gold versuchte, unerschütterlich zu erscheinen, aber ihr Schmerz war sichtbar. Viel sichtbarer als an dem Tag nach Melodys Tod.

„Na ja, Kinder haben heute eine ganze Menge unerwarteter Ausgaben, Mrs. Gold."

„Verschweigen Sie mir da was? Ich will alles wissen."

„Warum?"
„Warum?" Die Frage verwirrte sie. „Warum? Darum! Deshalb."
„Ich besorge Ihnen Ihre Antiquitäten zurück. Beziehungsweise die Antiquitäten der Versicherungsgesellschaft. Was mich da gerade auf eine andere Sache bringt: die Rechnung. Sollten wir da etwas zwischen uns beiden arrangieren? Und Sie können dann mit den Versicherungsleuten verhandeln. Oder wollen Sie, daß ich mit denen rede? Ich möcht an sich lieber die Sache mit Ihnen abmachen. Falls Ihnen das angenehm ist. Ich kann den ganzen Papierkrieg nicht gebrauchen, wenn Sie mich verstehen."
„Ich verstehe, daß Sie das Thema wechseln. Das ist das, was ich verstehe. Was verstecken Sie da vor mir?"
„Jetzt hören Sie doch mal her, Mrs. Gold. Wollen Sie das, was ich Ihnen da gebe, oder nicht? Ich kann die Sache jetzt vergessen und einfach zu den Versicherungsleuten gehen. Natürlich kann dann die ganze Geschichte in die Zeitung kommen ..."
„Ist das Erpressung?"
„Herr Jesus", Posner tat sehr beherrscht und ließ seine Stimme kaum über ein Wispern hinauskommen. „Das ist keine Erpressung. Sie haben mir eine Liste von gestohlenen Sachen übergeben. Ich habe zwei gefunden und kann auch den Rest finden. Ich habe Ihnen all das erzählt, was Sie wissen müssen, um sicher zu sein, daß die Einbrüche eine Sache der Vergangenheit sind. Ich möchte gerne bezahlt werden und will Ihnen nichts erzählen, was ich Ihnen nicht erzählen möchte. So einfach ist das."
„Sie sind zäher, als Sie aussehen, Joe Posner." Posner antwortete nicht. „O.k. Ich gebe Ihnen die tausend Dollar zurück und nochmal tausend Dollar, wenn Ihre Liste stimmt. Wie klingt denn das?"
„Prima." Posner war ehrlich. „Ist Mr. Gold zu Hause?"
„Der trinkt gerade seinen Kaffee im Bett. Warum?"
„Ich möchte gerne mit ihm reden. Allein. Über das Kästchen. Ich kann von ihm den Scheck über tausend Dollar kriegen, während ich gerade dabei bin. Er hat schon einen geschrieben."
Phyllis Gold schoß ihm einen schiefen, bohrenden Blick zu, als ob ihr durchdringendes Starren entweder Posners Gedanken zutage fördern würde, oder ihn zum Erzählen verleiten könnte. Er kümmerte sich nicht drum. „Klar, gehn Sie in sein Arbeitszimmer. Ich schick ihn rein." Posner überließ ihr die Schüssel und nahm das Kästchen mit.
Die Vorhänge in Burton Golds Arbeitszimmer waren zugezogen. Dünne Schwaden von Zigarrenrauch hingen in der dunklen Luft. Joe Posner zog die Vorhänge auf und ließ die Morgensonne herein, stand dann ein paar Minuten da und starrte auf die Vater-Tochter-Portraits

an der Wand. Während er sich Melodys schwarzes Haar, das über ihre Schultern fiel, und die fleischigen Hände ihres Vaters anschaute, hörte Posner die Stimme auf dem Telefonanrufbeantworter in seinem Kopf. „Echt schade für uns beide, daß ich im Moment nicht zu Haus bin. Sprechen Sie was aufs Band, oder ich werd sie für immer riesig hassen. Tschüß." Er hatte vergessen, das Mrs. Gold gegenüber zu erwähnen.

Posner hörte ein Rascheln von Seide hinter sich, er drehte sich um und sah den Papa. „Morgen, Mr. Gold."

„Guten Morgen, Joe." Gold näherte sich ihm, eingewickelt in einen schwarzen seidenen Morgenrock mit kleinen roten Figuren, die überall aufgestickt waren. Darunter trug er dunkelgrüne Satinpyjamas mit dunkelblauem Litzenbesatz. Seine Hausschuhe waren aus gut eingefettetem Glacéleder gemacht und mit nahöstlichen geometrischen Mustern bedruckt. Gold hielt Posner die Hand hin zum Händeschütteln, aber Posner hätte schwören können, daß sie auf seine Kehle zielte. Mit der anderen Hand schloß Gold die Tür hinter sich zu. „Phyllis sagte mir, daß Sie großartige Arbeit geleistet haben. Und das an einem Tag!"

Posner nahm den Händedruck an und drehte sich um, während Gold hinter seinen Arbeitstisch schlüpfte. Golds Augen wurden groß, während sie über das Kästchen glitten, wobei er versuchte, seine Gefühle zu verbergen. „Setzen Sie sich." Golds Gesicht wurde ernst. „Sind Sie sicher, daß Melody hinter diesen Einbrüchen stand?"

„Ja. Jedenfalls ziemlich sicher."

Gold knirschte vor Wut mit den Zähnen. „Ich hab's Ihnen ja gesagt. Es ist diese gottverdammte Schule. Das bringt ja nun das Faß zum Überlaufen. Ich werde diese Penne schließen lassen, und wenn es das letzte ist, was ich mache. Ich will dieses fette Schwein Coniff arbeitslos sehen. Er hat nichts bei kleinen Kindern zu suchen. Da wird den Jugendlichen erzählt, daß Sex o.k. ist. Da wird den Jugendlichen erzählt, daß Drogen o.k. sind. Wie zum Teufel soll man dann von ihnen erwarten, daß sie wissen, daß Verbrechen nicht o.k. sind? Man muß den Jugendlichen schon gewisse Maßstäbe beibringen. Nicht wahr?"

„Ich bin da kaum Experte. Da jedenfalls ist Ihr Kästchen."

„Ich sehe es", lächelte Gold. „Erstaunlich schnelle Arbeit, Joe. Haben Sie eine Geschäftskarte? Vielleicht könnte meine Agentur irgendwann einmal Ihre Dienste beanspruchen?"

„Ich schicke Ihnen eine. Was macht denn Ihre Agentur, Mr. Gold?"

„Public Relations und Werbung. Großaufträge. Sie sehen uns ständig, aber Sie wissen es nicht. Erstklassige Aufträge."

„Sie würden doch wohl nicht für eine so kleine Sache wie eine Bau-

firma oder eine Computergesellschaft arbeiten, oder?"
Gold blickte ihn verwirrt an. „Höchstens wenn es eine sehr große Firma wäre. Ich arbeite für die Regierung von Südafrika", sagte er stolz, im Vertrauen darauf, daß die Regierung von Südafrika sehr groß war. „Und in dem bißchen Zeit, was ich nebenher habe, helfe ich auch bei Universal Foods."
„Sind Sie nicht auch im Aufsichtsrat der Bürger von New Jersey für bessere Gesetzesdurchsetzung?"
„Ja, das stimmt. Aber das ist kein Geschäft, das ist meine Pflicht als Bürger. Woher wissen Sie denn das, Joe?"
„Die schicken mir so Zeug. Es steht in ihrem Briefkopf. Haben Sie immer noch den Scheck, den Sie mir gestern geschrieben haben?"
„Genau vor mir." Gold holte den Scheck aus der Schublade und ließ ihn direkt vor Posner auf den Arbeitstisch fallen. „Sie haben gesagt, Sie würden ihn sich verdienen, und das haben Sie auch gemacht."
„Warum öffnen Sie das Kästchen nicht?"
„Sind die Manschettenknöpfe noch drin?" Gold hob den Deckel auf. „Sie sind eigentlich nicht ..." Sein Gesicht sank zusammen. „Hat Melody das mit dem Bild von Phyllis gemacht?"
„Vermutlich."
Gold schüttelte traurig den Kopf. „Ist es das, was ich sehen sollte?"
„Nein. Eigentlich nicht. Ich wollte, daß Sie das Geheimfach öffnen", sagte Posner trocken und legte die Manschettenknöpfe auf den Tisch.
Gold sah ihn an, als ob er verrückt sei. „Geheimfach?"
„Sicher. Sie wissen es doch. Am Boden."
„Ich weiß nun wirklich nicht, wovon Sie da sprechen", sagte Gold mit angenehmer Stimme.
„Nein?" Posner nahm die blaue Liste aus seiner Jackentasche. „Wie ist dann das hier reingekommen?"
„Was ist denn das?"
„Eine Liste. Telefonnummern und Initialen." Posner entfaltete die Liste, hielt sie vor sich hin und zeigte sie Gold. Dann hob er den Scheck auf und hielt ihn daneben. „Ich glaube schon, daß Sie zustimmen werden, daß die Handschrift jeweils die gleiche ist."
Golds Augenbrauen hoben sich in einem Versuch, unbeeindruckt zu erscheinen, hoch in die Stirn. „Und?"
„Und?"
„Und? Was soll denn das heißen, Joe?"
„Das soll heißen, daß Sie Ihre eigene Tochter umgebracht haben, Mr. Gold."
„Das ist aber nicht lustig. Es kommt mir ja schon lächerlich vor, die-

se Witzelei überhaupt mit einer Antwort zu würdigen, aber ich war in Südafrika, als Melody starb. Erinnern Sie sich noch?"
Posner überhörte den Kommentar. „Sie wissen, Mr. Gold, es ist merkwürdig, wie Leute mit ähnlichen Interessen sich in allen möglichen Situationen zu treffen scheinen. Nehmen Sie zum Beispiel zwei Leute wie Sie und Senator Bagliano. Nicht nur gehen Ihre Kinder beide auf die gleiche Schule und .. na ja, treffen sich, sondern Sie sind beide auch im Aufsichtsrat der Bürger von New Jersey für bessere Gesetzesdurchsetzung. Und dann gibt's da noch diesen anderen Zufall: Gestern abend habe ich ihn im Fernsehen gesehen, wie er gesagt hat, daß man das Exportembargo für hochentwickelte Computer an Regierungen, die er freundlich gesinnte autoritäre Länder nennt, aufheben soll. Ich frage mich, was meint er denn damit? Und ich denke mir, na ja, der muß doch Südafrika meinen, oder? Und dann erinnere ich mich, daß Sie Public Relations für Südafrika machen. Es ist doch 'ne kleine Welt, was? Und dann hab ich hier auf dieser Liste von Telefonnummern eine Nummer der Techtronics gefunden. Die machen hochentwickelte Computer, stimmt's? Und ich glaube auch, die liegen direkt in Senator Baglianos Distrikt. Ich sitze also da in meinem Büro und beginne, mir Fragen zu stellen. Wie wäre es, wenn Mr. Gold und Big Tony Bagliano – das ist seine Privatnummer hier, wo B.T. steht –, was wäre, wenn Mr. Gold und Big Tony und jemand von Techtronics Computerausrüstung nach Südafrika in Verletzung des Exportembargos geschmuggelt haben? Und wie wäre es, wenn ein cleverer Kerl wie Mr. Gold erkennt, daß so ein Geschäft auch einen großartigen Kanal für einen kleinen Drogenschmuggel als Nebeneinnahme bietet? Sie wissen ja schon, den Zoll umgehen, vielleicht mit ein bißchen Regierungshilfe von beiden Seiten? Einfach nur gelegentlich ein zusätzlicher Diplomatensack würde zum Beispiel äußerst nützlich sein. Es wäre außerordentlich hilfreich, sagen wir mal, ein oder zwei Kilogramm Heroin jedes Jahr zu besorgen. Vielleicht kommt da etwas aus Honkong nach Kapstadt und dann hierhin zurück ... Die Einzelheiten sind nicht so wichtig. Das wesentliche ist, daß die Räder schon geschmiert sind, und ein Kilo wäre schon eine ganze Menge für Sie und Marty Blittstein und vielleicht ein paar andere Freunde, um Bergen County und den Norden von Manhattan zu versorgen. Nur ein kleines Unternehmen, aber viel sicherer als der Börsenmarkt und eine kleine Absicherung gegen die Inflation. Es könnte vielleicht eine ganze Menge Leute interessieren. Und vielleicht könnten die alle ein bißchen beisteuern. Zum Beispiel ein Arzt in einem Krankenhaus. Ich vermute, daß Doktor Arons vielleicht ein paar tausend Pillen beisteuern könnte für diejenigen, die Angst vor

der Nadel haben. Marty hatte Verteilerkontakte und Endanbieterstellen genau wie Hawk Brennan. Ich weiß, das deckt noch nicht jeden hier auf dieser Liste ab, aber schließlich habe ich sie ja erst seit ein paar Stunden."

Während des ganzen Vortrags schien Burton Gold immer nur noch ruhiger zu werden. Als Posner schließlich innehielt, war das einzige, was Gold sagte: „Ist das alles, Joe?" Posner machte sich Sorgen. Für ihn war es wichtig, daß Gold wütend wurde. Daß er seine Selbstbeherrschung verlor.

„Noch lange nicht, Gold." Posner versuchte, höhnisch zu grinsen. „Da gab's nämlich ein Problemchen, nicht wahr? Ihre kleine Tochter, die da mit Schnee handelte. Oh ja, wie der Vater, so die Tochter. Nur daß Melody sich entschließt, ihren Kokainhandel auszuweiten und in den örtlichen Heroinhandel einzusteigen. Sie nimmt Kontakt mit Marty auf und will sich einkaufen. Marty erzählt das Ihnen. Natürlich ist das wohl kaum die Art Geschäft, in die Sie Ihren kleinen Wonneproppen verwickelt sehen wollen. Also sagen sie nein – wobei Sie natürlich Ihre Identität gut verbergen. Komplikation Nummer 2: Melody stiehlt das Kästchen. Vielleicht will sie ihrer Mutter eins auswischen, oder vielleicht will sie das Kästchen ersetzen, daß sie irgendwo verpfändet hat, aber sie erhält mehr als nur das. Sie merkt das nicht, bis sie das Kästchen öffnet – nachdem sie durch ein Buch in Coniffs Haus von dem Geheimfach erfahren hat –, erst dann merkt sie, daß Sie das Kästchen benutzt haben, um ihre Liste von Verteilern und Partnern zu verbergen. Ich vermute, daß sie die Telefonnummern ausprobiert hat, bis sie an Marty Blittstein kam. Sie hat Marty wahrscheinlich was vorgespielt, um ihn dazu zu bringen, daß er in seiner Panik Ihre Beteiligung eingesteht. Melodys nächster Schritt ist also, Sie zur Rede zu stellen. Entweder lassen Sie das Mädchen rein oder sie ... was denn, vielleicht ruft sie Ihre Partner an und verschreckt sie? Oder erzählt ihrem Großvater, wofür Sie das afrikanische Konto benutzen? Oder geht vielleicht sogar zur Polizei? Jeder dieser Schritte hätte Ihnen große Probleme verursacht."

„Das wird jetzt aber zuviel", unterbrach Gold. „Ich verliere meine Geduld, und ich befürchte, daß ich allmählich auch ein bißchen böse werde ..." Nicht genug für Joe Posner. Er mußte irgendwie den Nerv treffen.

„Lassen Sie mich zu Ende erzählen. Sie sagen Melody, daß sie mitmachen darf, sobald Sie aus Südafrika zurück sind, so gewinnen Sie etwas Zeit. Als Sie zurückkommen, rufen Sie Melody an – das heißt nach ein paar Tagen – und erzählen ihr, daß sie aufgenommen sei. Sie solle sich mit Ihnen treffen. Melody erzählt ihrem Freund, daß irgendein Kerl aus Südafrika zurück sei. Das sind Sie. Nur denkt dieser halbbedepperte Schuljunge, daß es Südamerika sei. Der kennt den Unterschied nicht. Der war viel zu sehr damit beschäftigt, Vertraulichkeit und Richard Brautigan zu studieren. Auf alle Fälle muß Melody, wenn sie ihre Verpflichtung erfüllen will, die Liste übergeben, die sie aber nicht hat, weil, während Sie weg waren, hat jemand das Kästchen gestohlen. Deshalb engagiert sie mich. Inzwischen haben Sie Schritte eingeleitet, um Melody in ein Sanatorium in North Carolina schicken zu lassen. Um sie aus dem Weg zu bekommen, bis Sie mindestens mal einen Ausweg gefunden haben. Vielleicht könnte auch ein kleiner elektrischer Schock oder etwas Chemotherapie helfen. Beim Vergessen helfen. Wer weiß. Dann rufen Sie Marty an, der Ihnen Hawks Nummer gibt. Sie kommen beide rüber, um dabei zu helfen, Melody mit genügend Junk vollzupumpen, um sie willenlos werden zu lassen, bis sie in das Sanatorium gesteckt werden kann, oder vielleicht auch, um die Leute im Sanatorium davon zu überzeugen, daß sie verrückt sei, falls Sie noch mehr Argumente als Ihr Scheckbuch brauchen. Auf alle Fälle vermasseln Sie das Ganze. Oder, was wahrscheinlicher ist, Hawk vermasselt die Sache, und Sie kriegt zuviel Heroin und stirbt Ihnen unter den Fingern. Da Sie nun mal davon ausgegangen sind, daß Les in Wirklichkeit dafür verantwortlich zu machen sei, daß Ihre Tochter auf die schiefe Bahn geraten ist, laden Sie den Körper in seinem Haus ab – vielleicht konnte Hawk Ihnen erzählen, daß sie den Schlüssel dazu haben würde und daß Les bei einer Versammlung war. Unterwegs fällt die Nadel aber heraus, und Sie müssen Sie wieder reinstecken, und dadurch bleiben zwei Einstiche zurück. Dann entschließen Sie und Marty sich, Hawk loszuwerden, da er zuviel weiß. Sie geben ihm etwas Heroin, das so rein ist, daß es ausreicht, ihn und einen arglosen Jungen, der die Sache mit Hawk teilt, umzubringen. Nachdem Marty ihm das Zeug gegeben hat, gehen Sie zu Martys Haus und bringen ihn um. Die Frau in der Leonia-Delikatessen hat mir gesagt, Sie hätten Ihren Strudel über eine Stunde vor Ihrem Nachhausekommen gekauft – und dabei wohnen Sie nur zehn Minuten weit weg. Vielleicht hatte Marty kalte Füße bekommen, vielleicht hat er versucht, Sie zu erpressen, vielleicht wollten Sie ihn auch nur einfach aus dem Weg räumen, weil auch er zuviel gewußt hat. Ich persönlich glaube nicht, daß Sie geplant hatten, ihn umzubringen, sonst hätten Sie etwas anderes benutzt als die Kopfhörerleitung. Jedenfalls wäre es für jemanden von Ihrer Größe leicht gewesen. Obwohl es Ihren Händen weh getan haben muß. Ich habe bemerkt, daß Sie tatsächlich Ihre Hände gerieben haben, als Sie nach Hause gekommen sind.“

„Sind Sie jetzt fertig?" fragte Gold. „Oder gibt's da noch mehr Morde, für die ich verantwortlich bin?"
„Nicht, daß ich wüßte. Aber es ist ja noch nicht mal zehn Uhr." Posner versuchte, ruhig zu bleiben, aber Golds Fassung nervte ihn doch.
„Sie vergessen dauernd, daß ich in Südafrika war, bis zu dem Tag *nach* Melodys Tod."
„Ach, hab ich das ausgelassen? Sehen Sie, Sie waren gar nicht dort, stimmt's? Sie sind schon eine Woche früher gekommen. Ich hab das am Teterboro-Flughafen nachgeprüft. Der Jet der Firma Finkel, Finkel und LeBarron ist letzte Woche angekommen. Am gleichen Tag hat Mr. Nolan ein Zimmer im Williamsburg Inn genommen und Telefonnummern angerufen, die mit den Nummern auf dieser Liste übereinstimmen. Mit der Liste in Ihrer Handschrift. Ich bin mir sicher, daß der Mann am Empfang Sie identifizieren könnte. Den Mann in Zimmer 24, was in Melodys Handschrift auf den Rand geschrieben war. In dem gleichen Zimmer, vor dem Melodys Auto stand, in der Nacht als sie starb. Und als Mrs. Gold Südafrika angerufen hat, um Ihnen von Melody zu erzählen, wäre es nicht schwierig gewesen, eine Sekretärin so vorzubereiten, daß sie am anderen Ende mit einer Geschichte aufwarten konnte, so daß Sie einfach von Fort Lee aus rückrufen konnten und dabei sagten, Sie seien in Südafrika. Es muß regelrechte Routine gewesen sein – früh ankommen, in einem Motel absteigen, um das Drogengeschäft abzuwickeln, dann „grade zurück aus Südafrika" zu erscheinen. Ihre Sekretärin hat wahrscheinlich vermutet, daß sie da eine Liebesaffäre deckt, oder?
Und dann erzählt Ihnen Ihre Frau, daß ich herumgeschnüffelt habe, und Sie rufen Big Tony an, erzählen ihm, daß es da noch so ein kleines Problemchen gibt. Und was für eine Überraschung, Big Tony hat genau die richtige Lösung. Nichts, was so gefährlich und so teuer wie ein Vertrag für einen kleinen *Schnuck* wie Posner wäre. Nein, Big Tony weiß zufälligerweise, daß ein Mr. Santangelino in der Nacht einen schrecklichen Unfall haben wird und daß jeder, der sich in unmittelbarer Nähe befindet, gleichermaßen Unglück haben wird. Also ruft er seinen gelegentlichen Laufburschen Al B. Lopes an und läßt mir eine Falle stellen. Den gleichen Al B. Lopes übrigens, der damit beauftragt wurde, Ihr Kästchen zu finden, als es damals gestohlen wurde." Posner seufzte tief und wurde fast ohnmächtig von der Anstrengung des Geschichtenerzählens.
„Sind Sie jetzt fertig?" Gold schien immer noch ruhig zu sein.
„Ich glaube schon. War ganz schön viel, was ich da behalten mußte."
Gold rieb sich kurz die Augen. „Ich bin noch nie zuvor so früh am Morgen angeklagt worden, geschmuggelt, gemordet und mit Heroin

gehandelt zu haben." Er lächelte Posner freundlich an. „Ich verstehe eigentlich gar nicht, was Sie dazu gebracht haben könnte, diesen blöden Scheißkram zu erfinden, und noch weniger, warum Sie hierher gekommen sind, um mir das zu erzählen. Wenn Sie den Dreck glauben", Golds Stimme begann bei dem Wort allmählich Ärger zu entwickeln, „warum gehen Sie dann nicht zur Polizei?"

„Na ja, ich hatte gehofft, daß Sie die Sache nicht so gelassen hinnehmen, um die Wahrheit zu sagen. Ich hatte mir gedacht, Sie würden vor Angst und Wut aufschreien und bereit sein, mit mir zur Polizei zu gehen und zu gestehen. Aber ich sage mir, Sie wissen genau so gut wie ich, daß ich gar nicht genug davon *beweisen* kann, um die Polizei nun wirklich zu interessieren."

„Da haben Sie vollkommen recht, Sie kleiner scheiß Idiot. Sie haben noch nicht mal genügend Beweismaterial gegen mich, um einen *shvartzen* in Mississippi zu lynchen." Als ob er seine anschauliche Analogie noch unterstreichen wolle, hob Gold eine 38er hinter seinem Arbeitstisch hoch und richtete sie auf Posners Gesicht. „Es ist aber nur zu traurig für Sie, mein kleiner *schmendrick*, daß Sie genug wissen, um ganz ernsthaft meine geschäftlichen Aktivitäten zu durchkreuzen. Es wäre ein Problem, wie Sie das so ausdrücken, ein wirkliches Problem, wenn Sie hinter den Namen auf dieser Liste herschnüffeln würden, und Big Tony würde das gar nicht gefallen. Er könnte vielleicht sogar noch über *mich* verärgert werden."

Posner erkannte plötzlich, daß er einen schweren taktischen Fehler begangen hatte. Alle Beweise unterstützten nur Golds Behauptung, daß er in der Tat ein *schmendrick* war. Er hätte nie zum letzten Angriff übergehen dürfen, nachdem er die ganze Nacht durchwacht hatte. Er fühlte sich wie jemand, der die ganze Nacht für eine Prüfung durchgearbeitet hat, und dann die ganze Zeit auf die Beantwortung der ersten Frage verwendet. Nur, daß dies hier viel schlimmer war, als bei einem Examen durchzufallen. „Ähmmm, Mr. Gold, ich glaube nicht, daß Sie sich über mich Gedanken machen müssen. Ich wollte einfach nur wissen, wie ..."

„Hören Sie doch auf, Joe. Wir steigen jetzt in Ihr Auto und wir werden zu Ihrem Büro fahren, und dann werden wir Sie umbringen. Also los."

„Ähmmm, Mr. Gold", wies Posner mit der größten Unterwürfigkeit hin: „Sie haben ja noch Ihren Pyjama an."

„Das ist schon in Ordnung, Joe", beruhigte ihn Gold. „Ich ziehe einfach einen langen Mantel an."

„Aber, Mr. Gold." Posner blieb hartnäckig. „Ihre wunderbaren Hausschuhe ... Die gehen ja kaputt."

„Das macht nichts, Joe. Ich kann mir neue kaufen. Ich kenne den Großhändler. Also los."

Wenn Posner ähnliche Situationen in Filmen gesehen hatte, dann hatte er immer geglaubt, daß der demnächst zu Ermordende sich nicht ins Boxhorn dürfe jagen lassen und dem demnächst Mordenden den unbequemen Ort für den Mord aufdrängen müsse, anstatt sich dessen Plänen zu fügen. Während er aber auf den Lauf von Golds 38er schaute, sah Posner die Sache doch in einem anderen Licht.

„Klar. Mein Büro. Gute Idee. Gehen wir."

Gold bewegte sich nicht. Dann erinnerte sich Posner. „Ich habe Sergeant Webster von der Polizei mitgeteilt, daß ich hier bin. Wenn ich ihn nicht in ungefähr einer halben Stunde anrufe, kommt er angerannt."

Diese Information störte Gold überhaupt nicht, aber er war von etwas anderem abgelenkt. Seine Augen schienen ganz glasig zu werden. Dann brach er kurz wieder aus diesem Zustand aus. „Rufen Sie ihn jetzt an", sagte Gold wie aus der Entfernung und winkte mit seiner Pistole Richtung Telefon.

Posner verstand zwar nicht, hob aber den Hörer ab, wählte die Nummer der Polizei und fragte nach Webster.

„Sagen Sie ihm, was immer Sie sagen wollen", sagte Gold, „wirklich."

„Posner", antwortete Webster am anderen Ende. „Wie läuft die Sache?"

„Nicht so gut. Hör mal zu, Webster. Ich hab 'ne ganze Menge Zeug aufgedeckt, das diesen Kerl Burton Gold hier für die Morde – Blittstein und Brennan – und Drogen – 'ne Menge sogar – verantwortlich erscheinen läßt. Und, ähm, der sitzt direkt neben mir und hält 'ne Pistole auf mich gerichtet ..."

„Posner, nun sei doch nicht so ein *Smuck*. Mr. Gold ist ein ehrenwerter Bürger. Der Beste. Der würde doch so was gar nicht machen."

„Webster", Posner geriet in Panik. „Du verstehst mich nicht. Er hält eine Pistole auf mich gerichtet und sagt, daß er mich umbringen wird."

„Unsinn, Posner. Völlig unmöglich. Aber vielleicht wirst du einen Unfall haben. Ich hab dir doch gesagt, daß du zuviel arbeitest. Das mußte früher oder später passieren. So, jetzt hör mir mal zu. Ich muß los. Ach, übrigens, als ich dir gesagt hab, ich hätte dem Kommissar all dieses verrückte Zeug über das Gold-Mädchen erzählt, hab ich nur einen Witz gemacht. Tut mir leid, daß ich dir nicht hab helfen können." Webster hatte aufgelegt.

Posner schaute Gold wieder an, um eine Erklärung zu erhalten, und sah, daß Gold noch weiter geistig weggetreten war als er selbst. Golds Augen starrten ziellos in die Luft, und seine Mundwinkel zeigten eine merkwürdige Verzerrung. „Sergeant Webster hat für mich und Senator Bagliano in diesem Fall alles arrangiert. Die ganze Zeit", erklärte er geistesabwesend, fast mechanisch.

Wenn Posner nicht zuviel Angst gehabt hätte, daran überhaupt zu denken, hätte er in die Hose gepinkelt.

„Sehen Sie, Joe, Sie sehen die ganze Sache wirklich falsch", sagte Gold und schaute ihn nicht an. „Melody wollte mit diesem perversen Fettkloß abhauen." Seine Hände begannen jetzt zu zittern. Gott sei Dank, sagte sich Posner. Eine verzögerte Reaktion. Gold verlor allmählich die Kontrolle. Wenn da nicht diese 38er gewesen wäre, dann hätte Posner denken können, er habe Gold jetzt in der Ecke. „Ich sage ihr, ‚Mädchen, diese Heroinsache ist doch nichts für dich. Komm mit mir. Morgen. Wir fliegen zusammen nach Martinique. Für eine Woche. Nur wir zwei, Baby.' Aber sie sagt nein. Nein sagt sie zu mir, ihrem Daddy, der sie liebt. Warum? Weil sie mit ihm abhauen will. Mit Coniff. Mit diesem geilen, schweinischen Ficker, der sich Direktor nennt. Sie haben ihn überführt!" schrie er plötzlich mit leuchtenden Augen. „Sie haben ihn überführt, ja. Sie haben doch *bewiesen*, daß er ein Verbrecher ist. Ein Schwein! So häßlich, mit dieser *Brille*. Und mit diesem *Haar*. Ähhh, Joe! Bäääh!" Sein Hals und seine Wangen zuckten ein paarmal, dann fiel seine Stimme ab. „Sie sagt, sie kommt in einer Woche zurück, und sie will, daß dann das Heroin schon auf sie wartet, sonst fängt sie an, die Leute auf der Liste anzurufen. Und sie verrückt zu machen. Redet so eine Tochter mit ihrem Vater? Und die Flucherei! Die Ausdrücke, die sie mir an den Kopf geworfen hat. Ihrem Vater ... Ich wußte nicht, wie sie an die Liste herangekommen war. Ich habe sie natürlich gefragt, aber sie wollte es mir nicht sagen. Es ist mir nie eingefallen, daß sie in diese Einbrüche hätte verwickelt sein können. Ich konnte es einfach nicht verstehen. Ich meine, ich wußte, daß das Kästchen ... ich wußte ... daß der Einbruch ... Na ja", sagte er erklärend mit einer großen Handgeste. „Eigentlich war es ja Coniff, nicht wahr? Sicher. Coniff. Aber es war nicht die Liste oder das Heroin. Da hätten wir drüber hinwegkommen können. Sie und ich. Wir waren uns nahe. Verstehen Sie das? Coniff war es. Ich konnte nicht zulassen, daß er sie so von mir wegriß. Und wissen Sie, was noch war? Sie hat mir gesagt, sie hätte ...", er hustete einmal scharf, so daß Schleim auf seiner Lippe landete, wo er ihn nicht wegwischte, „ ... mit ihm ... geschlafen. Schon seit Monaten. Sie hat mir den Schlüssel für seine Wohnung gezeigt. Deshalb wollte ich, daß sie in ein Sanatorium ging. Um ihr zu

helfen. Sie war ein krankes kleines Mädchen. Zulassen, wie er sie berührt? Ich frage Sie, Joe. Krank, oder? *Krank*! Ich mußte ihr Hilfe bringen. Also habe ich ihr gesagt, sie solle später wiederkommen – das war nachmittags –, und ich könne ihr ein bißchen von dem Zeug sofort geben. Dann der Unfall ... Wie konnte ... mein Baby ... Hawk hat gesagt ... der Rest ... Der Rest war so, wie Sie das gesagt haben."
Gold war über alle Berge, Flüsse und Wälder. Posner rechnete sich aus, daß er eine Fünfzig-zu-fünfzig-Chance hatte, ihm die Pistole zu entwinden, wenn er danach sprang. Die Chancen waren ihm nicht gut genug. „So. Gehen wir, Joe."
Posner ging als erster aus dem Zimmer. Er war gerade drei Meter im Wohnzimmer, als er überdeutliches Krachen und ein lautes „Au" von Gold hörte. Posner drehte sich um und sah, wie Gold auf dem Boden lag und Blut aus seinem Kopf floß. Er hatte keine Ahnung, wo er war. Mrs. Gold stand über ihm und hielt einen blutbefleckten Silberkelch, bereit, noch einmal zuzuschlagen. Offensichtlich hatte sie sich hinter der Türe versteckt.
„Ich hab die ganze verdammte Sache mitgekriegt, du Scheißkerl", schrie sie. „Ihr ganzes Leben lang hast du das Mädchen von mir ferngehalten. Du hast sie dazu gebracht, mich zu hassen. Du hast mich dazu gebracht, sie zu hassen. Nur, damit du uns beide in der Hand halten konntest. Kein Wunder, daß sie so verdammt verpfuscht war. *Du* hast das gemacht. Du bist nie ein *richtiger* Vater gewesen. Die Idioten in dieser scheiß Schule waren zumindest jeden Tag für sie da. Nicht dreimal im Jahr wie du, du Scheißhaufen. Du warst nie da, um Nein zu sagen. Oh nein, das war der gemeinen, meckernden Mama überlassen. Daddy hat immer nur Ja gesagt. Daddy hat sie auf Reisen mitgenommen und hat ihr Geschenke gekauft und hat es der Mama überlassen, all die anderen scheiß Sachen zu regeln. Und ich hab gesehen, wie du sie angefaßt hast. Als sie grade noch ein Baby war. Ein Mädchen. Ich hab dich gesehn, du Dreckskerl. Aber ich hab so getan, als hätt ich es nicht gesehen. Dir gegenüber. Mir gegenüber. Aber immer bist du alles gewesen. Alles war *für* dich, du verdammter Hurensohn. Natürlich hast du sie umgebracht. Du konntest es nicht ertragen, daß jemand anders sie haben sollte. Also hast du sie umgebracht. Ohne dich hätt ich eine Tochter haben können. Aber nein, du hast sie gestohlen. Du hast sie versteckt. Du konntest es einfach nicht ertragen, daß irgend jemand außer dir sie haben würde. Und sie ist genauso geworden wie du."
Zuerst konnte Posner nicht genau sehen, ob Burton Gold irgend etwas davon verstanden hatte. Gold verlor eine Menge Blut, und seine Augen starrten ins Weite. Aber der Mann hatte Stehvermögen. Er

fauchte zurück. „Warum hätte ich sie nicht anfassen sollen? Was hätte ich denn anfassen sollen? Deine geschrumpelte Pflaumenpussy? Hättest du mich denn gelassen, du Fotze? Du konntest doch nicht mal 'ne Mutter sein, genau so wenig wie 'ne Frau ..." Phyllis Gold war für einen Moment von diesem unerwarteten Gegenangriff gelähmt. Dann murmelte sie leise: „Ich bring dich um, du Schweinehund."

Posner sprang eine Sekunde zu spät nach ihrem Arm. Der Kelch traf Gold voll und mitten ins Gesicht. Als sie den Kelch wieder aufhob, konnte man nicht mehr erkennen, wessen Gesicht es gewesen war.

31. Diese Zeiten

Obwohl Erica, jetzt die sensuelle Verkörperung der amerikanischen Schönheit, so durch und durch lächerlich wie immer war, konnte sich Joe Posner kaum zu einem Kichern durchringen, und wenn Erica nicht lustig war, dann war „All My Children" nicht sehenswert. Posner drehte den tragbaren Bürofernseher aus und lehnte sich in seinen Stuhl zurück. Seitdem er von der Polizeistation zurückgekommen war, hatte er die ganzen zwei Stunden damit zugebracht, sich vor dem Fernseher zu entspannen. Das Telefon hatte dreimal geklingelt, aber er hatte der Maschine das Beantworten überlassen.

Er lehnte sich über den Anrufbeantworter, spulte das Band zurück und ließ es abspielen. Der erste Anruf war von jemandem vom Allstate, das ihm manchmal Aufträge gab, gerichtliche Vorladungen zu überbringen. Das war eine gute Nachricht. Selbst mit einer hübschen Summe von Phyllis Golds Versicherungsgesellschaft –Phyllis selbst würde für die nächste Zeit mit rechtlichen Problemen alle Hände voll zu tun haben – konnte er einige Aufträge gebrauchen. Sicher, das war eine gute Nachricht. Warum also, fragte er sich, hinterließ sie bei ihm nur ein schales Gefühl?

Er fragte sich, was mit Coniff und Tony junior geschehen werde. Phyllis Gold würde nicht nur beschäftigt sein, sondern, so vermutete Posner, auch deutlich weniger rachsüchtig, wenn man die neue Situation in Betracht zog. Versicherungsgesellschaften waren aber in jedem Fall ausnahmslos und humorlos rachsüchtig. Posner entschloß sich, ihnen die Liste, die er von Coniff bekommen hatte, ohne zusätzliche Information zu übergeben und die Versicherungsleute das ganze austüfteln zu lassen. Das würde Coniff und Tony eine Chance geben, die sogar besser als fünfzig-fünfzig war. Das Human Learning Space würde die Erschütterung aber wahrscheinlich nicht überstehen. Die Leute würden Wind bekommen. Jede einzelne Teilinformation über das ganze *Mishagass* sollte an sich schon genug sein, um Eltern dazu zu bringen, ihre Kinder fluchtartig abzumelden. Posner hoffte, daß die Schule sich wenigstens bis Juni würde halten können, damit Judy ihr Abschlußzeugnis bekommen konnte.

Der zweite Anruf auf dem Band stammte von Staatssenator Anthony Baglianos Büro. Es war der Anruf einer Frau, die ganz einfach und ruhig darlegte, daß jedwede unbewiesene Angabe, die in der Öffentlichkeit, vor der Polizei oder im Gericht auch nur andeutungsweise die Integrität von Senator Bagliano in Frage stellen würde, die strengsten Zivilrechtsklagen nach sich ziehen würde, die nach dem Gesetz möglich waren. Die hatten ihr 10-Cent-Stück zum Fenster rausgeworfen. In seiner Aussage der Polizei gegenüber hatte er Bagliano gar nicht erwähnt. Niemand brauchte Joe Posner zu erzählen, daß ein Staatssenator mit Verbindungen zur Mafia nicht von einem jüdischen Privatdetektiv zur Strecke gebracht werden konnte, der nichts hatte als eine Telefonliste, eine Unterhaltung mit einem Toten, mit einer übergeschnappten Mörderin als Zeugin und einem verkommenen Detektiv, der nicht bereit sein würde, ihm zu helfen. Alles, was Joe Posner sich dafür einhandeln würde, wenn er versuchte, Big Tony Schwierigkeiten zu bereiten, waren Schwierigkeiten für sich selbst. Schwierigkeiten, welche die „strengste Zivilrechtsklage, die nach dem Gesetz möglich war", wie zwei Wochen bezahlte Ferien in Miami Beach aussehen lassen würden. Auch gegen Webster hatte er keine Beweise, die zeigen würden, daß dieser mehr als nur routinemäßig korrupt war – eine Anklage, die nur den Ankläger in Schwierigkeiten bringen würde. Korrupte alternative Schulen mochten vielleicht kaputtgehen, aber korrupte Politiker, Geschäftsleute und Polizisten würden ewig weiterleben.

Der dritte Anruf war von Judy Williams. „Tag, Joe. Wo bist du denn gestern abend hingegangen? Was ist mit Tony passiert? Willst du nicht mal zu mir ins Geschäft kommen und mir alles erzählen? Oder ruf mich doch zu Hause an. Meine Nummer ist ...“ Posner schaltete ab und löschte das Band.

Er saß da und starrte ein paar Minuten ins Leere, dann schlug er die Ausgabe des *Bergen Record* vom Vortag bei den Stellenanzeigen auf. Es war Zeit, sich nach einer anderen Art Arbeit umzusehen. Nachdem er etwa zehn Sekunden lang gesucht hatte, warf er die Zeitung in den Papierkorb und verließ das Haus, um sich eine *Times* zu kaufen. Eine *New York Times*.

Unsere Bücher gibt's im Buchhandel.

trèves & crime

FEMINISMUS und MORD – ein Krimi, der im modernen London von Marx, Müsli und 2CVs spielt... Eine feministische Journalistin untersucht den Tod eines linken Playboys: eine Story, die die ansonsten ziemlich männliche Welt der Detektive etwas aus den Angeln hebt. Kate Baeier beginnt mit ihren Nachforschungen über den toten jungen Mann im Liftschacht: war es ein Unfall oder hat jemand nachgeholfen? Schon bald häufen sich die Drohungen gegen sie.
Ein manchmal süffisanter, manchmal ironischer Thriller, der ein Tempo vorlegt, das beim Lesen kaum Zeit läßt zum Luftholen. Dafür ist bei Gillian Slovos Schilderung des Scene-Milieus viel Spaß garantiert.
Gillian Slovo wurde in Johannisburg geboren, arbeitete lange in „alternativen Organisationen" und lebt heute in Dalston/ East London.

Gillian Slovo *Fehlanzeige*
Schöne Ausstattung, Hardcover mit Lesebändchen
ISBN3-88081-150-4/ DM19,80/ Sfr18,50/ ÖS154.-

Ausführliche Informationen (Sonderprospekt) bei: éditions trèves, Postf. 1401, D-5500 Trier 1.

Unsere Bücher gibt's im Buchhandel.